上册

蛮狼жалобнеж
有点甜

图样先森 著

青岛出版集团 | 青岛出版社

图书在版编目（CIP）数据

"盐粒"夫妇有点甜/图样先森著.—青岛：青岛出版社,2024.6
ISBN 978-7-5736-2048-4

Ⅰ.①盐… Ⅱ.①图… Ⅲ.①长篇小说－中国－当代 Ⅳ.①I247.5

中国国家版本馆CIP数据核字（2024）第073593号

"YANLI" FUFU YOUDIAN TIAN

书　　名	"盐粒"夫妇有点甜
作　　者	图样先森
出版发行	青岛出版社（青岛市崂山区海尔路182号）
本社网址	http://www.qdpub.com
邮购电话	18613853563
责任编辑	郭红霞
校　　对	郭金乔
装帧设计	千　千
照　　排	梁　霞
印　　刷	三河市良远印务有限公司
出版日期	2024年6月第1版　2024年6月第1次印刷
开　　本	16开（710mm×980mm）
印　　张	36
字　　数	724千
书　　号	ISBN 978-7-5736-2048-4
定　　价	69.80元（全2册）

编校印装质量、盗版监督服务电话 4006532017　0532-68068050

目录 上册

第一章	知名夫妻世纪同框	…… 1
第二章	合伙路上鸡飞狗跳	…… 61
第三章	绝世魅力无可阻挡	…… 89
第四章	夫妇联手勇斗敌人	…… 133
第五章	惊鸿一瞥情难自禁	…… 159
第六章	合作路上假戏真做	…… 188
第七章	心潮暗涌互相试探	…… 244

目录 下册

第 八 章	年少心动互表心意	305
第 九 章	少年暗恋得偿所愿	409
第 十 章	鲜花掌声永伴周身	441
第十一章	粉丝意外迎来春天	473
第十二章	"盐粒"夫妇光荣毕业	503
番 外 一		528
番 外 二		532
番 外 三		537
番 外 四		541
番 外 五		545
出版番外	宋砚生日	503

第一章
知名夫妻世纪同框

化妆师对着镜子拿鬈发棒给温荔做造型的时候，温荔正无所事事地在玩手机。

她原本在看其他艺人的八卦新闻，突然就瞧见了自己的。

有媒体说去年非常受欢迎的夫妻综艺节目准备拍第二季，节目组想延续第一季的辉煌，所以特意找 S 和 W 这对夫妻谈，但没谈妥，估计是片酬问题，以前有内部工作人员吐槽过这对夫妻的片酬很高。

"也不高吧。"温荔自言自语。

化妆师顺势低头望去，笑着说："你怎么连自己的假料都看？"

"粉丝发给我的。"温荔答。

数万条的私信中，她偏偏看到了这条："三力（粉丝对温荔的称呼）啊，爆料是真的吗？"

她点进去一看，果然是关于自己的报道。

虽然名字用了拼音缩写，但实在太过明显，看评论就知道大家都猜到了。

"也太好猜了吧！还不如直接用大名。"

"宋砚和温荔。"

"《人间有你》官方微博一个月前就开通网友投票通道了，这对夫妻票数呈断崖式遥遥领先，真是厉害。"

"名侦探"破案后，各种言论都有。

"这一对不是圈内默认的协议夫妻吗，连做戏都懒得做，感觉两个人都在数日子等协议到期官宣离婚，怎么可能上夫妻综艺节目？"

"笑了，这俩人像真夫妻吗？"

"'签字笔（温荔和宋砚夫妻俩的粉丝）'愿用十斤肉换'三力'和'美人（粉丝对宋砚的称呼）'参加！"

戏是要看的，料是不信的，这是大多数圈外人对这条爆料的态度。

不过作为当事人的温荔可以很负责任地说，这个爆料半真半假：她的片酬真的不高，但是节目组为了有百分之百的把握请她上节目，开的价确实让她很心动。

《人间有你》这档夫妻综艺节目的第一季评价相当好，豆瓣评分8.6，讨论度也高，第一季在播时，算上营销和粉丝自发宣传带来的热度，几乎每期都会霸占话题榜的三分之一，在同时段上星综艺节目、网络综艺节目的合计中，《人间有你》的热度一骑绝尘。

夫妻综艺节目能到这个热度，主要归咎于这档节目的定位。

在《人间有你》里，没有剧本，也没有设置催泪环节，而是完完全全地将重点放在了一线艺人夫妻身上，主要展示光鲜亮丽的艺人们的婚姻生活，像是人间真实的偶像剧，但是比剧本更真实，又比现实更梦幻。

对这档综艺节目的评价中，最广为人知的一条就是："你说《人间有你》是小甜剧吧，它又那么真实，柴米油盐酱醋茶，看偶像剧都没这么有代入感；你说《人间有你》是综艺节目吧，它又那么纯粹自然，不玩剧本套路，从头甜到尾！"

到《人间有你》筹备第二季时，节目组有钱了，请得起一线艺人了，就贴心地为众位网友开了个观众投票通道。

观众的反应很直接，投票断崖式遥遥领先的真是双一线配置。

圈内艺人中真假情侣及夫妻经常有，艺人们在各种影视作品、综艺节目里同框合作时，大多会使出浑身解数以吸引这些情侣粉或夫妻粉。

温荔和宋砚这对却大不相同，明明是真夫妻，但是结婚两年，影视作品上无合作，综艺节目里无同框，各自为事业埋头奋进，同框视频全靠微博、贴吧、论坛等处的剪辑大师东拼西凑，粉丝们唯一能期盼的一点儿真甜头，就只有每年的各大颁奖典礼上二人同走红毯的镜头，以及某方获奖，在发表获奖感言时敷衍地感谢对方的话。

就算是这样，温荔和宋砚夫妇的热度依旧无可比拟，凡是请到这对夫妻拍画报封面的A类杂志，发售即断货，官微下全是求加货的。

粉丝们底气很足：虽然他们两个很少一同出现，但是他们已经领结婚证了！他们是真夫妻！

比如他们公开结婚消息的那条微博，一看就非常有默契。

温荔Litchi："老公。@宋砚。"

宋砚："到。@温荔Litchi。"

这两条微博也成功地当选年度最佳情侣公开文案，并衍生出一系列"某某某，到"的文案。

所以这对夫妻能得第一名是有道理的。

众人原以为二人公布婚姻关系后，会从此由广告博主变身情感博主，结果两年下来，二人的微博依旧是无情的打广告机器，偶尔帮对方转发一条微博宣传。

一般演艺圈内关系好的，微博生日祝福晚送了几分钟都会被好事之人嘲讽为假友情，更何况结婚以后微博就再无真实互动的夫妻，说什么的都有。

温荔和宋砚两个人在投票中毫无悬念地拿了个第一名，节目组自然找来了。

"要是节目组真来找你们，你们会去吗？"化妆师又好奇地问。

温荔模棱两可地打了个哈哈——她刚请律师把离婚协议书给宋砚送过去。

因为在想这件事，到工作人员通知她要拍摄画报时，她还在神游。

摄影师却很喜欢她现在这种状态，满意地道："欸，对，就是这感觉——空洞。"

温荔的三庭五眼并没有标准到模板程度，但是很具有个人辨识度，天生就适合上镜：下庭稍长，脸形稍窄，再加上先天优越的身量，后天手术也无法拥有的高颅顶，头包脸，天鹅颈，眉眼英气明艳，面无表情地垂着眼时却又透着淡淡的厌世感，非常适合放在封面上。

有的艺人五官很绝，但就是不上镜，原因就是皮相虽绝，但骨相不太行。

骨相才是美人的灵魂。

看效果时，摄影师满意得连连点头，问她的意见："温老师，你自己觉得怎么样？"

温荔盯着照片看了会儿，突然说："我怎么觉得我好像胖了点儿？"

助理文文在一旁叹气道："姐，真的不胖。"

温荔半信半疑地问："是吗？"

文文大声道："是！"

温荔不信，睨着文文道："都怪你前几天晚上吃烧烤，还发朋友圈让我看到了，你反思一下。"

文文无语，如果知道温荔会深夜刷到她的朋友圈知道她在酒店的房间里吃烧烤从而摸过来，她是绝对不会大半夜点烧烤的。

温荔自制力不太行，嘴馋，旁边如果有人吃好吃的，她就会忍不住，但吃完就后悔，然后一边悔恨一边运动。

拍完画报，温荔坐上保姆车准备回家。

助理文文坐在副驾驶座上，回头向温荔汇报最近的行程。

"那档音乐综艺节目丹姐已经谈好了，不过张总的意见是先不官宣，等录制当天让姐你作为首席见证官亮相，这样选手们的反应更能带起首期节目的热度。"

不愧是张总，真会玩。

温荔说道："行。"

文文继续汇报："那档夫妻综艺节目，姐你要不要接？"

温荔沉默。

文文再接再厉，说道："丹姐说，一开始节目组因为知道你和排第二的是老对家了，所以如果你和宋老师接了，他们就不打算请第二名了，但是姐你迟迟没给答复，节目组已经去找他们谈了。"

温荔没有看过投票名单，只知道自己和宋砚排第一，问："排第二的是哪对啊？"

"许鸣和郑雪。"

温荔："……"

她就说为什么某些营销号最近都在发什么"演艺圈最甜的真夫妻"，每回她和宋砚都要被拉出来对比，连文案都一模一样。

她本来还觉得找宋砚商量把离婚的事缓一缓太没面子，现在却觉得没面子算个屁，被死对头当了垫脚石才叫没面子！

见她抿着唇不知道在想什么，好半天不说话，文文问道："姐？"

温荔闭上眼，说道："文文，我想睡会儿。"

她要顺便想想该怎么既不失体面又不失高贵地跟宋砚商量"咱俩先别离"。

通过后视镜，助理文文看到温荔戴上了眼罩。

车子平稳地行驶在路上。

车子路过某大型商城，温荔的巨幅珠宝广告海报赫然悬挂于正门上方。

海报里的姐姐一脸高傲冷淡，而坐在后排的姐姐戴着柴犬眼罩，仰头微张着唇，睡得正香。

文文咬唇憋笑，低头刷微博，正好看到刚推送的话题。

只见男人戴着墨镜、口罩，穿得很休闲，但那优越的身材和一双大长腿还是迅速地将他和入镜的路人做出了区分。

"是不是提前杀青回来陪老婆三力的？ @盐粒（宋砚和温荔夫妻的简称）夫妇日常博文。"

宋老师回燕城了？没通知姐吗？

温荔是被文文叫醒的，睁眼的时候脑子还不太清醒。

"姐。"文文想告诉她宋老师已经回来的消息。

温荔耷拉着眼皮，捂嘴打了个哈欠，说道："有事等我睡醒再微信跟我说好吗？"

文文闭嘴：好吧，就当给姐一个惊喜。

电梯到了温荔所在的楼层，开门进家，温荔连灯都懒得开，懒懒散散地往卧室走去，边走边拉下裙子的拉链，三下五除二将裙子从脚尖脱下丢开，双手灵活地解开里衣，身体瞬间解放。

她实在困,想着先睡半个小时再起来卸妆。

她打开卧室门,有光瞬间从门里倾泻出来。

眼前忽地大亮,温荔蒙了。

"回来了?"

有一道声音伴随着光落入她的耳中。

主卧够大,床旁还摆放着沙发和小茶几。男人坐在沙发上,上身是浅色羊毛衫,姿态懒散,跷着二郎腿,露出脚踝骨节,膝盖上搭着一份文件。

那是温荔托律师寄给他的离婚协议书。

修长的手指正捏着纸边,他目光沉静地打量着纸上的内容。

他应该是刚从机场回来,衣服还没换,坐在家里跟拍海报似的。

见主卧的门被打开,男人撩起眼皮,侧头往门口看去。

在看到门口站着的温荔时,宋砚显然也怔住了,微张着唇,喉结滚了滚,目不转睛地盯着她,恍惚了几秒。

不过也只有几秒,随即他清绝的眉眼舒展开,平静地来了声:"哦。"

温荔整个人瞬间从脚指头红到头发丝儿,后知后觉地捂住胸,惊呼了一声。

温荔迅速地蹦上床,掀开被子钻了进去。

宋砚看着被子鼓起的一块,耐心地等她平复心情。

过了几分钟,她从被子一角悄悄地露出一点儿脑袋,小声问:"你不是还在拍戏吗?杀青了?"

"没有,请假了。"宋砚说。

温荔转了转眼珠子,说道:"哦。"

宋砚用手弹了弹纸张的边缘,说:"协议好像还没有到期。"

温荔垂眼,应道:"嗯,那什么……"既然还没到期,那你要不顺便陪我去参加个综艺节目?顺便帮我出个气?

刚刚在梦里其实已经打好了腹稿,可是现在当着宋砚的面,她实在是磨不开脸。

男人眼里沉沉的,没什么情绪,他缓缓地开口:"《人间有你》节目组找你了吗?"

温荔微愣,点头,说道:"找了。"

宋砚"嗯"了声,口气像教导主任问话:"给你多少?冠名品牌的代言和后续的公关营销他们是怎么和你说的?"

温荔说了个大概。

宋砚肯定地道:"很有诚意。"

温荔又问他:"那他们跟你说的呢?"

"差不多。"宋砚又补充道,"我很心动。"

温荔看着他，复杂的神色变得更难捉摸。

她本来是不打算接的：有剧本还好，关键是这综艺节目真的没有剧本，最多给点儿台本营造一下综艺气氛，其余的纯靠嘉宾自己发挥。

温荔还没当上一线艺人那会儿，上过不少综艺节目露脸，也吃过不少暗亏，现在终于混出头了，除非是配合剧方无法推脱的宣传，或是节目组给得很多，不然她很少上综艺节目。

而且她和宋砚连过年都不在一块儿过，能即兴发挥出什么来？他们是演员，又不是编剧。

但从《人间有你》开启投票通道的那一刻起，她就给节目组送了不少热度，若她和宋砚不去，这热度就白白送给了对家许鸣和郑雪。

温荔还在反复盘算，连宋砚从沙发上站起来走到床边坐下的动作都没察觉。

被子被抽走，温荔后知后觉，语气惊恐地道："干吗？"

宋砚倾身，直接捏上她的下巴吻过去。

男人身上清新的冷杉香钻入温荔的鼻子里。这是他代言的那款男士香水今年出的新款，品牌方特意将香水名作为他的别称，用来吸引粉丝购买——"仲夏月光"：仲夏燥热，唯有月光带着凉意，你如一阵悠悠的风吹过我心间。

宋砚平时看着冷淡，其实接吻的时候非常霸道，会用手钳着她的后脑勺儿强制将气息送进她的口中。

温荔觉得自己整个人快被他压着镶进床垫里，嘴唇吃痛，下意识地咬了一下他的唇角，说："正事还没说完啊……"

"待会儿好吗？"宋砚用低沉的声音请求，手攥着她的手腕拉高至她的头顶，阻止她抬手推他。

好歹做了两年夫妻，温荔瞬间就懂了。

宋砚用指下鱼际肌揩去温荔嘴上葡萄味的唇釉——太油，影响唇瓣本身柔软到极致的触感。但他又漫不经心地夸了句："味道不错。"

温荔被成功带偏，说道："嗯，我代言的那个牌子下季度的新品唇釉还没上市……"

他笑了笑，又咬她的下唇瓣。

这个动作倒是不疼，但很麻，让温荔想起宋砚的外号：白月光、宋美人。

这些称呼给人的印象就是距离感十足，淡漠疏离。

外界对他的认知居然肤浅到这个地步！

脑子发热的温荔迷迷糊糊地想：如果节目是在床上拍，那他们还真不需要剧本就能演绎出交颈鸳鸯契合到不行的恩爱样子，不过别想了，不可能过审的。

也不知道过了多久，她迷迷糊糊中听到宋砚问她："缴械了？"

他知道还故意问，摆明了不安好心，温荔没答，翻了个白眼，用力地撑起身体往床外爬。

只可惜她的动作都是徒劳的。宋砚一只手搭着裤头，另一只手抓着她的脚踝又往自己这边一拉，说道："那你恐怕还要再留口气给我。"

亲昵的余温还在，气氛也挺旖旎，两个人没法儿聊那糟心的工作。

男人在床上发了十几分钟呆，伸手替躲到床角背对着自己的温荔拢了拢被子，起身去洗澡。

温荔裹着被子，进入放空冥想状态。

虽说两个人是协议夫妻，但是协议里并没有"不用履行夫妻义务"这条。

当时她压根儿没往这方面想，反正两个人工作都忙，一年也难得碰上几回，宋砚没提，她就天真地觉得他肯定不是那种会钻协议空子的正人君子，所以大意了。

唉，她也怪自己自制力不行。

不过换成任何一个女人躺在这张床上，被宋砚压住，她不信那人能把持住。温荔在心里这样为自己开脱。

主卧的浴室里传来"哗啦啦"的水声，温荔实在不想起床，干脆躺着玩手机。

她先是去自己的超话逛了一圈——她在这方面很谨慎，从来都是用小号进去围观。

然后她又点进自己和宋砚的微博超话。

出道几年，因为工作关系，她和不少男艺人合作过，包括曾经的朋友许鸣。

反之她和宋砚当年公开得太急，毫无铺垫，以至于闹得很大，造成微博瘫痪，双方都轰轰烈烈地脱了一批粉丝。

不过让经纪团队没想到的是，两年下来，一批粉丝走了，一批新的粉丝又来了，粉丝只多不少。

原因很简单，两个人相貌好，好到只需要两个美人贡献各自的脸，剩下的恩爱部分粉丝就会自动靠想象补足。

起初两个人并没有交集，"盐粒"大热是在某家的盛典之夜，群星熠熠，宋砚在温荔前一位出场，当时宋砚的签字笔没墨水了，站在签名板前等了会儿，工作人员急急忙忙去找笔了，正好温荔走完红毯，略显迷茫地看着还没进场的宋砚。

毫无准备地见面了，两个人脸上写满了"不熟"，只互相点了个头。

这尴尬的一刻就几秒钟而已，却被媒体的镜头记录下来了。

结果就是这么一个意外的同框，一袭黑色雪纺曳地礼服的温荔和穿着银灰色定制西装的宋砚站在一起，娇艳黑天鹅和矜贵白月光的靓女俊男配置，让盛典当夜的未修照片直接大爆。

二人之间那种貌合神离的感觉带来的张力，比这两个人直接抱在一块儿给人的冲击力还要大。

再后来两个人公开恋情，让只敢在小圈子内自娱自乐的粉丝们一朝扬眉吐气。

不过两个人各自的粉丝对外都是说专注个人作品，拒绝夫妻资源捆绑。

两个人结婚两年了，第一年宋砚出国攻读商科硕士学位，剩下的一年两个人都是通告满档，只有在各大媒体的盛典、颁奖礼上才能见到面。

温荔百无聊赖地翻找超话里的精华帖，在其中发现了一个新视频。

这个视频被发在某视频网站上，微博转发已经过九千次。

要说这群粉丝也挺会给自己找乐子的，不去写小说都可惜了。

"盐粒"夫妇：阴鸷狡诈冷帝王与骄纵任性病娘娘

剪辑手：美人草三力

BGM（背景音乐）：《惊鸿一面》

视频取材：《明成宗》《帝王大业》《怎敌她晚来风急》《千金记》

视频简介：表白"盐粒"夫妇！！！你们的神剪辑手又带着新作品来了，哈哈哈。这次的故事是阴冷狡诈的皇子历经千辛万苦终于坐上帝位，杀人如麻，冷漠无情，为坐稳帝位不得已娶了首辅之女。娘娘侍寝当夜，帝王给娘娘下马威不愿临幸，结果反被娘娘三跪九叩感谢龙恩，帝王当场蒙了。总之就是帝王和娘娘的先婚后爱，圆满结局，放心看，喜欢的话别忘了点赞、收藏、转发！

视频被各种弹幕塞满了：

"表白美人！表白三力！表白博主！你的名字我喜欢！"

"神剧情！"

…………

宋砚出演的那两部古装电影的质感明显要比温荔出演的古装偶像剧的质感好很多，但古装偶像剧胜在服装、化妆、道具清新又华美，神剪辑手又给披上一层滤镜，直接将不同影视剧中的片段整合成一部完整的故事短片。

视频一开始，阴冷帝王对病秧子娘娘不屑一顾，看不惯这种从小被闺阁娇养，养出了一身骄纵任性毛病的女子，大婚过后就没再踏入过贵妃宫。

病秧子娘娘每天也乐得自在，坐着轿辇在宫中赏花游湖。她喜欢每日打扮得娇媚漂亮，自己看了心里也欢喜，反正每月的俸禄不会少，珠宝、脂粉的供奉也不会断，陛下他爱来不来。

"三步两喘的病秧子，成日只知摆弄那些肤浅之物，朕这位贵妃当真是一无是处。"

"我只盼那位永远不要来我宫里，他那副身躯，要真临幸我，我还不得被压死？"

宋砚演的年轻帝王，阴鸷冷漠，眼眸轻瞥淡扫间都是骄矜傲慢；而温荔演的病秧子娘娘，骄纵任性，颦笑间似弱柳扶风，病若西子也貌比西子。

他嫌她娇气，她嫌他阴冷，彼此相看两相厌。

两个有着立体大气的五官和油画般精致长相的大美人的古装扮相都相当令人惊艳，既压住了珠翠玉冠，也撑住了万针金线织就的长袖华袍。

粉丝们激动得在弹幕里"嗷嗷"叫："我承认，我是个俗人，他们俩真的太好看了！"

到视频中段，帝王无意间看到娘娘弱柳扶风般披着红狐裘立于雪中伸掌拈雪的画面，顿生惊艳之感，而后梦里夜夜浮现出病秧子娘娘不着寸缕地躺在榻上，妩媚却又娇弱，仿佛轻轻一碰就会破碎的画面。

而后只要娘娘咳一下，帝王便痛上十分；只要娘娘眉头蹙一厘，帝王便恼上百日。

阴冷帝王最终被病秧子娘娘偷去了心。

她只爱珠宝云锦，贪财又爱享受，他便故意命人克扣贵妃的俸禄，逼得她不得不前来伏低做小。

粉丝们却在弹幕里大喊："呜呜，他们好甜！"

为了珠宝和银子，娘娘只得忍了。帝王要她捏肩，她捏了；帝王要她研墨，她也研了；帝王要她侍寝，她也只好"忍辱负重"。

"你若不从，朕现在就治你违抗皇命之罪，你又该当如何？"

娘娘："哼。"

"你这娇气鬼。"

因为没有合适的画面可用，所以这段剧情只有剪辑手自己加上的台词以及摇曳的烛火和晃动的床榻、帷帘。

弹幕满屏：

"咦，怎么没画面了？画面呢？！"

刷完视频，温荔去翻评论区，发现除了赞美和犯花痴，吐槽也不少，其中点赞最高的就是这条："我读高中时粉的他们，现在都读大学了，'盐粒'还没有影视合作。"

温荔觉得她和宋砚如今还能有这么高的热度，全靠这群粉丝的不离不弃之恩。

面对恩人，温荔肯定不能吝啬自己的点赞。

这位神剪辑手永远也不会知道，温荔不但看了他的视频，还大方地点了赞。

"你在看什么？"宋砚的声音突然在温荔的耳边响起。

温荔吓了一大跳，差点儿没握住手机。

宋砚趁她走神，淡定地夺过手机。

"啊啊啊，你不要看啊！！！"温荔爬起来就要去抢。

宋砚摁着她的头，任由她张牙舞爪，顺着她刚刚刷到的评论往下看。

被抓到在看他们俩的剪辑视频太丢脸，也不管他怎么想，温荔抢先澄清："我只是偶然刷到才点进去的！"

宋砚敷衍地道："嗯，明白。"他正在专心地看评论。

温荔看到宋砚蓦地笑了起来，也不知看到了什么评论。

她现在觉得宋砚的每一个细微的表情都是对她的嘲笑和侮辱。

她有点儿暴躁地道："你笑什么笑？！"

宋砚盯着她带着愠怒却仍明艳动人的脸看了会儿，将手机还给她，并十分贴心地给她指了那条评论。

专业演员就是能瞬间进入角色，"陛下"一秒入戏，文雅又淡定地问她："朕刚刚的表现娘娘可还满意？"

"娘娘"尴尬得连头都抬不起来了。

眼见温荔一副羞愧到要吃人的样子，宋砚收回心思，没继续调侃。

夫妻二人各占一半床玩手机。

温荔很想解释她真的是无意间刷到的，但是她明白，越解释越显得自己心虚，这时候装傻才是最明智的选择。

她不敢继续逛"盐粒"超话了，果断地退出。

宋砚突然出声，非常礼貌地叫她："温老师。"

两个人结婚两年，都没给对方取什么肉麻的爱称，还是互叫"老师"。有人觉得这个称呼更加证明了他们是协议结婚，私底下压根儿不熟；也有人觉得这个称呼反而别有一种韵味，显得礼貌又亲昵。

"什么事，宋老师？"

"离婚的事要不先缓缓？"

温荔心一跳，看着他问："难道你想去？"

宋砚笑了笑，说："谁会跟钱过不去？"

温荔心里早就开始欢呼，脸上仍不动声色，故作善解人意地点了点头，说道："其实那个协议书我就是先打个草稿而已，既然你说缓缓那就缓缓吧。"

宋砚挑了挑眉，掀被起身，说道："那我去给彬哥打个电话。"

彬哥全名柯彬，是宋砚的经纪人。

温荔一甩手道："去呗。"

宋砚站在卧室的阳台上打电话。

温荔立刻对着男人的后背做了个瞄准开枪的手势，而后给经纪人陆丹发微信。

Litchi："《人间有你》我接了。"

丹姐："接了？"

丹姐："很好！"

丹姐："宋砚呢？同意了？"

Litchi："他说去。"

丹姐："太好了！！！"

丹姐："郑雪也说自己要去，搞得网上众说纷纭，这下好了，官宣比什么都有用。"

郑雪是温荔的老对手了，靠着和老公许鸣的合作冲上了一线。

一线年轻女艺人就那么几位，好的本子、好的资源放眼望去还不够她们几个抢，比起其他表面还能客客气气，有合作还能发个合影在微博上装装姐妹的，温荔和郑雪就属于把讨厌对方的情绪明明白白地写在了脸上，连装都懒得装。

不过工作上的竞争都是小打小闹，她们之间最大的矛盾在于男艺人许鸣。

两年前，温荔的某部古装偶像剧小爆，男、女主角就是许鸣和她。

那时候她和宋砚仅仅只有那次在某家的盛典之夜的同框图，事业上无交集，没有任何互动，当时最热的反而是她和许鸣，两个人到哪儿都一起宣传。本着端正的工作态度，温荔认认真真地配合工作，虽然获得了不少热度，但也确实被许鸣的部分粉丝追着骂了很久。

不少人觉得他们假戏真做。

直到电视剧宣传期快结束，团队正准备结束合作，许鸣却突然和郑雪公开恋情，并迅速宣布结婚。

很多人都指责温荔，明知道男方已经有了未婚妻，居然还和男方传绯闻。

那段时间，陆丹让她没事别登微博，等风头过了再说。

没多久，温荔和宋砚也公布了恋情。准一线高人气女艺人和电影圈高人气实力派男演员的恋情直接登上头条，造谣的人一个不落地被发了律师函。

但是温荔比较记仇，并不觉得解气，从此和郑雪夫妇势不两立。

后来，她主演的电视剧又大爆了两部，知名度直线飙升，稳居一线。

温荔不自觉地往阳台上看去。

她是实实在在的高人气女艺人，而宋砚自出道就是银幕新星，一部青春电影直接大爆，多年来稳坐"影视第一白月光"宝座，凡有博主盘点那些年镌刻在人们心底的影视形象，"闭着眼睛都能猜到宋砚演的陈嘉木排名第一""陈嘉木不是第一我直播抄《新华字典》""没陈嘉木就离谱儿"这些评论必会出现。

宋砚演的那部处女作电影叫《纸飞机》，当年包揽国内各电影节剧本、音乐、造型设计的大奖，后来甚至拿下了国际电影节最佳外语片的大奖。

在那年的三大权威电影节上，宋砚均直接拿下"最佳新人"奖项，从此开启了辉煌的电影之路。

在拍《纸飞机》之前，宋砚只是素人，有大导演去艺校选主角，结果惊鸿一瞥间瞅见了隔壁重点高中的宋砚，就此定下了心中的陈嘉木。

当时宋砚的演技算不上多好，可抵不过角色的后劲实在强，他那张脸又实在符合角色。

他饰演的轮椅少年陈嘉木，羸弱漂亮、沉默寡言、自卑隐忍，却又深情偏执，默默地爱着太阳般耀眼的女主角，这份爱一直到他生命结束的那一刻也未减半分。

没有哪个女孩子能拒绝这样的少年。

纵使这些年宋砚已经在银幕上演绎过各类角色，可他演的陈嘉木始终在影史上留有一道不浅的痕迹。

两个人的资源看似都是顶级配置，实则有天壤之别。两个人没什么交集，温荔的重心在电视剧和综艺节目上，而宋砚是实实在在的电影演员——只演电影那种，近几年合作的不是口碑好的大导演就是大热的年轻导演。

她这两年也去大银幕试过水，主演的都是爱情喜剧电影，按照投资成本来说其实赚了，可收获最多的评价还是："温荔选剧本之前就不能让她老公帮忙看看吗？两个人挑剧本的眼光差距太大了！""电视剧可以免费看，电影我是实实在在花了钱进电影院看的，能不能拍点儿有意义的东西出来？"

温荔着实有些不服：宋砚刚出道时，毫无演戏经验，虽然灵气有余，整个人终归还是木头美人，要不是长了这么一张脸，怎么可能至今被奉为经典？有些人对女艺人的恶意真的很大！

宋砚这时候刚打完电话进来，见她坐在床上直勾勾地盯着自己，露出的一对肩膀柔软白皙，上面还有红痕。

她没有意识到自己现在的样子犹抱琵琶半遮面，非常勾人。

他安静地看着人的时候，眼里像盛着一片湖。

两个人的视线在空气中交缠片刻后，温荔默默地裹紧被子。

温荔问："你跟你的经纪人说了吗？"

宋砚回道："说了，但是他不建议我接。"

温荔皱眉，问道："为什么？难道你的经纪人还看不上？"

宋砚摇头，回道："不是，是节目组最近在接洽另一对圈内的夫妇，已经谈得差不多了，马上就要签合同，就算我们现在答应节目组，他们应该也会去，我的经纪人觉得，没有必要去蹚这一趟浑水。"

对宋砚来说当然没必要，去了非但自降地位，还白给别人送热度。

可如果她不去，白白把热度和代言拱手让给对家不说，别人只会觉得她温荔心虚，投票拿了第一还没胆子跟人正面杠。

她不想装什么大气，她可太在乎了。而且就算到时候她自己没被气死，粉丝也要被气走了。

温荔抿起唇，目光不安地左右游移，问："那你到底去不去啊？"

宋砚"嗯"了声，又说："就是不知道温老师肯不肯。"

温荔咳了下，说道："要赚钱的嘛。"

她像只揣着手的猫窝在被子里，脸上却还是"我高傲，我冷淡"的表情。

宋砚心想：这时候如果挠她的下巴，她会不会"喵"一声叫出来？

温荔又补充道："等综艺节目录完，我就让律师拟一份正式的离婚协议书给你，不会拖太久的，你放心。"

宋砚垂下眼眸，收回已经下意识伸出的手。

这时候恰巧又来了电话，是剧组打来的，宋砚说道："我出去接个电话。"

宋砚很少在拍戏中途临时请假。剧组催得紧，宋砚在电话里简单地说了两句，就发微信让助理订下明天回沪市的飞机票。

没几天，各大论坛和八卦组开始放料说许鸣、郑雪要加盟《人间有你》第二季。

网友们都在猜温荔和宋砚会不会去的同时，许鸣和郑雪夫妇与《人间有你》节目组起了些矛盾。

媒体大厦内，郑雪已经是第三次坐在这里和节目组商谈。

《人间有你》第二季的版权归某TV平台独家拥有，因为第一季热度高，第二季拉到了不少赞助，这其中，独家冠名的牛奶品牌的代言人将由投票得出的第二季中人气最高的一对夫妇担任。

若宋砚和温荔不来，代言自然落到第二名头上。

"所以代言的事到底能不能给我们个确切的答复？"郑雪的经纪人敲击着桌面，不耐烦地说道。

编导坐在会议桌的对面，好声好气地解释："代言这个事也不是我们能做主的，主要还是冠名方那边，他们的负责人还没回复，这我们也没办法啊……"

经纪人冷笑一声，抱着胸直接侧过头，一句话都懒得多说。

编导如坐针毡。此时兜里的手机振动起来，他如释重负，仿佛找到了救命稻草，立刻起身，说道："不好意思，我出去接个电话。"

等编导走了，会议室里只剩下郑雪和她的经纪人。

经纪人睨着门口，没好气地道："搞什么？一个代言合同拖这么久，真以为我们稀罕？"

一旁的郑雪笑了笑。今年算得上郑雪的事业年，刚开年她就爆了一部贺岁剧，红气养人，此时的她脸上妆容精致，背脊挺直。

比起经纪人的愤愤不平，她倒是挺淡定，轻飘飘地说："知道冠名方为什么迟迟不肯松口吗？他们还在做梦温荔会来呢。"

"我们会去的消息已经放出去了,温荔但凡要点儿脸都不会上节目找不自在。"经纪人摇了摇头,似乎在笑节目组的天真,"而且宋砚怎么可能答应陪她来?圈里人谁不知道他们是假结婚?你和许鸣前脚公开,她后脚就傍上宋砚跟着公开,笑死人了。不爆出来是给她面子,她真以为我们都不知道呢?"

郑雪似笑非笑地道:"她老公要是不陪她上节目,她也可以一个人来啊。要是她觉得一个人参加夫妻综艺节目太没面子,到时候我可以找节目组商量一下,让她跟我和许鸣凑个三人组合,这不也挺好?"

经纪人被郑雪给逗笑了,摆着手道:"行了啊,多损哪你。"

"开个玩笑嘛,温荔那么红,不至于连这点儿玩笑都开不起。"郑雪说着,一脸无辜地耸了耸肩。

两个人你一言我一语,带着温荔的名字阴阳怪气地说了十几分钟,编导终于回来了。

编导说道:"许哥、郑老师,冠名方那边已经明确地给了答复。"

郑雪笑得很温柔,说道:"麻烦你们帮忙沟通了。合同什么时候能签?"

编导觉得有些对不起郑雪这温和的态度,但没办法,只能硬着头皮实话实说:"冠名方说,他们的代言刚刚已经确定给另一对夫妇了。"

郑雪的经纪人睁大眼,突然站起来,扬声问:"给谁了?!"

编导以为他们没听清,认真地解释道:"就是按我们的原定计划,冠名代言给了观众投票第一名的温荔和宋砚老师。不好意思啊,耽误你们的时间了。"

"投票第一名"这几个字怎么听怎么刺耳,郑雪脸上的笑意僵住,她又不能当场发作,两颊的腮红也遮不住脸色霎时间的苍白。

走出媒体大楼,坐上车,经纪人怎么想都觉得不可能,问:"温荔怎么可能上节目?你和许鸣上节目的消息已经放出去了,她是住在哪个没通网的山旮旯儿里?"

这话带着主观的愤恨,他们当然知道温荔就在燕城,不论住在名下的哪套房子里,都不可能连网都没有。

更何况温荔半个月前还参加了代言品牌在时代购物中心举办的线下活动。

郑雪一言不发,冷着脸拨通了许鸣的电话。

电话接通,许鸣的声音响起:"我在录节目,什么事?"

郑雪边冷笑边阴阳怪气地道:"老公,魅力挺大啊,现在人家还对你念念不忘,上赶着来参加节目非要缠着你呢。"

电话那头的许鸣怔了一会儿,有些恍惚地说道:"温荔要上节目?"

听到丈夫这愣怔的语气,不用想也知道他现在是什么表情,郑雪想到当年他每次在镜头前看温荔那柔情似水的眼神,怎么也忍不下这口气,拧着眉狠狠地说:"许鸣，我告诉你，到时候上了节目你最好配合我点儿，要是让人看出来当年不是温荔不愿意结束合作，而是你先对温荔起了心思，想跟她假戏真做，你就等着被骂吧！要不是当初我帮你出了这个主意，先反咬温荔一口，你以为现在还有这么多粉丝相信你呢？"

男朋友在谈恋爱期间还和其他艺人传绯闻，这让郑雪很不满意，于是许鸣不得不公开恋情。倘若事情败露了，当年温荔遭的罪就得全部反噬到他身上。

许鸣在那边沉默了好久，最后沉声应了句："知道了。"

挂掉电话后，郑雪直接将手机扔在一边，本想侧过头看看车外的风景缓解一下心情，车却好死不死刚好路过某大型商城，温荔的珠宝广告巨幅海报一下子映入眼帘，让她觉得无比刺眼。这是该商城最好的广告位，象征着这个艺人顶尖的知名度与商业价值。这里每天路过的人数以万计，而只要抬头，就能看见温荔那张脸。

她当初也是这个代言的候选人之一，如果不是温荔，现在那张海报上的人该是她。

如果温荔是情场失意，事业得意，她心里还能好受点儿，偏偏温荔竟能和宋砚结婚。

宋砚那可是圈内、圈外公认的白月光，温荔偏偏能在吸引到许鸣后又很快得到宋砚的青睐，凭什么？她和许鸣几年的地下恋情，却比不过温荔和许鸣一次普通的合作！

郑雪气得呼吸困难，心里又是难过又是愤恨，尤其是许鸣刚刚的语气，明显对温荔是不舍的。她侧过头去，狠狠地闭上眼。

历经几个月的造势预热，《人间有你》的官微终于公布了嘉宾阵容。

官微按照投票的排名开始公布参与嘉宾。

《人间有你》官微："人间有你，苦乐都宜！你们的'盐粒'夫妇来咯！@宋砚 @温荔Litchi！绝美夫妇的绝美爱情就问你想不想看！"

这个微博下午五点二十分发布，迅速地冲上话题榜。半个小时后，#宋砚、温荔加盟《人间有你》第二季#话题旁挂上了黑红色的"爆"字。

微博前排瞬间被"荔枝""月光石""签字笔"占据。"荔枝"和"月光石"用的是温荔和宋砚的绝美单人照，"签字笔"用的则是前不久小范围火了一把的双人剪辑视频的截图。

有"签字笔"大喊："是陛下和娘娘！！！"

楼中楼回复："不是粉丝，问一句，这是哪部剧里的啊？想去看。"

"不是剧照，哈哈哈，是粉丝剪辑的视频的截图，链接在超话置顶！欢迎去看！"

几个小时后，#跪求盐粒合作古装剧#爬上话题榜。

温荔配合转发了《人间有你》的微博，配字很简单，就一个"心"的表情图。

宋砚转发了温荔的这条微博，也配了个"心"的表情图。

"今天是照搬老婆文案的美人。"

"美人也加了个'心'，好可爱！"

紧接着，《人间有你》第二季的冠名方公开了新的代言人。

特典："欢迎'盐粒'夫妇@宋砚@温荔Litchi加入特典大家庭！特典有机奶，给你的身体加buff（增益，在游戏中通常指给某一角色增加可以增强自身能力的'魔法'或'效果'）！#宋砚、温荔代言特典牛奶#"配图是宋砚和温荔拿着牛奶的海报，两个人的脸上都是经典的礼貌而客气的微笑。

下面的评论：

"已买，孩子很爱喝，'盐粒'真甜。"

第一对嘉宾带起了热度，紧接着公布的三对也分别冲上话题榜，并带动了一系列话题。

《人间有你》第二季的嘉宾统共四对夫妻，分别居住在燕城和沪市，节目组根据地域分为两组拍摄，拍摄地点不固定，会根据嘉宾的工作行程转移，其间会有出游安排，相当于公费旅游。

相较第一季，第二季又多了个直播间的设置。

现在的综艺节目竞争太激烈，光靠每周的更新压根儿无法满足观众的需求，于是除了每周播放的正式节目，四对嘉宾还会有各自不经任何剪辑的直播间，不定时开放，属于半商业性质，偶尔也会进行扶贫助农的公益直播，直播间的全部收益将会由节目组以嘉宾的名义捐赠给慈善组织。

早在官宣之前，节目组已经在四对夫妇的住宅中安装好摄像头。

但现在节目已经开始录制，宋砚还在沪市补戏赶不回来，说好的夫妻综艺节目成了单人独居综艺节目，这就很尴尬。

最近温荔还有个新的音乐综艺节目要接。对方负责人今天要来温荔的经纪公司开会，刚从线下品牌活动脱身的温荔立刻又被经纪人陆丹抓上了保姆车往公司赶。

车子里，窗外的景色飞驰而过，温荔撑着下巴打哈欠。

经纪人陆丹神色担忧地道："我说你和宋老师接这个综艺节目到底是为了打破大众对你们'协议夫妻'的刻板印象还是为了加深印象啊？这节目都开录了，难不成还要搞个宋老师的人形立牌摆在旁边？"

宋砚演的这部戏的导演是圈里有名的炸药脾气，拍戏投入时连老戏骨都批评，之前给宋砚面子准许他请假已经算是特例。

温荔想到那个画面，竟然笑出声，说道："好主意。"

陆丹没好气地说:"严肃点儿行吗?"

温荔撇嘴。

"温姐,我叫你'姐'行不行?"陆丹双手合十,"你就跟宋老师撒个娇,让他赶紧回来行不行?"

"我跟他撒娇?"温荔冷哼一声,相当硬气地道,"这辈子除了我姥爷,还没哪个男人享受过这待遇。宋砚爱回来不回来,我一个人也能点燃直播间,碾压其他三对嘉宾。"末了她又加了句,以示重点针对,"尤其是郑雪和许鸣。"

陆丹扶额,说道:"点燃你个头啊,都这时候了,面子还能包饺子吃?"

"喊。"温荔垂眸,掏出手机在屏幕上划了两下,解锁后点进微信,然后就这么看着,一直到车子开到公司的地下停车场后陆丹叫她下车,也没看出个所以然来。

两个人直接坐电梯到会议室,刚巧碰见另外两个人从另一部电梯里出来。

走在前面的人一张清纯甜美的脸,身着C牌今年春季的最新款。这款衣服刚在巴黎时装周被模特儿们穿着走过秀场,没想到这么快就被她穿在身上了。

"师妹,你也来开会?"温荔礼貌地出声。

许星悦手里还捧着手机,看着像在打游戏,但没有戴耳机,也从头到尾没抬起过头,径直从温荔面前离开。

倒是她身后的小助理停了下来,礼貌地鞠了个躬,又道了声"温荔姐好"。

人走后,陆丹连连称奇,说道:"去年没出道的时候在公司里碰上你还会叫声'师姐',拉着你的手套近乎,她这才红了一年啊,你刚出道那两年都没这么狂妄。"

温荔语气平静:"谁让她运气好,一夜走红,走到哪儿都是被人捧着的。"

许星悦所在的团是目前知名度最高的女子团体,她是音乐综艺节目出道,唱歌好跳舞棒,又是团里的人气王,虽然是新人,但出道没过一年,商业价值就在女艺人排行榜上飙升到前三名,势头相当猛。

今天张总叫温荔和许星悦过来开会,就是为了今年的音乐综艺节目。

温荔到会议室的时候,风迅集团旗下传媒公司的高层已经都到了。

温荔的老板张楚瑞穿着一身剪裁合身、款式简单的连衣裙,正和对方高层相谈甚欢。张楚瑞脸上只化着淡妆,身上也没戴什么珠宝,看着十分干练精明。

"来了。"张楚瑞示意温荔打招呼,"这是李总。"

温荔伸出手,说道:"李总好,希望这次我们合作愉快。"

李总笑呵呵地恭维道:"佳瑞真是不得了,老总漂亮,艺人也漂亮。"

张楚瑞立刻捂嘴,笑得特别腼腆,说道:"李总太会说话了。上次您带太太过来出席饭局,要不是知道她是您太太,我都想签她出道了。"

李总"哈哈"大笑,褶子布满眼角。

两个老总互相吹捧,一旁的许星悦起身开口,声音又甜又软:"师姐好。"

温荔笑眯眯地看了她一眼，开口，声音比她的还软："师妹的嗓子原来没坏啊？"

虽然许星悦算不上正经歌手，但毕竟是唱跳型歌手，嗓子对她来说还是很重要的，因而老板张楚瑞立刻看了过来，问许星悦："你的嗓子怎么了？"

许星悦一脸蒙，说道："我的嗓子没事啊。"

"是吗？"温荔一脸惊讶地道，"刚刚在电梯口看到你，你直接略过我走过去，我还以为你的嗓子坏了呢，连跟前辈打招呼都不方便，不过也有可能你今天忘了戴隐形眼镜没看到我。"

她也没说自己先打了招呼，知道对方肯定是故意摆架子，不紧不慢地给师妹递了个台阶下，反正许星悦又不傻，肯定听得出她在说什么，她点到即止，免得给李总留下不好的印象。

许星悦当然听出来了，脸色有些难看，可也只得顺着温荔的话点头，说道："对不起啊师姐，我确实忘记戴隐形眼镜了，刚刚没看见你。"

温荔十分大度地一摆手，说道："没事啦，你也不是故意的，要是故意的，那才应该去报个礼仪班上。"

李总压根儿没听出来什么，还乐呵呵地说："你们师姐妹关系不错啊，等上了节目，说不定这师姐妹情又能吸引一拨观众。"

张楚瑞勾了勾唇角，淡淡地说："要是近视，就把这两个月的通告撤了，去做个手术，免得哪天连看到我都不知道打招呼。"

许星悦正当红，撤两个月的通告，得少赚多少钱！她赶紧小声说："对不起，我下次一定记得戴隐形眼镜。"

敲打完许星悦，张楚瑞"嗯"了声，说道："不耽误时间了，李总之后还有事，开会吧。"

开会的内容主要还是围绕即将录制的音乐综艺节目。这档节目邀请温荔作为首席见证官参加录制，而许星悦则是借着去年选手第一名的身份加入导师团，和温荔一块儿参加这档综艺节目。

上一季的热度很高，所以这一季的节目，主办方想搞出点儿创意，目前只公布了导师团阵容，首席见证官的人选则对外界保密，包括选手、相关工作人员都签了保密协议，确保媒体收不到一点儿风声，官宣海报上只用剪影图像，务必把惊喜留到节目录制当天。

每个导师都要在第一期准备自己的单人表演，为了突显导师的实力，舞台都是全开麦。许星悦为此天天在跑步机上练嗓子，可节目策划明显把高潮留给了温荔。

许星悦忍不住问："那温师姐也要准备舞台演出吗？"

李总笑着说："当然不用。"

温荔去露个面就行了。

投资方很明白，以温荔的知名度，已经完全不需要用舞台演出来增加粉丝，相反还能吸引到不少对综艺节目无感的路人来看。

温荔在心里庆幸自己不用去练习室遭罪，但本着拿钱做事的敬业精神，还是说："如果节目有要求……"

李总说道："术业有专攻，我们知道温老师是演员出身，对唱跳肯定不太擅长，不会勉强温老师的，放心吧。"

温荔看了眼张楚瑞——老板没跟他们说，她演戏之前去海外做过练习生吗？

不用准备当然最好，温荔乐得轻松。

会开得很快，双方怎么合作早就在合同里写得清清楚楚，今天也就是对一对细节。

李总离开后不久，温荔也打算走。

文文帮她约了下午去C牌SKP店试高级定制服装，礼服已经被从F国空运过来，之后她会穿着去参加慈善盛典。

许星悦本来走在她后面，突然叫住她。

温荔回过头，声音带笑地说道："找我推荐隐形眼镜品牌？"

表情僵了几秒，许星悦突然亲昵地搭上温荔的胳膊，一脸"乐于助人"地道："不是这个啦。师姐，你不会唱跳，如果录节目的时候有什么专业方面的问题，可以随时来问我，我一定知无不言，绝对不会让师姐被人钻空子说不会唱跳还来当见证官的。"

温荔感觉很无语。她的百度百科上那行"曾在海外娱乐公司进行过为期一年的训练"是不是被删掉了？

温荔刚想说什么，办公室里还在检查合同细节的张总出声："温荔你先回来，我有点儿事跟你说。"

温荔没再搭理许星悦，重新返回会议室。

没了别人，温荔整个人放松了不少，坐到张楚瑞旁边，撑着下巴懒洋洋地问她："什么事啊？"

张楚瑞说："你刚刚当着李总的面那么说许星悦是要干什么？她最近很受风迅那边捧，你是不是嫌自己资源太好想抛点儿出去？"

温荔"喊"了声，反问道："那你刚刚还帮我说话干什么？"

张楚瑞虚伪地拖长声音道："你是我最大的摇钱树，我总不能为了她得罪你。"

温荔又"喊"了声，这回明显不再是不服气的语气，而是带了点儿不明显的得意。

张楚瑞早习惯了温荔这副死鸭子嘴硬的样子，说起正事："别'喊'了。你老公最近有空吗？你跟他说说，要是他愿意去当一期飞行嘉宾就好了，他在普通观众那里的好感度比你的高，不说整个节目，那一期有他肯定能火，正好也联动一下你们接的那档夫妻综艺节目。"

温荔不太乐意，委婉地说："直接去找他的经纪人谈就好了啊。"

"他的经纪人说自己做不了主。"

"那就直接去找他们公司的柏总啊。"

"不去。"张楚瑞皱眉，立刻拒绝，"他老婆就在我面前，我何必大费周章再去求别人？"

协议上的老婆，还不如别人呢。温荔抿唇，说道："我说了他也不一定会来。"

那档夫妻综艺节目都开录了，其他夫妻嘉宾都是一起在家里录，就她和宋砚分隔两地，难为摄像组还分成两队分别给他们拍。

张楚瑞果断地说："那你现在给他打个电话，要是他不乐意，我再跟他说。"

温荔没说话。

"怎么还不打？"

温荔敢跟经纪人杠，但不能跟老板杠，只好掏出手机给宋砚拨过去。

那边的人接得挺快，宋砚低沉的嗓音传来："喂。"

"你回来没有？"

"还没有，怎么了？"

温荔语气平淡："哦，那你能不能快点儿回来？"

沉默了几秒，宋砚轻松地说道："好像不太行。你想我回去？"

"你想多了。"她立刻看向张楚瑞，故意大声说："张总，听见了吧，我说也没用，你自己跟他说吧。"

做生意的人要是都像温荔这样这么轻易就放弃，那生意也不用谈了，直接宣布破产好了。张楚瑞觉得温荔这女人真是没有事业心，说："那你跟他撒个娇啊。"

怎么？撒娇女人最好命吗？温荔一脸抗拒，眼里写着"老娘可不是那种小嗲精，我高傲，我冷艳，我是女王大人"。

怕老板意会不到自己眼神中的潜台词，温荔硬气地回绝："要撒你撒，我不撒。"

张楚瑞无奈至极，说道："他又不是我老公，我跟他撒个什么劲！"

谁知手机那头的宋砚听到这段对话后突然开口："温老师。"

温荔态度不太好："干吗？不回就算了，挂了。"

她的嗓音其实清脆动听，但就是不会好好说话，别扭得很，声音隔着通信设备传过去，她自己也不知道自己哼哼唧唧的声音比小嗲精还黏糊。

宋砚笑了几声，淡淡地说："跟我撒个娇，我就回来。"

温荔满腹怀疑，这么简单，一定有阴谋，这个娇她必不能撒。

温荔家里就她一个女孩儿，男丁兴旺，没人跟她争宠，她从小就仰着下巴看人。

姥爷对她好得不得了，俩舅舅对她也算不错，父亲不常和她见面，却会时常打电话来问她近况，还有个弟弟虽然嘴上说讨厌她，其实从来不敢违背她的话。说她是公主可能有点儿娇情，但"女霸王"仨字她绝对是担得起的。

她硬邦邦地说："我不会。"

然后她挂断电话，又心虚地对张楚瑞说："你要真想让他去，我帮你联系他们公司的柏森，反正我跟柏森熟。"

张楚瑞顿时觉得眼皮跳了两下，说："你跟一个户口本儿上的老公不熟，倒是跟他的老板挺熟的。"

严格说起来，柏森也算不上宋砚的老板。宋砚的演艺合约所属的柏石传媒本就是宋砚与国内一家大娱乐公司华森娱乐圆满解约后自立的门户，宋砚持股26.18%，是第二大股东。但他并不参与行政管理，相当于挂名总裁，实权还是在柏森手上。

温荔说道："我们是发小儿啊。"

柏石传媒的执行总裁柏森是她的发小儿，这事圈内没几个人知道，但她觉得没必要瞒着张楚瑞。

当初她瞒着家人一个人去海外当练习生，被那个不近人情的舅舅强行给拎了回来。舅舅替她付了一大笔违约金，并下了口令，如果她不断了当演员的念头，那这笔违约金就由她自己付，以后无论她在圈内混得怎么样，都别想家里帮她铺路。

是张楚瑞签下了她，先替她付了违约金。

不知道张楚瑞把不把她当妹妹，反正她单方面把张楚瑞当姐姐看。

温荔又问："要不我去联系柏森？"

张楚瑞看了她挺久，半晌才摇头，平静地说道："算了，这事先放一边。"

"哦。"

"但我劝你还是赶紧让宋砚回来，夫妻俩分开录夫妻综艺节目算怎么回事？"张楚瑞睨着她，"撒个娇就能解决的事，不知道你犟什么。"

温荔还是那套说辞："我这辈子就跟我姥爷撒过娇，不知道怎么跟其他人撒娇。"

张楚瑞显然不接受这套说辞，说道："他是你老公，不是其他人。"

温荔不说话。

张楚瑞觉得很不对劲，问："你俩当初到底是怎么看对眼的啊？"

那会儿算是温荔事业的小高峰，宋砚当时也是单身，年轻的女性粉丝着实不少，在当时那种情况下，两个人都非常不适合谈恋爱。

顶着那样大的压力，两个人不顾双方经纪公司的反对，直接公开，没过多久又宣布婚讯，引起了轩然大波。

他们俩怎么看对眼的？他们俩说不上看对眼，就是各取所需，她需要找个人帮忙控制舆论，宋砚需要找个人结婚。

温荔清楚自己结婚的原因，但对宋砚所说的结婚理由始终不太理解。

当时许鸣和郑雪公布恋情造成的风波还未过去，她受邀出席某卫视的电视节。

宋砚专攻电影，没演过电视剧，按理来说这种电视节跟他无关，也不知道主办方是怎么请到他的，让他作为特邀嘉宾出席活动。

许鸣和郑雪相携走过红毯，直播镜头下，两个人脸上挂满甜蜜的笑容。

比起来，温荔形单影只，就显得有些凄凉。

她不能找舅舅帮忙——当初选择这个职业时已经和家人约法三章，她既然要当艺人，那就得承受这些代价。

但温荔没想到自己的承受能力这么弱。

作为艺人，她不是没有心理承受能力，可她觉得落差太大了——那会儿刚红，几个月就涨了一千多万粉丝，私信向她表白的新粉丝很多，就因为许鸣公布恋情，再加上舆论炒作，这些喜欢全部转化成辱骂。

本来她一个人躲在化妆间里哭得好好的，宋砚却走错了化妆间。

温荔又难堪又生气——她哭得太丑了，一把鼻涕一把泪的，完全没法儿看。

巴掌大的脸被她用手挡住，她边抽鼻子边说："宋老师，你就当没看见行不行？"

结果这个男人却说："好像不太行。"

嗐，换作现在已经锻炼出好心态的温荔，旁人爱怎么骂怎么骂，我哭算我输，压根儿没必要跟宋砚签什么协议。

温荔当然不能说真话，挠了挠脸，说道："缘分到了吧。"

所以这俩人就是被对方的皮相迷住，不管不顾地公开，公开后才相看两相厌？也太任性了！

张楚瑞翻了个白眼，说道："你俩真是绝了。"

温荔咳了一下，说道："那什么，我下午还要去试礼服，先走了。"

"去吧。"

温荔下楼时，保姆车已经在停车场里等着了。

她上车后发现文文也坐在后排，副驾驶座上是个扛着摄像机的工作人员。

无剧本综艺节目就是这样，只有尽可能地收集素材，才能保证在无剧本的情况下剪出有综艺效果的节目来，因而跟拍环节是非常必要的。

温荔跟摄像师打了个招呼。

文文递给她一盒午餐，说道："姐，下午时间比较赶，路上堵，委屈你在车上吃了。"

这是常事了，温荔早已习惯。

温荔打开午餐盒，笑容在一瞬间收敛。

水煮西蓝花配香菇，再加上玉米和盐渍鸡胸肉。就因为她前不久嘴馋吃了顿消夜，营养师立刻又开始限制她的饮食。

温荔问："文文，你吃了没？"

文文拍了拍肚子，说道："吃了，丹姐带我去吃的自助餐。"

这一瞬间温荔顾不得表情管理了，立刻皱眉，一脸不高兴。

明眼人一看就知道她是因为什么突然不开心，摄像师很老到地将话题拉到了某人身上："温老师怎么不开心？是不是想宋老师了？"

被跟拍的四对夫妻，就这一对是分开拍摄的，他肯定要时不时提一下宋砚，不然真拍成独居综艺节目了。

温荔下意识地说："谁想他了？"然后她很快意识到这句话可能上电视，心想得赶紧补救一下，于是抿唇，语气十分僵硬地道，"只有一点点咯。"

摄像师愣了一下，没忍住笑了。

温荔不知道摄像师笑什么，边吃饭边跟他聊天儿，顺便向他打听其他三对夫妻的录制情况。

首期的台本主题是"惊喜"二字，怎么发挥全看嘉宾，其他三对夫妻都各自替自己的伴侣准备了大大小小的惊喜，只有她和宋砚的拍摄迟迟没有开始。

"温老师想要什么样的惊喜？"

温荔无所谓地说："他活着就算惊喜吧。"

她对宋砚是真没什么要求，本来就是协议夫妻的关系，她当然不会用丈夫的标准去期望他做什么。只要他好好活着，不要婚没离成，她"咣当"一下成了寡妇。

摄像师又愣住了。

"怎么了？"温荔以为是自己说得太抽象，这答案一点儿都不真诚，才让摄像师接不住话。

摄像师笑着说："没什么，就是觉得温老师你太会说了。"

温荔满脸问号。

殊不知摄像师已经在心里替后期的工作人员想好了这个镜头的文案。

他把这个想法说给了导演组，当天晚上《人间有你》官微就发送了一条文字微博："你活着在这世上，对我来说就是最大的惊喜。"——录制期间突然让摄像师感动的话。

评论区里人们纷纷感叹道：

"说这话的人真的太会了，太会了！"

"这是哪对嘉宾的绝世名言？！"

…………

就这么不温不火地拍了三天的素材，温荔这边的视角完全变成了女艺人的独居日常生活。

她最近只有一些商务通告，都是在燕城本地或周边的城市，有几个本子被压在丹姐手里，没定下来，丹姐还在和投资方扯皮。前两年为了事业奔走劳累，她忙得跟陀螺似的，全年无休进组。"收视保证"的称号她不敢接，一线年轻女艺人里能撑收视率的不光她一个，但自从稳定了收视率后，她总算迎来了一年中难得的休息期。

拍了几天后，随行跟拍的摄像师跟她混熟了。

温荔请求摄像师给节目组素材的时候稍微挑挑，这样节目播出后，观众们的目光就不会放在她和宋砚的感情上，而是放在她美丽的面庞上。

摄像师哭笑不得地道："但是温老师，明天晚上的直播我就没法儿给你挑素材了，只能你自己加油了。"

温荔这才想起来还有直播，这是第二季新加的环节。

温荔之前去过几个卖货主播的直播间，不过都是主播控场，她就坐在旁边负责捧个哏，念两句广告词，帮忙抽个奖。她也开过配合作品宣传的直播，但是旁边会有工作人员负责流程。

这个节目的直播间是节目组特意设置的，为了满足观众看到"人间真实"的心愿，连台本都没有，看的就是嘉宾私底下最真实的日常生活。

她终于觉得头疼了。

到了第二天下午，温荔在摄影棚里给代言品牌拍摄好广告片后就一直想着直播的事，坐车回家的路上还在忧心忡忡地想晚上该怎么跟直播间里的观众互动。

摄像师今天开会，不在车上。仗着没镜头在拍，温荔上网看了几个网红的直播回放，想要学习一下。

这些人是真厉害，连台本都没有，嘴能"叭叭"地说上几个小时不停歇，完全不用担心冷场。

不行，她不能一个人直播，太尴尬了。

她先是联系了节目组，节目组表示不会强制两位嘉宾同框，只要直播间里有人互动就行。

温荔没办法了，只能联系宋砚——如果他现在买飞机票从沪市赶回来，那还来得及救场。

发微信怕他看不见消息，温荔直接拨了电话。

电话刚接通，她直截了当地道："宋老师，今天晚上的直播你就真打算让我一个人播？"

宋砚的声音听起来相当淡定："抱歉，我这边还有个临时通告要赶，实在回不去。"

温荔感觉拳头硬了，说道："行，你爱回不回。"

她这边冷言冷语地挂断电话，完全不知道宋砚那边开的是免提。

酒店的套房内，正在录制备采环节的宋砚没生气，倒是围着他的几个工作人员不约而同地倒吸了口凉气。

副导演挠了挠头，有些困扰，问："温老师这是真生气了吧？"

宋砚收好手机，说道："应该是。"

"那宋老师会担心惊喜变成惊吓吗？"

他笑了笑，说道："有点儿。"

男人说得轻描淡写。他天生微陷的眼窝与垂下的眼睫将整片眼睑遮在阴影里，相貌俊美，气质带着些冷淡。

宋砚对待拍摄工作敬业又耐心，老婆都发脾气了也不怪罪节目策划，副导演咽了咽口水，突然怪罪起策划来：明知道这俩人的情况跟其他三对嘉宾的不一样，还安排这种环节！

第一期的台本上明明白白写着"惊喜"两个字，之前负责跟拍的节目组有向温荔打听想要什么样的惊喜，结果得到了个相当文艺的答案：活着。

他们节目组总不能先安排宋砚假死，再让宋砚在温荔面前复活吧？所以节目组只能安排这么一出，等温老师那边直播到半场，外出的丈夫突然回家，小别胜新婚，到时候直播效果一定好到爆。

这已经是节目组的创意极限了。

"最后一个问题。"拿着纸的工作人员说，"宋老师想要从温老师那儿得到什么样的惊喜呢？"

宋砚要给温荔的惊喜已经在路上了，而负责跟拍温荔的摄像师今天临时被拉去开会，就是为了跟导演组商讨，台本应该怎么安排，温荔应该给宋砚什么样的惊喜。

宋砚配合地回答："有点儿想知道她撒娇是什么样子。"

工作人员惊讶地问："温老师从来没跟您撒过娇吗？"

他摇头，说道："她喜欢一个人能解决的事情就一个人解决，不喜欢麻烦别人。"

就像两年前，明明那个协议对她来说有益无害，可她还是犹豫了很久。

化妆间里，哭得梨花带雨的温荔手紧紧地攥着礼服侧边的裙摆，小声又警惕地问他："你是单身吗？"

这姑娘因为被许鸣坑惨了，所以对男人这个群体下意识地不信任。

综艺节目里能和男嘉宾玩哏、比力气，又能保护女嘉宾的"三力哥"，那时候其实也就是个二十出头的年轻姑娘。

她像只猫一样，浑身的毛都竖了起来，生怕被他骗。

好在宋砚在圈内的风评是出了名的好，她对他还是比较信任的。

"我如果不是单身，直接公开另一半不就好了，还有必要找其他异性配合去打破我是同性恋这个谣言吗？"

"哦，那就好。"她点了点头。

信任归信任，疏远还是疏远，警惕也依旧警惕，她把界限分得很清楚。当时她对宋砚说："我不会麻烦你的，也不会蹭你的资源，公开后我们各过各的，你放心吧。"

导演组给宋砚看那些她在燕城单独录制的素材，当看到她敛去眉眼间的英气，好不容易露出点儿怯弱，十分僵硬地说"只有一点点"，听到她说出那句"活着就是惊喜"时，宋砚明白她没那个意思，不过是在镜头前装装样子。

她这不是挺会说的吗？哪怕是假的也让人有点儿受不住。男人轻叹，嗓音里带着无奈，说道："采访就到这儿吧，赶不上今晚回燕城的飞机，我就真要回家跪搓衣板了。"

温荔对此一无所知，等晚上导演组发来信号，一个人坚强地开始直播。

"大家好，今天宋老师不在家，让我们兴奋起来！"

纵使节目组提醒过温荔，在直播间里蹲守的观众比较多，开播的时候她还是被满满当当的弹幕给惊到了。

其他三对嘉宾早在几天前就陆陆续续完成了直播任务，该上的话题也上了，该玩的哏也玩了，唯独宋砚和温荔这对的直播一直以"嘉宾通告繁忙"为由拖到了今天。

越往后拖直播间的热度越高，加上节目组的官微一直在预热，好几天下来，一片黑屏中央的大字"该主播尚未开播"完全没影响热度，左上角的观看人数一直维持在七十万到八十万，满满当当的各类弹幕不时飘过黑屏。

"无同框的第 n 天，想他们。"

"还不开播吗？"

粉丝们正对着黑屏刷弹幕刷得快乐，《人间有你》官微突然发布微博。

《人间有你》官微："'盐粒'直播间 20:00 准时开播！美人 @宋砚因通告撞档临时请假，但我们的三力 @温荔 Litchi 会为大家展现女艺人最真实的居家日常生活，记得定好小闹钟，20:00 在橙汁 TV 和我们相遇。"

晚上八点整，亮起的直播间里真的就只有温荔一个人。

原本嘉宾的直播镜头用的都是节目组统一在家里安装的高清摄像头，但因为今天直播的只有温荔，节目组特意让她用节目组的手机直播，在手机的上方直接外接一个高清摄像头，这样手机屏幕上会显示弹幕，方便她和粉丝互动，不至于冷场。

满屏的"？"飘过去。

"我以为节目组是骗我的，原来美人真请假了。"

"三力，你老公呢？"

温荔回道："宋老师有工作，赶不回来。"然后又有些困扰地说，"你们的弹幕刷慢点儿，我看不清了。"

弹幕实在刷得太快，温荔只好眯着眼往屏幕上凑，试图看清楚弹幕。

她还顶着下午拍广告时化的妆：大地色系妆容，眼尾处的小三角眼线拉高了眼角，嘴上的正红色唇釉也是她代言的彩妆品牌这季的新品，整个妆容干净明艳，漂亮得攻击性十足。

她本来就容貌艳丽，五官立体，骨相极佳，又有着东方人柔和的气质，眉眼因为浅色美瞳带着微微的混血感，凑近屏幕的时候，五官给人的冲击力又被放大了数倍。

"女人你不要突然凑过来，老子的心脏差点儿麻痹好吗？"

"你凑那么近干什么啦？！自己有多好看心里没点儿数吗？！"

温荔被这帮粉丝的话闹得怪羞耻的，赶紧缩了回去。

放在一边的自用手机来了消息，她抓过来看，是经纪人发来的微信："你上话题榜了。"

温荔："啊？"

她也顾不得弹幕里"群魔乱舞"，直接登上微博，看到自己果然上话题榜了。

什么#宋砚直播请假##温荔直播镜头颜值#，还有一个是#"盐粒"虚假夫妻情#。

她本来以为最后一个也是粉丝调侃刷上去的话题，点进去看才发现并不是，就是字面意思上的嘲讽。

不能生气，就算宋砚不在她也要认真工作。温荔深吸一口气，重新对着镜头扬起笑脸，看了眼左上角直播间的实时观看人数。

行，宋砚不回来就不回来，她一个人也能行。

直播开了四十分钟，首都国际机场，从沪市飞往燕城的T次航班顺利地抵达。

刚下飞机，宋砚把手机开机，一连串消息就涌来。

其中微博的提示消息最多——他只是关闭了未关注人的消息提示，微博每日还是会推送热点给他的。

好几条消息是跟温荔有关的。

他现在好像不适合回家，会打扰到她和粉丝们互动。

他一条条话题看过去，视线最后停留在热度最低的那条话题上。

宋砚看了眼那条热门微博的文字内容，用自己有七千万粉丝的微博大号在下面留了言。

宋砚:"已经在赶回家接受温老师批评的路上了。"

这条评论顷刻间有了上千条回复。

第一条就是表示怀疑的:"本人???"

马上有人回复:

"肯定是本人发的啊,不知道点进头像看一下微博主页吗?"

"几千万粉丝的微博你给我来冒充一个?"

旁边的经纪人柯彬一开始不知道宋砚在用手机干什么,直到上了车,宋砚的手机"噼里啪啦"不停地在兜里振动,柯彬才瞪大眼看着正闭眼休憩的宋砚,问:"你刚登微博发了什么?!"

直播间里一阵热闹。

粉丝们都老老实实地待在直播间内,弹幕刷屏的速度很快,个别新进来的观众的弹幕瞬间就被淹没在刷屏里。

温荔正在卸妆。她最近美容院去得多,通告也少,睡眠时间充足,皮肤状态不错。之前有弹幕说想看看女艺人的晚间护肤流程,恰好她也不知道直播该做些什么,就借此找个事做。

为了不让手机被打湿,温荔将直播用的手机立在盥洗池镜子上的小支架上。

她看着镜子,认真地给粉丝说自己的卸妆步骤:"我今天眼妆化得有些浓,不太好卸,得放眼睛上敷个半分钟,不然就这么搓的话可能会在眼角搓出细纹来。"

弹幕:

"欢迎来到三力的美妆小课堂。"

"三力怕长皱纹,我也怕长皱纹,四舍五入我就是三力。"

"前面的姐妹赶紧闭上眼睛睡觉吧,梦里啥都有。"

…………

她挤了点儿卸妆液在化妆棉上,用来敷眼睛。两只眼睛都被挡住,温荔觉得就这样站在镜头前有点儿傻,叫了声家里的声控蓝牙音箱,说道:"来一首比较兴奋的歌。"直播间的气氛不能冷掉。

"好的,主人。"

然后音箱自动播放起了重金属摇滚乐。

欢快的鼓点一响,温荔被吓得肩膀抖了抖。她今天看别的直播学习,看见有很多主播放这首歌蹦迪——旋律感极强,欢乐喜庆——就下载了这首歌。

温荔也不知道自己为什么就那样跟着拍子抖起了腿。

人在无聊的时候总会干出点儿不可思议的行为,尤其是在卸妆敷眼睛站在盥洗池前不知道干什么来打发时间的时候。

一想到那老公还不知道在哪里潇洒，又想到微博上对家粉丝对她的嘲讽，她就觉得自己不能输。

没男人在家怎么了？没男人在家她照样能高兴起来。

"三力，你还记得自己是个女艺人吗？"

跳了半分钟，直播间的弹幕都很和谐，大多是跟着"哈哈"的，突然，弹幕的风向开始转变。

"美人！"

"温荔，你快别跳了，你老公回来了！！！"

"别发了，她敷着化妆棉呢，看不见。"

"怎么办？美人站在门口笑着看了半分钟了，啊啊啊！"

一曲结束，温荔取下化妆棉，感觉浑身的卡路里在燃烧，明天肯定又能瘦一斤。

温荔喊道："兴不兴奋？！"

粉丝们却完全不领情：

"兴奋个屁，你完蛋啦！"

温荔满脸疑惑。

没等粉丝们给她解释清楚，她自用的手机就振动起来，是经纪人打来的。她接通电话，说道："丹姐？"

陆丹的语气很复杂："我说你跟宋老师要搞直播效果能不能提前跟我们说一声？"

温荔没听懂，问："什么意思啊？"

"你还跟我装傻？节目组安排宋老师今天回来的台本你为什么没告诉我？"

"啥？"温荔握着手机，茫然四顾，"宋砚回来了？"

陆丹重重地叹气，说道："对，在洗手间门口整整看你跳了两分钟。"

温荔霎时间脸色万紫千红，瞳孔不住地缩放，冲手机颤声喊了句："宋砚真回来了？"

弹幕：

"傻宝贝是真不知道！"

"哈哈哈，我信了，这直播是真连台本都没有。"

"不但回来了，而且看你跳得太起劲，还帮你把门带上了。"

温荔起码站在原地愣了半分钟，内心天塌地陷，羞愤到垂在身侧的手甚至握不紧拳头。

正在看直播的陆丹也意识到不对劲，试探性地问："你不知道他回来了？"

温荔呆呆地摇头，说道："我真不知道。"她的话语已经颤抖到听不清了。

"没事，网络信息更新很快的，过段时间大家就都忘了。"向来严肃的经纪人憋着笑安慰她。

温荔根本不信这话——她十几岁的时候给言情杂志拍的封面现在还时不时被营销号拿出来反复嘲笑呢。

要不是出道前舅舅找人帮她瞒下了个人信息，她如今恐怕不止这点儿黑历史被翻出来。

难得这么放飞自我一次被逮了个正着，温荔委屈又责备地看着手机，说道："你们怎么都不告诉我一声啊？！"

弹幕瞬间爆炸，粉丝们比她还委屈：

"我对着手机吼了几分钟，嗓子都喊哑了你知道吗？！"

"我们说了啊！！！"

温荔看了眼紧闭的洗手间门，甚至想要不别出去了，就窝在这洗手间里养老算了。

她尴尬地抓了抓头发，想着不管怎么样先结束直播再说，说道："我先下播了。"

"不行！"

"我们要看同框！"

不管粉丝们怎么哭喊，温荔都坚定地关了直播。

她点开话题榜，第一条就是她刚刚的直播的录屏。

人间白骨精："哈哈哈，今天温荔的直播真的太好笑了，这段直播效果直接拉满，温荔又可怜又好笑！宋砚，你欠温荔的用什么还？！"后面还附了视频链接。

视频一开始，就是敷着化妆棉的温荔正随着音乐尽情摇摆。

然后没关上的洗手间门口突然出现一道高挑的身影。

男人本来脸上微带倦色，右手还拖着行李箱，左臂上搭着防风外套，这下直接愣在了洗手间门口，眼里是三分震惊、三分难以置信以及四分"我走错门了吗"的迷惑。

看了几十秒，男人脸上的疲倦之色一扫而空，眉眼间满是笑意，明显上扬的双眼皮笑弯成细细的线。他也没出声叫温荔，就那么站在门口安静地欣赏完一整场"演唱会"。

等表演结束，他还贴心地为老婆关上了门。

评论区：

"点进来之前没想到这么好笑！"

"哈哈哈，她真的好可爱啊。"

"为什么你们都在笑，而我看这段时觉得好甜啊？"

温荔："……"她丢脸都丢到姥姥家了。

还有不少表情包已经被做出来了。

等温荔做好心理建设走出洗手间，已经是半个小时后的事了。

宋砚不在客厅里。

温荔刚松了口气，又猛地想起客厅里的摄像头应该还开着，于是赶紧摸到客厅里把两个摄像头关了。

然后她瘫倒在沙发上，打算就这么在客厅里将就一晚上。

这套房子位于燕城的西城区，这片区域商业化程度极高，繁荣热闹，夜间车水马龙，到处有霓虹灯点缀，又因为这个小区是高端定位的住宅区，很多艺人在这里有房产，外头有不少狗仔蹲守，她要是这时候离开往外面躲，简直是送上门的美餐。

她的手机还在不断地振动，从经纪人到导演组，从家人到朋友，各种问候消息快把界面塞爆了。包括对她进演艺圈持反对态度，乃至从不过问她的工作的冷血舅舅。

舅舅发了微博原文，说道："你看看你像什么样子！"

连"老干部"都知道了，温荔知道这场直播是真火了。

艺人无隐私，这她也知道，几年前还是二三线艺人的时候，她也不是没在镜头前耍过宝，就像丹姐说的，今天这事对她来说并不是黑料，相反还能给她增加人气。

过了那段尴尬期，她很快就能想通了，说不定明天还会发条微博配合网友、粉丝们玩玩哏。

温荔盯着主卧的方向，目光像是要刺穿房门。

所以她为什么就是不能大大方方地打开主卧的门，告诉里面那人，今天那就是直播效果，她本人无论是心智还是精神状态都十分正常？

他也是艺人，一定能理解的。

自己到底在怕什么？温荔想不明白，抓过沙发枕抱在怀里，越想脑子越迷糊，跟糨糊似的。

直到宋砚叫她，她蒙眬地睁开眼，才发现自己躺在沙发上睡过去了。

"回房睡。"他说。

温荔撇了下嘴，翻了个身，面对沙发的靠背，把后脑勺儿留给他，闷闷地说："我今晚就睡在这里。"次卧没有铺床，床垫也是硬邦邦的，还不如睡沙发舒服。

宋砚好半天没说话。

温荔感觉他就蹲在自己的身后，一深一浅地呼吸着。

然后他开口了，声音里带着笑意："刚刚跳舞累着了？"

"轰！"温荔听到自己理智爆炸的声音。

"你！"她坐起身，一副要大吵一架的架势。

"我什么？"宋砚挑眉，慢条斯理地与她争辩，"我不在家你就开演唱会，我一回家你就板着张脸，你还打电话让我回来干什么？"

跟人吵架最怕对方反应平淡，就好像是拳头打在棉花上，憋屈得很。

他居然还反咬一口！温荔气急，质问道："我板着脸是因为你回来吗？是你回来都不提前跟我说一声，害我……害我……"

她气得呼吸困难，胸口一起一伏的，隔着布料，软软的"山丘"起伏明显，和她的呼吸交错，扰乱人的思绪。

宋砚收回目光，侧头问："害你什么？"

"害我这么……"温荔狠狠地白了他一眼，用最凶狠的语气说出最委屈的话，"害我这么丢脸！"

宋砚突然问了个毫不相干的问题："你知道今天晚上有多少人在看你的直播吗？"

"什么？"温荔一愣。

宋砚低声道："几千万观众，你都不担心在他们面前丢脸，怎么对我就换了套标准？"

这话着实把温荔给问住了。

对啊，要真觉得丢脸她还搞什么直播？她就是刻意创造笑点来和粉丝互动的。

她对宋砚就是双重标准，她可以在粉丝面前装傻，卖卖萌，搞搞笑；在宋砚面前却总端着，一点儿脸都丢不起。

温荔哑口无言。

"那……那么是我双重标准？"她不确定地皱起眉，问。

宋砚点点头，似乎对她的一点就通感到欣慰，说道："嗯。"

温荔咳了一下，拍拍衣服站起来，用轻描淡写的语气对他说："好吧，那这事就这么过去了，以后不许提了。"

温荔觉得是自己在无理取闹，于是很快将这事揭过。

到了晚上就寝，温荔先完成洗漱，躺在主卧既柔软又舒适的大床上，留了半张床给宋砚。

等宋砚也洗漱完躺上床，温荔还在玩手机。他没说什么，关了摄像头和大灯，留了盏床头小灯给她照明。

这两年她常在外赶通告，宋砚同样，也就是接了夫妻综艺节目，节目组说以他们的常住房为主拍摄场地，这间房的使用率才真正高起来。

身边睡了个人，她才有种结婚了的真实感。

节目录制的这几个月，他们会常常见面，甚至要配合在镜头前演戏。

她背对着宋砚，突然出声："宋老师。"

宋砚带着睡意回应："嗯？"

她琢磨了挺久才问："你不是说临时有通告回不来吗，怎么又回来了？"

"原本就是打算今天回来跟你一起直播的。"

温荔有些不屑地道："其实你不回来我一个人也能搞定。"

"看出来了。"他的声音很沉，困倦的呼吸声甚至盖过了低沉的嗓音，"凭一己之力占了五个话题，温老师厉害。"

被恭维了，温荔"啧"了声，口气中带着点儿得意，说道："你都知道，那还回来干什么？"

宋砚突然睁眼，声音里的困倦也散去了，淡淡地问："你不想我回来？"

"不想。"她语气坚定。

男人不动声色地绷紧下巴，床头小灯微弱的光映亮了他湖面一般的眼眸。

可接着她又说话了，声音很小，语气里有责怪，也有傲慢，更有她很想藏起来却又藏不住的体贴："推不掉的工作下次就别推了，我一个人搞得定的，没你我照样完成业绩。"

温荔自我感觉态度很高傲，宋砚绝对听不出她在关心他。

然后她听见背后的男人叹了口气。

好半天没听到回答，温荔转过头去看他，问："你已经睡了？"

她刚转过去，视线就撞进宋砚似笑非笑的眼睛里。

温荔心一慌，赶紧挪开眼，说道："没睡着怎么不出声？"

"在想事情。"

"什么事啊？"

"你知道为什么明明狗比猫更亲近人，可是很多人还是喜欢猫吗？"

猫这种生物，孤僻、高傲，每次的亲近都好像是给人的施舍。上天似乎知道这种生物不招人喜欢，于是给了它符合人类审美的外形——漂亮的脸，清澈的瞳孔，毛茸茸又柔软的身体，还有"喵喵"的奶叫声。

但凡这种生物肯稍微纡尊降贵，依偎在人的身边"喵"一声，用那柔软的身体轻轻蹭一蹭，那人就失去了所有的防备，只想把这外表高傲内心腼腆的小东西给绑在怀里，蹭到它烦躁不已，推开人"嘤嘤"叫着逃开为止。

温荔"哼"了声，说道："你是不是想养猫了？不准养，到时候猫毛满天飞。"

宋砚漫不经心地笑了笑，伸出指尖捻了一丝她披散在枕边的长发，说道："浴室里掉了那么多头发，还好意思说这话。"

温荔又转过头，眼里写满屈辱，厉声问他："你是在讽刺我秃吗？"

宋砚不说话。

看着男人被她的话堵到说不出话的样子，温荔"喊"了声，不再理他。

第一期节目录制过半，后期剪辑师最近疯狂地加班。温荔的直播大火后，《人间有你》官微的粉丝数瞬间增加了三分之一，每条预告的评论下都是催正片赶快出来的。

温荔本来以为第一期的内容就停留在宋砚回燕城这段，结果导演组临时又给她出了难题，说是用来做第一期的末尾小花絮，每个女嘉宾的台本都是一样的：撒娇。

温荔问："第一期的台本不是'惊喜'吗，怎么又改'撒娇'了？"

编导笑呵呵地解释："这不是太笼统了吗？所以再细化一下。"

"惊喜"改"撒娇"，一样是两个字，不还是很笼统吗？有区别吗？温荔心想，这还不如她以前录的那种有剧本的综艺节目呢，起码人家把争议点、爆点都安排得明明白白，用不着嘉宾动脑子想。

"其他女嘉宾都已经开始录制了，麻烦温老师理解一下，我们的剪辑师两天没睡觉了。"

温荔旁敲侧击地问："包括那一对？"

"哪对？"编导刚开始还没理解，但脑子转得很快，"哦，那对啊，录了录了，表现特别好，特别恩爱。"

温荔："……"好家伙，不蒸馒头争口气，她必不能输！

平常夫妻相处，妻子跟丈夫撒个娇再正常不过，这个台本在温荔看来一点儿都不新鲜，反而有些土，但节目组好像知道她和宋砚平时的相处模式，偏偏就设置了这么一个环节难为她。

她甚至怀疑是不是宋砚私底下跟节目组爆了什么料。

燕城正处于春夏之交，偶尔下点儿细雨。这种天气并不适合出门，但宋砚因为有饭局，还是出门了。

远离城中心的明水茶园中，山水天晴包间内，几个男人正手中端着茶杯，相谈甚欢。

在座的几个名导，从二十世纪七八十年代就出道拍电影，到如今功成名就，国外、国内的奖包了个圆儿，可仍然偏爱中式情调浓厚的环境，手捧紫檀杯，杯里是口感微涩的御前八棵。

宋砚到的时候，几个人同时冲他招手。

"哟，咱砚总来了。快过来坐，尝尝这茶鲜不鲜，刚从西湖空运过来的。"

宋砚落座，笑得温和谦逊，说道："折杀我了，老师还是叫我'阿砚'吧。"

打趣的男人就是当年在校门口一眼相中宋砚的于伟光。那部电影将宋砚推向了电影最佳新人奖的领奖台，对宋砚来说，于伟光是伯乐，更是恩师。

一旁的郭导跟着恭维："老于还能叫你'阿砚'，咱们几个就要老老实实地叫'砚总'了。我下半年要开拍的那部电影，要不是柏石投了两亿元，那特效我还真愁得慌。"

这里的人都是他的前辈，他们是导演，他是演员，从前他们叫他"阿砚"是长辈对晚辈的亲昵，也是地位的划分，可现在"阿砚"成了投资方，双方的相处模式显然和从前不同了。"

宋砚谦虚地表示："那都是柏总的决策，这功劳确实归不到我身上来。"

一来二去，招呼打完了，恭维话也说够了，几个人终于聊到了电影。

郭导话里隐隐有些试探："阿砚明年还能抽出档期吗？我手里有个仙侠的本子，有兴趣我让人拿给你看看？"

宋砚问："原创剧本？"

"不是，是小说改编的。原著在网上火了十几年，读者基数很大，在男、女读者群体里都很受欢迎。"

另一个导演笑着拆穿："扯那么多高大上的干啥？就是谈恋爱，现在就流行拍这个。"

郭导讪笑，继续说："我听老于说，你早就不接感情戏的本子了。你也别老接那些苦大仇深的，你的女粉丝那么多，好歹拍一部满足一下她们的需求。"

"倒不是我不想接，"宋砚侧头，笑容温和，"而是感情戏实在不是我擅长的，怕毁了这个本子。"

郭导仍不愿放弃："你的处女作不就是感情戏？现在老于还靠它赚口碑呢。怎么老于导演的感情戏你拍得了，我导演的你拍不了？"

于伟光"哈哈"大笑，帮着打圆场："那还真怪我，阿砚就是因为刚出道拍了我那部虐恋情深的戏，结局都把他给写死了，他有心理阴影了。"

"后劲这么大？"郭导不太相信，"阿砚，你太太不是拍偶像剧出身的吗？她平常就没教你个一两招？"

宋砚笑了笑，说道："她要是肯教我那倒好了。"

郭导退而求其次，问道："那你太太有没有兴趣……？"

"如果郭导是看中我太太，直接去联系她的经纪人就好；如果郭导是因为我，那就不必了，她比较犟，这方面不太想和我扯上关系。"

几个导演包括于伟光面面相觑。

温荔在电视剧圈里已经走到顶了，现在说她是收视保证也没几个人会反驳，人气和商业价值都很高，不是没电影本子找上门，但无论是直接找她的，还是通过宋砚找她的，她都在权衡后郑重地拒绝了，目前只接一些投资不高或者驾驭得住的轻喜剧电影。

电影和电视剧对演技的要求确实有所不同，哪怕是行业中经验最足的话剧演员，有时上了银幕也有用力过度的风险。

宋砚眼睛望向别处，无意中看见包间内厅里的墙上挂着的一幅国画，是一幅雪山劲松图，下方的落款字小，隔得有些远，他看不太清。

"看出来了？"于伟光也爱好字画，见他盯着那幅画，主动说，"是徐大师早些年的作品，拍卖下来也就七八十万元，肯定比不上你家里那幅石榴图。你家里那幅现在要是拿出来拍卖，至少这个数起价，有兴趣割爱吗？"

随即于伟光手上比了个数字。

宋砚委婉地道："那得问问我太太了，那幅画我做不了主。"

于伟光轻"哧"一声，说道："你太太，你太太，那你倒是把你太太叫过来让我跟她说啊，老不带人来算怎么回事？"

宋砚很少带温荔来这种私人局，几个导演也从不拿温荔打趣，一是温荔本人争气，一线的位置坐得稳稳的；二是她嫁给了宋砚；三是温荔的背景他们至今都查不到。

聪明人都知道，查不到才是最可怕的，说明身后真正护她的人将她保护得滴水不漏。

宋砚喝完茶，礼貌地找了个借口离开。

宋砚回家的路上雨还没歇，湿润的味道伴着春夏之交的凉风，公路两旁的绿化树木被吹得微微摇晃。

都说喝茶醒神，宋砚却眼皮子打架，往后仰着头，倦懒地靠着座椅。

闭眼时他好像又听到那晚吵闹不休的摇滚曲，心里疑惑她到底是从哪儿听到这首歌的，这歌一点儿也不好听，但跳舞的人漂亮又纤细，而且整个洗手间里都是她那些洗护用品清爽撩人的香味。

"苏喂！"耳中自动播放起她的声音，宋砚"扑哧"一声笑出来，睡意霎时间全无。

因为是私人行程，节目组不会跟拍。宋砚晚上到家时，正好碰上下楼扔垃圾的编导。

在录制期间，摄制组就住在他们楼下的房子里，既不打扰夫妻二人相处，有情况时又能随时处理。

"宋老师回来了？"年轻的女编导兴奋地说道，"温老师等你好久了。"

编导的表情看起来有些奇怪，宋砚也不知道她葫芦里卖的什么药，因此开门时特意在门外站了几秒，担心有水桶或者面粉桶什么的砸下来——他很少上综艺节目，不过看别的艺人有被这么整过。

但是什么都没有，只有客厅里电视的声音响着。

温荔走了过来，问："回来了？"

她穿了件连体的卡通睡衣，正躺在沙发上看电视，头发扎成个松松垮垮的丸子头，是很平常的居家打扮，但脸上化了淡妆。

宋砚下意识地看了一眼客厅里的摄像头。

"嗯。"他弯腰准备换鞋。

"我帮你拿拖鞋。"温荔赶紧说。

然后她将拖鞋整整齐齐地摆放在他的脚边，看着他笑道："穿吧。"

宋砚愣了一下。

他拿起拖鞋，倒过来抖了抖，发现里面没藏针。

温荔对他这个动作很不解，问："你干什么？"

宋砚面不改色地道："抖灰。"

此时楼下的全体摄制组成员对着监控器笑得很大声。

"事出反常必有妖，宋老师怕老婆暗害他，哈哈哈。"

"这么看来，温老师何止从来没对宋老师撒过娇啊。"

宋砚刚穿好拖鞋，一条胳膊被温荔拉住。他微微僵了一下，问："怎么了？"

"嗯？没怎么啊。"温荔摆出标准的迎宾专用微笑，两眼弯弯，"你今天在外奔波一天辛苦了，来坐下，我给你揉揉肩。"

拽着他到沙发边坐下，温荔从背后给他捏肩，生怕捏轻或捏重了，又弯腰在他耳边柔声问："力道还可以吗？"

宋砚目光微黯，抓住她的手腕，笑了笑，说："不麻烦了，我回房间休息会儿就好。"

温荔目瞪口呆地看着他就这么头也不回地走进卧室，又关上了门。

然后她狠狠地瞪了一眼客厅里的摄像头，说道："他不领情，我搞不来。"

摄像头上的小绿灯亮了亮，导演的声音响起："温老师，你这不叫撒娇啊。"

"我这还不叫撒娇？"她就这么叉腰站在摄像头前争辩起来，"非要'哥哥，嘤嘤嘤'才叫撒娇？"

导演说道："嗯，你太含蓄，观众看不出来的。"

温荔咬牙，泄气地道："那我不会。"

导演开始在线指导她，四十几岁的大男人捏着嗓子学小女生撒娇。

温荔皱鼻子，嫌弃地道："要这么搞，宋砚还没被硌硬死，我先被自己嗲死了。"

她这句吐槽惹得楼下的房子差点儿被笑声搞得震动起来。

关键时刻还是编导有办法："温老师，要不我给你看看其他女嘉宾的录像？郑老师的可以吗？你参考参考？"

温荔一听就想起来了：对，我不能输。

可她还是有点儿担心，问："那他要再不领情，我岂不是很没面子？"

"你可以跟宋老师说摄像头已经关了，可能是宋老师在镜头前不好回应你。"

宋老师是装矜持也说不定呢？

小绿灯灭了。

温荔找出家里的水果，洗干净，切好片装盘，然后端着水果盘打开卧室门。

她什么也没说，装模作样地走到摄像头旁，又装模作样地"关掉"它。

正躺在床上的宋砚就那么看着她，突然眯起眼，问："怎么把摄像头关了？"

温荔随口敷衍："总不能一天到晚都开着吧。现在天也晚了，就关了呗。"

她端着水果盘坐到床边，笑眯眯地问："吃水果吗？"

宋砚盯了她足足十秒，伸出手，说道："谢谢。"

温荔拿着盘子往后躲，说道："欸，我喂你。"

宋砚愣了一下。

"先吃块苹果好不好？啊——"

宋砚张嘴的时候，探究的视线就没有离开过她的脸。他嚼得很斯文，舌尖在口腔中细抿苹果甜甜的汁水。

"好，现在轮到你喂我了。"温荔张嘴，"啊——"

宋砚表情深沉，看她跟动物学家观察类人猿似的，顺从地给她喂了口水果。

"嗯，真甜。"温荔做作地叹息道，装出享受的样子，"哥哥喂的苹果就是甜。"

楼下的摄像组成员："哈哈哈！"

宋砚微愣，抿着唇，漂亮的眉拧起，低声问："你刚刚叫我什么？"

"嗯？'哥哥'啊。"

温荔心想：这难道不是撒娇的最佳称呼？为什么这男人一点儿反应都没有？

她侧头，眨了眨眼，说道："还是你比较喜欢我叫你'老公'？"

宋砚喉结微动，垂下眼皮，睫毛蝴蝶似的抖了抖，等再抬头看她的时候，目光明显深沉起来，夹杂着说不清道不明的情绪。

他"嗯"了声，带着些许鼻音道："那你再叫一声。"

温荔问："叫什么？哥哥？老公？"

男人的嗓音像感冒似的有些哑："随你。"

"哥哥、老公。"温荔心想反正也不拗口，反正是节目效果，都叫了，满足他，还挽着他的胳膊蹭了蹭，说，"人家还想吃颗葡萄。"

温荔心想：都"人家"了，这总是撒娇了吧？哟——

也不知道节目的第一期播出以后，那些叫她"三力哥"的粉丝会不会嫌她太小女人然后不喜欢她了？

正当温荔心想自己的形象又得崩一个的时候，就被眼前的男人一把揽过胳膊拉上床，水果"噼里啪啦"地摔了一地。

宋砚翻身而上，胳膊撑在她上方，自上而下垂眸看着她，拽了下她连体睡衣帽上的兔耳朵，几乎是用气声问："小哆精，关了摄像头到底想干什么？"

一开始他以为她是在配合节目组搞什么整蛊环节，后来意识到她可能是受了节目组的指派来撒娇的。

节目组又不是没有女性工作人员,居然也不知道教教她。

表演痕迹太重,台词生硬,这要是在上课,宋老师绝对给她不及格。

她圆溜溜的丸子头配上兔子睡衣的模样太少见,眼睛亮亮的,动作生疏而笨拙,却又真的可爱。

摄像头关了,那就不是在录节目。

男人看着像是很生气,绷着脸,眉头紧紧地拧起来,耳根也似乎被气红了。

温荔脑子短路,一时间搞不懂为什么会变成这样,也不知道自己哪里惹宋砚生气了——别人撒娇换来的都是柔情蜜意,她也不指望他配合了,起码给点儿赞同的声音,别板着张脸啊,怪吓人的。

她咽了咽口水,茫然地说:"就是,人家想吃葡萄。"

压在她身上的男人轻佻地笑了笑,也斜着眼睛,伸手捏她的脸,有些压抑地"哧"了一声,又轻又慢地道:"我看你是想要了。"

都说人在床上、床下两副面孔,宋砚有时候也是这样,动情了就话不过脑。

完了,这下不光她的形象崩了,他的形象也崩了。

摄像组成员此时按反应可以分为两拨:一帮年轻姑娘互相激动地抱在一起,一副"我激动死了"即将流血身亡却死而无憾的模样;一帮老爷们儿尴尬又害羞,想继续看又怕被姑娘们骂猥琐。

"明天就给我把预告片剪出来,单剪这段,宋砚那句话后面的两个字一定记得消音!"导演双目放光,似乎已经看到今年广电的年报上大字通告本节目碾压全国五十二个台同时段所有节目的超高收视率以及他上台领奖的光辉未来。

宋砚接吻的时候习惯捏着她的下巴,拇指和食指一捏,舌尖再用力,她的齿关就被撬开了。

这是他开始跟温荔亲昵后不自觉地养成的习惯,因为她经常忘记张嘴。

被他修长白净的手指抚上下巴,温荔大感不好,顾不得面子,立刻大声说:"我没关摄像头,你冷静点儿!"

宋砚立刻愣住了,神色有些呆滞。

萦绕在她周身那危险的侵略气息瞬间消失,他像是突然间被攥住了脖子,低沉的呼吸变得轻不可闻。

好半天他都没说话。

温荔面如滴血,伸手挡住眼,磕磕巴巴地说:"那什么,你……先起来。"

宋砚用胳膊抵着床,缓缓地坐起来,仰头看了眼天花板角落里的摄像头。

那显示录制中的小灯像是感应到他的心情,倏地熄灭了。

大脑空白了好几秒,他终于信了温荔的话。

宋砚闭上眼,低"啧"了声,埋怨中更多的是羞惭:"你搞什么?"

他平时对人比较冷淡,但嗓音低沉浑厚,说话也文雅,语速适中,大多数时间给人温润斯文的感觉,很少用情绪如此外放的语气质问他人。

"节目组的台本啊。"温荔坐起身,可怜兮兮地抱着膝盖,"说是有摄像头你不好回应,然后我就……"然后她又开始了自己最擅长的狡辩,"都是节目组要求的,跟我无关。"

宋砚叹了口气:算了,也是自作孽。

换句话说就是,他心里有准备,明知前面有坑,眼前的是诱饵,还是往里跳了。

他当然不能因为刚刚没控制住自己就怪温荔,也不能怪节目组。

温荔听他只是叹气也不说话,探过头来,问:"宋老师,你还好吗?"

宋砚睇她,伸手将她的脸转向一旁,难得抛开风度,冷淡地说道:"好你个头。"

她有些心虚,又厚脸皮地把脸转了回来,仍坚定地说自己没错:"那你也不能怪我。"

他低声说:"我没怪你。"

"那你生气了吗?"

宋砚觉得她这问题没头没脑的:"我生什么气?"

温荔也不好把话挑明,大家都是公众人物,在镜头前装习惯了,私底下也不自觉地端着。

她小心翼翼地瞥他的腰下方,没察觉异常,他好像已经淡定下来,又变回那个不食人间烟火的白月光。

她"哦"了声,随口说:"我以为我刚刚那么叫你把你恶心到了。"

宋砚淡淡地道:"没有。"

温荔放心了,反正摄像头已经关了,她干脆盘腿坐在床上跟他闲聊起来:"我刚刚还想叫你'学长'来着,但是一想我们都毕业这么多年了,这么叫太像装嫩了,就算了。"

从高中毕业,到远赴海外,再到回国出道,已经隔了这么长时间,当初她再碰见宋砚时,本来也是想叫一声"学长",但因为有攀附或者讨好的嫌疑,琢磨了半天还是按圈内的辈分来,叫了他一声"前辈",后来慢慢地又改成"宋老师"。

那时候谁能想到他们会结婚?

听到她提起以前,宋砚喉结滚动,微微侧头,说:"这跟年纪有什么关系?到七老八十了你不也是我学妹?"

他起身,下床,蹲下身收拾落了一地的水果。

温荔也跳下床跟他一起捡。

"盘子碎了,小心割到手。"他低着头,语气却是在命令她,"别捣乱。"

人在床上、床下果然是两种口气,温荔莫名其妙地想到他刚刚叫她"小嗲精"。

这称呼真是肉麻又黏糊,她听了胳膊直起鸡皮疙瘩,心里也痒。

"那什么,你觉得我刚刚的表现怎么样?不好的话我们要不要重录一遍?"

宋砚失笑道:"还想再撒一次娇?"

"喊,你想多了好吧。"温荔立刻辩解,"我就是怕到时候效果不好,播出的时候被郑雪压一头。"

宋砚拒绝:"挺好的。"顿了几秒又缓和了语气,说道,"饶了我吧。"

内心那蠢蠢欲动的想法被否定,温荔抿唇,不屑地道:"喊。"

因为这个劲爆素材,导演激动得第二天就让剪辑师把预告片剪了出来。

幸好昨晚的不是直播,事关公众人物形象,还没等导演先斩后奏,一大清早宋砚就去找了导演。

无剧本综艺节目,素材全靠嘉宾发挥,嘉宾当然有权提出合理的删减要求。

到了中午,温荔也下楼找导演谈了。

她进去的时候,全组工作人员都盯着她。平时在高功率聚光灯前眼睛都不眨的温老师头一次躲避众人灼灼的眼神,拉下脸皮让导演给她和宋砚留点儿面子。

两个当事人都这么要求了,导演只好忍痛答应,除了消音,还将画面进行了删减。

于是阉割版的预告片在第三天中午全平台上线。

官微准时发布预告片,刚发就上了个话题榜。

粉丝们很给力,没一会儿就在热火朝天的讨论中把话题送上了第一:#《人间有你》"盐粒"夫妇第一期正片预告#。

预告片就三十秒,删掉了温荔隔空跟摄像组争辩的画面,一开场就是搞怪背景音乐。

评论区:

"就三十秒?是不是看不起我?"

"算了兄弟们,有三十秒就不错了,起码有同框了,知足常乐。"

然后是网上冲浪选手熟得不能再熟的《美人鱼》桥段:

"宋先生,你好,有什么可以帮到你吗?"

"我要说的事,你们千万别害怕。"

"我们是粉丝,我们不会怕,你请说。"

"我老婆跟我撒娇了。"

"什么撒娇?"

"就是那种嗲嗲的，让男人难以抗拒的……"
　　然后画面直接跳到温荔给宋砚喂水果那段，后期制作人员还坏心眼儿地加了暧昧的音乐，集肉麻与做作为一体，融羞耻与尴尬为一身。
　　到二十秒的时候，画面黑屏了，只有声音。
　　"关了摄像头到底想干什么？"
　　"就是，人家想吃葡萄。"
　　"我看你是'哔哔'……"
　　后期制作人员再次唯恐天下不乱地在此处配上一行语气委屈的字幕："应广电与嘉宾要求，该画面不予播出。"
　　潜台词就是，不是我们不想放画面，是广电和你们的艺人不让放。
　　这用心极其"险恶"，把节目摘得干干净净，顺带引起无限遐想。
　　预告片一上线，评论就炸了。
　　"你是什么？你是什么？啊？？？"
　　"有什么是我们这些包年 VIP 不能听、不能看的吗？"
　　预告片上线两个小时，主平台的播放量就刷新了纪录，是早几天发的其他三对嘉宾的预告片总播放量的 1.5 倍。
　　可能是这个预告片过于羞耻，宋砚和温荔谁都没转发。
　　两个人的最新微博还停留在几天前，是配合广告商发的广告微博。
　　评论区都是：
　　"美人，你到底说了啥？节目组都给你消音了！"
　　"你是不是发病了？你是不是困了？你是不是欠打？到底是什么啊？！"
　　"盐粒"超话向来高手云集，没画面算个屁，自己动手丰衣足食。
　　预告片发布没几个小时，众多有神仙般文笔的高手文思如泉涌，一篇篇不可描述的小短文就出来了。
　　温荔的微博评论区就和谐多了，齐刷刷一列下来："嘿，小嗲精！"
　　温荔实在忍不住，回复了热评第一："只是台本塑造的形象而已！"
　　温荔数据组回复："呵，女人，你嘴硬的样子真可爱。"
　　温荔粉丝后援会回复："她急了，她急了！"
　　小嗲精手里的小葡萄回复："当面对质敢不敢？@宋砚。"
　　在家里刷微博的温荔恼怒异常，跑到书房里，指着宋砚的鼻子，怒气冲冲地道："你要是敢去我的微博下面留言，你就死定了！"
　　正准备发送评论的宋砚无语了。

　　有了预告片的预热，第一期正片上线的当晚八点，因为新用户过多，平台出现了短暂的卡顿罢工。

首期节目时长两个小时，有台本的内容比重不大，大多是嘉宾前采和在家里的日常生活场景。

前采环节由嘉宾们分开录制，为的就是考验夫妻的默契度。

当被问到为什么来参加这档节目时，其他三对嘉宾的回答都很浪漫且熨帖。

尤其是播放到关注度仅次于温荔、宋砚的某夫妻时，双方各自获得了弹幕糊脸的待遇。

镜头前的许鸣笑容温柔地道："平时通告忙，没什么时间陪她，所以想借这个机会多和她相处相处。"

郑雪也笑得温柔，说道："算是一种对生活的记录吧，老了以后还能坐在一起看。"

弹幕：

"呜呜呜，好甜！"

很快到了宋砚和温荔的画面。

温荔被采访的时候没收到提示，这些问题也没人提前告知她。她想了想，笑着说："赚钱啊。"

宋砚的回答也很诚实："你们给得太多。"

弹幕：

"过于真实，以至于不知道该吐槽什么。"

"不愧是你们。"

第一期节目宋砚有大半时间在外地拍戏，夫妻俩是分开录制的，两个人称得上甜蜜的部分已经在直播和预告中被剧透得差不多了，一期节目下来，粉丝们陷入了巨大的空虚中，开始要求赶紧出第二期。

等节目播出温荔才知道，宋砚临时回家还有她撒娇，全都是节目组精心策划的。

但没办法，签了合约就得好好完成工作，宋砚都大度地没计较，她有什么好计较的？

首期节目开了个好头，到了第二期，节目组决定搞点儿花样。

之前的合约里写得很明白，嘉宾们会有合体录制环节，但温荔以为起码要到第五期之后，没想到第二期就要合体录制。

这其中的原因，大家都是混演艺圈的，自然也明白——节目组要的就是收视爆点。

而且录制地点不是在燕城，是在节目组背靠的卫视台所在的城市。

艺人本就要各地飞，明面上说是出差，其实对他们来说是正常的工作内容之一。

去往机场的路上，趁着摄影师跟他们不在一辆车上，温荔暂时关了车载摄像头，郑重其事地对宋砚说："宋老师，一切就拜托你了，不求气死许鸣和郑雪，起码也要把他们彻底甩开！"

看他一脸无所谓的表情，温荔咧嘴笑得很阳光，开始拼命拍他的马屁："你是拿过最佳男演员奖的，我相信你的演技，你一定带得动我。"

宋砚今天穿了件浅色外套，将柔软的碎刘海儿放下来，显得悠闲散漫。

他没理她拍的马屁，反倒问她："两年了还没忘记他？"

"肯定啊，那我忘得了吗？"温荔说完这句话就看到他侧过脸去看风景，一脸"不想聊"的表情。

她努了努嘴，问他："你干吗啊？当工具人觉得委屈了？"

宋砚侧眸打量她，嗓音里听不出什么情绪："我太太把我当工具人，我不该委屈？"

"那你是不乐意帮我了？"温荔顿时泄了气，觉得这队友好没意思，"不乐意你早说啊，今天你都不用来了，在家里躺着多舒服。"

她也生气了，觉得宋砚这人出尔反尔，明明答应过来录节目，那就该说到做到，现在又在这儿阴阳怪气。

还是说他嫌她小气、记仇？可是两年前被骂得那么惨的又不是他，他懂个屁！温荔坚决认为自己没错，转过头去看自己这边车窗外的风景。

这姑娘真是……他心里非常无奈，但又拿她没办法。

宋砚深吸两口气，也不知道是怎么在心里说服自己的，低声道："没有不乐意。"

车上没别人，只有正在开车的助理文文。

团队的其他人都坐在后面的大车里。丹姐有事，直接和他们在机场见。

文文年纪轻，听着姐姐和宋老师的对话，怎么都觉得这夫妻俩不大对劲。姐姐本来就是外表高傲强硬内心害羞腼腆的人，在宋老师退一步后还是侧着高贵的头颅不说话。

往机场去的这一路上堵得很，车子被堵在立交桥上磨磨蹭蹭耗了半个小时还没走完。温荔打了两把游戏，见车子还没往前开五十米，只好继续打游戏。

宋砚也在低头看手机。

当事人可能没觉得有什么，但文文有些受不住了，清了清嗓子，说道："姐。"

温荔没抬头，回道："嗯？"

"下个星期的那档音乐综艺节目，丹姐跟我说张总想让你叫宋老师去当一期飞行嘉宾，你跟宋老师说了吗？"

温荔这才想起有这事，这几天录《人间有你》害她把别的通告忘得一干二净。

温荔问："下个星期就录？"

"对啊。"

张总的任务总要完成，不论宋砚想不想去，自己都要问一声，温荔目视前方，喊道："宋老师。"

宋砚回道："嗯？"

"我的助理说的话你刚刚听见没？"温荔问，"你有空没？"

宋砚好半天没说话。

温荔以为他在想到底有没有空，以为他跟自己一样不记通告，提醒道："你要是不记得，可以问问你的经纪人……"

"没听见。"他说。

温荔："……"

文文握着方向盘的手一紧。

温荔终于忍不住了，侧头盯着他道："文文刚刚那么大声你都没听见？"

宋砚不动如山，回道："嗯。"

"那我说话你怎么就听得见？你的耳朵里装了个过滤器吗？"

"没装。"

他还好意思说"没装"！他听不出她在讽刺吗？！温荔拳头硬了，伸出手就要去捏他的耳朵，说道："可以，让我看看到底装没装！"

她的手刚碰到宋砚薄薄的耳垂，他突然一把攥住她的手腕。温荔挣扎了两下没挣脱，正要发火，被他带着手腕往前一拉，要不是身上系着安全带，这时候恐怕已经倒在他身上了。

两个人对视。

这个距离下，宋砚那张棱角分明的脸越发有冲击力，浓眉俊目，挺鼻薄唇。她这几年合作过不少男艺人，绝美长相的不是没有，但她依旧认为，宋砚的确属于精致脸中的顶级。

漂亮的人也会被漂亮的人惊艳到。

宋砚蹙眉，喉头一室，平日里看了很多次的脸今天这一看，发现她的化妆师又给她换了风格，把她平时侵略性十足的妆化得柔和了几分，浓艳感顿减，变得明媚温柔。

他的视线从她的嘴唇上挪开，但又跌进她清亮的眼睛里。

"总借别人的嘴巴跟我提要求。"男人将脸往后挪了几厘米，顿了顿，反问，"到底谁才是我太太？"

今天他老是"太太""太太"的，拍综艺节目太入戏了？温荔不想听他这些似是而非的话，垂着眼皮问："那你到底有空没？"

比起"有空"或"没空"，宋砚的回答显然行动力更足："看哪期去吧，我让我的经纪人联系一下。"

那就是不管有空、没空，他都会去。温荔在心里"哼"了声，故作冷淡地点头，说道："哦。"

宋砚又说道："但我有要求。"

"你到时候可以跟制作人提，他肯定会答应你。"

"跟节目没关系。"宋砚伸出食指点了一下她仍拧着的眉头，"该答应你的我都答应了，你能不能给个笑脸？"

温荔双手抱胸，冲他咧了咧嘴："嘿嘿。"

好像是嫌她笑得太假，宋砚翘了翘唇，挪开眼。

车里再次陷入沉默中。

直到后面的车喇叭声不断，尖鸣刺耳。

温荔问道："文文，开车啊，发什么呆呢？"

文文回过神来，脸颊热热的，心"怦怦"急跳。

姐和宋老师好像就是说了几句话，此时两个人又低头各玩各的手机，但为什么她这么脸红心动，恨不得把这两个人的头摁在一起，大喊一声"说那么多有的没的干什么，你俩倒是给我亲啊"？

意识到自己内心深处急切的想法，文文摇摇头，赶紧摒除杂念，专心开车。

下午四点，飞机抵达星城。

一行人直接坐上节目组安排的车。

星城的交通也堵，但比燕城好得多。

车上已经有摄像师等着。

温荔因为刚刚在飞机上没睡饱，这会儿在车上又睡了过去。

星城最近也是阴雨绵绵，才下午光线已非常微弱，空气潮湿沉闷。温荔被叫醒的时候，差点儿以为自己一觉睡到了第二天凌晨。

温荔等人到气派的广电楼下时，只有两三个工作人员在外迎接，说是今天时间太晚，节目的正式录制改为明天上午，他们去休息室做个简单的采访，就能回酒店休息了。

温荔还蒙着，捂着嘴打了个哈欠，跟随工作人员走进大楼。

工作人员带他们上了电梯，弯弯又绕绕，领着他们走进了一间休息室。

"采访的人待会儿就来了，麻烦两位老师等一下。"

接着工作人员又说有事要交代，请经纪人和助理出去谈。

门被关上，参加过不少综艺节目的温荔凭直觉去找摄像头。

"你在找什么？"宋砚看她左晃晃右看看，就是不肯在椅子上好好坐下，问她。

"你不懂，这里绝对有摄像头，他们故意晾我们这么久，就是想看看我们在房间里会干什么。"

监视器前的摄像组工作人员：好家伙，还挺聪明。

温荔找了半天没找着摄像头，无聊地绕着四方的房间转了一圈，又抬手叩了叩墙面，突然发现有面墙极软，像是硬纸板和木头架起来的那种，立刻明白过来这是个临时搭建起来的休息室，不出意外隔壁就是另外一对嘉宾。

她将耳朵贴近墙面，果然听到了隔壁的说话声。

"怎么还没开始采访啊？"一道令温荔讨厌的声音响起。

温荔立马听出来这是郑雪的声音。

她立刻朝宋砚招了招手，示意他也过来听。

宋砚不知道她在干什么，但还是起身走了过去。

"你听，许鸣和郑雪就在咱们隔壁的房间里。"

宋砚把耳朵贴上去一听，果然如此。

隔壁的两个人先是在对话，后来郑雪说"累了"，许鸣说"那你先睡会儿"，再之后就是许鸣无奈的笑声。

许鸣说道："别闹，干什么呢？"

郑雪撒娇："不，就要闹嘛。"

因为害怕四周有摄像头，温荔不敢表现得太明显，脸贴着墙默默地做了个呕吐的动作。

紧接着她庆幸地拍了拍胸口，一脸"你看我多聪明"的样子看着宋砚。

"哼，还好我知道节目组的套路。"她凑到宋砚耳边悄声说。

"既然你知道节目组的套路，就应该知道他们想要拍到什么。"宋砚笑了两声，凑到她耳边，也悄声说，"傻瓜。"

温荔的好胜心是真的强，这个强在于她平时可以懒洋洋，但一旦涉及个人恩怨，就会爆发出旁人难以想象的毅力和决心。

这两年她和郑雪一直在暗暗较劲，郑雪有一部电视剧爆了，那她就要爆两部；郑雪全年300天无休，她就365天无休，累点儿就累点儿，她就是要赚钱比郑雪多，知名度比郑雪高。

摄像头安装得隐蔽，收音效果不如麦克风，监控器里只能看到两个人靠着墙互相耳语，不知道在说什么。

隔壁郑雪还在撒娇，那语气才是真的嗲。

温荔突然想起自己在第一期里的表现，越想越觉得不服气。

她本来也没有偷听别人说话的爱好，于是又走回去坐下，深深地吸了口气，大喊："老公！"

隔壁的人一下没了动静，显然也听见了。

宋砚走过去在她旁边跟着坐下，问："怎么了？"

温荔用唇语说"大点儿声",然后又悄悄地拽了拽他的衣服,用下巴指着墙壁,小声说:"要让他们听见。"

宋砚把大多数情绪张力用在了戏里,对角色和本人区分明显,在生活中很少大声说话。温荔觉得他太斯文了,隔壁那两个人不一定能听见。

于是男人又配合她重复说了一遍。

她说:"赶了一天的路,我脚疼。"

她这一天都在代步工具上,总共走的路恐怕都没有两千步。

宋砚顺势垂下眼看她的腿。

她要风度不要温度,十几摄氏度的天气只穿着一条短牛仔裤,就为了在机场被拍的时候能露出那双又长又细的腿。

这姑娘天生身材比例完美,自从当了艺人,先天条件加后天锻炼,腿修长、笔直、纤细、线条流畅,丝毫没有肌肉纹理,但一点儿也不显得瘦弱,坐下时两腿间的缝隙呈稍扁的弧形,脚踝是最骨感的地方,大、小腿围度都恰到好处。

宋砚在她面前蹲下,伸手去碰她的脚踝,说道:"我帮你揉揉。"

他的声音还是不够大,她也不指望他了,低音炮就低音炮吧。

"你要帮我揉脚啊?真的啊?"她故作惊讶地说,"你对我真好,我好幸福呀!"

现在谁还会成天把"我好幸福呀"挂在嘴边,还用这么夸张的语气说出来?大家都是过日子的人,有的话只适合在影视剧里听听。

监控器这边的工作人员也是这么想的,本来是想捕捉夫妻私底下最真实的一面,谁知道温荔料到他们在暗中观察,演起来了,这要是被剪进正片里,恐怕会被说节目有剧本。

宋砚想让她别说话——这个时候乖乖听话,适当地红个脸就好,越夸张越不真实,但她要的就是给隔壁那两个人听,于是他也就随她去了。

隔壁彻底没了动静,估计他们也知道这种临时搭建出来的房间隔音效果不好,于是选择闭嘴。

等他揉了几分钟,温荔缩了缩脚,说道:"可以了,可以了。"

宋砚扶着膝站了起来,问:"还痛吗?"

嗯?她的腿本来就不痛啊,刚刚是装的。他不知道吗?

"嗯?"温荔心想做戏做全套,于是配合地点头,"你给我揉了就不痛啦。"

然后她又压低声音,冲他得意地挑了挑眉,说:"比他们还肉麻,气死他们。"

两个人对视,宋砚这个工具人当得着实没什么脾气,伸手推了下她的额头。

头被他推得往后仰了仰,她也不生气,扬着唇角笑得特别得意,虽说笑不露齿,却还是从唇里溜出几声"嘿嘿嘻嘻"的畅快笑声。

宋砚叹了口气,跟着低笑了两声。

工作人员通过监控器也不知道他们在笑什么。莫名其妙的，好像隔着屏幕笑声也会传染，有几个工作人员跟着抿唇笑了起来。

导演只觉得可惜，说道："场务，下次这种测试一定记得提前忽悠他们把麦克风戴上。"

"那这段相视而笑的素材咱还用吗？"

"用吧。"导演一个四十几岁的老爷们儿，少女心不减，太清楚现在的小女孩爱看什么了，"配上背景音乐剪个短视频，几百万的点赞随便来。"

几个人从广电大楼里出来时已经是晚上。

星城的夜宵文化十分发达，今天下午飞机刚落地，团队的众人就开始热烈地讨论晚上该去哪儿吃夜宵了，最后选定了一家在社交软件上很火的店。

因为离广电大楼不远，很多艺人在节目录制完后会在这家店里吃夜宵，久而久之，这家店就变成了艺人下班后的打卡胜地。

温荔本来不想去的——她是真的喜欢吃夜宵，如今来到这座夜宵摊子遍地的城市，处处是"陷阱"和"危机"，但今天这顿夜宵是宋砚请客，她再不情愿也只能硬着头皮跟去。

俩团队拼了个桌。

架在墙顶的电视机里正在放综艺节目，这些平日经常跟艺人打交道，在外表光鲜的演艺圈内工作的男男女女和所有的上班族无异，在晚上下班后彻底卸下了工作的负担，大声欢闹起来。

文文正在嗍小龙虾，一口下去满嘴辣油。辣椒带来的痛感强烈地刺激着舌尖，她连咳好几下，最后又灌了一口冰可乐，满足地叹了口气，说道："爽！"

温荔咬着筷子，咽了咽口水。

文文见她的眼神实在太可怜，给她剥了只虾递过去，说道："姐，要不你吃一口吧？就吃一口，没事的。"

"既然你都这么说了，我也不好拒绝，那我就……"话还没说完，她就迫不及待地张开了嘴，示意文文喂她。

一旁的陆丹冷不丁说："吃一只就有第二只，有第二只就有第三只，就你这馋劲儿，一晚上干五斤我都不稀奇，明天拉肚子别跟我装可怜，健身房照样要去，待不到三个小时不准出来。"

温荔失望地闭上嘴。

她又侧头去看宋砚那桌。大众对男艺人的身材要求不如对女艺人的那么严苛，而且他本来就比她自制力强，常去健身房，因此不用特意控制饮食，现在正跟几个熟悉的工作人员碰杯。

后来有几个人过来敬酒，温荔也不推辞，一面说"工作辛苦了"之类的客套话，一面豪爽地干了几杯，没过多久就借头晕的由头先回酒店休息。

文文年纪小，大家不好劝酒，因而她是唯一一个能开车送温荔回酒店的人。

温荔坐在后座上，打开车窗吹风。这一路市井气十足的景致让她看花了眼，比起那装潢精致的商场橱窗，这样的市民生活才最惬意、悠闲。

她深深地叹了口气，打了个酒嗝儿，说道："文文，我好可怜啊。"

文文通过后视镜看了她一眼，问："姐，你咋了？"

温荔撇嘴，说道："我每年赚那么多钱，却连几十块钱一斤的小龙虾都不能吃！"

文文不想理她。

"我身高一米六六点三！过年的时候没忍住长胖了几斤！然后那些人就在网上说我胖！害得我咬牙吃了一个月减肥餐又瘦回去了！"

文文静静地听她说，干脆不劝了，反正车上也没别人。

温荔其实也没喝醉，就是借着酒劲儿把平时没法儿抱怨的话说出来解解气。

到了酒店下车，她照样走的直线。

文文一边在包里掏房卡，一边担忧地问温荔："姐，真不需要去药房给你买点儿解酒片吗？"

温荔"哎呀"一声，说道："我没喝醉，再说就算喝醉了，睡一觉就好了，要什么解酒片，我没那么矫情。"

电梯到了十八层停下，这一层是餐厅，温荔猜到有人要进来，下意识地戴上了墨镜。

"叮"的一声，门外果然有人，还是温荔的熟人。

许鸣和郑雪正手牵着手站在门口。

本来小两口儿脸上都是甜甜蜜蜜的笑容，但看到电梯里的人时都愣住了。

温荔知道节目组给嘉宾们订的是同一家星级酒店，但没想到冤家路窄，今晚就撞上了。

文文愣了一下，心想：这招呼是打还是不打？不打吧，好歹许鸣和郑雪也是一线艺人；打吧，又怕姐不高兴。

文文纠结半天也没纠结出结果来。

还是郑雪先开口："温荔，你新招的助理啊？连个招呼都不知道打，看来你教得不太好啊。"

当面被人刁难，文文嗫嚅了一下，不想让温荔为难，赶紧说："不是，那个……"

温荔淡淡地打断文文的话："谁说的？我教得特别好，有的人不配跟我的助理打招呼，这能怪我的助理？"

文文当即感动地看着温荔。

郑雪冷笑两声，想拉着许鸣进电梯。

谁知男人却往后退了一步，低声说："我们等下一趟吧。"

"凭什么等下一趟？这电梯是她专用的？"郑雪反驳，然后意味不明地勾起唇，"还是说老公你心虚啊？"

许鸣下意识地看了眼温荔。

温荔戴着墨镜，许鸣看不清她眼里的情绪，只看到她抱着胸，一脸倨傲地仰着下巴，仿佛毫不在意他们是坐这一趟电梯还是等下一趟电梯。

他心里不免有些失落，又想起今天下午在休息室里听见的她和宋砚的对话。

最后他还是被郑雪给拉进了电梯。

电梯很大，容纳四个人绰绰有余，可因为气氛不对劲，空间也显得非常逼仄，像是要把人挤爆。

一路无话，直到电梯到了，四个人同时挪动脚步。

他们的房间居然在同一层！节目组故意的吧。

四个人先后走出电梯。

走在前面的郑雪和许鸣也不知道在说什么悄悄话，时不时回过头看一眼温荔。

走到走廊中央，郑雪终于没忍住回过头，说道："温荔，你说你怎么这么让人讨厌呢？"

许鸣张了张唇，表情复杂。

要吵了是吧？很好，正好今天她没吃到小龙虾，憋了一肚子火。温荔扶了扶墨镜，学着小品演员的模样，贱兮兮又满不在乎地说："讨厌我的人多了，你算老几？"

"你！"郑雪被她那样子给气得头昏脑涨。

"你居然还敢来。"郑雪鼓了鼓掌，阴阳怪气地说，"勇气可嘉。"

温荔笑了两声，说道："你失忆了？节目组投票的第一名是我！没我红就闭嘴，别在那儿自以为是。"

郑雪突然被戳中了痛处。

这两年郑雪一直在赶追温荔，却还是被温荔压一头。

郑雪的胸口剧烈地上下起伏着，她双眸怒瞪，激动地说道："你别以为我看不出来你和宋砚是怎么回事！圈子里也不是没你们这样的，没必要跟我装。你上赶着倒贴我老公，也难为宋砚不怕绿帽子压顶，肯陪你上节目。"

"你才绿帽子！"听到宋砚的名字，温荔一身的酒劲儿终于爆发出来，"就凭你老公？给我发那些不明不白的暧昧信息，要不是看那时候还在合作，我都想直接把他拉黑。也就你还觉得他是什么香饽饽。我告诉你，我们家宋老师比你老公强一百倍，比他帅，比他会赚钱，我又没眼瞎，用得着为了你老公让我们家宋老师受委屈？"

郑雪震惊地睁大眼，自觉嘴皮子没温荔的厉害，便抬起胳膊想要动手。

"干吗？你想要动手扯头发？"温荔谨慎地后退一步，"你的头发那么少，小心我给你扯秃咯。"

郑雪扑了个空，气急败坏，开始口不择言："温荔！你和宋砚是协议结婚，他帅、他会赚钱有什么用？！你们又不是真夫妻！"

"协议个屁！我们宋老师话少人又厉害，许鸣怎么样我不知道，"温荔说到这儿，轻蔑地扫了眼许鸣，"反正肯定没我们宋老师厉害……"

郑雪和许鸣脸都黑了。

文文心想：完了，姐这酒劲儿是完全被逼出来了。

文文大学毕业没多久，不想听这种成年人之间的辩论，于是默默地后退几步，想要逃离现场：反正姐嘴皮子厉害，郑雪和许鸣加在一起都吵不过她。

快走到电梯的时候，文文又看到一道熟悉的身影。

明明这时候应该在店里吃夜宵的宋砚手里拿着一袋打包好的小龙虾就站在那儿。

"宋……宋老师？你……你怎么回来了？你不是在……？"文文心想：自己这替人尴尬的毛病到底什么时候才能改？那些话明明都是温荔姐说的，为什么自己对着宋老师要脸红，连句话都说不完整？

宋砚抿着唇，伸手扶额，面对文文也不好做什么表情，满脑子都是刚刚出电梯那一刻，温荔那段娇俏又得意的声音。

他只能垂眸，耳根子发烫，从喉咙里憋出几声低沉的笑来。

"嗯，你辛苦了，之后我来照顾她。"

走廊尽头的房间里突然传来开门声，保洁阿姨从里面走了出来。

郑雪虽然气急，但很快冷静下来，离开前狠狠地瞪了眼温荔。

温荔小声而"体贴"地说："少做点儿表情，填充块都要被你挤出来了。"

郑雪拉着许鸣迅速地刷卡回了自己的套房。

许鸣最后看了眼温荔，欲言又止，神色复杂，其中既有温荔的话造成的挫败感，也有再见面的不自在。

走廊里安静下来。

保洁阿姨推着工作车走过来，对面前的温荔怎么看怎么觉得熟悉，好像在电视上看到过。

但面前的女人戴着一副纯黑墨镜，挡住了半张脸，保洁阿姨有些不确定。

温荔垂眸冲保洁阿姨笑了笑。

保洁阿姨觉得脸有些热，似乎也意识到这样一直盯着人家不太好，赶忙推着车走开。

走到电梯那儿，保洁阿姨又碰上个人，好家伙，感觉更熟悉了，就是名字卡在嘴边怎么也吐不出来。

酒店经常有艺人住进来，但很多年轻的一线艺人保洁阿姨并不认识，只觉得是一帮长相漂亮的小孩,而今天一连遇上两个,脸蛋儿漂亮是肯定的,但那模样也是一个比一个熟悉。

不常看电视也不追星的保洁阿姨立刻意识到这俩人肯定是一线艺人,否则自己不可能这么有印象。

保洁阿姨走后,温荔拢了拢头发,复盘自己刚刚跟郑雪的对峙。

如果刚刚吵得不好落了下风,她心里就会不舒服,懊恼刚刚表现得太差;如果吵得很棒占了上风,她整个人就会从上到下瞬间舒畅。

温荔浑身爽快,抱胸摇头,愉快地叹了口气,说道:"一个字,绝。"

她决定回房间奖励自己洗个泡泡浴。

节目组给她和宋砚安排的套间就在郑雪对门的隔壁。温荔闲庭信步般走到门口打算刷房卡,突然想起房卡在包里,包在文文手里。

文文呢?她刚想转头去找文文,眼前一张房卡被递了过来。

温荔没好气地拿过房卡,边刷卡边嘟囔:"你去哪儿躲着了?本来我还想让你帮我录个视频,以后心情不好的时候拿出来看。"

清脆的磁吸感应声响起,伴随着身边的人带着笑意的调侃:"下次一定帮你录。"

温荔猛地转过头看去。隔着墨镜,视线有些昏暗,她怕自己看错,将墨镜拉下了一点儿。

她那本来藏在墨镜后的一双大眼睛就这样暴露在走廊微黄的灯光下,睁得圆鼓鼓的,直直地盯着眼前的男人,一直到眼皮支撑不住,眨了两下,睫毛像扇子一样扇动。

她还没回过神来,文文不知道从哪儿冒了出来,小声说:"姐,包给你,我回去找丹姐了。"

然后文文撒腿就跑。

看着文文那落荒而逃的背影,因为太过羞耻而被拉伸至无限长的反射弧终于收拢,意识到自己刚刚因为酒精作用又吵得忘我而说了什么羞耻之词的温荔,在短短的两秒内,在男人的注视下,耳根通红,狠狠地咬住下唇,恨不得找个地缝钻进去。

她迅速地蹿进房间就要关上门。

宋砚哭笑不得地用手抵住门,说道:"温老师。"

温荔不管他说什么,只用手拼命推门,边推边喊:"宋砚,你个狗男人刚刚听到了多少?!我被那俩人合起伙来欺负,你不过来帮我吵就算了,还躲在一边偷听!我看不起你!"

明明是她单方面欺负那两个人。

"有人来了。"宋砚说,"快让我进去。"

温荔关门的力道下意识地一轻,瞬间被门外的男人找到机会。他推开门径直走进去，温荔被虚晃得退后了两步，他立刻把房门给带上了。

她反应过来，急忙问道："真有人？那他没听到什么吧？"

温荔赶紧打开门——只开了条小缝，猫在缝隙前观察门外。

门外半个人都没有。

从她身侧又伸出一只手，轻轻地按在门上，把缝隙给关上了。

"放心，没人。"宋砚说。

温荔意识到自己这是中了他的计。

她转过头，因为还戴着墨镜，算是盖了层遮羞布，所以并没有羞耻到说不出话来的程度，只是咬牙切齿地问他："你什么时候回酒店的？"

"几分钟前。"

几分钟前？那就是有可能没听见她说的话？温荔侧过头，试探地问道："那你听见了没有？"

"听见什么？"

温荔深吸一口气，说道："听见我和郑雪吵架的内容。"

宋砚似乎想了想。

正当温荔屏息期待他的回答时，他又突然一把火把温荔全身上下的遮羞布烧了个精光："听见了。"

听见了就听见了，他至于想那么久？！温荔气呼呼地推开他，走到沙发旁坐下，双手环胸兀自气闷。

宋砚走到她身边坐下。

温荔想起身走开，他一把抓住她的胳膊，强行让她坐了下来。

她非常凶地道："干什么？！"

温荔一直用侧脸对着宋砚，下巴仰得高高的，但耳朵又好像柔软得不像话，一点儿也不如主人现在的姿态高傲，面对他的整只耳朵都是红通通的。

她明明戴着墨镜，怎么也不敢看他？宋砚挑眉，伸出手想要摘掉她的墨镜。

谁知温荔突然紧张地抖了一下，立刻把他的手打开，低声吼道："干什么？别动我的墨镜。"

"把墨镜摘了跟我说话。"

"我又不用眼睛说话，墨镜碍着你什么事了？"

碍着什么事她自己最清楚。

宋砚知道这姑娘向来嘴硬，二话不说直接去摘。她抬起胳膊挡。他干脆攥住她的双腕，用单手将她的两条手臂别在她背后，彻底束缚住她的身体。

温荔惊慌不已，整个身子往后倒。男人顺势就把她按在了沙发上，空出的那只手轻而易举地摘掉了她的墨镜。

她眼里水汪汪的，睫毛眨个没完，一直在扇风。没了墨镜，视线无处可躲，温荔立刻转过头，四处躲避来自宋砚的探究眼神。

最后她落败，绝望地闭上眼，小声抱怨："你是不是男人啊？一点儿绅士风度都没有，就算听见了也要说没听见啊。"

抱怨完她还用力地吸了吸鼻子。

她就是有这本事，哪怕别人其实没有错，她不管，耍赖也好，生气也好，就是有办法让别人觉得她最可怜，错的都是别人，是别人坏欺负她。

他认输："服了你了。"

宋砚放开她的手腕。

温荔立刻抬起胳膊挡住眼睛，胸口剧烈地起伏。

"给你带了小龙虾，起来吃。"

温荔一听有小龙虾，立刻坐了起来，看见宋砚正拿着打包回来的小龙虾去餐桌那边摆放。

她咬唇，慢腾腾地走过去。

宋砚看她过来了，又递给她一盒药，说道："你的经纪人说你吹了几瓶酒，所以我给你买了点儿醒酒片。自己去倒杯水吃一片醒醒酒。"

温荔想说自己没喝醉，但最后还是乖乖地点了点头，说道："哦。"

宋砚给温荔外带的小龙虾是特意再叫的一份，没有店里的那么辣，辣油看着也没那么可怕，一口吃进去只有小龙虾滑嫩的口感和香浓的调料味，她完全承受得住，也不用担心第二天会拉肚子。

这满满一份都是她的，宋砚不吃，坐在她对面看手机。

温荔默默地剥了几只小龙虾，悄悄地放进碗里，等剥了有那么些个，用手推着碗底把碗推到了宋砚面前，问："你吃不吃？"

宋砚看着那碗小龙虾，好半天不说话。

温荔"啧"了声，以为他不想吃，又赶紧说："我饱了，不吃完怕浪费，你要是不想吃就算了。"

宋砚把目光挪到她的脸上，饶有兴味地打量她。

温荔摸了摸自己的脸，问："我脸上有东西？"

"不是，"他拿起筷子撷了块小龙虾肉送进嘴里，说道，"就是看看你的嘴是什么做的，怎么就那么硬。"

温荔说道："铁做的！"

宋砚笑了笑，又说："刚刚你和那两个人……"

温荔脑子里一炸，以为他又调侃自己，赶紧捂住耳朵，说道："闭嘴，听不见。"

"温老师。"

"听不见！"

宋砚无奈。

"听不见！"

其实她是听得见的，但为了避免他继续说自己不想听的话，她先发制人，无论他说什么，她都说自己听不见。

男人似乎放弃了，好半天没出声。

温荔慢慢地放下手。

宋砚低沉的声音再次响起："你觉不觉得自己真的好可爱？"

她侧头去看他。

宋砚笑了笑，明知故问："这回听见了？"

温荔心跳如擂鼓，觉得这地方再待不得，得赶紧走。

"喊，用你说？"然后她故作冷漠地起身，去行李箱里拿衣服，准备去浴室冲个澡冷静一下。

温荔洗好没几分钟，宋砚也进去洗澡了。

明天上午还有工作，今晚她必须早睡，不然第二天脸色不好，还得用厚厚的粉底液遮。

本来迷迷糊糊中要睡着了，突然身边的床垫往下陷了陷，她心想应该是宋砚洗好澡了，没太在意，继续睡自己的。

直到男人身上和她同款的沐浴液的味道袭来。

温荔抓住他掐在自己腰上的手。谁知那只手又反握住她的手，和她的手在被子里十指交缠起来。

宋砚从背后抱住她。

温荔抿唇，在他怀里扭了扭身体，说道："滚啦。"

他笑声就没停下来过，手抚上她的后脑勺儿，揉了揉。

"本来还担心你看见他们两个一起出现会难过。"宋砚说，"是我小看你了。"

温荔转了个身，茫然地看着他，问："我有什么好难过的？"

宋砚挑眉，问道："你不喜欢许鸣了？"

"我喜欢许鸣？"温荔睁大眼，疑惑地说道，"你听哪个营销号造的谣？我明天就让丹姐给他寄律师函！"

宋砚沉默片刻，轻声问："你不喜欢他，两年前在化妆间里哭什么？"

当时她支开所有人，一个人趴在桌上哭，哭得梨花带雨，楚楚可怜。

温荔一听他说起两年前的事，就觉得挺丢脸的。

"我为啥哭啊？"手抓着被褥，她似乎有些难以启齿，"谁还没个年少敏感，禁不起批评或指责的时候呢？"

宋砚目光平淡地看着她。

"所以你喜欢过他。"男人的话语是陈述句，顿了数秒，他又平静地道，"如果你现在对他已经没感觉了，这没有什么不好承认的，都过去了。"

温荔说道："不是，我没有啊……"

"睡吧，明天还要早起。"他松开她的腰，伸出手替她掖了掖被子，"晚安。"

接着他背过身去，关了床头灯。

温荔张了张唇，觉得比起让人知道她当时脆弱到被网友的恶评骂哭，好像让人误会她喜欢过许鸣更丢脸一点儿。

死要面子的温荔决不允许宋砚误会她喜欢那个差劲的男人，这简直是在侮辱她的眼光和内涵。

她从床上跳起来，双手双脚使劲，像条小狗一样从他的身上翻过去，爬到他的另一边，强行跟他面对面。

宋砚有些惊愕地问："这是干什么？"

温荔翘了翘唇角，在黑暗中发出掷地有声的解释："我那是被气哭的！我那是愤怒的眼泪！"

宋砚沉默了。

温荔越想越气，越说越气，"噼里啪啦"地跟宋砚抱怨："这混账有女朋友还跟我传绯闻，拍戏前我明明让丹姐问过他，他说他单身。好嘛，结果他跟郑雪地下恋情已经谈了好几年。我被他坑到挨了大半年的骂，要不是丹姐劝我说大家都在圈子里混，抬头不见低头见，而且那时候我的事业还没稳定下来，直接撕破脸不好，让我忍忍，过段时间就好了，我早把他打一顿了！如果我知道他那个时候已经跟郑雪谈了好几年，这钱我宁愿不赚，大不了就是晚几年再红。"

宋砚好久没说话。

温荔也看不见他现在脸上是什么表情，有些丧气地道："喂，你也不相信我？"

"没有。"

他说完这句话，温荔突然感觉到他温热的呼吸打在自己脸上，而且在一点点地靠近。

她下意识地往后躲了躲。宋砚本来就睡得靠床边，她爬过来的时候其实只有一条缝可躺，半个身子悬空，现在稍微一躲，整个人就从床上掉了下去。

温荔惊呼。

宋砚惊慌地叫了声她的名字，连忙打开灯，看见她仰倒在地上，脸皱成一团。

宋砚愣了几秒，又叹又笑。

"你笑个屁啊！"她凶巴巴地吼。

宋砚下床，将她抱了起来，问："摔着哪儿没有？"

"废话。"温荔趴在床上，指了指自己的后脑勺儿，虚弱地说道，"我可能脑震荡了。"

一只宽厚的大手随即抚上来,替她揉按。

被揉了几下果然好多了,温荔觉得尾椎也有点儿疼,但那个地方有些敏感,于是她自己将手伸过去按。

"这里也痛?"他问。

"嗯,我自己按就行,你就帮我揉揉后脑勺儿吧。"

"没必要害羞。"宋砚看出她的扭捏,淡定地将手挪到她的尾椎处,"我又不是没摸过。"

做那种事的时候才摸过,现在灯开着,人也清醒着,温荔还是不太习惯,但他又按得太舒服,她纠结了一会儿也就随他服侍了。

"哎,你别跟别人说我为了这种事哭,要是传出去,让讨厌我的人知道我是因为他们骂我才哭的,估计以后他们会骂得更欢。"

宋砚蹙眉,虽然知道公众人物多多少少会遭受非议,可看见别人否定自己在乎的人时,心情还是难免有些复杂。

他突然将床上趴着的人搂过来,抱住她,哄小孩似的拍了拍她的背,说道:"都过去了。"

温荔满不在乎,欢快地说道:"没事,我现在是铜墙铁壁,当着我的面骂都行,我要是皱一下眉头就不姓温。"

她听到他笑了一声,然后是他低沉的声音传来:"小倔驴。"

温荔皱眉,说道:"你很爱给人起外号呢,而且这个外号是贬义的吧?"

宋砚说道:"褒义的。"

"我读过书的,你别骗我。"温荔推开他,想给他证明自己不是假装坚强,而是真的铜墙铁壁,"真的,还好那时候你肯跟我签协议,咱俩结婚的消息一下子就把那些事给盖过去了。而且我这里还有灵丹妙药。"

"什么灵丹妙药?"

温荔又赶紧翻手机。

她的手机这几年一直没换过牌子,换手机时导入数据很方便,所以相册里还有好几年前的截图,都是粉丝发来的私信,时间是两年前:

"三力,不知道你会不会看到这条私信,但我想告诉你,不要在意外界的那些流言,虽然你脾气大又嘴硬,还经常批评粉丝,但我们都相信你的人品,'不在你巅峰之时慕名而来,也不会在你跌入谷底时离你而去',我们永远爱你。"

"姐姐,真的好心疼你,那些骂你的人都不了解你。你在综艺节目里主动替同组的女艺人干脏活儿、累活儿,累得第二天起不来床,连早饭都没吃。我就是那时候喜欢上你的,你在我心里就是人美心善的小仙女。这些'荔枝'都知道!我们会陪你渡过难关的!"

她把这些话都截图存进了相册。

所以她对任何人都嘴硬,唯独对粉丝不会,会在每次户外行程中对粉丝们招手致意;会告诉他们要好好学习、好好工作,不要为了追星搞错了生活的重心;会收下粉丝并不贵重却心意满满的礼物,然后发在微博上炫耀。

"我的人格魅力很大吧?"温荔得意地冲宋砚挑了挑眉。

她又看了一眼那些私信的内容,笑得弯起眼睛,像个拿了小红花的孩子。

温荔见宋砚盯着自己不说话,反思了一下自己是不是太自恋了,咳了一声爬起来,钻进被子里,说道:"好了,我都解释清楚了,下次再造谣,我连你一起告。睡觉吧。"

宋砚"嗯"了一声,跟着盖上了被子。

温荔是真的困了,因而宋砚再次从背后抱住她的时候,她只是打了个哈欠,并没有拒绝。

"很大。"宋砚突然说。

温荔这才反应过来他在回答之前那个问题。

"你的反射弧怎么比我的还长啊?"不过得到肯定,温荔还是有些开心的,"是吧,很大吧。就算我没郑雪那么会撒娇,我还是比她更讨人喜欢。"

她总是喜欢把自己拿来跟对家比,殊不知这压根儿就没有可比性。

"谁说你不会?"宋砚叹了口气,说道,"你太会了,天赋异禀。"

虚荣心顿时暴涨,温荔恨不得从床上跳起来,大声朗诵一句"仰天大笑出门去,我辈岂是蓬蒿人"!

但她说出的话还是谦虚了几分:"真的还是假的啊?你别是恭维我的吧?"

"不是,"宋砚想了想,用柔软的声音道,"你刚刚说的那些,让我很心疼你。"

温荔却笑了,骄傲地道:"我每年赚那么多钱,有什么好心疼的?"

宋砚没说话。

"你怎么不说话了?"

"没什么,睡吧。"

结果她又被挑起了好奇心,抓着被子激动地问:"哎,你还没跟我说具体事例啊,我真的很会吗?我自己怎么没发现?要不你告诉我?"

"在床上。"宋砚轻哼一声,敲了敲她的头,懒洋洋地说。

温荔哑口无言,非常有求生欲地说:"睡了,睡了。"

第二天大清早,伴着晨间湿润的空气,温荔起床准备上班。

吃过早餐,她神清气爽地坐上节目组安排的车。

台本是一早就发来的,上午在室内录制,下午嘉宾们再各自出外景完成节目组的任务。

录制时间其实也就两天，剩下的通告则是录制同卫视的其他综艺节目。

除了许鸣和郑雪，对其他两对嘉宾温荔都不是很熟悉。宋砚就更不熟悉了，除了有时在媒体活动上碰过面，与他们根本毫无交集。

幸好那两对嘉宾都很健谈，热情地说看过温荔演的电视剧，看过宋砚演的电影。有个男嘉宾看起来真是宋砚的影迷，对他的电影如数家珍。

宋砚前几年的工作频率是一年两部大银幕作品，结婚后才稍微将重心放在别处，一年一部，保证持续有作品出现在观众的视野中，剩余的时间用来跑商业通告和攻读学位。

两天下来，在镜头前，温荔和对家暂时保持着表面的和平，也和另外两对嘉宾加上了微信，体验还算不错。

直到第三天，四对嘉宾一起上了同卫视的访谈类游戏综艺节目。

录了个比较尴尬的开场秀后，宋砚和温荔被安排在一个心形道具里，等编导打OK（好，没问题）的手势，那颗心就会从中间裂开碎成两半，然后嘉宾从里面走出来。

主持人还在念台本，和台下的观众互动："哎，我听说这一对，结婚后合作特别少，可以说几乎没有，但人气就是非常高，我特别想知道原因，台下的观众有知道的吗？他们到底哪里吸引你们？"

台下观众异口同声："脸！"

几个主持人"哈哈"大笑。

"那先让我们看一下这对嘉宾的介绍短片。"

短片没什么，主要是背景里那播音腔十足的介绍词实在太让人尴尬。

"如果你还不知道'盐粒'，那么请允许我为你介绍。

"宋砚，十八岁的他，在《纸飞机》中饰演陈嘉木出道，白色校服，深情偏执，成为那一年所有少女心中的那一抹白月光……

"温荔，偶像剧收视保证，浓妆淡抹总相宜，在剧中，无论是风华绝代的公主殿下，还是俏皮可爱的邻家女孩，都有专属于她的独特魅力……

"天造地设，神仙眷侣，拥有顶尖颜值的他们，难怪路人都忍不住喜欢，大叫'啊啊啊，太配啦'！"

宋砚和温荔都有些尢语。

出道这么多年，他们就没听过这么尴尬的介绍词。

短片播完，主持人大声问观众："大家期待他们吗？"

"期待！"

"砰"的一声，那颗心炸成两半，干冰机"嗖嗖"地往外吐雾，庆祝用的小彩带从录影棚顶上飞下来。

"让我们欢迎——'盐粒'夫妇！宋砚！温荔！"

第二章
合伙路上鸡飞狗跳

两个人从心形道具里走出来。

观众席上，举着"盐粒"字牌的粉丝不停地挥舞着双臂，用尖叫表达他们的热情。

星城是网红城市，年轻的娱乐文化影响深远，几乎每个到这里来录节目的艺人都说过这里的观众比其他城市的要热情很多。

温荔因为录节目来过这里几回，但还是每回都被惊到。

宋砚只在几年前为了电影的路演工作来过这里，不过那次更接近采访形式，台下也没有这么热闹。

等两个人自我介绍完，主持人A握着台本笑盈盈地念开场白："温荔已经不是第一次上我们节目了吧？怎么样，时隔这么久再上，有没有一种回家的感觉？"

温荔点点头，说道："对，去年来过。回家的感觉有，但最主要的是长胖的感觉又回来了。"

她综艺感很不错，能接哏也会抛哏。这话一说出口，粉丝们立刻笑了起来。

观众席传来一阵呼喊："三力多吃点儿！你太瘦了！"

温荔抿唇笑了笑。

后方的大屏幕立刻贴心地同步给了她特写镜头。

粉丝们的尖叫声又高了两度："三力！！！"

主持人A又把哏抛给了宋砚："我记得宋砚好几年没来了吧？前几年你参加电影路演，主持人还是我们台里的同事。怎么样？觉得有什么变化？"

宋砚不像温荔综艺经验丰富，平时也很少上网，但他本来的性格就是如此，吸引粉丝靠的是实绩，在大众面前塑造的也是不食人间烟火的白月光形象，平常连线下活动都很少参加。

男人把话筒拿起来,"呃"了声。

那低沉、温和的嗓音一响起,台下的粉丝立刻用更大的尖叫声回应:"美人,美人!"

宋砚笑着说:"感觉观众更热情了,有点儿紧张。"

主持人B从头到尾没说话,双手环胸盯着两个人。

主持人A果然问了:"怪了,琦琦今天怎么这么安静?前阵子网上刚爆出宋砚和温荔要上我们节目的时候,你不是反应最大的一个吗?还在我们微信群里发了好多表情图。"

"以前总是隔着屏幕分别看他们俩,今天他们俩并排站在一起,实在让我惊艳。"主持人B又望向观众,说道,"我终于理解为什么晚上才开始录节目,早上七八点就看到有粉丝在门口排队了。"

"为什么?"主持人A将话筒转向观众席:"你们说为什么?"

粉丝们再次异口同声:"太好看了!"

讲完简单的开场白后,主持人又请之前的三对嘉宾上台,准备进入游戏环节。

"来,我们的第一个小游戏是传统节目了——'默契大考验'。嘉宾分为四对,一个人负责根据纸板上的题目做动作,另一个人负责猜,在规定的时间内哪一组猜出得多,哪一组就获胜。因为都是一对一对的,就没有抽签分组的必要了。谁第一个来?"

其中一对二线小艺人夫妻率先举起手。

温荔坐在椅子上,边挪动屁股转动着椅子玩边问宋砚:"你猜还是我猜?"

"随意。"

"那你猜吧。"温荔做出决定,"有的题目奇奇怪怪的,你要是做那种动作有点儿毁形象。"

宋砚也不太清楚她说的"奇奇怪怪"到底指什么。

但很快他就知道了。

到他们的时候,温荔看了一眼宋砚背后的题板,立刻开始行动。

她先是将双手放在尾椎处,然后屈膝蹲下,"咯咯"叫了两声。

宋砚:"鸡?"

温荔点头,然后又做了个飞翔的动作。

宋砚:"鸡飞蛋打?"

"答对!下一题!"

温荔用手做出一闪一闪的动作,并配合拟声词。

宋砚:"闪闪发光?"

然后温荔又看向棚顶,惊讶地"哇"了一声。

宋砚:"蓬荜生辉?"

"答对！下一题！"

宋砚连续答对几道成语题后，有嘉宾说："都是成语对宋老师来说太简单了，他是学霸来着。"

题目五花八门，后面的题目越来越奇怪。

到网络热词部分，温荔才看到第一题就蒙了，愣在原地半天没动。

宋砚也是一脸茫然。

计时器还在数秒，主持人忍着笑大喊："快做啊，要到时间了。"

温荔直接甩手拒绝："做不出来，跳，下一个。"

台下的粉丝异口同声："不能换！不能换！"

温荔不满地问台下的粉丝："是我做游戏还是你们做游戏啊？"

粉丝们才懒得理她，有心急的直接冲着台上大喊："人家想吃葡萄！"

宋砚笑了，轻声说："小哆精？"

台下的尖叫声此起彼伏，一浪盖过一浪。就连台上的主持人都捂着肚子大笑起来。

温荔立刻转身就要下台，说道："走了，不录了。"

主持人憋着笑赶紧去拉她。

大家都明白这只是搞个综艺效果而已。

温荔又被主持人拉到舞台中央，一副万念俱灰的表情，说道："再出这种题目扰乱我的心态，我就真不录了。"

主持人故意对镜头外的编导说："编导听到没有？你出的题把温荔惹毛了。"

台下的编导无辜地大喊："粉丝喜欢！"

主持人立刻用话筒问："粉丝喜欢吗？"

"喜欢！！！"

因为温荔耽误了些时间，所以他们这组位居第二，比另一组嘉宾少答了两道题。综艺节目本来输赢就不重要，有综艺效果才是最好的，大家开着玩笑，这个环节很快被掀了过去。

录到后面，有一个环节内容是"还原那些经典影视剧场面"。

抽签的时候，温荔抽到的是某部年代戏，她和宋砚要负责还原里面最经典的画面。

"来，我们先通过短片看一下他们要还原哪一段。"

要说那个年代的编剧就是敢写，养兄妹相爱，不为所有人看好，爱得沉重又痛苦，妹妹受不了内心的折磨选择悄悄离开，哥哥历尽千辛万苦将她找了回来，两个人进行了一场剑拔弩张的对峙，最后男主角不再多话，一把将女主角揽在怀里强吻。

这个画面刚放出来，主持人连同观众都"哇"了起来。

编导很懂观众爱看什么，四部戏挑的都是男、女主角单独的感情戏片段，许鸣和郑雪抽到的是清廷戏，剩下两对则分别是汉唐年代的古装剧和现代偶像剧。

但只有温荔抽到的是有吻戏的，别的片段最亲密的也就是抱抱。

温荔一脸绝望，心想：自己的运气怎么就那么背？

到后台化妆间换装时，温荔特意问了声是真亲还是假亲。

"都可以，随老师你们喜欢。"编导的笑容饱含深意，他又说道，"但我觉得观众肯定想看你们真亲。"

温荔："……"那她必不能真亲。

等宋砚换好装去温荔的化妆间里找人时，温荔还在帘子后面换衣服——节目组最开始安排的旗袍腰围有些大，工作人员临时给找了更小码的旗袍。

温荔没拍过年代戏，之前也没做过旗袍造型，她的脸撑得住明艳浓郁的妆容，做得最多的造型一直是古装，长裙翩翩，两袖月光，风雅娇媚。

网上有不少女艺人的剪辑合集，凡是盘点到古装美人，温荔某部剧的造型一般会被视频博主拿来做封面吸引目光。

她掀开帘子走出来，本来臭美地想去镜子前看看造型，没想到宋砚已经换好了服装，就坐在换衣帘前等她。

宋砚演过与革命有关的献礼、贺岁电影，在里面饰演的都是铁骨铮铮的革命战士，或着素净长袍，或穿中山装，或身披破损的青色军装，尽力还原那个年代正直而简朴的战士形象。

不过这部戏是言情剧，男、女主角的妆造做了不少创新，更靠近现代人的审美。

看着一身军装的宋砚，温荔怔了片刻，心里就只有一个想法：好帅。

所以找个演员结婚的好处就在这儿，可以满足自己的各种癖好，只有她想不到的，没有他不能穿的。

宋砚掀起眼皮看她，眉眼安静柔和，压住了那身军装凛然肃穆的铁血感。

温荔只好问："怎么样？"

他低声夸道："很漂亮。"然后他低下了头。

或许是没看够，宋砚又抬头看了看她，目光聚焦，认真又温和。

拿着相机的工作人员赶紧说："两位老师，要不我给你们拍一张吧？"

两个人没有拒绝，并排站在一起。

透过成像小屏看着镜头里的两个人，工作人员恍惚了两秒：人类果然是视觉动物，这两个人站在一起的感觉真是绝了。

录制现场，许鸣和郑雪的清廷戏刚刚结束。

清廷戏里男人都要剃头，但他们不是正经拍戏，许鸣就只戴了顶帽子，遮住了现代发型。

郑雪的嫔妃宫装华丽高贵，金线绕着边缘从领子延至衫尾，头上的旗头镶满翠玉，环佩叮当，流苏摇曳。

造型师很用心，几对嘉宾的装扮都很漂亮。

到了郑雪和许鸣这对，清廷装扮直接点燃了现场，引起粉丝的尖叫。

有粉丝当即朝台上拍了些照片上传到粉丝群里，其他人选了几张进行精修，又加了滤镜，立刻发到微博上。

此时的录影棚内，三对嘉宾已经完成了表演，主持人还在照台本给最后一对做铺垫。

"我想问问其他三对嘉宾，期待他们吗？有没有信心赢过宋砚和温荔？"

"没有，哈哈，我跟下面的粉丝一起在期待。"

"想赢，但是显得我有点儿狂妄，所以还是没信心。"

郑雪拿起话筒，笑得很谦虚，说道："演技的话我肯定不敢和宋老师比，那就争取在造型上赢一赢吧。"

许鸣说道："我都听小雪的。"

台下观众七嘴八舌地喊："上话题榜了！"

主持人一时没听清，问："什么？"

"上话题榜了！"

"上话题榜了？"主持人一脸惊讶，"这么快！那宋砚和温荔这对要有压力了。"

在场的人都没见过宋砚和温荔的年代戏装扮，因而都急切地想要看到他们上场。

没想到话题榜上得这么轻松，郑雪顿时心情舒畅，抿唇笑了笑。

到最后一对上场时，灯光立刻暗下来，后方的屏幕上打出剧名。

棚内顿时有戏曲响起，女声苏淮腔调，哀婉凄美。聚光灯打在舞台侧面，两道人影影影绰绰地显现出来。

当灯光彻底亮起时，温荔按照剧里的台词冲宋砚微微弯了弯膝请安，说道："大哥安好。"

宋砚虚扶了一下，说道："小妹安好。"

两个人还没开始演，台词也只说了两句，台下的尖叫声立刻如浪潮般快要将整个棚顶掀翻了。

"绝！！！"

男人深眸冷目，英俊高大，身姿如松柏挺立，笔挺的深蓝色军装加身，宽腰带牢牢地束住腰身，领口紧系，肩上的军章光华耀眼，衬得他气质卓然。

他身边的小妹，被鹅黄色立领旗袍包裹住的腰肢仿佛不盈一握，长发盘起，脖颈修长，娇媚清丽，身姿袅娜，美艳不可方物。

一个冷峻英武，一个年轻娇俏。

负责给"盐粒"拍照的年轻女孩已经激动得手指发颤，连拍了好几张模糊的照片，最后总算勉强稳住手指和心跳，拍了几张高清照片发到粉丝群里。

粉丝群里的人比她还激动。

"都别光顾着流口水，赶紧修了发微博啊！"

台下太吵，主持人有些控不住场。

温荔茫然地看着宋砚，不知道这影视致敬到底还要不要继续演下去。

一个群体的数量越多，卧虎藏龙的高手也就越多。

"签字笔"中，会写文、会画画、会剪辑的非常多，拍照、修图就更不在话下了。

两年里，他们抓住宋砚和温荔零星的同框画面，用最高级的审美、最娴熟的技术把一张张普通的同框照片给修得天上都不得几回见，因为不了解艺人的人看照片的第一反应就是看脸。

粉丝们又在台下喊："上话题榜了！"

主持人哭笑不得地道："哎，我说你们这些粉丝能不能给我们这期节目留点儿神秘感啊？到时候节目播出了没收视率怎么办？"

"不会的！"

"收视率肯定破纪录！"

这一打岔，温荔一时卡了壳——刚刚在后台临时背下的台词忘了不少，怎么也想不起第一句话来。

宋砚看她那苦恼的样子就知道她忘词了，张了张唇，无声地提醒。

台上的主持人立刻抓包："哎，宋砚提醒了，扣分，扣分啊。"

温荔心虚地笑了两声，有些不好意思地看着宋砚，心想，这要真是在片场拍戏，她这样估计要耽误剧组的工作进度。

宋砚倒不在意，目光温和地示意她说台词。

她顺着宋砚的话念台词："大哥，我不想留在这儿了，我想回去找爸妈。"

宋砚走近两步，伸手攥住她的手腕，将她拉向自己。

台下小幅度地响起兴奋的叫声。

宋砚居高临下地看着她，说道："你此番回去了，你觉得爸妈还会再让你出来吗？"

温荔挣扎了一下，小声说："不出来就不出来，待在家里挺好的。"

"那我怎么办？"宋砚又走近几步，垂下头与她平视，"小妹，你不要大哥了吗？"

台上和台下的目光同时射过来，耳边到处是杂音，温荔很难入戏，但宋砚是个很好的老师，她看着他的眼睛，有那么一瞬间真觉得他们就是剧情里说的养兄妹。

不愧是最佳男演员，她心里暗暗佩服，觉得不能给他拖后腿。

"大哥，我们不要这样了。"她低下头，声音里已带了哭腔，"世人容不下我们，这次我回了家，就这么断了吧。"

紧接着就是大段的争吵台词。宋砚和温荔的台词功力都不错，两个人背台词也快，而且年代戏的台词没有古装戏的那么拗口，更接近白话，几分钟的高潮戏两个人就这么顺利地演了下来。

这部戏本来就是讲述缠绵悱恻的爱情，在当年风靡全国，如今十几年过去，剧情虽然已经有些老套，但还是足够刺激的。

台下的粉丝渐渐安静下来，专心看戏。

有个主持人特别感性，眼眶竟然湿润了。

此时宋砚双手紧紧地扳着温荔的肩膀，沉声问道："我哪里做得不好？你告诉我，大哥可以改，只要你留下。"

温荔很明白这时候需要笑点了，他们录的是综艺节目，又不是真在演戏。

她转过身，擦了擦眼角，哭着喊："你睡觉打呼噜太吵了！"

宋砚："……"

台上、台下的人同时沉默了两秒，然后笑出声："哈哈哈！"

宋砚也愣了一下——演戏是他带着这姑娘，但在综艺节目上，这姑娘确实是他的前辈。

他忍住笑，淡淡地反问："那你睡觉磨牙我说什么了吗？"

"哈哈哈！！！"

综艺气氛直接达到高潮，刚刚棚内那股分手带来的凄怆氛围已经完全消失。

温荔没想到宋砚接哏这么快，有点儿忍不住笑，但还是接着演了下去。

终于到最后的强吻戏码了。

台下的尖叫声又热烈起来。

两个人都有默契：上综艺节目当然不可能真亲，但也不能演得太假。于是宋砚直接将温荔摁在摄影棚的门框上。

温荔挣扎了两下，喊道："你放开我！"

他背对着舞台侧边的主持人和嘉宾，对于面对观众的这一边，则抬手用胳膊挡住了两个人的下半张脸，然后吻了下来。

两个人的鼻尖刚好碰到。

对看不到真实情况的人来说，这样朦朦胧胧的画面才更让人受不了。

经典致敬到这儿就结束了。

主持人连忙跑上前，问："亲到了吗？！亲到了吗？！"

温荔推了推宋砚，示意他退后。

男人没动，眼里有笑，在短短的一秒内，突然非常轻微地往前倾了倾，嘴唇轻轻地擦过她的唇瓣，然后迅速地退开，在她的唇瓣上留下一道很浅的痕迹。

宋砚微微咬了咬下唇，吃掉了下唇上沾染的很淡的口红，接着面不改色地撒谎："没亲到。"

台下的粉丝立刻失望地大叫："不算！不算！"

宋砚挑眉，说道："怎么不算？借位也是拍戏的一种手法。"

看着他和台下的观众互动，好像刚刚什么都没发生过，温荔紧紧地抿着唇，一时半会儿想不通他到底是故意的还是无意的：还是说那个触碰实在太轻微，他甚至没感觉到？

"我替粉丝们问一句啊，首先申明，绝对不是我自己好奇。"主持人咳了两下，问道，"宋砚晚上睡觉真的打呼噜？"

温荔回过神来，尴尬地笑了笑，说道："没有没有。"这完全是她为了综艺效果瞎掰的。

这句话本来没什么，但台下思维发散的观众立刻又开始激动，大声问："那磨牙呢？"

宋砚看了眼温荔，笑着问："我能说实话吗？"他一副很听老婆话的模样。

粉丝们又开始喊："说实话！！！"

温荔觉得这男人真的不行，他这么说，不就是变相地告诉其他人她晚上睡觉磨牙？

她很快伶牙俐齿地反驳回去："那你要说实话，就别怪我也说实话了。"

宋砚咳了两下，笑道："好吧。"

"你说你们在这儿对什么暗号呢？反正我们又不跟你们睡一张床，打呼噜还是磨牙又吵不到我们。"主持人故意"哼"了几声，说道，"我们才不想知道。"

台下的观众闻言"哈哈"大笑。

主持人继续采访："刚刚那个突如其来的笑点一下把我搞蒙了，我本来还沉浸在剧情里，差点儿哭出来。你们都没入戏吗？"

宋砚笑了笑，说道："本来入了，但温老师那句话一下子把我拉出来了。"

听到话题被抛到自己身上，温荔回过神来，解释道："我看台上、台下太安静了，以为我们演得不好，就想说句活跃气氛的话。"

"就是演得好大家才没说话，都代入场景了。要是没有那句话，都可以做个正经小短片了。"主持人笑道，但比起演得到底怎么样，也是更注重综艺效果，"演得很棒！来，掌声给二位！"

最后的比拼结果自然没有悬念。

主持人问起其他三对嘉宾的感想，大家都说"输得心服口服"。

郑雪笑着夸奖的时候，背对观众的那只手狠狠地掐上许鸣的胳膊，发泄般用力掐捏。

许鸣吃痛，但在镜头前还是尽力维持着表情，连眉头都没蹙一下。

节目录制完下半场已经是晚上十一点。

录制中场，主持人和嘉宾们去台下休息，粉丝们精神十足，在观众席上"叽叽喳喳"地交流。

刚刚每对嘉宾的小短片已经由粉丝上传，因为还要给到时候播出的综艺节目正片留一点儿神秘性，所以上传的粉丝只剪了几十秒的视频传到短视频网站上。

将宋砚和温荔的那段戏份截了前半段，但博主在视频介绍里透露了这段戏后面有强吻情节。

有人问："真亲了吗？他们真的亲了吗？"

博主回复："美人说没亲到，只是借位。"

所有人都觉得他们刚刚是借位，只有当事人清楚，他们是真的亲上了。

两个人这样亲密的接触向来是在夜晚——那种浓烈的羞耻感带来的拉锯，会因为身体本能的需求，或者受到对方皮相的蛊惑，而逐渐消失。大家都是心智成熟的成年人，有需求很正常，温荔并不排斥或抗拒，但如果是在白天，彼此界限分明，保持着距离感，一般很难头脑一热就那样莽撞地上去。

宋砚的分寸感一向把握得很好，正因如此，温荔才搞不懂他刚刚在干什么。

她现在就像是十几岁时那样，就因为这么一个微不足道的触碰而心烦意乱。

但那时她和学长是意外，那种情况彼此都没料到，双方都不是故意的，她不会把错误归在学长身上。

可这次就是学长的错啊！

此时工作人员来敲门，示意温荔可以过去录下半场了。

想不通，温荔决定不想了。

主持人在台前念下半场的开场白，两个人站在大屏幕后方。

温荔欲言又止地看着身边的宋砚。

宋砚感受到她的目光，侧过头，垂眸，问："怎么了？"

她赶紧转过头，说道："没什么。"

偏偏宋砚一颗玲珑心，很快猜到什么，问："在想刚刚的事？"

温荔皱眉，立刻否认："你想多了吧，又不是高中生，我至于吗？"

然后她的脑袋被搭上只手，还被不轻不重地敲了一下。温荔没好气地道："别把我的发型压塌了。"

她今天特意做了个蓬松的公主鬈发，长鬈发披散至腰间，造型师花了不少心思，也用了不少定型喷雾。

"我又没说什么事，是你自己乱想。"

温荔瞪他，牙尖嘴利地道："我想什么了？我也没说什么事，你自己想到哪儿去了？还好意思说我。"

宋砚突然弯下腰，用鼻尖撞了撞温荔的鼻尖，嗓音低沉，声音像是在笑，又像是在无奈她的没心没肺："我在想这个。"

此时主持人的声音从台上传来："让我们再次有请，温荔！宋砚！"

二人面前的大屏幕倏地从中间往两侧展开，台前的聚光灯照进来，眼前的视线被空气中布满的汽化干冰覆盖。

宋砚早已重新直起腰，和她隔着一拳的距离，表情管理极佳地对着面前的镜头微笑。

温荔有几秒钟没回过神来，直到镜头到脸前才后知后觉地控制着五官露出笑容。

人前他们多么淡定，人后谁又知道几秒钟前他们曾在其他人看不到的地方做了怎样的接触？两个人亲昵的行为越是隐蔽越让她觉得难以翻篇儿。

下半场的录制开始。

时间已经很晚，节目录制进入最终的游戏环节。

"那么我们最后一个环节就是'那些生活中的小幸福'。主持人和嘉宾们各自带来了在他们心中最有纪念意义的纪念品，我们现在不公布，让下面的观众和嘉宾们一起猜，也考验一下你们对他们的了解程度。来，我们请工作人员把这些纪念品拿上来。"

一共八样物品，大多是被盒子装起来的物件，准备待会儿揭晓，唯有一样不同，是用画布包着，是一件方正的大件，一看就能猜出来是镶着框的画或者照片。

主持人也惊讶了，问："你们这是谁把婚纱照带过来了吗？"

因为这件东西实在太大，存在感颇强，不用台下的观众喊，主持人也选择最先揭晓它，说道："来，我们看看到底是什么。"

主持人掀开画布，里面赫然是一幅国画笔触的石榴多子图。

还没等主持人反应过来，台下立刻有粉丝说：

"是美人和三力家的！"

"宋砚和温荔的纪念品！"

因为在《人间有你》第一期的镜头中，这幅画就挂在他们家的客厅里，被摄像头拍到了，所以粉丝们对这幅画非常有印象。

全场观众毫无悬念地猜出这是宋砚和温荔的纪念品。

唯独温荔看着这幅画，眼神迷茫又不解。

她推了推宋砚，捂着嘴小声问："你不是吧，居然把我爸的画扛过来了？"

宋砚也摇头，说道："没有，这幅画应该不是家里那幅。"

来外地录节目，行李已经够多，谁会带这么笨重的画过来？不是她带来的，也不是他带来的，那就肯定不是家里那幅画。

主持人和其他嘉宾因为得了台下观众的提示，都猜这幅画是宋砚和温荔的。

等揭晓答案的时候，郑雪却站了起来，笑容恬淡地道："这是我和许鸣的纪念品，是国画大师徐时茂的画。徐时茂大师只画过这一幅石榴图，独一无二，是许鸣两年前结婚的时候从一个收藏家手里高价买过来的，石榴的寓意也好，我觉得算是很好的新婚礼物，也很有意义，所以就带过来了。"

国画大师的画，又是仅此一幅，还是从收藏家那里买来的，不懂国画的也知道这画价值不菲。

后台的工作人员立刻调出大师徐时茂的个人履历，用特写镜头投影在了大屏幕上。

徐时茂是国宝级别的艺术界大师，他的画千金难求，无论是在国内还是在海外都备受欢迎。

台下大多是粉丝和传媒学院的学生，听闻这些，立刻羡慕地"哇"了起来。

主持人感叹过后又问："那台下观众怎么刚刚一直在喊是宋砚和温荔的？我都被带偏了。"

粉丝们立刻在台下七嘴八舌地解释原因。

"嗯？"主持人语气迷茫，"他们家也有这幅画？"

郑雪惊讶地喊了声："啊？"然后郑雪看向温荔。

温荔的脸色已经不太好看。

"呃，这画确实只有一幅。"郑雪尴尬地笑了笑，体贴地表示，"不好意思，我不知道你们家也有一幅，可能是别人临摹的？要不把这幅画拿下去吧，我再换个别的纪念品上来。"

主持人一时间也非常尴尬，为了缓和气氛，连忙说："那就换其他的吧。"

节目录制中断，几个工作人员慌忙将这幅画搬了下去。

一个工作人员问："郑老师，请问你有准备别的东西吗？"

郑雪点头，说道："有的，在我助理那里。我就是担心画有什么问题特意备着的。"

一听不会耽误录制，工作人员立刻舒心地笑了，说道："郑老师想得真周到。"

"小事，应该的嘛。"郑雪随即面带歉意地看向温荔："不好意思啊，我真不知道会弄出这么一个乌龙事件来。"

温荔撇了撇嘴角。

台下的经纪人陆丹正不断地冲她使眼色，示意她不要冲动。

圈里有恩怨的艺人实在太多，可在大众视野中，大多选择维持虚假的和平——这其中牵扯的利益太多，成熟的艺人会选择牺牲个人情绪来换取大众的好感。

两年前就是这样，她想要澄清，也气不过，要一个个反驳过去，但是陆丹对她说："你反驳，看看明天的话题是夸你真性情的人多，还是嘲笑你小心眼的人多。"

你是艺人，在享受鲜花、掌声的同时，也要做好被泼脏水、被诬陷的准备，在高曝光率的镜头下，会有无数人盯着你，你一个言行不慎，就有可能被贴上各种标签。

你不说话，他们会说你心虚；你说话，他们会说你狡辩；你认命，他们会说你懦弱；你反抗，他们会说你狭隘。

这种事无解，聚集在身上的目光多了就成了枷锁。

两年过去，温荔越来越理解陆丹当初对她说的那些话。

她不信这是巧合，也不相信郑雪真的没看第一期。喜欢一个人和讨厌一个人，两种情绪有时会产生相同的结果，那就是不自觉地关注对方。她那么讨厌郑雪，所以每次走红毯时都会注意郑雪身上的礼服有没有比她的漂亮；而郑雪显然也没那么大气，否则也不会在酒店碰上她时那样冷嘲热讽。

郑雪是算准了，在镜头前，温荔就算有一肚子火也不敢发。

很快，工作人员拿了新的纪念品上来，节目重新开始录制。

这段小插曲看似再简单不过，好像就是两对嘉宾的纪念品无意中撞了款，其中一个立刻体贴地表示可以更换纪念品，只要掐掉这段，嘉宾和主持人调整好状态重新录制，事情就完美地解决了。

台上的艺人们表现得好像都不在意这场巧合，节目继续有条不紊地录制着。

然而，台下的粉丝们显然就没那么淡定了。

"鸣郑言顺"的粉丝和"盐粒"的粉丝、郑雪的粉丝和温荔的粉丝，都在录制现场，领头的粉丝特意交代过不许冲动，大家也就各坐一区。

到节目录制结束，时间已经是深夜。夜风凉意深重，温荔披着助理给她带来的毯子，匆匆地从录制现场离开，准备回酒店休息。

她走出广电大楼的正门，没见到人，但已经听到了呼喊声。

宋砚是和她一同出来的，也听到了，问："什么声音？"

温荔录过好几次节目，冲宋砚仰了仰下巴，说道："粉丝在那儿，过去打个招呼吧。"

她带着宋砚绕过门口广场的停车位。

大门口停车的位置地势较高，与马路有十几米的台阶差。两个人顺着栏杆往下望去，果然看到一群打着横幅的粉丝还等在那儿。

看到人出来，粉丝们立刻激动起来。

"三力！"

"美人！"

今天的录制开始得比较晚，因而下班时也到了深夜，这些没有进场的"月光石（宋砚的粉丝的自称）"和"荔枝"也不知道在外面等了多久。

温荔接过助理递过来的喇叭，冲下面喊："快回家睡觉吧！"

"我们马上就回家了！你也快点儿回酒店休息！不然有黑眼圈上镜不漂亮！"

温荔都应下："知道了，知道了，你们快回家睡觉啊。"

然后她把喇叭递给了宋砚。

"别老那么冷淡。"她说,"说两句。"

宋砚接过喇叭。

见从来只靠作品和粉丝交流的宋砚如今手上握着喇叭,"月光石"们摇晃横幅和小旗帜的幅度更明显些。

他的嗓音清冽,低沉中又有几分柔和:"今天辛苦了,快回家吧。"

"不辛苦!!!"

"美人,你的新电影什么时候上映啊?"

"还没具体通知。"宋砚想了想,回答,"可能是明年的贺岁档。"

"下次什么时候再来星城啊?"

宋砚说道:"很快。"

"我们等你!"

等两个人都简短地说了两句话后,助理过来催他们上车。

最后,"荔枝"们铆足了劲儿喊:"三力!这次来星城喝奶茶没?"

温荔夺过宋砚手里的喇叭,"哼"了声,说道:"没喝,会长胖,胖了你们就都不喜欢我了。"

粉丝们"哈哈"大笑,急忙表示绝对不会,让她离开前一定要去试试。

和粉丝们说完话,温荔明显心情好了许多,坐上车时脸也没刚刚那么臭了。

车上没别人,就她和宋砚,还有他们的助理。

宋砚的助理阿康负责开车。文文坐在副驾驶座上,正用手机一条条记录陆丹给她安排的工作。宋砚坐在温荔旁边,头靠向车窗那边,手上也拿着手机,不知道在看什么。

没外人,温荔满肚子的气藏不住了。

"我跟你们说,她绝对是故意的,百分之百。"温荔双手抱胸,肯定地说道,"我不知道她那幅画是哪儿来的,反正我家那幅绝对是真的,我爸……把东西挂在那么显眼的客厅,她跟我说不知道?我不信节目播出的时候她没盯着我的镜头看。要不是丹姐给我使眼色,我当时就跳起来直接跟她对骂了。"

阿康正开车,不能太过分心,从后视镜看过去,场景就是暴躁美人在发飙,虽然火气很旺,但依然赏心悦目。

阿康是宋砚的助理,自然也是温荔这边的。他说道:"阿彬哥说了,今天这件事虽然暂时被压下来了,但是台下有那么多观众,现场又有那么多工作人员,肯定会有人去网上爆料,让我们提前做好公关的准备。"

文文这时候开口:"丹姐也是这么说的,如果那边真是故意的,那明天应该会有不少营销号曝光这件事。"

"她拿着一幅假画还敢倒打一耙?"温荔更气了,"我现在就联系鉴定师。"

· 73 ·

温荔掏出手机一看，深夜时间，人家早休息了。

文文抿唇，向温荔转达了陆丹的意思："可是姐，不光要证明郑雪的画是假的，还要证明你家里的那幅是真画才行，而且鉴定画也需要时间，这两天姐你还是别太关注网上的言论了，丹姐说如果到时候事情真发酵了，再叫人来鉴定，给个回应。"

温荔无奈地点头，说道："行吧。"

真是造谣一张嘴，辟谣跑断腿。

到了酒店，温荔气呼呼地去洗了个澡，出来后发现宋砚还站在阳台上吹着风不知道在和谁打电话。

他们是同一条船上的，这男人居然还能这么淡定。

她想打个电话给爸爸，让爸爸帮忙做个主，可爸爸这时候肯定已经睡了。

温荔在床上等了宋砚半个多小时，却发现他还在打电话，本来想跟他抱怨的话也只能尽数吞进肚子里。

她很不高兴，狠狠地用被子裹住自己，气呼呼地闭上了眼。

被子里空气稀薄，她睡得很不安稳，直到有人替她掀开了被子，又抱起睡成一团的她，扶着她的后脑勺儿在枕头上放下，她才觉得舒服了点儿，彻底睡了过去。

温荔这一觉直接睡到了第二天快中午。

一睁开眼，她就匆忙跳下床去找人。

宋砚正坐在套间的沙发上。

温荔跑过去坐在他身边，惊慌地说道："你看微博没？那些一直偏向郑雪的营销号是怎么阴阳怪气的？我的经纪人有没有帮我处理？"

"你先吃早餐。"顿了顿，宋砚又改口，"午饭。"

温荔"啧"了声，说道："没心情，你先回答我我再吃。"

"都解决了。"

温荔没听懂，问："什么？"

宋砚知道三言两语说不清楚，干脆拿出手机，递给她。

昨天深夜结束录制后十几分钟，就有人在论坛上爆料说温荔家那幅被导演吹得天上有地下无还特意给了特写镜头的国画是假货。

然后这个帖子被搬上了微博，天还没亮，热度已经节节攀升。

事情发酵到这里还只是小打小闹，直到上午十点，郑雪发了一条不清不楚的微博。

本来不知情的人对这个爆料还半信半疑，一看郑雪这条微博，立刻认定了爆料是真的。

到这时，温荔这边的团队还没有发表任何声明。半个小时后，比温荔团队声明先一步上话题榜的是一个新话题：#徐时茂工作室开通微博#。

黄V，有认证，明明白白地写着"徐时茂工作室官方微博"。

"大家好！

"首先感谢大家对徐时茂先生作品的关心和喜爱！

"徐时茂先生于两年前，温荔小姐@温荔Litchi与宋砚先生@宋砚正式公布婚讯的当天，以个人名义向温荔小姐赠送了《多子多福石榴图》，对二位喜结连理表示最真挚的祝福。

"'榴枝婀娜榴实繁，榴膜轻明榴子鲜'，此画是徐时茂先生的私人作品，仅用来作为新婚礼物赠送给温荔小姐与宋砚先生，并不具有任何收藏或商业价值。我们已联系警方和律师，工作室代表徐时茂先生，对艺术市场中对徐时茂先生作品的仿冒、剽窃、商业售卖行为依法保留诉讼权利。

"希望郑雪小姐@郑雪snow和许鸣先生@许鸣尽快联系我们，你们是受害者，理应维护自己的合法权益。

"最后，祝网友们生活愉快，天天开心。

"徐时茂工作室。"

温荔看着这一反转和各种言论，没想到自己只是睡了一觉，风向就完全变了。

本来她也是想请她爸来澄清的，但是她爸压根儿就不会用微博，还不如直接找鉴定师。

徐时茂可以啊，一晚上就学会用微博了。

"可是我爸压根儿就不会用微博啊，他连微博是什么都不知道，上次我跟他说，他还以为微博是用来玩斗地主的。"

宋砚"嗯"了一声，淡淡地道："昨晚来不及认证，是我直接联系微博官方先加上的，之后你爸爸那边的负责人会接管这个微博账号。"

温荔问："那这个声明？"

"我写的。"

温荔一脸呆滞，说不出话来。

好半响，她才开口："宋老师。"

"嗯？"

"你是天使吗？"

"不是，"宋砚看了她睡得乱糟糟的头发，见她跟个傻子似的瞪眼张嘴地看着自己，推了一下她的额头，好笑地道，"我是你老公。吃饭前先去洗个脸。"

他一副稀松平常的口气，好像只是顺手帮了个小忙，但是温荔明白，短短一晚上，联系上她爸爸和微博官方，通过认证，写声明澄清，这效率已经堪比顶尖公关团队的效率了。

难怪昨晚他一直在打电话。

她居然还误会他冷漠不管她的死活,生了大半天的闷气,真是幼稚、可笑、没脑子!

说不感动是假的,温荔虽不擅长向人道谢,可做人不能没礼貌,被帮忙了就得道谢,不然别人肯定会觉得她是个白眼儿狼。

她酝酿了半天,最后才从嘴里吐出俩字:"谢谢。"

"不客气。"

简简单单的两句话,从他们的嘴巴里说出来,有点儿陌生,又有些别扭。

温荔没话说了,本来有一肚子的抱怨打算起床说,现在事情解决了,就没说的必要了。

连续好几天阴雨天气的星城终于舍得放晴了,阳光从套间的落地窗外打进来,照得人心里软软的。

宋砚看着她,目光平静而坦然,瞳孔被阳光映成琥珀色,像是装着一片湖。

温荔正襟危坐,双手扶着膝盖上下摩挲。因为昨天睡得不太好,她的脸色有些苍白,乱蓬蓬的头发衬得一张脸只有巴掌大,五官没有妆容的点缀,柔和漂亮,少了几分平时上镜时的攻击感。

"那什么,你想要什么回礼?"绞尽脑汁好不容易想了个话题,温荔拍了拍胸脯,说道,"尽管说,我有钱。"

宋砚说:"我不缺钱。"

好嘛好嘛,他们都不缺钱。

"那你想要什么?"

她心想:他应该不至于像那种爱占女孩子便宜的臭流氓要个吻啥的。

结果宋砚还真的不走寻常路,非常老土地说:"那你亲我一下。"

温荔:"……"这是哪个年代用来逗女孩子的招数啊?

虽然温荔心里颇有怨言,但恩人的要求总要满足。她咳了一声,挪了挪屁股,挪到他身边,打算给他的脸一个亲亲。

宋砚侧过头,垂眸望着她,语气似乎有些惊讶,说道:"嗯?你怎么不拒绝?"

温荔立刻咬唇,结结巴巴地说:"给你的谢礼啊,我拒绝什么?"

"我以为你会像平常那样,"宋砚突然学她平时的表情,撇嘴说,"喊,你想得美。"然后他又被自己这模仿的口气给逗笑了,冲她眨了眨眼,故作疑惑地道,"今天怎么这么听话?"

他学得太像,温荔的火气又上来了,她站起来,仰视他,用力地、大声地说出自己的口头禅:"喊!没有谢礼了!我洗脸去!"

宋砚也不生气,用一副"这才是你"的表情看着她。

温荔转身，心里却也有些困惑——他刚刚摆明了是逗她，不是真要她亲，那就证明他这人不土，也没有要趁机占她便宜，那她生什么气？

她觉得自己的心思就像海底针，有时候自己也理解不了。

往洗手间走了两步后，她又走了回来。

宋砚问："怎么了？"

"你真不要谢礼了？"她也不知道自己在试探什么。

"不用了。"

心里有说不出的失望，温荔按下这莫名其妙的情绪，傲慢地仰下巴，说道："哦，随便你。"

温荔走进洗手间里，动作随意地挤了牙膏，将牙刷送进嘴里，电动刷头在嘴里"嗡嗡"地振动。温荔看着镜子里的自己。夏季到来之前的午间阳光太慵懒，害她刷牙也能发起呆来。

直到镜子里出现另外一个人。

温荔嘴里含着沫子问："有事？"

宋砚将手搭在她的肩上，弯下腰，倾过身来，迅速地在她的脸上亲了一下。

"我就算要谢礼，也不会要这种东西。"他看似平静地说，"你是我太太，难道连亲个脸还要找借口？记住这点，下次别再上当了。"

被亲的那半边脸火烧般滚烫，温荔愣了半天，没想到他这么不按套路出牌，气得后槽牙直打战。

等人出去了，温荔也顾不上什么形象了，顶着一嘴"白胡子"冲着他的背影大喊："我还没洗脸！你不讲卫生！"

在星城的录制工作全部结束后，一行人飞回了燕城。

跟来接机的粉丝们打完招呼，坐上车没几分钟，温荔就接到张总的电话，说已经签好合同的音乐综艺节目过两天就要开始录制第一期，让她赶紧回公司开个会。

《人间有你》摄制组的全体工作人员还在星城开会，过两天才回燕城，也算是给嘉宾们放了两天假。

宋砚倒是没什么安排——他前两年太忙，今年给自己减负，推了很多不必要的行程。

宋砚提出先送温荔去公司，再回家休息。

车子开到公司楼下，温荔突然想起什么，提醒他："哦，宋老师，你答应我的去当飞行嘉宾，别忘了啊，我待会儿上去就跟张总说。"

宋砚点头，说道："好。"

别的也没什么可交代的，温荔下了车。

文文跟在温荔身后。

陆丹却没急着下车，说道："你们先上去，我跟宋老师聊两句。"

温荔说道："那丹姐你快点儿。"

"知道了。"

关上车门，陆丹也没绕圈子，直截了当地开口道谢："谢谢。"

宋砚知道她谢什么，笑了笑，说："小事。"

陆丹笑着点了点头，说道："温荔出道就是我带的，但在这件事情上我做得还不如你做得周全。你以后要是退居幕后，不当经纪人未免有些可惜。"

宋砚语气温和："术业有专攻，其实这次是我越俎代庖了，只是运气比较好罢了。"

因为没有拍摄活动，他的脸没上粉底，眼下有些泛青，透着一丝疲惫。

陆丹也不知道那天晚上他有没有睡，但她知道自家那个没心没肺的小艺人肯定睡着了。

目送宋砚的车子离开，陆丹莫名其妙地想起十年前，她出师没几年，跟着老师去饭局扩展人脉。

老师给她介绍圈内的著名导演于伟光。当时于伟光拍的那部文艺电影大火，除了口碑爆棚和票房大卖，也带火了当时还是新人的男主角和女主角。

那也是她第一次见到宋砚。

十八岁的宋砚漂亮清瘦，身上的少年气未脱，锋芒毕露，孤傲又寡言。那些人开玩笑地叫他"少年艺术家"，他也不应，别人敬过来的酒，他连句客套话都不说，直接仰头干杯。

宋砚的傲和温荔的傲不同：温荔的傲更偏向出身优渥带来的傲慢和无畏，是合群的，也是乐观的；而宋砚的傲则是离群的，与世俗背道而驰，不愿随波逐流。

还好于伟光喜欢他，牢牢地护着他，说这孩子是少爷脾气，比较青涩，性格也不太圆滑，让大家别跟孩子计较。

如果真是娇生惯养长大的小少爷，宋砚又怎么会选择进圈？陆丹不得而知，不过她也没有打听别人隐私的爱好。

不过到现在，宋砚浑身的棱角确实已经被这个圈子磨平了，变得圆滑，知世故，也懂得这个圈子里的各类规则了。

这样一想，如果宋砚真给她家某温姓艺人当经纪人，还挺不错的。

陆丹正天马行空地想着，温荔的电话打了过来。

电话刚接通，就听温荔语气不满地道："丹姐，你怎么还没上来啊？张总要骂人了。"

"来了来了。"

温荔接的这个音乐综艺节目是买的一个海外节目的版权,在圈内圈外找一些热爱音乐的素人或者小众音乐人来上节目,都是有才华的年轻人,只要有了曝光机会,金子总会发光。

出品方一个月前就在各大平台上宣传这个综艺节目了。很多参赛选手的资料也被网友们扒了个精光,几个导师已经分别在微博上官宣,唯独成团的首席见证官至今不见踪影。

之前有人说放个温荔的剪影,后来节目组开会一讨论,觉得放剪影也不安全,无论多老的照片,很快就被老粉丝扒出来了,没有一点儿神秘感。

于是到节目录制之前,首席见证官在网上连个剪影都没有。

除了两方公司的高层和参与策划、安排的工作人员,就连其他导师和选手们都不知道这个首席见证官是谁。

关于担任首席见证官的艺人,早先营销号说了好几个,有演戏的也有唱歌的,有男也有女,说了大半个月,直到快开始录制了,也没能得到证实。

娱乐巴哥:"3月29日《为你发光》第一期录制。导师阵容:严准、许星悦、齐思涵、艾斯。"

下面的评论:"首席见证官呢?"

娱乐巴哥回复:"保密工作做得太好,实在打听不到。"

于是评论区后排又开始无奖竞猜。

导师阵容不差,严准和许星悦都是一线歌手,那首席见证官的地位只可能比他们的地位高。

"温荔吗?她的地位够高。"

"别闹,这是音乐综艺节目,温荔一个演员来凑什么热闹!"

评论区讨论得热火朝天,直到有个粉丝这样回复。

阿力的小葡萄:"非官宣不认。但小声说一句,三力出道前去海外做过练习生的。"

下面的评论:

"温荔做过练习生?"

"我怎么从来没听说过?"

阿力的小葡萄:"公司没宣传过,所以知道的路人少。前两年三力的百科上有写,但是不知道为啥被删掉了。"

网上的讨论热度这么高,到3月29号这天,首场《为你发光》的录制即使没有观众,有那么多音乐选手排排坐也足够热闹了。

温荔坐在后台的化妆间里,造型师还在她的头发上鼓捣。为了配合这档综艺节目的性质,她还特意化了个舞台妆。

舞台妆和演员妆本质上的不同在于:演员为了演戏上镜,妆容主要突出面部轮廓，放大演员五官的优点，以清淡自然的妆容为主；而舞台妆则是为了在高聚光的舞台上减弱五官的缺陷，主要突出精致感和造型感，妆容独特且浓烈，染各种发色也是为了更好地吸引观众。

有些歌手的五官并不那么出色，但只要站在舞台上，就光芒四射，就是因为灯光和妆容造型削弱了他的缺陷，放大了他的舞台魅力。在这样氛围感十足的舞台上，歌手只要业务能力不差，要吸引粉丝很容易。

因为温荔后面还要进组拍戏，不能真的染发，于是造型师给她做了个一次性的香芋紫发造型——从发根到发尾是层次渐变的紫色，再配合精巧的编发。

温荔不禁想：如果当初没被舅舅抓回国，估计自己现在也是个正经的唱跳歌手了。

普通人化舞台妆都很漂亮，更不用说本就五官优越的演员了。

造型师实在很满意今天给温荔做的这一造型，一个劲儿地问温荔觉得怎么样。

这时负责控场的工作人员敲了敲门，问："温老师你好了吗？快到你出场了。"

工作人员说着往里看了眼。

温荔正好侧过头看他，说道："好了，马上来。"

看到她那样子，工作人员眨了眨眼，呆了几秒钟，笑着说："差点儿没认出来，温老师你化舞台妆真的很漂亮。"

温荔心里挺得意的，偷偷拿出手机来了好几张自拍。

她先是发给经纪人和助理以及几个圈内的好友，得到一致好评后，又把手指放在了宋砚的微信头像上。

想了两秒，她选了张自己觉得最好看的自拍发了过去。

温荔跟着工作人员来到候场区。隔着一道屏幕的录制现场还在一一介绍导师阵容，每个导师出场都能引起选手们的一阵欢呼。

这时候台前已经介绍到许星悦，节目组还故弄玄虚地先介绍导师的履历。

"隶属经济公司：佳瑞娱乐。"

这是大公司，选手们一阵欢呼。

"女团 Starry Tears 星泪组合的领舞、领唱兼人气王。"

选手们再是一阵惊呼。

选手们齐呼："许师姐！许师姐！许师姐！"

温荔还在等宋砚的回复，完全没在意台上。

但宋砚不知道在干什么，迟迟没回复。

直到工作人员提醒她："温老师，还有五分钟，麻烦把手机交给我好吗？"

温荔只好不情愿地把手机交给工作人员。

录制现场的大屏幕和扩音麦已经公放起对首席见证官的介绍。

说实话，这些综艺节目都很会故弄玄虚，不过今天节目的介绍词比前几天她在星城录制的那档节目的正常多了。

"隶属经纪公司：佳瑞娱乐。"

首席见证官竟然也是佳瑞旗下的艺人，佳瑞不愧是这一季最大的赞助商。

此时已经有部分选手猜到了这位首席见证官是谁，在位子上交头接耳。

"是温荔吗？"

"不可能吧，她不是演戏的吗？"

"我看网上爆料说她以前也当过练习生。"

"真是她吗？谁带签字笔在身上了？！"

接着公放声音又指出这位见证官微博粉丝有几千万，人气有多么高，最后主持人直接在大屏幕上放出了这位见证官的影视剪辑。

剪辑用的是万年不变的古装素材，但无论看几遍，惊艳感都不会减少。

屏幕上，一袭曳地长裙、头戴步摇的温荔正站在桃树下，随即往镜头这边看过来。

画面一转，是前几天刚占满了话题榜的温荔的旗袍装扮，也不知道节目组从哪儿搞来的这么清晰的素材。

到这时就连刚刚完全云里雾里的选手也猜到了首席见证官是谁。

年轻气盛的男孩子们叫起来一点儿也不比女孩子弱，甚至更洪亮，更激动，更疯狂。

温荔从暗光下走出来，妆造和刚刚大屏幕里的古装扮相完全不同：染着渐变的紫色长发，妆容精致，亮眼的水钻就像是人鱼的眼泪，点缀在她的眼角处，唇色浓艳，一身酒红色复古法式宫廷小礼服，仿佛废墟中一株被鲜血染红的紫罗兰。当她笑起来时，所有人仿佛都是在她嘴角下臣服的奴隶，是为她那蛊惑人心的人鱼泪呐喊欢呼的傀儡。

温荔走到切面棱形的银色舞台中央，从上打下来的聚光灯亮起来，藏匿在紫色鬓发中用来箍发的珍珠发饰隐隐发光。造型师很喜欢给女艺人加上闪亮的装饰，因为这种装饰在舞台的灯光下会显得光芒四射。

温荔这身法式宫廷小礼服是现代改良款，方领上也有水钻点缀，裙摆刚到膝，恰好露出一双小腿。

之前她最令人印象深刻的造型其实都是古装，甚至连粉丝都觉得，比起已经足够完美的现代妆造，绾发髻，点花钿，披长裙，无论是大气的唐制还是庄重的明制，乃至简约的宋制，只要扮上古装，温荔就是最引人注目的，仿佛天生就是从古画中走出来的美人。

在场的一百位选手对温荔的印象也是如此。

没人想到她做这样的舞台妆造也能这么好看。

其他人不知道，但温荔自己知道，她当年之所以有机会去海外做练习生，就是因为星探看中她的外形，觉得她要是在海外出道，应该会是那一代女团中的最好看的。

温荔心里得意，但面上还是要保持谦虚，举起话筒说了句："各位选手好，我是温荔，你们的首席见证官，请多多关照。"

原声一出来，选手们终于相信，这真是温荔！

"我女神！我女神！"

"你掐一下我，真是她吗？我好喜欢看她的剧。"

"掐了，痛吗？"

"痛！绝了，真是她！《为你发光》牛。"

一百个选手里，大部分激动得不能自已，小部分因为有镜头，也站起来跟着欢呼，唯独有个选手连站都懒得站起来，耷拉着脑袋，看也不看台上的人。

"徐例！你搞什么呢？镜头拍到你了！"

这个叫徐例的男生经同伴提醒，才心不甘情不愿地跟着大家拍了拍手。

"有什么好鼓掌的？"男生勉强瞥了眼台上的人，说道，"又不是没见过。"

同伴抓住他的手臂，激动地说道："没在现实里见过啊！入行前就听圈内人说，在镜头里看着已经非常漂亮的，放现实里绝对让人挪不开眼，我信了，我真的信了，我这趟来得真是太值了！"

男生"哧"了声，没搭话。

顶级女艺人就是如此有排面，节目组为达到效果，恨不得用镜头记录下每一个选手此时激动的表情。

欢呼过后，棚内渐渐安静下来。温荔一一跟导师们打了招呼，最后坐在了导师席最中间的位子上。

许星悦凑过来夸了句："师姐今天真漂亮。"

按理来说温荔该回一句"你今天也很漂亮"，但她没有，而是笑了笑，说道："我也觉得。"

许星悦表情变了变，又说："师姐今天这个妆要是待会儿不上台表演个节目的话，那就真有点儿杀鸡还用宰牛刀了。"

温荔听懂了许星悦的话，就是说她又没有准备表演节目，还搞得这么隆重，小题大做。

"没有啊。"她笑眯眯地说，"你不觉得刚刚我出来的时候，这些人的反应比你出来的时候热烈多了吗？"

许星悦笑容微僵。

两个人窃窃私语，别人听不见她们在说什么，到时候镜头一放，后期一加，就是一对关系亲密，正私语打趣的师姐妹。

温荔觉得许星悦这师妹心里未免有些没谱儿——才起步，圈子里昙花一现的艺人太多了，今天千万元代言傍身，明天就有可能被解约赔钱，温荔哪怕已经走到这一步，也不敢保证自己能红得长久，许星悦不知道是年纪太小，刚红就飘了，还是其他原因，没什么礼貌也就罢了，温荔也不是很在乎前后辈的称谓，但她总觉得许星悦明里暗里都在挑衅她。

温荔拿起手边的台本准备叫选手上台表演。

温荔两边分别坐着严准和许星悦，再依次是齐思涵和艾斯，都是专业对口的，无论哪个，业务能力都比她的强，点评的事轮不到她，她就老实地听着，等导师把话抛给她，她再客气地评价几句。

转眼间就上了三组选手，表演都中规中矩，导师的话没太难听，但也没多好听，就是让他们这几个月好好比赛，做出更棒的音乐作品。

到第四组选手上场，温荔照例问："准备好了吗？"

中间的男生开口就是一句："准备好了，但在表演之前我想先表个白。温老师，我是您的粉丝，真的特别喜欢您！"

拍马屁？她喜欢。温荔笑着点头，说道："谢谢你。"

"我也喜欢宋老师！他的每一部电影我都看好几遍了！我家里还有票根，我每次看完都不舍得扔，都让我妈帮我收起来了。等节目录完，温老师您能不能帮我转告一下我对宋老师的喜欢啊？"

台下的选手们稀稀拉拉地笑了起来。

温荔笑着说："这种事还是你亲自说比较好，你就看着摄像大哥说吧，宋老师会看节目的。"

男生握着话筒的手立马又紧了几分，眼睛都亮了，问："真的吗？宋老师真的会看我们节目？"

"会的。"

过几期宋砚还会来当飞行嘉宾呢，只不过得暂时保密，她不能说。

得到温荔的回答，男生立刻对着镜头就是一串疯狂的告白。

坐在温荔旁边的严准笑眯眯地说："这位同学，你好大的胆子啊，当着温老师的面跟她老公表白。"

台下的选手们纷纷拖长声音调侃起来。

温荔："……"

这组选手连唱的歌都是宋砚某部电影的主题曲。不过他们将这首曲子重新做了改编，嗓音条件也很不错，有技巧，唱得深情又动听，单论唱歌技巧，可以算排得上前几名的苗子。

结果唱完后，男生又对着镜头说："宋老师，希望你能喜欢。"

温荔："……"她演过那么多电视剧，有那么多主题曲，难道就没一首能唱的吗？！

　　好在后面有一组选手是她的粉丝，唱了她参演的电视剧的主题曲，还现场表演了一段她的影视片段，她的心情才稍微好转。

　　录到中场，导演叫暂时休息。台下的选手大多在喝水、闲聊。

　　温荔想着被工作人员收走的手机，连忙起身去找工作人员要了回来。

　　她看了一眼，宋砚还没回复，可能在忙吧。

　　她拿着手机也不知道干什么，突然想起上次国画那件事还没打电话给爸爸汇报情况。

　　"嘟嘟"声响了好久，徐时茂接得有些慢。

　　"荔荔？打电话来有事吗？"

　　"没事，就是前不久国画那件事，爸爸你听说了吗？"

　　"阿砚那天已经告诉我了，我当时就把自己的身份证和工作室的营业执照照片发给他了。怎么？他还没处理好吗？"

　　半夜几点钟来着，他接到宋砚的电话。

　　宋砚先是跟他道歉，接着说明来意。

　　徐时茂问："需不需要帮忙？"

　　宋砚说："不用，我一个人可以搞定。"

　　徐时茂问："那荔荔呢？"

　　宋砚说："睡着了。"

　　徐时茂无奈地说道："听你说的，情况还挺严重的，怎么这丫头还睡得着？"

　　宋砚笑了笑，说："没事，睡着了正好就不用为这件事烦心了。"

　　温荔不知道这件事，心想原来她爸的官方微博是这么通过认证的。

　　"没，已经处理好了。"

　　"那就好。"顿了一下，徐时茂轻轻地叹了口气，说道，"其实这件事也不用麻烦阿砚，你们都是公众人物，说得多错得多，跟你舅舅说一声，他肯定会帮你的。"

　　温荔的语气不太好："我舅会帮我？他两年前要是肯帮我，我也不至于被骂得那么惨。就这种'小事'，他估计听都懒得听我说。"

　　徐时茂温声劝她："你们当时吵得那么厉害，你自己想想，说了多少惹你舅舅生气的话。你舅舅的脾气你又不是不知道，他说两句气话不也正常吗？最近没工作的话就回家看看你姥爷，顺便跟你舅舅修复一下关系，不然你妈在地下知道了肯定不高兴。"

　　爸爸的语气太好，温荔反倒不知道该如何反驳，闷闷地回了句："知道了。"

　　温荔这人吃软不吃硬，爸爸的性格好，教育她的时候也是好声好气的，所以她肯听爸爸的话。

徐时茂又问:"哦,对了,小例最近还好吗?"

听他问起弟弟,温荔觉得莫名其妙,反问道:"他不是在国外念书吗?"

"今年毕业回来了啊。你们姐弟俩没联系吗?"

"没有。我没事联系他干什么,找架吵吗?"温荔皱眉,一脸不耐烦地道,"那他现在在哪里要饭?"

徐时茂无奈地道:"什么要不要饭的,哪有这么说自己弟弟的?你弟弟也在燕城,好像报了名要上一个什么节目。"

"上什么节目啊?"温荔觉得莫名其妙。

"不知道啊,好像是玩音乐、上电视那种。"徐时茂的语气也挺困惑的。

温荔听了徐时茂的话,总觉得哪里不对劲,有种不好的预感。

温荔不屑地道:"他上电视干什么?他也想干我这行?他行吗?就他那臭脾气,要不了多久就把粉丝全赶跑了。"

徐时茂没说话,因为当时儿子的原话是:"温荔能进,我怎么就不能进?她那臭脾气都有人喜欢,一个娘肚子里出来的,难道我就比她差?"

这话说出来估计女儿又要不高兴,于是徐时茂决定敷衍过去。

父女俩彼此又嘱咐了两句,才挂掉电话。

温荔还想打电话让丹姐帮忙查查自己的弟弟上了什么节目,这时工作人员又过来提醒她要开始录制了。

温荔只好再次交出手机,没来得及给丹姐打电话,也没来得及看宋砚有没有给她回复消息。

宋砚的手机正放在会议桌上,开了静音,因而他没发觉有消息进来。

"这本子真的可以,男主角形象特别好,肯定很受欢迎,要不你再考虑考虑?"

因为上次被宋砚婉拒,郭导那个小说改编的仙侠本子又被辗转送到了柏总手上,并且郭导十分自信地提了很多合作条件,说只要宋砚肯接,其他的什么都不用担心。

宋砚听到这些转达的话,心想郭导真的是很宠爱他的那个干闺女。

他是直接从家里过来的,穿得比较休闲,头发也没特意打理,碎发落在额上,一副慵懒的样子。

坐在主位上的柏总西装革履,丹凤眼微眯,头发用发油梳得光亮,此时一副无奈的样子。

两个人看着年纪相仿,但是气质完全不同:宋砚是演员,擅长各种角色塑造,但私底下其实并不好相处,对任何人都是公事公办的态度;柏总虽然是公司的决策者,平常却更随意些,有时候甚至会跟员工一块儿下馆子喝酒。

柏森没觉得这本子有什么不好,小说热度高,电影投资大,编剧水平也不错,真没什么好挑剔的。

但宋砚还是拒绝了："演不来。"

"哪里演不来？"柏森刨根儿问底儿，"难道你还怕自己演砸？"

宋砚心知自己对剧本的驾驭能力，所以不是怕演砸，而是因为郭导当初说的那句"我干闺女是你的影迷"。

宋砚不缺本子挑，又心气高，如果不是导演真觉得他契合角色或者剧本，他是没什么兴趣接的。

原因他不能明说，因为以后还要和郭导打交道，只好搪塞过去。

"你把我叫过来就是为了劝我接这个本子？"宋砚背靠椅子，漫不经心地说，"那我回家休息了。"

"回家干什么？难道回家对着摄像头，跟温荔扮演恩爱夫妻就舒服吗？"

"起码比跟你在这里浪费口水舒服。"

"可以，宋砚，很好，咱们十年的友谊还不如你跟那小丫头片子假结婚两年的日子。"柏森挑了挑眉，故作气愤地望着他，"明明高中的时候对那丫头片子爱搭不理，我把她介绍给你时你还一脸不屑。说吧，你是不是看上我这个曾经的未婚妻了？"

柏森之所以敢开这种玩笑，是因为笃定这就是玩笑。

宋砚高中那会儿跟温荔是真连认识都算不上。

他们读高中的时候，温荔在他们隔壁的私立艺术高中学跳舞，放学比他们学校早。温荔不爱一个人坐车，会过来叫上柏森结伴回家。她轻车熟路地找到柏森的教室，手搭在门框上，露出半个脑袋，说道："柏森哥，回家了。"

高中时的柏森一直在混日子，不爱写试卷，常常被留堂。温荔无所谓，反正也不想回家对着舅舅那张臭脸，就等班里所有人都走了，大大方方地走进教室，坐在他旁边等他写完作业。

别的科目的课代表都跟柏森熟，柏森说两句就混过去了，偏偏物理试卷逃不过，因为宋砚是物理课代表，虽然他们是铁哥们儿，但宋砚是个铁面无私的，柏森写不完试卷就不能回家。

有夕阳洒进的教室里，学校公放广播的铃声已经响了好几遍，柏森夹在温荔和宋砚中间，苦恼地埋头写物理试卷。

教室里很安静，没有人说话，温荔戴着耳机打掌上游戏机，艺校校裙下，一双腿晃晃悠悠的，悠闲自在。

宋砚在写别的科目的试卷，全神贯注。

下午喝多了可乐的柏森尿急，上了趟厕所回来，发现这俩人还是原来的姿势，没交流，连个眼神都不给对方。

柏森当即判断，这俩人气场不合。

谁能想到，气场不合的两个人竟然在两年前又有了交集。

温荔出现事业危机的那段时间，柏森被温荔的舅舅勒令不许插手帮忙，为的就是逼她回家认错。从出道就零绯闻，从来不跟女艺人搞暧昧的宋砚，因为风评太好遭到了某些人的忌妒，不知道从哪儿冒出来一堆人拿他的性取向说事。

于是两个人一拍即合，签下协议结了婚。

宋砚蹙眉，淡淡地纠正："你们的婚约都作废多少年了，少这么叫她。"

柏森哭笑不得地道："行行行，叫她温荔行了吧？我连她的小名都不叫了。你这什么大男子主义啊，又不是真夫妻，真够小气的。她曾经是我的未婚妻没错，可又不是我做的主，是她姥爷给她安排的，我也是受害者啊。"

宋砚没理柏森，拿过放在一边的手机看了起来。

柏森知道他这是不想再聊的意思。

但柏森发现，他自从拿起手机，整个人都愣住了，就像被手机勾走了魂，眼睛直直地盯着屏幕，又用手指对着手机屏幕做了个放大的动作。

"你看什么呢？"柏森说着站起来，往宋砚那边抻着脖子。

意识到有人凑过来看，宋砚突然将手机倒扣在桌上。

柏森看他反应这么大，立刻不怀好意地笑了，说道："不是吧？你居然也会在开会的时候偷偷干别的？"

节目录制到半场，在台下等了好半天都没上台的选手们已经没了兴趣，只在个别实力很强的选手上场时才会兴奋起来。

导演特意将导师的舞台表演安排在半场休息时间，用来调动气氛。

四个导师有的主攻声乐，有的主攻舞蹈，有的主攻说唱。

齐思涵一袭水袖，跳了段飘逸典雅的中国舞。选手们的眼睛都亮了起来。

直到许星悦上场，气氛彻底燃了起来。

许星悦准备了三段舞蹈，为此还特意去后台换了身衣服。她先是跳了段上一季节目的主题曲，又跳了她们女团最火的主打曲，最后是一段极其有难度的力量型街舞。

这三段舞蹈编排精巧，循序渐进，难度逐渐提升，从一开始全民都会跳的大众舞，逐渐过渡到能彻底展现其实力的舞蹈。

许星悦最后一个展示身体柔软度的劈叉动作完成后，本来还懒洋洋的台下选手立刻全体起立，高声齐呼"许师姐"。

许星悦确实很有实力，唱跳方面几乎没有短板，平时在节目上又敢拼，难怪是人气王。

许星悦拨了拨粘在额上的刘海儿，笑得很开心，问："我的表演还可以吗？没给上一届的选手们丢脸吧？"

"没有！！！"

"长脸了，长脸了！"

然后许星悦看向坐在中间的温荔，说道："温师姐。"

温荔不知道许星悦叫自己干什么——刚刚她走神走得应该不是很明显吧？

"我们四个导师都准备了节目，也都表演了，你是成团的首席见证官，不露两手说不过去吧？"许星悦歪头，边喘边笑。

温荔愣住了。一开始节目组高层不是说她是见证官，就是个给节目带来热度的，不用准备节目吗？台本临时改了？

紧接着许星悦就解答了她的疑惑："本来是没有这个环节的，但是师姐既然来我们这个舞台了，又是首席见证官，肯定实力不凡，我真的特别想看师姐露一手。你们说对不对？"

选手们沉默了几秒，立刻跟着起哄："对！"

许星悦抬起手，暗示选手们跟着自己的节奏喊温荔的名字。

"温荔！温荔！温荔！"

"来一个！来一个！来一个！"

温荔听着满场的欢呼，有些无语：台本还能这样随便改？不会耽误录制进程吗？

她看向导演，导演却给她比了个"OK"的手势。

就连温荔上节目都不好意思随便改台本，怎么许星悦提了个建议导演就点头了？这师妹是什么背景啊？

许星悦看她一副不太情愿的样子，软声安慰："我知道这样有些为难师姐了，师姐对跳舞可能不是太擅长，但是我觉得师姐既然是首席见证官，肯定还是要给我们展示几段的。如果师姐没准备，可以随意来一段。师姐你意思一下就行，跳不好也没关系，剪辑老师会剪掉的。"

所谓"随意来一段"，就是随机播放曲目，表演者根据曲子的鼓点和节奏即兴发挥。

对专业舞者来说，这种表演信手拈来；但对外行来说，听着曲子只会一脸茫然。

许星悦又大声问台下的选手："选手们，你们期不期待温师姐的表演？"

"期待！"

温荔回国后就直接开始演戏了，平时偶尔会去舞室跳一跳，但从来没在镜头前跳过舞。

起哄声越来越大，温荔仿佛梦回儿时，被爸妈拉到亲戚面前说："来来来，荔荔，给你叔叔、伯伯跳一个。"

她没想到都成年了还会再碰上这种情况。

她自恋地想：难道我的绝世舞技就要藏不住了吗？

第三章
绝世魅力无可阻挡

没等她自恋完,下一秒,音乐就响起了。

她握了握拳头,祈祷这音乐最好是她在舞室里练过的。

近几年说唱音乐发展迅速,不少唱跳歌手有一门必修课,那就是翻跳或是翻唱前辈的作品,而随机音乐大多是这些前辈早些年的大热曲目。

节奏极为动感,前奏带有机械舞节奏的旋律一响,下面的选手们就不由自主地跟着动起了肩膀。

非常凑巧,这首歌温荔也学过。她在海外当练习生的时候,每个月都有一次考核,其中有一个月的考核题目就是这首歌。

肌肉记忆启动,她还没反应过来,身体已经下意识地跟了节奏。

大多数男团舞的强度比女团舞的强度大,这是男、女体力差异使然,但很多女歌手跳男团舞并不显得违和,反而显得很英气,风格又带有女性的柔美。

即使几年都没跳过这首歌,温荔仍然记得所有动作。倒不是她的记忆力有多好,只是肌肉帮她记住了这些动作,从小学跳舞的人大多有这种技能。

最后一个下蹲耍帅的动作,因为穿着裙子不太方便,温荔就用比爱心的动作代替。

现场短暂的沉默后就是惊呼。

棚内的收音器都震了一下。

平心而论,温荔多年没跳过这支舞,有些动作没有那么标准,力道方面因为穿着裙子,有一部分腿部动作被她简化了。但台下除了某些被公司"捆"过来的非职业选手,其他的大多有些经验,一眼就能看出台上的人到底会不会跳舞。温荔该卡的点都卡到了，动作流畅，平衡感也足。

在大多数人眼里，温荔是演员，没想到她还会跳舞。

几个导师也纷纷鼓起掌。

温荔回座，心想还好别人不知道她会跳舞，都低估了她的实力，才会觉得惊艳，如果大家一开始就知道她有过在海外做练习生的经历，说不定她这个即兴表演就没那么令人震惊了。

从现场选手的反应来看，《为你发光》这档综艺节目开了个极好的头，请温荔过来是对的。

到时候第一期播出，观众的反应不会比现场选手的反应差多少。

提出这个建议的许星悦反倒成了功臣。

许星悦表情不太好看，但脸上仍然在笑。

温荔也不跟许星悦废话，轻声说："师妹，你很厉害啊，台本说改就改。"

"我只是跟导演提了个建议而已。"

趁着接下来的一组选手在准备环节出了点儿问题，工作人员正在调镜头，温荔果断去找了导演。

她也不是没有脾气的——要不是歪打正着正好有做过练习生的经历，她今天还真有可能丢脸，到时候播出的节目虽然能剪，可现场这么多双眼睛看着，难保不会有人爆出去。

本来她的对家就多，逮着一个点肯定要疯狂地嘲讽。

导演也没想到温荔这么直接地问他为什么要答应许星悦改台本的提议。

"就算要节目效果，你们也可以提前告诉我，我好准备准备，一开始说不用准备，到了录制现场又来这么一出，"温荔仰头，平静地问道，"李导，怎么回事啊？"

李导只是用一副不可明说的表情对她说："温老师，实在抱歉，我也不是故意要为难你，就是……我不太好得罪许星悦。"

温荔不知道背后捧许星悦的人是谁，大概率是许星悦刚红的这一年从哪儿认识的新人脉。

镜头调好后，工作人员示意可以接着录制了。

温荔又回到座位上，这次没再往许星悦那边看，连个余光都没给。

"好，下一组。"温荔握着话筒看资料，语气突然变得有些奇怪，说道，"王亦源、徐例……"

真是奇妙的姐弟缘分，两个人互相什么招呼都没打，她不知道徐例来参加这档节目，徐例也不知道她是这档节目的首席见证官。要是早知道，两个人绝对都不会来。

徐例刚刚已经震惊过了，所以此时站在台上，面对温荔"嗖嗖"飞过来的复杂眼神，内心毫无波澜。

温荔用眼神问他：你怎么在这儿？

徐例淡淡地扫了一眼温荔，用眼神回答她：关你屁事。

温荔的长相更像爸爸，五官带一些英气；而徐例长得更像妈妈温微，五官清秀。他个子高，人却清瘦，是典型的高瘦体形。

"徐例，"导师严准看了他一眼，点头肯定，"你的外形很不错。"

徐例平静地点头，说道："谢谢导师。"

"人看着也很稳重。"齐思涵附和道。

温荔心里冷笑：这小崽子暴躁得很，也就是在镜头前装一装。

徐例和另一个叫王亦源的选手合作了一首自编曲的吉他弹唱，曲子是典型的民谣风，两个人和声也默契，虽然没有舞蹈展示部分，但声乐部分算是很不错的。

节目也不知道录了几个小时，等所有的选手表演完，台上、台下的人都已经累瘫了。

温荔敬业地在台上看着台本说完了这几个月的录制流程：先进行第一次考核，根据最终的考核分数再进行二次分班，之后选手们根据考核分数各自选择首次公演的节目。

录完节目，她先是找工作人员要回了手机，再赶紧打了个电话让文文来接她回家睡觉。

看选手们成群结队地往集体宿舍走，温荔本想追过去找徐例，结果站在一群个子高高的男孩子中间，这些男孩子都用单纯又明亮的目光看着她，希望她是来找自己的。

温荔退后几步，面色尴尬地说道："都辛苦了，辛苦了。"

"温老师你也辛苦了。"

"辛苦了，温老师。"

"温老师你人真好，特意跑过来跟我们说'辛苦了'。"

温荔又给几个人签了名，等选手们纷纷散开后，筋疲力尽的她才转身离去。

这时她手里的手机响了起来，是微信消息，她以为是宋砚的，结果一看，大失所望。

兔崽子："在哪儿？"

聊天儿记录显示他们俩上次对话还是在半年前——

Litchi："生活费用完没？"

兔崽子："什么意思？"

Litchi："爸的银行卡出了点儿问题，叫我把你这个月的生活费转给你。"

兔崽子："那你转啊。"

Litchi："叫爸爸。"

兔崽子发了张不屑的表情图。

然后对话就没了。

后来徐例坚持了小半个月，等徐时茂的银行卡又能跨境转账后他才拿到了生活费。

温荔给他发了文文停车的位置，示意他过来找。

地下停车场里人不多，文文反复看过确定没有狗仔队跟拍后，徐例戴着棒球帽大大方方地上了保姆车。

拉上门，徐例跟小流氓似的靠着椅背，双手插兜，口里还嚼着口香糖，语气倨傲，不知道的还以为他是多大的腕儿呢："你来这个节目怎么没跟我说？"

温荔冷笑一声，说道："我跟你说？你谁啊？小崽子，跟姐说话的时候态度好点儿，不然我给你揪成秃顶。"

"喊。"

前座的文文不禁想：不愧是姐弟，这口头禅简直一模一样，遗传基因真是强大。

温荔又反问他："你上这个节目想干什么？"

徐例一脸不耐烦，有些暴躁地说道："当艺人啊。"

"你想当艺人干吗不提前跟我说？"温荔不爽地质问道，"看不起我的人脉是不是？"

徐例懒懒地摆了摆手，说道："算了吧，你这人本来就招骂，我可不想跟你扯上关系。"

温荔举起胳膊就要打他。

"再说，你能靠自己走到今天，我也能。"徐例又轻描淡写地说，"不然我早找柏森哥和宋老师去了。"

温荔一听这话，心里更不爽了，问道："你什么意思啊？好歹我也是一线吧，咱俩一个娘胎里出来的，你要干这行第一个不想着找我，反而想着去找那俩男的？"

"我听爸说了，你这阵子不太平，又碰上麻烦了。"徐例翻了个白眼，说道，"我不用你操心，你管好你自己。"

温荔抱胸，自信地说道："喊，就这点儿麻烦，我很快就解决了。你一个什么出道经验都没有的纯素人，还怕我带不动？"

前排的文文再次感叹基因的强大，这姐弟俩除了长得不像，其他各方面简直一模一样。

徐例不好在车上待太久，没说几句就要下车，临走前被温荔叫住。

"弟。"

"干什么？"

温荔调侃："好好录，姐相信你。"

徐例冲温荔"哼哼"一声，头也不回地走了。

回家的路上，温荔嘴里还哼起了欢快的调。

到家时已经很晚了，宋砚还没回来，温荔看了眼还开着的摄像头，视若无睹地收拾好自己，回卧室里躺着去了。

睡前玩手机是必备流程，温荔在网上搜了搜自己的大名，想看看有没有今天录节目的消息爆出来。

没有搜到，她又搜了一下《为你发光》。

还是没有搜到，温荔这回改成搜首字母缩写，果然搜到了。

"《为你发光》，见证官是某高人气女演员。"

"好家伙，我早就猜是她，没想到真是她。"

"她不是演员吗？上节目坐着当花瓶吗？"

"我听她的粉丝说她以前去海外学过音乐，应该懂音乐吧？"

看到都是些没什么意思的争论，温荔索性关掉微博。

后来她就一直在想：宋砚为什么不回自己的微信？难道是自己选的那张自拍照不好看？

她又打开照片放大看了两眼，挺漂亮啊，难道是因为原相机拍摄没磨皮？

想了半天，她只能归咎于宋砚这男的没眼光。

她打算玩两局手机游戏，不是那种全民娱乐的排位竞技类游戏，而是最近有个老牌的大型网游要出手机版，找她来代言，并且提出要请她和宋砚做个双人代言。宋砚是这个游戏的上个端游代言人，一年前到期后和平解约。宋砚那边暂时还没回复游戏公司，温荔也就没有轻易答应，想自己先试试内测版，看好不好玩。

温荔不差钱，这种古风类游戏的衣服和装饰都很好看，她还没搞清楚游戏要怎么操作，就先在商城里"嗖嗖"地买了好几套衣服，一件件地给自己的游戏人物试穿。

时间就这样过去，温荔也不知道自己玩了多久，宋砚终于回来了。

宋砚一回来就进了卧室，看见温荔还没睡，正瞪着双炯炯有神的眼睛在玩手机。

宋砚问："怎么还没睡？"

"马上。"然后温荔问，"你怎么才回来？"

"和柏森出去喝酒了。"宋砚看了眼天花板上的摄像头，问，"摄像头关了没有？"

自从发生了上次那件事，宋砚对卧室里的这几个摄像头格外敏感。

"关了。"

"真关了？"

温荔"啧"了声，反问道："你不信我？"

宋砚没说话，变相地承认不相信她，自己又检查了一下。

确定摄像头关了后，宋砚走到衣柜边准备换衣服。

温荔趁他脱上衣，从床上爬起来，一把抓过他放在一边的手机。他是不是因为喝酒的地方网络不好所以没收到照片？

点亮屏幕的一瞬间，温荔突然发现手机上了锁，她看不了。

但她也不用看了，因为锁屏界面就是她今天在录制现场给宋砚发过去的那张自拍。

温荔："……"

宋砚套好衣服，发现她正拿着自己的手机发呆，眸光微闪。

还没等他说话，突然回过神来的温荔就大声揭穿了他的小心思："好啊，你不回我的微信，却偷偷拿我的自拍当屏保！"

宋砚："……"

这下可抓着他的把柄了，温荔立刻得意地笑了，挑眉看他，说道："我化这个妆是不是很好看？好看到你连万年不变的默认屏保都换成了我的照片。没关系，你不用不承认，我不会怪你侵犯我的肖像权的，随便用，哈哈哈。"

然后她一脸"我这么好看怎么办"的表情，又开始欣赏自己的照片。

宋砚无言以对——她观察力不错，但推理能力太差。

温荔正欣赏着屏保，宋砚的手机来了微信消息。

她把手机还给他。

宋砚解锁打开微信后，手指的动作却停了一下。

温荔凑过去，说道："谁啊？大半夜给你发消息。"

她一凑过去，就看到熟悉的头像、熟悉的名字。

头像是一颗金色星星，微信名是"星星兔子"。

一年前许星悦还没红的时候，还是个挺单纯的师妹。那时候温荔跟许星悦关系不错，两个人就加了微信。

这条消息是许星悦发给宋砚的加好友申请。

验证信息是："前辈你好，冒昧地从其他人那里得到了你的私人联系方式，我是佳瑞娱乐的许星悦，是温荔的师妹。"

许星悦还特意说是自己的师妹，师妹为什么要加师姐老公的微信？

温荔脸色不太好地看着宋砚，说道："有人加你，你还不同意吗？"

宋砚明显不太在意这个，把手机交给她，说道："既然是你师妹，那就你处理吧。"

温荔故意说："我来处理？我会直接给她一顿骂，骂哭。你确定让我处理？"

宋砚好笑地看着她，说道："温老师骂人什么时候还需要跟我汇报了？"

温荔语气有些复杂地向他抱怨了今天的事，然后又说道："我本来想找许星悦算账的，但丹姐叫我凡事别太冲动，还说连导演都没说什么，我能说什么。"

宋砚说:"你不知道她是郭导新收的干女儿?"

"不知道啊。"

为了讨这个干女儿的欢心,郭导连宋砚的私人微信号都给她了。

许星悦年轻,有实力,现在又有了靠山,短短一年就达到了大部分艺人这辈子都达不到的高度,而温荔是佳瑞的头部艺人,商务资源是最好的,随着野心渐长,许星悦自然就将温荔当成了绊脚石。

再加上许星悦对宋砚的这份殷勤……

温荔这时候才突然想起,许星悦以前过来找她搭话,常常聊着聊着就聊到了宋砚身上。

那时候温荔和宋砚还处在分隔两地的状态中,属于纯协议夫妻、商业伙伴的关系,因而她没有太大的感觉。

按理来说应该直接拒绝这个好友申请的,但温荔偏就加上了。

她刚按下同意键,那边立刻发来了消息。

星星兔子:"宋老师好!"然后她发了一张"可爱猫咪"的表情图。

星星兔子:"有没有打扰到你休息啊?"说完她又发来一张"眨眼睛"的表情图。

星星兔子:"没想到能加上宋老师,太激动了,话有点儿多,希望宋老师不要讨厌我。"后面是一张"可爱"的表情图。

星星兔子:"是这样的,那部仙侠电影,郭导演说你不愿意接,我能问问是什么原因吗?我这几个月一直有去演技班上课,真的很期待和宋老师你合作!"

温荔:"……"许星悦怎么那么多卖萌的表情图,从哪儿下的?

温荔直接发了个语音邀请过去。

那边的人明显愣住了,没想到对方会打过来,足足缓了好几秒才接起,刚出声就是小心翼翼又柔软的声音,语气中有抑制不住的颤抖:"宋老师……"

这声"宋老师"那叫一个让人浑身酥麻。

温荔淡淡地开口:"许星悦,是我。"

许星悦好半晌没说话。

"你找了靠山,也还是佳瑞的艺人,除非你问问张总,看她愿不愿意把佳瑞一姐的位置捧到你屁股边上让你坐;你再问问那些商务代言负责人,看他们愿不愿意把我的代言让给你。"

"师姐,"许星悦笑了笑,语气有些无辜地说道,"我没有那个意思。"

"你有没有自己心里清楚。"温荔笑了两声,意有所指地道。

"师姐,你没证据请不要乱说。"

宋砚及时开口:"我说的算不算证据?"

许星悦突然沉默下来。

"电影我不会接，我卖他面子所以不好明面上拒绝他，正好你替我转达吧。"

"对不起，打扰了。"

宋砚刚要挂断，温荔想起来还有件事没说，连忙拿过手机，说道："你给我等一下。"

"你半夜加我老公的微信很打扰我们夫妻的夜生活知道吗？"温荔看了眼身边的宋砚，意味深长地问了句，"而且你不怕郭导生气吗？"

许星悦终于维持不住表面的礼貌，直接挂了语音通话。

温荔什么多余的动作也没有，麻利把许星悦拉黑了，然后对宋砚说道："手机还你。"

宋砚接过手机，又随手丢在一边，拿起睡衣往外走，说道："我去洗澡准备一下。"

温荔莫名其妙地问："准备什么？"

"夫妻夜生活。"

温荔："……"

他还真去洗澡了。

温荔却觉得有点儿累：又到过"夜生活"的日子了吗？

趁着宋砚去洗澡，温荔大半夜的给陆丹发了好几条微信。

幸好陆丹还没睡，回得很快："知道了，我会跟张总说一声。"

温荔觉得有些奇怪，今天丹姐怎么不劝她先冷静一下了？

她肠子直，直接问出口了。

陆丹解释道："许星悦跟郑雪没的比，没那个必要。许星悦这一年红得太快，有些认不清自己的地位，张总之前也跟我说过这事。今天我不在录制现场，没想到许星悦的胆子会这么大。"

丹姐打了一长串字，或许是嫌麻烦，最后直接发了个语音通话邀请。

温荔问："张总为什么跟你说？她知道许星悦会针对我？"

陆丹"嗯"了声，问道："下个月的时尚杂志的慈善盛典，你还记得吧？"

温荔记得，说是慈善盛典，其实就是艺人大联欢，主办方几乎请来了圈里的所有艺人，无论几线，只要在这一年有曝光、有作品、有新闻，就会被邀请过来带热度。

温荔问："怎么了？"

"C牌那条从F国运来的高级定制，就是你之前去店里试穿的那条，她后来也带人去了店里，说想要试试那条裙子。"

温荔的声音不禁提高了几分："什么？"

"放心，品牌方那边当场就拒绝了。就因为这件事，张总才跟我说起她。"

温荔："……"

"好了，我会叫人处理的。正好今天录了第一期，明天放出去的料应该挺多的，你这边不用担心，你没被她坑到，通稿就好写多了。"

温荔"嗯"了声，说道："让写手把我的舞技写牛点儿。"

陆丹没忍住笑了笑，说道："懂。"

挂掉语音通话后，温荔蒙头躺在被子里，也没等宋砚回来，就睡了过去。

宋砚洗好澡回卧室的时候，她早已睡得嘴巴微微张开。

男人微不可察地叹了口气，觉得这姑娘真是挺不负责任的。

她似乎在梦里还在想今天遇到的事，咂了咂嘴，不屑地"嗷"了一声，说道："有靠山了不起啊？"

宋砚平时也不是没听见过她晚上睡觉嘟嘟囔囔，只是从来没听清过，今天难得听清了，便悄悄地把头凑了过去。

"我明天就去找我舅，封杀你……"

果然是梦话，她不可能去找她舅舅帮忙的，她舅舅当然也不可能出面帮她。

梦里的温荔似乎也意识到找舅舅不太可能，又说："我找柏森哥，让他封杀你……"

宋砚蹙眉，伸手捏了捏她的鼻子。

温荔呼吸不畅，终于打住了。

但是她的梦依旧在做。

她梦到自己的名字前空缀了个温姓，就因为舅舅不赞同她追逐梦想而和舅舅乃至家里人都闹僵了。刚出道那会儿她什么都没有，丹姐就带着她进剧组、拍综艺节目。拍戏还好，除了有时候会被临时加进来的演员抢了戏份，或者被导演骂，没受过什么委屈；拍综艺节目就有意思了，因为各种恶意剪辑和断章取义没少被网友骂。

不过这是很多艺人的必经之路，她不靠背景，自己混出头，还是觉得挺光荣的，也挺骄傲的，这一路没觉得有多委屈。

结果在梦里她被一个有背景的小演员给陷害了。

温荔还梦见了宋砚，可是在梦里她想起自己和宋砚就是一纸协议的合作关系，纠结了半天，还是没好意思叫他帮忙。

这个梦就这么东一榔头西一棒子地做完了。

出品方早就知道，节目一旦开始录制，现场有那么多选手和工作人员，怎么都是瞒不住的，索性也不瞒了。

比起录制那天还缩手缩脚地打拼音缩写，媒体们这下有底气在微博上带着温荔的大名说话了。

娱乐巴哥："确定了，《为你发光》的首席见证官就是温荔。第一期已经录完了，大家等节目播出吧。"这段话后面配有一张现场照片，距离很远，台上的人影看着有些模糊。

即使很模糊，还是有人一眼看出来那就是温荔。

"真是她。"

"巴哥的粉丝里有没有喜欢温荔的？她出道前真去过海外学音乐？"

有人回复："粉丝来了。真去过，之前百科上有写。"

"那她现在的水平怎么样啊？"

娱乐巴哥回复："现场工作人员爆料说她上台表演了，台本上没这个环节，是某个导师临时提议的。"

"哪个导师？"

谁都没见过温荔跳舞，她到底跳得怎么样，除了当时在现场的人，谁也不清楚。

温荔最近又去了店里，试了那条将来会在慈善盛典上穿的高级定制裙。

她试完对着镜子里的自己拍了张照片，不过这次没发给宋砚，而是发给了在她的好友列表里存在了一年但从来没聊过的许星悦。

她还故意问了一句："好看吗？"

然后她也不等许星悦回什么，直接先一步把许星悦给拖到黑名单里，动作一气呵成。

那边许星悦收到这条微信后，"噼里啪啦"地在屏幕上写了一大堆，写完发现不值得，又给删了，再编辑了一大堆，然后反复琢磨，确保语气足够委屈又足够阴阳怪气后，解气地给温荔发送了过去。

然后，她辛辛苦苦花了二十多分钟写出来的"肺腑之言"没发出去，系统显示她已经不是温荔的好友了。

"啪"的一声，手机被她扔在地上摔成了两半儿。

做完这些的温荔心情愉悦，认真地打量起自己身上这件礼服来。

这礼服是C牌今年的春夏高级定制款。C牌的设计风格为"舒适为底，精致为魂"，从不刻意追求大摆和束腰，轻盈的礼服既能展现女性的魅力，同时又具备舒适性。这一春夏系列符合亚洲人的审美，也是最令人惊艳的一款，是以森林元素为底，大面积染成渐变紫色的欧根纱礼服，肩摆薄纱层叠，像是往外绽开的玫瑰，裙摆同样采用百余层轻纱叠加，够蓬松，也足够轻，提着裙摆上下楼一点儿也不会觉得费劲。

许星悦想要的就是这件礼服，而温荔身上穿的就是这件礼服。

每年的慈善盛典，男艺人没的礼服挑，清一色的西装，最多也就是颜色稍微变一变；而女艺人就不同了，不管是服饰还是妆容，都可以争奇斗艳。上百家媒体到场，光是走红毯部分，几百台闪光灯"咔咔咔"地对着艺人就是一通猛拍，这场光鲜亮丽的演艺圈盛宴，星光熠熠，女艺人当然要铆足了劲儿出风头。

"琳达。"温荔叫了声。

正在帮温荔整理裙摆的琳达应道："温小姐？"

"上次许星悦来你们店里，说要试礼服，你们没把这件拿出来，后来她又说要试别的了吗？"

"有，后来许小姐又试了另外两件礼服。"

温荔笑眯眯地说："你们今年的春夏高级定制真的都挺好看的。"

"哈哈，谢谢温小姐夸奖。温小姐能穿我们这件礼服去参加盛典是我们的荣幸。"

礼服的选择，对艺人和品牌来说是双赢，艺人借用奢侈品牌的高端定位为自己的商业价值添砖加瓦，而品牌则借用艺人的高知名度和商业价值来抬高品牌在时尚圈里的知名度。

"我今年上半年活动还挺多的，有好几次红毯要走，我师妹眼光不错，那两件礼服要不就先给我看看，你们再给她挑挑别的款？"

琳达呆滞了几秒，很快在心里做出决定——比起温荔和许星悦同时穿着他们品牌的高级定制在慈善盛典上出席，包下温荔上半年所有公开活动的礼服显然更有价值，而且等秋冬再出了新款，还有机会承包她一整年的礼服。

"好，我现在就打电话让他们把礼服拿出来。"说完，琳达走开几步去打电话。

文文鼓着掌凑近，说道："她抢你一条，你抢她两条，姐，牛！"

"也不一定能抢成功。"

文文不解地问："为啥？琳达姐不是已经答应了吗？"

温荔给出一种假设："万一她舍得花血本直接买回家呢？那我就抢不过了。"

高级定制礼服动辄七位数，高奢品牌的高级定制更是千金难买，最关键的是这种礼服买回家实在不划算，只能在公开活动中穿一次，之后便要在衣柜里度过剩下的岁月。

就看许星悦是要钱还是要面子了。

没过多久，她听说许星悦去了另一家奢侈品牌店试礼服。

慈善盛典的前几天，录制《人间有你》第二期期间，温荔顺带在星城参加的那一期综艺节目播出。

之前的假画事件因为郑雪本人下场而闹得沸沸扬扬，节目伊始，弹幕就是满屏的"假画警告"。

在正式播出的节目中，郑雪所展出的纪念品已经变成另外一样东西，这期节目从头到尾看下来都没有画的存在。

显然那段内容被剪掉了，应该是郑雪那边跟节目组商议了，温荔并不觉得奇怪，而只隔了几天播出的《为你发光》第一期，那段她被提议跳舞的环节一帧没剪。

温荔的舞台妆是第一次展现，紫发造型也是第一次亮相。

"紫发三力，绝了！"

"我们三力是在中世纪败落宫殿中出生的玫瑰仙子啊。"

节目播放到温荔要跳随机播放的男团舞时，比起现场选手们当时的屏息期待，屏幕前的观众就舒服多了，直接拖动进度条，跳过那一大段用来铺垫的重复镜头。

温荔听到前奏的时候似乎松了口气，开始跳舞前根据歌曲的风格调整了眼神。对唱跳歌手来说，跳舞并不只是单纯地考核舞蹈技巧，肌肉控制、表情管理、眼神传递以及跳舞时自身的风格才是最吸引人的。

在舞蹈结束之前，温荔一直保持稍显高傲冷漠的表情，就是为了配合曲风，等跳完动作定格，才露出笑容来。

"温荔真的跳舞了！"

第一期节目，纯音乐作品会登上音乐软件，导师们和选手们的表演节目都分别有几分钟的纯享版舞台和直拍，会发布在节目的主播放平台以及全球最大的视频网站上，意犹未尽的粉丝完全可以在看完正片后前去观看纯享版舞台和直拍再次回味。

温荔比较关注她弟弟。

徐例那小子多了不少粉丝，虽然受关注程度不是最高的，但那首自弹自唱的民谣，因为他有一张好看的脸，气质也出众，纯享版的音源已经在音乐平台的日榜上待了好几天。

这天温荔在家，本来想看看徐例那小子的视频播放量怎么样，如果很低，她就可以嘲笑他一下，结果看见所有视频中，她的直拍左上角被打上了一个金色的小皇冠。

第一期节目出来还不到二十四个小时，这个直拍的播放量就破百万次了，到她点进去的这一刻，播放量刚破五百万次。

她点开直拍，满屏都是西柚色弹幕。

"每天一遍，烦恼再见。"

"她真的好适合舞台妆，我总算知道为什么海外的星探会看上她了。"

温荔实在憋不住，卷起被子仰倒在床上笑了起来。

监控器那边的工作人员不明所以，问："温老师看什么呢？笑得这么开心。"

"不知道啊。"

然后他们将镜头放大，看向手机屏幕，只见温荔又拿起手机，再一次给自己的直拍视频贡献了一次播放量。

导演哭笑不得地道："看看书房里的宋老师在干什么。"

"好。"

摄像师调了频道，屏幕上出现了本应坐在书桌前看剧本的宋砚。

然而，此时剧本已经被放在桌上，男人左手懒洋洋地托着下巴，右手拿着手机。

好家伙，夫妻俩都在玩手机，而且是各玩各的，他们《人间有你》第三期估计要被骂灌水了。

镜头聚焦放大，然后他们看见了宋砚的手机屏幕。

好熟悉的直拍视频，不就是刚刚温老师自恋到忍不住笑出声的那个视频吗？

两分钟的直拍视频播放完，宋砚又把进度条拽回了开头，又看了一遍，并且在评论区中一条一条地点赞前排夸他老婆漂亮的热评。

但也不是所有评论他都点赞了。

"真想从宋砚手中把这女人抢过来！"唯独这一条，宋砚按下了"举报"。

摄像组："……"连这点儿胸襟都没有吗，宋老师？

摄制组人员腹诽，但身体还是很诚实地将这一段记为重点素材。

总有粉丝想知道，自己喜欢的艺人在家里闲着没事的时候究竟会干些什么。

你家那个外表高傲内心腼腆的艺人在家里闲着没事的时候会刷自己的舞台直拍，边刷边发出自恋的笑声；而你家那个看着和老婆面和心不和的艺人在家里闲着没事的时候会刷老婆的视频，还会给夸老婆的评论点赞。

《人间有你》录制到第三期，工作人员给嘉宾们的自由度越来越高，只有出外景时才会派人跟拍，嘉宾们在家中的时候，工作人员很少会进屋打扰，为的就是让嘉宾们放下对摄像头的关注，尽力为观众展现他们在家中最真实也最平常的一面。

艺人的工作就是面对镜头，因此嘉宾们适应得都还不错。

摄制组猜测，这俩人应该是完全忘记了他们脑袋顶上有摄像头。

他们决定不作声，免得又跟第一期时那样，绝好的素材硬是被要求剪得只剩三十秒，肢体接触全都用黑屏代替了。

但摄制组还是猜错了。

两个人再放松，家里到处安装着摄像头，也无异于随时随地提醒他们在拍综艺节目。

他们只是觉得，比起用支架架起的大黑个儿，安装在墙角的小摄像头未必有那么高清，能拍到手机上的内容。

有了素材，摄制组总算松了口气——最近因为慈善盛典的事，宋砚和温荔即使没有商业通告，也经常会收到公司的开会通知，在家里的时间屈指可数。

盛典看起来只举办一个晚上，但艺人至少从一个星期前就要开始准备。因为这次盛典有大佬赞助，未被邀请的媒体都不允许带拍摄设备进场，节目组无法进去跟拍，因而到时候四对嘉宾都会请假。

因此编导临时改台本，生生把第三期的拍摄流程给压缩了。

还没有偷得半日闲，温荔和宋砚就收到节目组的通知：为了两天后的外景录制，先下楼做个前采。

温荔走出卧室，正好碰上宋砚从书房里出来。

"嗯？"温荔眨了眨眼，问，"你什么时候回来的？"

"两个小时之前。"宋砚说，"看你在睡就没打扰你。"

"哦……"温荔呆呆地点头。

监控器前的导演扶额，重重地叹了口气：一下午了，这两个人一个在卧室里，另一个在书房里；一个以为另一个不在家，另一个则觉得对方在睡觉不好打扰，怪不得两个人毫无交流，简直白白浪费他们设备的电量。

好在编导熬夜把新台本给弄出来了，他们的节目还有救。

二人出了门，等电梯上来的过程中，见周围没有摄像头，温荔酝酿了半天，似乎是不经意地问："你一直都在书房里？"

宋砚说道："对。"

"你在书房里干什么？"

"看剧本。"宋砚说，"彬哥今天拿了几个他觉得还不错的本子给我。"

"哦。"温荔抿唇，又问，"那你看视频没？"

"什么？"

温荔摸了摸脖子，说道："没什么，没看到就算了。"

电梯里两个人都无言，幸好只有一层楼，密闭的空间很快打开，沉默并没有折磨他们太久。

室内临时搭建的采访棚内，负责提问的工作人员手里拿着问题卡片，问："二位老师，请问你们有看过对方的影视作品吗？"

温荔老实地说："看过啊。"

宋砚说道："看过。"

也是，两个人都有出名的代表作，平时再疏于交流，起码工作是对口的，肯定多多少少接触过对方的作品。

"那二位老师对对方的影视作品印象最深刻的是哪一部呢？不能是二位合作的作品。"

后面一句完全是废话，因为两个人压根儿就没合作过。

其实是因为四对嘉宾的台本设置是一样的，后面那句是说给另外三对嘉宾听的。

温荔想了想，说："《末路狂徒》吧。"

《末路狂徒》是一部内地和香港合作拍摄的警匪片，演员阵容强大，从主角到配角大都由实力派演员饰演，在三年前被选为国际电影节的压轴电影进行首映，回内地准备上映的时候，耽误了好些日子，那时候网上已经有资源流出，好在有宋砚的票房号召力，首映当天开了个好头，一直到最后下映，口碑和票房都很不错。

宋砚在里面饰演的高级督察徐家安，刚正寡言，廉洁清正，一身白色警服，正气凛然，结局时为救人质英勇牺牲。

工作人员点了点头，又问宋砚："那宋老师呢？"

"《九重碎玉灯》。"

温荔没想到他竟然看过这部。

这是她四年前演的仙侠剧，火是火了，就是大火的是男主角，因为男主角的形象实在太好，女主角反而被压过一截。真正为她带来人气的作品是后来和许鸣拍的那部古装剧。

两个人说的都是对方结婚前的作品啊……

工作人员倒是没料到他们会提出对方那么早之前的作品。

"所以我们两天后的外景任务呢，是前往节目组为你们准备好的拍摄场地，二位老师以自己刚刚回答的作品为内容，和对方重新演绎一遍剧中的名场面，这是为了加深二位老师对对方在工作状态下的了解，亲身体验一下这部令你印象深刻的作品——如果不是以观众的角度，而是以角色的身份和对方搭戏，会不会有完全不一样的感受。"

温荔点头表示明白，又问："那到底用哪个名场面呢？"

工作人员笑了笑，说道："这就由两位老师自己决定了，最喜欢哪个场面就用哪个。有一晚上的时间想呢，不急。"

温荔倒不是急，就是那部电影看过太久了，所以情节大多忘了。

回到家，她打开电视，搜到《末路狂徒》，打算今天晚上重温一遍。

这是一部男性群像电影，女性角色占比非常小，宋砚扮演的角色是个三十多岁、死了老婆的警察，开局老婆就只有一张照片。听说那位女演员因为只出了个肖像权，所以连片酬都没要。

看完一整部电影，和宋砚有大量对手戏的，除了警务处的同事，就是那个丧心病狂的匪徒，都是男人。

宋砚问她："你决定演哪段了吗？"

温荔有点儿后悔选这部电影了，因为她只能挑男人演。她总不能演那张照片吧？

她陷入沉思中，说道："你让我再好好想想。"

"那要不要先看看你那部仙侠剧？"

温荔的神色突然变得更复杂了，她说道："我演了那么多剧，你怎么偏偏就挑这部啊？"

宋砚眨了眨眼，笑了笑，说道："印象最深刻。"

温荔用"那你的眼光可真不咋的"的眼神看着他。

她的这部仙侠剧倒不是说拍得不好，也不是剧本太烂，就是她自己有些受不了她在这部剧里的形象,所以至今不太愿意重温。

可是宋砚已经搜到了她的这部剧,开始播放第一集了。

这是部套着仙侠的外壳,实则是男、女主角谈恋爱的小甜剧,男主角是三界敬重的仙尊,而女主角是一只刚修炼成人形的小雪貂。

第一集,温荔饰演的小雪貂刚化作人形,在山野深处醒来,慵懒地伸了个懒腰。

因为刚变成人,不会走路,也不会说人话,所以她的表情和动作都很滑稽。

温荔简直没眼看,抢过遥控器,猛地按下暂停键。

宋砚侧头看她,问:"怎么了?"

温荔勉强一笑,问道:"你能不能跟导演说换一部?"

宋砚扬眉,为难地道:"这样会耽误他们的工作。"

温荔也不好意思太过任性,嘟囔道:"我真演不来了。我当年演这个,都做了好久的心理建设。"

"既然当年能克服,怎么现在反倒不能克服了?"宋砚语气平静,像是在开导她,"温老师对自己这么没自信?"

温荔哑口无言。

她克服不了的不是演技,而是人物设定。

宋砚当即找了段男、女主角有对手戏的剧情,说:"你要是担心,不如先试着演一下?"

温荔觉得可以,先试个戏,免得两天后正式录制的时候丢脸。

她看了眼客厅里的摄像头,站起来,说道:"我们回卧室里试,把摄像头关了,别给他们看到。"

监控器前的工作人员满头问号:试个戏而已,有什么是不能给我们看的吗?又不是要上床休息了,为什么要关摄像头?!能不能考虑一下收视率?!

工作人员无声地抗议,但又不能违背嘉宾的意愿,毕竟合同里白纸黑字说得很清楚,节目组需要尊重嘉宾的隐私。

宋砚答应了,跟着温荔去了卧室,顺便把卧室的摄像头给关了。

温荔四年前之所以演这部剧,是因为那时候她的本子不多,选择也不多,人总要吃饭,所以即使是不适合自己的形象,她也硬着头皮演了。

暂时化为凡人道长的仙尊在山野中遇到一只刚修炼成人形的小雪貂。那雪貂初为人形,连走路都有些不稳,无意间掉入了猎户的陷阱里。仙尊随手救了她。雪貂见这位年轻道长容貌俊秀,气质不凡,出尘脱俗,当即决定在学会正确的走路姿势之前跟着他。

雪貂白日里是少女的模样,一身雪白轻纱,双髻上箍着两只毛茸茸的圆球。

那时候的温荔还没找到最适合自己的妆容,身边也没有顶级的妆造团队,因而在剧里的装扮还是偏清纯可爱的。

四年前的温荔，举手投足都显得娇俏天真。

雪貂晚上便化作原形——通体雪白，也就刚出世的孩童大小，极轻又极小，乖巧安静地窝在仙尊身边。

仙尊一开始只当养了只宠物，觉得历劫之时，孤身一人，每日望着这偌大的九重天，身边有只宠物也挺不错的。

直到那一日，平时活泼的小雪貂突然蔫儿了，趴在地上，后腿来回地蹬，毛茸茸的尾巴翘得老高。

仙尊不知雪貂这是怎么了，蹲在雪貂身边，摸了摸雪貂的毛，问："你这是怎么了？"

下一刻，雪貂再次化作人形。

并不懂动物习性的仙尊在看到人形的雪貂后，终于后知后觉地明白了什么。

少女遍体通红，浑身散发着一股浓郁的香气，侧躺在地上，夹紧双腿，微微咬着唇，眼里蓄满了惹人怜惜的泪花——她发情了。

"道长，"雪貂小声说，"你帮帮我吧。"

她跟着他走了这么远，早远离了同伴，这儿不比她家，漫山遍野的山花，到处是鸟鸣蛙叫，连风都是暖和的。

雪貂攀上仙尊的肩膀，慢慢地缠住他的身体。

仙尊却不为所动，只说让她忍忍。

她红着眼吼："我忍不了！我会死的！"

雪貂这种动物，如果在发情期没有和雄性交配，便会血气上涌，呼吸不畅，很容易丧命。

"道长，道长……"她不断地喊他，"你帮帮我吧。你们学道之人，救人是积德呀，我是在帮你积德呀。"

少女吐气如兰，每一声娇喘都打在仙尊的心弦上，声声都激起滔天巨浪。

她出于本能，求欢并没有任何功利的目的，只是为了活命，单纯的眼神偏又夹杂着难掩的欲望，对男人而言简直是致命的诱惑。

仙尊和凡人男子不同，一心为道，此次历劫也是为天下苍生，即使理智已经游走在溃退的边缘，也仍恪守本心，闭眼冷冷地道："倘若今日命丧于此，也是你的命也。"

这是仙尊第一次拒绝雪貂，不过雪貂命大，并没有死。后来他们就冷战了，走山路时一前一后地走，仙尊喊她，她也不应，却始终跟在仙尊身后，仙尊只要一回头看她，她便立刻别过头。二人就这样走了一个月，他像个带着自家娃娃出远门却又不知该如何照料娃娃的老父亲，她像个不会说话却又不会走丢的娃娃。

第二次发情时,她知道道长不会帮自己,便偷偷地躲进山洞,委屈巴巴地等死。

仙尊找了她半天,终于在山洞里将她抱起。

雪貂却不允许他靠近,只说:"要不就帮我,要不就离我远点儿,否则我若死了,这条命就全算在你头上!"

冰冷寡言的仙尊动了怒,一把将她狠狠地抱在怀里,说道:"只这一次!"

后来,也不知发情的是雪貂还是仙尊。

仙尊说了只这一次,雪貂为了活命,便开始四处寻找同伴。

终于在半个月后,雪貂找到了一只同样浑身雪白的雄性雪貂。

这雄性雪貂的人形是一个十七八岁的少年,漂亮清瘦。

雪貂是个看脸的,相当满意这位同伴。

她终于不用再为了活命,每次发情时都苦苦哀求仙尊帮忙了。

结果仙尊却不乐意了,老是臭着张脸,挡在她和同伴中间。

雪貂很生气,指着道长的鼻子骂他:"枉你是个学道之人,没想到心肠如此歹毒!我只占过你一次便宜,你却想要我的命!"

仙尊气得骂她是只笨雪貂。

"臭道士!"

"笨雪貂。"

"臭道士!"

"笨雪貂。"

如此骂了几个来回,雪貂面红耳赤,仙尊也面红耳赤,而面前这位"仙尊"还没到吵架这段,在第一次他该拒绝她的时候,就擅自窜改戏份,"缴械"了。

温荔好不容易抛下羞耻心入了戏,现在猝不及防出了戏,一回到现实,又想起刚刚自己的那些行为,耳根微红,心"扑通扑通"地急跳。

被男人紧紧地抱在怀里,她小声埋怨:"宋老师,你演错了。"

"嗯,对不起。"宋砚承认错误,又叹了口气,说道,"我想我不适合演道士。"

她觉得莫名其妙,"喃喃"地道:"没有啊,演得挺好的。"

他演的那隐忍又禁欲的表情,看着简直跟真的似的。

她想问要不要继续,可是面前的人不松手,她也挣不开。任他抱了半天,她无奈地问:"你到底怎么了啊?"

"嗯?"宋砚声音沙哑,含混地说,"不知道。"

温荔有点儿莫名其妙,问道:"你平时在片场拍戏的时候也会突然这样吗?"

宋砚微微松了松抱着她胳膊的力道,刚刚还沙哑的声音顿时清晰了几分,淡淡地解释:"不会,我没演过这种戏。"

这剧正经剧情没多少,每集差不多都是男、女主角在卿卿我我,那只小雪貂天天黏在男主角身边，又是撒娇又是卖萌的，看那男主角的眼神也是要多爱慕有多爱慕。

他确实没有演过这种。

虽然宋砚解释了，但温荔觉得他在讽刺自己，毕竟她就是靠这种小情小爱的偶像剧红起来的。

是，他当然没演过，他演的都是什么家国大义、悬疑心理、犯罪动作片，全都是和小情小爱无关的大戏。

"那你挑这部剧干什么？不就是你喜欢看这种情情爱爱的剧情？！"温荔毫不给面子地讥讽、反驳，"况且我们都是很有职业素养的，一到亲密戏份导演就喊'cut（停止拍摄）'了，不然你以为这剧当年是怎么过审的？你以为谁都跟你一样呢？仗着演戏占人便宜！"

她洋洋洒洒地说了一大堆，反倒把宋砚的眉宇说松了几分。

"那现在没导演在旁边喊'cut'，我能不能继续？"

温荔又被他堵住了口。

她怎么感觉他关注的重点好像跟她的完全不一样？

但宋砚问这句话也不是真要征求她的意见，所以只是趁着她呆滞走神的片刻轻轻咬上她的唇瓣。

半晌，温荔侧过头，小口呼吸，又被捏着下巴转了回来，再次被夺走了得来不易的呼吸。

温荔身上压下的重量越来越重，当两股气息混匀时，宋砚身上清淡的味道和她身上温暖的蜜橘香渐渐融成既冷又浓烈的空气。

春天明明已经过去了，可三力哥还是要和宋美人过"夜生活"。

话说他们俩第一次过"夜生活"是什么时候？好像是结婚两个月后，两个人受邀参加媒体酒会，都喝得有些多，司机便将他们一起送回了家。

那时候两个人还不熟悉，在温荔眼里，宋砚还是那个读高中的时候不苟言笑的学长。

两个人行程错开，都默认对方不在家的时候自己睡主卧，因此谁也没有提前给客卧铺床的自觉，以至于现在的情况很尴尬。

其实酒后乱不了性，能乱性是因为当事人的动机本就不纯。

应该是温荔先不老实的，睡着睡着翻了个身，柔软的身体无意间碰到了宋砚。

后来宋砚就把她叫醒了，口中呼出浓浓的酒气，问她可不可以。

如水的月光下，他那张无可挑剔的脸就这么毫无预兆地放大数倍，展现在她的眼前。

人类其实远没有自己想的那么高尚，至少在这种情况下。

后来她迷迷糊糊地听到，宋砚在喘的时候叫了她一声"学妹"。

温荔不可避免地想到以前。

是柏森介绍他们认识的。

柏森对温荔说："这是我哥们儿，宋砚。"

然后柏森向宋砚介绍温荔。柏森本来想介绍名字的，但不知怎的，突然很想惹她生气，就故意对宋砚说："这是我未婚妻。"

温荔很讨厌长辈给自己安排的所谓"联姻"，更加讨厌和柏森这种发小儿联姻，当即就生气了，踩了脚柏森的球鞋。

宋砚对此却没什么反应，只淡淡地"哦"了声。

温荔看着面前和柏森哥气质完全不同的男生，从他平静淡然的目光中看出他好像不太喜欢自己。

她从小就是个心气很高的女孩子，既然他不喜欢她，那她也没兴趣跟他打交道。

人生真是无常。

"宋老师。"

身边的男人应了声："嗯？"

"你既然不喜欢我演的这部剧，为什么又要选它？"

"没有不喜欢。"宋砚说，"如果不喜欢，也就不会选它了。"

"什么？你真喜欢这部剧？"

她都不喜欢，甚至觉得自己在这部剧里贡献的演技堪称黑历史，没想到他竟然喜欢。

剧里的女主角每天就知道拽着男主角的袖子撒娇，一受委屈就可怜巴巴地含着眼泪看着男主角，明明是个修行百年的小妖精，却跟没长骨头似的，天天不是要人抱就是要人背，一点儿也没有她本人高傲的风范。

"嗯，喜欢。"

温荔"哧"了声，揶揄道："没想到你一个大男人也喜欢这种情情爱爱啊。"

"有人规定男人不能喜欢吗？"

"那倒没有。"温荔又问他，"你要是喜欢，自己怎么不演？老挑那种苦大仇深的剧本。"

"找我的都是苦大仇深的剧本，我有什么办法？"宋砚闭上眼，压低嗓音道，"我看温老师手里有那么多本子也没给我介绍过。"

"什么？"温荔觉得他是脑子短路了，"你想拍还用我介绍？你去朋友圈喊两嗓子，我保证明天就有至少二十个本子摆在你面前。"

宋砚笑了笑，说道："二十个倒不至于。"

温荔好奇地凑过去问："那有多少个啊？"她睁大眼，难得问起他的工作。

宋砚温声回答："没几个，三四个吧。"说到这儿他转头，眨了眨眼睛，突然捏了一下她的脸,"不过托温老师的福,最近有个很不错的本子找上门了。"

温荔呆呆地问:"什么意思啊?"

"是个年代戏的本子,谍战类的。"

"哦,那跟我有什么关系?"

"导演就是看到了我们上次在星城录的那档综艺节目,才联系我的经纪人的。"宋砚看她一脸茫然,有些困惑地问道,"这个本子你的经纪人没跟你说吗?"

温荔摇头,说道:"没有啊。"

她至今还不敢大规模地接触电影本子,一是还扛不起票房;二是电影、电视剧中间确实隔着鸿沟,有的演技牛的专攻电影的演员"下凡"拍电视剧都会翻车,更何况她这种钉死在电视剧圈的。

在人气越来越重要的时代,虽然电视剧和电影之间似乎已没有多年前那么泾渭分明,可对演艺圈的从业人员来说,这两者始终是有一定差距的。

艺术其实是没有高低贵贱之分的,可人就是爱将自己周围的所有事物划分成三六九等。

宋砚微微眯了眯眼。

"明天我问问丹姐好了。"温荔没太在意这件事,"你说导演看了我们录的那档综艺节目,就是我们致敬影视经典的那个片段吗?我穿旗袍你穿军装那个?"

宋砚点头,说道:"不过准确来说,是因为那张照片。"

"哪张?"

"听导演说,他好像是在微博上看到的。"

温荔当即拿过手机,直接搜索自己和宋砚的名字,后面加了"旗袍"两个关键字。

是那张在后台化妆室里,她和宋砚刚换好装的时候,摄影师看到了,一时兴起给他们拍的照片。

这张照片是一个营销号发的。

那些老照片:"今天这张不是老照片,但还是让我一眼就回到了那个声色犬马、颓废糜烂的年代。"

配的照片就是宋砚和温荔的那张合照。照片被特意做成了老相片的质感,黑白底,还隐隐有些发黄,仿佛这张照片就是出自百余年前那个烽火连天的年代。

照片里身穿军装的男人和身穿旗袍的女人并肩站着,都容貌昳丽,气质出众,男人身姿挺拔,女人笑容温婉。

这条微博光转发量就足足有八万次,先是被好几个媒体转了,然后被路人转发,传播度很广。

下面的评论:

"我看到照片的第一反应是这对夫妇长得好像宋砚和温荔,然而真是他们???"
"我除了'绝',喊不出第二个字。"
温荔盯着那张照片很久。
她决定争取一把,问问丹姐是不是有送过来的剧本忘了给她。
"好看吗?"宋砚轻声问,"看了那么久。"
温荔盯着照片里高大英俊的宋砚,"嗯"了声,说道:"我真好看。"

那张照片在微博上火了小半个月,《人间有你》这边却遇到了点儿麻烦。
起因就是宋砚选的那部剧。
那部仙侠剧,放在四年前,还能在网播平台上安稳地播完,但在这四年间早已被删减得七七八八,下架又上架,勉强苟活到今天。
所以《人间有你》第三期关于这部仙侠剧的单元小剧场被无情地打了回来,并被要求删减。
节目组只能删掉相关内容。
果然,预告片刚出,粉丝们立刻注意到,别的嘉宾都是演两部——从丈夫和妻子的作品中各挑一部,而只有"盐粒"这对只有一部,还是那种反串类型的对手戏。
"别的嘉宾都是男女之情,为什么我们'盐粒'是兄弟情?"
"你们节目组改名字吧,叫《人间有兄弟》。"
节目组不敢发言,只能暗暗通知温荔和宋砚在直播里隐晦地提一下,请粉丝们不要殃及节目组。
温荔知道自己那段羞耻的黑历史不会被放出来,顿时松了口气,果断地答应下来。
节目组还顺便在当天晚上悄悄地放了段"盐粒"夫妇的三十秒小预告片,以安抚粉丝。
温荔和宋砚对此一无所知。
在节目组的安排下,慈善盛典前两天,为了完成第三期最后的工作任务,两个人在家里打开了直播间。
温荔:"大家晚上好啊。"
宋砚:"晚上好。"
直播间里的观众人数"噌噌"地往上涨。
弹幕:
"双人直播!!!我等到了!!!"
"美人,三力!美人,三力!"
上次只有温荔一个人直播,所以粉丝们刷的礼物名单只能由她一个人来念,这次宋砚在,她戳了戳宋砚的胳膊,吩咐他:"宋老师,记得谢谢粉丝们的礼物。"

宋砚的工作态度很好,他正正经经地跟粉丝互动,然而他越是一副正经模样,粉丝开他和温荔的玩笑就越露骨。

温荔:"……"

她侧过头看着宋砚,语重心长地道:"宋老师,不合适的评论可以直接忽略的。"

宋砚挑眉,说道:"是吗?"

弹幕:

"不是,不是,不是!"

"美人,你别理她,她就是害羞。"

"什么别理我?"温荔又开始跟粉丝吵,"你们几岁啊?说话这么嚣张。"

宋砚坐在旁边安静地听温荔跟粉丝斗嘴,笑得挺开心,眼睛都弯着。

直到终于出现一条正经问问题的弹幕:"美人、三力,你们有没有看刚刚节目组发在微博上的三十秒预告片?"

这条弹幕在一串不正经的弹幕中看着是如此纯洁无瑕,以至于温荔迅速注意到了。

温荔说道:"没有啊,刚发的吗?"

弹幕:

"对对对,你们现在就可以去看。"

温荔回想了一下,没觉得前几天在家里录的内容有多精彩,转头问宋砚的意见:"那看吗?"

宋砚点头,说道:"看吧。"

两个人低头看手机,全然没注意到弹幕纷纷换了副面孔:

"来了,来了,哈哈哈!"

这次的直播不比上次,因为是两个人头一次合体直播,前期宣传做得很足,直播设备高清,不但安装了好几个镜头方便切换视角,还有工作人员负责在旁边提醒。

在粉丝看不到的视角,镜头的背后,十几个工作人员在忙前忙后。

不一会儿,直播镜头被分成两部分,和很多游戏直播一样,分为主画面和副画面,中间的大屏正在播放预告片,而右下角的小屏是现在的直播画面。

预告片的开头就是一片弹幕。

"是跟三十这个数字杠上了吗?敢不敢再长一点儿?"

"虽然我知道浓缩就是精华,但也不用这么浓缩吧。你以为泡咖啡呢?"

"家人们先冷静一下,众所周知,我们家的预告片都是短小精悍的。"

温荔和宋砚此时并没有意识到事态的严重性,都表情淡定。刚刚跟粉丝吵了架,温荔甚至还拿起一杯水,准备边看预告片边润一润嗓子。

预告片正中央出现一排字:"假期你在家里时的样子。"

屏幕立刻切换成网上流传很广的那几张动态表情图:像咸鱼一样瘫着、打游戏、吃零食、躺被窝。

弹幕:

"过于真实。"

然后画面一转,背景音乐变成了很欢快的旋律。

字幕:

"'盐粒'夫妇在家里时的样子。"

"先来看看三力的日常生活。"

画面出现温荔呈"大"字形躺在卧室里的大床上玩手机的样子。

温荔脸色一窘,喝水的动作也顿住了。

不过她还是挺自觉的,躺了没多久,又抬起双腿,原地做起了空中踩单车的运动。

弹幕:

"好家伙,这就是我和三力的差距。"

"你:假期躺在床上玩手机。三力:假期躺在床上玩手机的同时还不忘瘦腿。"

躺了没多久,温荔又坐了起来,盘着腿,拿着手机举起手臂做了好几个伸展运动。

这时候手机是面对着镜头的。

字幕:"让我们来看看三力假期都在看什么。放大镜头——"

手机屏幕被放大,只见温荔正在看自己的舞台直拍,看完又来一遍,反反复复无穷尽也。

"嘿嘿嘿,哈哈哈。"然后温荔满足地瘫倒在床上,发出了极其自恋的笑声,撑着下巴做作地感叹,"一个字,绝!"

弹幕:

"见过自恋的,没见过这么自恋的!"

旁边的工作人员都在偷笑。直播镜头里,画面右下角的温荔已经转过眼。

温荔的镜头结束没过几秒,画面就换成了宋砚的。

宋砚从刚刚镜头放大温荔手机屏幕的那一刻起就觉得有点儿不对劲,下唇紧抿。等画面换成他的,果然,他的猜想是正确的。

字幕:"让我们再来看看宋美人的日常生活。"

宋砚的情绪没温荔那么外露,怕观众看不懂,贴心的字幕组还特地给镜头添上了文字说明:

"1.看老婆的视频。

"2. 一遍看不够，反复观摩。

"3. 给夸老婆的评论都点赞，顺便再跟楼回复一些让老婆尴尬的评论。

"4. 把说要跟自己抢老婆的评论通通举报。"

宋砚："……"

弹幕：

"哈哈哈，后期工作人员你为什么这么懂？！"

"姐妹们，给我把'《人间有你》牛'打在公屏上！！！"

"就喜欢这种让当事人尴尬到想遁地的预告片！"

宋砚和温荔的表情都相当无语。

温荔埋头，重重地叹了口气。

宋砚不断揉捏眉心，面露羞惭，尴尬到极致，只能扬唇干笑几声。

负责调控直播镜头的工作人员看到屏幕里被放大的两个人的表情，没忍住直接"噗"的一声笑了出来。

这一声笑就像是平地惊雷，之后房间里的工作人员都笑了起来。

三十秒的预告片播放完，主镜头切回直播间。

观众在弹幕里疯了一阵后，工作人员提醒温荔他们记得回答预告片中关于他们的小剧场只有一个电影片段的疑问。

"宋老师选的那部剧审核没通过，"温荔说，"所以给删掉了。"

弹幕都在问什么剧。

温荔：《九重碎玉灯》。"

弹幕：

"那个小雪貂？"

"三力在里面跟男主角撒娇的动图我现在还存着，超级可爱！"

"三力接受采访的时候说自己不擅长那种角色，以前是因为没的选，后来剧本的选择多了，就再没考虑过演那种角色了。"

"有的男人外表看着酷，其实心里还是喜欢小哒精。"

之后两个人又回答了几个问题，直播到点了。

工作人员收拾收拾准备下直播。

文文好心地提醒两个人："姐、宋老师，你们要是觉得难为情，今天就别看微博话题榜了。"

宋砚、温荔："……"

宋砚自制力比较强，说不看就不看。温荔一直忍到临睡前，还是没忍住，悄悄地登上了微博，忽略自己的，只看会让宋砚尴尬的那种微博。

宋砚点赞、举报她直拍视频下的评论等一系列行为，导致他最新的一条微博下，有一条评论在短短一个小时内蹿到了第一。

三力是我亲老婆："被举报的那条评论是我发的，没想到会以这种方式被看到。"

这条热评下面有八千多条回复：

"哈哈哈，兄弟，惊喜不？"

"兄弟，你顶着这个名字来这里留言，不怕正牌老公把你拉黑咯？"

那条直拍视频下，被宋砚点赞、回复过的所有评论都有从预告片以及今天的直播间来的粉丝观光打卡。

尴尬之余，温荔又觉得这个嘲笑宋砚的好机会要是错过了，下回不知道得等到什么时候。

她伸脚踢了踢睡在旁边的宋砚。

宋砚背对着她，沉声问："干什么？"

"你不是说没看吗？"

"我有说吗？"

"那天下楼准备接受采访的时候，我在电梯口问你，你说你没看。"温荔挑眉，说道，"跟我装失忆是吧？"

宋砚侧过身，平静地看着她，说道："我没说过，只是问你什么话题。微博一天上下多少话题，我怎么知道你说的是哪个话题？"

温荔愣了愣。

宋砚突然勾唇，反问："你当时不就是想让我看你的视频吗？怎么？不好意思说？"

温荔张嘴，嗫嚅了几秒，本来是想捉弄宋砚的，没想到他舌灿莲花，各种狡辩，居然把她给说蒙了。

宋砚看她半天不说话，又转过头继续睡自己的。

不行，不能就这么认输，她干脆也不争辩了，直接扑上去，骑在宋砚身上，双手捧着他的脸逼他和自己对视。

宋砚微讶地睁开眼，用眼神问她：你干什么？

"别转移话题，我现在问的是你为什么要看我的视频。"

宋砚无奈地说："难道我看不得？"

"那你为什么还刷了那么多遍，还给评论点赞，还举报我的粉丝的评论？！"

宋砚沉默了几秒，抿唇，压着嗓音说："你是我太太，我做这些有问题吗？"

"喊，协议的而已，你还当真了。"

宋砚翘了翘唇，说道："温老师，你要是再不下来，我就真要当真了。"

温荔语气不屑："你能把我怎么样？"

宋砚微微眯眼，一把握上温荔的腰，狠狠地挠了两下。

温荔惊呼两声，立刻从他身上跳起来。

宋砚抓住她的胳膊把她扯了回来，摁在床上挠痒痒。

她力气没男人大，被摁着挠了十几秒有些受不了，边笑边断断续续地求和："不说了，不说了……我真的不说了！"

宋砚这才放开她，拍了拍她的脑袋以示警告。

被放开的温荔躺在他旁边，面红耳赤。不知道为什么，她就是被他挠个痒痒，都能浑身酥麻到现在还没缓过劲儿来。

"喂，宋老师。"

"又干什么？"

"上次你也是一句话不说，就悄悄地用我的自拍当了屏保。"温荔嘟囔道，"你是不是……？"

宋砚背对着她，睁开眼，平静地说道："是不是什么？"

"我的粉丝？"

宋砚半天没说话。

温荔以为他不说话就是默认，挺不好意思地挠了挠鼻子，说道："嗐，你是我的粉丝早说啊。其实我早就察觉了，不然当初你要选人帮你打破传闻，为什么偏偏挑中我？咱俩读高中那会儿又不熟，进了圈子以后也没打过交道。原来你是我的粉丝。"

她越想越得意，没想到就连宋砚这种仿佛不食人间烟火的影视圈白月光都被自己的颜值给折服了。

"是粉丝就大大方方地承认，毕竟我这么好看，粉丝千千万，你只是其中之一罢了。"说到这儿，温荔又凑了过去，拍了拍他的肩膀，特别贴心地问，"我手机里还有好多张自拍呢，要不我再多给你发几张，你换着当屏保？都是我的独家收藏啊，没发过微博的，别的粉丝都没有。"

宋砚不明所以地笑了两声，侧过头，黑夜中，那双眼睛直勾勾地盯着她，说道："我可不是那其中之一。"

温荔眨了眨眼，说道："呵，都被抓了现行，你还不承认？"

宋砚突然凑近几分，温热的呼吸打在她的脸上，他慢腾腾地说："我是你的合法丈夫。"

温荔："……"这话还真没错。

"哦，那我的自拍你还要不要？"她问。

"要。"

她忍住心里小小的雀跃，又含混地说："礼尚往来，我给你我的自拍，你也要给我你的，不能是发过微博的，要那种没发过的。"

宋砚："我没有自拍。"

温荔："长这么张脸你都不自拍，暴殄天物好吧？"

能把自恋说得这么冠冕堂皇也算是她独特的本事。

宋砚问她："有几张杂志照，没公开过的，你要不要？"

"要。"

宋砚拿过手机，用隔空传送功能把原图发给了她。

传完，宋砚轻声问："要拿来做屏保吗？"

"你想得美。"

温荔躲在被子里偷偷地看了好几分钟他的杂志照。这些没公开过的杂志照要是拿来做屏保，万一她把手机放在公开场合，岂不是周围的人都能看见？还是放在相册里比较安全。

她抱紧手机，唇一直向上翘，听旁边的宋砚没动静，偷偷地转过去看他，发现他还没睡，还在左右滑动屏幕，看她刚刚给他传的那些照片，好像在纠结用哪张当屏保。

《人间有你》第三期录制完毕，紧接着就是时尚杂志的慈善盛典之夜。

慈善盛典堪称一年一度的演艺圈盛宴，由国内五大时尚刊之首的《黎利》杂志主办，但凡是今年有话题度的艺人都会被邀请，是慈善夜，也是媒体的新闻夜，更是艺人的营销夜。

燕城人工体育馆外，巨大的红毯已经准备好，数百家媒体在警戒线外驻足等候，无数台闪光灯照亮了红毯从头至尾的所有路径。

与往年的官方红毯不一样，今年主办方特意安排了最近热度很高的几对艺人一起走红毯，用来提升话题度。

所以每年这类红毯活动都各自走的宋砚和温荔，今天难得被安排在一块儿走红毯。

身上的礼服温荔已经试穿过很多次。这件春夏高级定制是今年第一次在媒体镜头前亮相，她是国内第一个穿这件礼服的女艺人，这是为品牌打广告，更是为自己打广告，因此造型团队特别重视这次亮相，绝不允许出任何差池。

车里，造型师已经将她上上下下检查得很多遍。

"腰这里是不是还是松了点儿？"造型师喊了声助手，说道："再拿根别针来。"

温荔连忙阻止："姐，别弄了，再弄我真喘不过气来了。"

"这不是让你的腰看着更细吗？"

"已经很细了。"温荔连忙比了比自己的腰，"细得都快看不见了！"

同车的宋砚没忍住笑出了声。

温荔立刻瞪了他一眼。

她心想，男艺人就是轻松啊，西装一穿，发油一抹，最多扑点儿粉底，画个眉毛，哪像她，为了走这么一小会儿的红毯，足足被折腾了一天。

宋砚平时穿的都是浅色西装，为了符合他的形象，他的造型团队一直把他往温和斯文方向打扮，今天为了和温荔身上这身浅紫色的欧根纱礼服搭配，他难得穿了一身黑色西装，袖口处露出的那截手腕在布料的映衬下白得几乎透光，指节修长骨感，像是洁白的暖玉。

温荔想起宋砚和柏森从前念书的时候，学校的校服就是黑白色的。她以前去他们学校找柏森的时候，宋砚也在教室里，手握着笔在写作业，见她来了也只是淡淡地点个头。

柏森哥坐在他们中间。后来柏森哥去上厕所，温荔悄悄地把目光挪到他的手上。

宋砚正在认真地写作业，温荔也不好打扰他，就那么一直盯着他的手，心想：这只手可真好看啊。

盯了很久，她发现他虽然握着笔，却一个字也没写。

后来那只手动了动，指尖窘迫地抓紧了笔，在作业上落下的笔迹也歪歪扭扭的。

温荔不禁想：是不是自己的目光打扰到他了？

后来柏森哥就回来了。

突然这只手朝她伸过来，宋砚的声音传来："温老师，下车了。"

温荔后知后觉地"哦"了声。

下了车温荔往前看去，这条星光熠熠的红毯尽头处，主持人拿着话筒站在签名板前，激动地说道："好的，现在从红毯那边向我们走来的是'盐粒'夫妇——宋砚、温荔！"

温荔早已习惯这样的场合，但确实是第一次挽着宋砚的胳膊出席这样的场合。

红毯外的媒体早已蓄势待发，就等镜头捕捉到此时下车的两个人。

早在到达现场之前，各个艺人所属的经纪公司就已经在各大社交平台上放出该艺人今天出席慈善盛典的造型，温荔官微上放的都是从角度到灯光都无可挑剔的精修图，现在她正式亮相，没有修过的照片立刻由在场的媒体记者传到了网上。

评论没有一味地褒，也没有一味地贬。

"《黎利》刊慈善盛典红毯直播，已经到宋砚、温荔出场了，来看看是什么水平。"

比起那种精修到不真实的图，其实这种打光正常，在镜头下显现出正常肤色、正常妆感的未修图片更能吸引路人。

一般情况下，艺人哪怕只是以图片的形式出现，也要胜过普通人一大截，长相、气质或者姿态总有一样会给人"这是个演员"的感觉。

动图里，两个人在高亮闪光灯的包围下连眼睛都没眨一下，时不时转换角度和眼神，以照顾到在场的每一家媒体。

镜头角度偏上，从这个角度看过去，他们半垂着眼皮，脸上是公式化的从容微笑，没见有多高兴，因为已经走过太多次红毯，显得淡定又自信。

照片下的评论：

"真的感叹我们国家地大物博，就连美人都美得各有特色。"

"好看啊，未修图比精修图好看一万倍，骨相美人就是要给特写，越真实越好看。"

"赏心悦目。"

主持人问宋砚："今天是温荔第一次穿这件礼服亮相啊，宋砚觉得你太太今天这身打扮怎么样？"

宋砚回答："很漂亮。"

"那有没有让你看呆呢？"

"温老师平时穿什么都挺漂亮的。"宋砚笑着说，"已经呆过很多回了。"

年轻的女主持人立刻捂嘴小声笑了起来。

温荔虽然知道这是主持的正常流程，但还是对这种毫不掩饰地拍马屁的行为感到一丝丝尴尬。

等主持人问到她时，她当然是客气地夸了回去："帅得我分不清东南西北，所以今天只能挽着宋老师请他带路。"

温荔这句话夸得比宋砚还有水平，现场立刻响起起哄声。

她歪头，故作俏皮地笑了笑。

两个人虽然挽着手，表情却仍然泰然自若，公开场合下的分寸感让二人再次展现出若即若离的距离感，并没有因为一档综艺节目的大爆而改变什么，综艺节目外该是什么样还是什么样。

远在现场之外，正在观看直播的粉丝已经将应援弹幕刷满了屏幕：

"三力，美人！三力，美人！三力，美人！"

在签名板上签完名，两个人转身进入会场内厅。

今年晚会的阵仗和去年的差不多，看晚会直播的观众人数却已经刷新了去年的纪录。千余平方米的晚会现场，舞台设备还在做最后的调配，灯光有些暗。艺人们正四处走动寒暄，现场喧闹异常。正中央的大屏幕上正循环播放今天出席的艺人群像。近百位艺人到场，无论是靠作品的还是靠人气的，毋庸置疑，今天到场的全是当前圈内话题度高的。

这里各个领域的艺人都有，而今天最大的焦点无疑是两位受邀出席，横扫国内所有奖项的老牌艺人。

宋砚属于劲头十足的后生，几年前和他们合作过，虽然都是演配角，但也学到了很多。

他进会场没多久就被经纪人拉去跟两位前辈打招呼了。

这两位电影圈前辈完全没有架子,见宋砚带着温荔过来,还温和地夸了句:"阿砚,你太太今天很靓。"

"两位老师好。"温荔礼貌地伸出手。

两位前辈都虚虚地握了下她的手指。

"阿砚太太有没有打算和阿砚合作电影?阿砚手里有不错的本子也不要藏着,多给你太太看看,夫妻俩一起进步。"

"我现在还不太担得起大银幕。"温荔老实地说,"还是再锻炼锻炼吧,怕给他拖后腿。"

前辈们"哈哈"大笑,说道:"阿砚刚出道时候的演技还不如你的演技呢,别怕,大银幕又不是什么妖魔鬼怪,演多了就好了。"

温荔脸上笑着,心里却想,她前两年演的那部轻喜剧电影现在还经常被拉出来嘲讽呢。

还是慢慢来吧,自己的演技怎么样,她心里有数,不差,但真上了大银幕,要接下老艺术家级别的演员的戏还是困难。

两位前辈和她不熟,寒暄两句就把重心放在了宋砚身上。

宋砚祖籍内地,但童年时期在南方临海的澳城度过,直到十几岁才独自搬来燕城生活,白话流利自然。温荔听着他和两位前辈自然地用白话交流,虽然能听懂个大概,但因为对自己的白话水平不太自信,所以也只是乖巧地听着。

聊着聊着,宋砚直接带温荔在他们这桌坐下了。

温荔和三个实力派电影演员坐在一张桌上,虚荣心还是不自觉地膨胀起来。

晚会还没开始,有几个制片人端着酒杯过来打招呼,问她参加综艺节目之后的拍戏档期。

丹姐不在身边,温荔也不好直接答应或拒绝,礼貌地让他们直接联系自己的经纪人。

其中一个制片人和她说了两句,又看向一边的宋砚,问:"不知道宋老师近两年有没有演电视剧的打算?"

宋砚笑了笑,说道:"这个还是要看缘分。"

这话一听就知道是在婉拒。

这个制片人也知道这帮演电影的心气本来就高一些,更何况是这种级别的电影演员,如果没有好的剧本或者制作班底,哪怕给得再多,他们也不愿意拿自己的口碑做赌注。

这个制片人没有为难他,只说留个联系方式,有缘合作。

这一桌前前后后来了不少人打招呼,有的温荔认识,有的温荔不认识,但面对每个人她都笑容满面的，直到有个让她笑不起来的人出现——郑雪。

　　自从出了上次那事，郑雪有阵子没来她面前找存在感了，估计也是知道那段时间出现会被她嘲讽，所以干脆躲得远远的。

　　她和温荔同属一线，开年爆了部演配角的贺岁档电影，团队正铆足了劲儿打算往电影圈再接再厉。

　　如果说许星悦那种级别的没资格跟她抢 C 牌的高级定制，那郑雪这身 C 牌高级定制就属于品牌方两边不得罪的行为。

　　郑雪气质偏冷，配上这件白色礼服显得仙气飘飘。

　　温荔并没有给郑雪面子，直接转过头。

　　郑雪分别跟两位前辈打了招呼，然后礼貌地对宋砚举了举酒杯，说道："宋老师，好久不见。"

　　聊了没几句，郑雪绕到温荔身边，微微弯下腰，轻声在她耳边问："我说你哪儿来的脸坐在这桌？"

　　温荔侧头和郑雪对视。郑雪冲她歪头笑了笑。

　　她语气淡定，毫无负担地蹭老公的人脉："凭我老公是宋砚。"

　　"你除了靠老公还能靠什么？"

　　"你连老公都没的靠，不是比我更惨？"

　　郑雪脸色微变。

　　温荔挑眉，用下巴指了指旁边，说道："这桌上还有空位，有本事你就坐下，你敢坐吗？"

　　郑雪没说话，也确实不敢坐。

　　温荔能坐在这里，是因为她是宋砚的太太，即使圈内有不少人知道他们是协议结婚，但结婚就是结婚，妻子理所应当享受丈夫的人脉和资源。

　　郑雪咬着后槽牙，低声说："我看你还能和宋砚演多久。"

　　"那不好意思了，演到我退休也不一定。"温荔也冲郑雪绽放了个笑容。

　　郑雪有些慌，提着裙摆和桌上的其他前辈告别，匆匆离开。

　　比起许星悦那种阴险之人，郑雪这种直接跟人吵的在温荔这儿相当吃亏，因为她压根儿就吵不过温荔。

　　两个一线女艺人，在人前总是要装一装的，当着这么多人的面，要是打起来未免太难看。晚会现场这么吵，刚刚她和郑雪吵得很小声，就连坐在旁边的宋砚都没听见她们在说什么。

　　但宋砚能猜到她们应该不是在说客套话。

　　宋砚问："刚刚你和她说了什么？"

　　"嗯？没什么。"

宋砚看她一脸气定神闲，好笑地道："没把你气着？"

"没有，她又吵不过我，看不惯我能坐在这桌过来找碴儿呢。"温荔凑近他，向他耳语，得意地说道，"我沾你的光呢，爽呆了。"

宋砚挑眉，被蹭得心甘情愿，说道："很高兴我能帮上忙。"

她舒了口气，站了起来，左右去找许星悦，想看看这阴险师妹今天穿的是什么礼服。

终于，她看到了许星悦。许星悦正和一群人坐一桌，身上穿的是另一个奢侈品牌去年秋冬的高级定制。这差距一下就拉开了。

许星悦似乎也透过人群看到了她，假惺惺地笑了笑。

温荔就当没看见，慢悠悠地转过头。

许星悦面上微有不悦，可温荔坐的那桌她又不敢过去——她的事业刚起步，那桌上的人，就算是其中地位最低的温荔，她都相去甚远，更不要说同桌的宋砚和其他电影圈前辈了。

如果她过去了，温荔没给她面子，直接无视她，到时候尴尬的就是她。

郭导并不想因为她得罪宋砚，还骂她自大狂妄，不知好歹。

许星悦这才发现，她自以为短短一年就爬上的山顶，原来在师姐眼里根本不值一提。

她藏在桌下的手不自觉地捏紧了礼服裙。直到另一个队友察觉她的不对劲，问她怎么了，她才收拾好心情，勉强摇了摇头。

摄像头正向网络平台直播现在的晚会盛况。

直播观看人次已经破了纪录。晚会还没有开始，所以摄像机正在随意地抓拍台下的艺人。观众们边等边在弹幕上聊天儿，如果镜头拍到个曝光度不够的艺人，观众就会在弹幕里问一句"这是谁"，后面的观众就七嘴八舌地讲解；如果有几个艺人同时出现在镜头里，观众又会在弹幕里闲聊谁跟谁的关系怎么样。

刚刚镜头抓拍到温荔和郑雪，观众立刻在弹幕里展开了热烈的讨论。

陆丹给温荔发了条微信，让她发一张和坐这桌的前辈们的自拍，然后发微博，别的不用她操心。

温荔按照经纪人说的，向坐这桌的前辈们提出了合照请求。

前辈们欣然同意。

没过多久，温荔的微博发布了来自晚会现场的最新照片，并配文："乖巧如我。"

照片里，因为圆桌的布置，温荔手持镜头，在镜头的最前方，单手捧着脸，笑得挺乖的，后面的宋砚探出半个头，冲着镜头笑，反而几个电影圈的前辈不见平日的稳重，表情故意搞怪，龇牙笑得特别可爱，还特意用手指暧昧地指着镜头里的温荔和宋砚。

这张照片显得这桌的气氛特别融洽。

评论：

"三力，你出息了！！！"

"今天是在前辈面前装乖巧的三力。"

评论里有人直接放了一张温荔出道以后的实绩图，有各类时尚杂志和商业代言，还有电视剧奖项及提名，主角到重要配角的影视剧的电视台以及网播收视率和全平台点击量都标得明明白白，并配文："在电影圈我们还是新人，会努力向前辈看齐，希望成绩越来越好。"

几个前辈也看到了温荔发的微博，点赞的同时顺便关注了。

然后他们发现点"关注"，微博提示是"互相关注"。

其中一个前辈心情颇好，扬了扬手机，说道："阿砚太太，我刚刚在微博给你点了关注。"

温荔受宠若惊地道："谢谢老师。"

就这么一个顺手关注的简单举动，还不知道在网上会被人解读成什么样。

温荔猜得没错，那些营销号已经在说她今天成功地靠着宋砚的关系牵上了电影圈的大腕儿，蓄势待发要往大银幕发展了。

影视扒爷："如果温荔真要挑战大银幕，希望她能好好表现，毕竟她老公上一个出名的银幕情侣已经是十年前的《纸飞机》了。"

下面的评论：

"既然又提到《纸飞机》，那我就再说一句，陈嘉木是永远的银幕白月光。"

"哈哈哈，出不了银幕情侣难道不是因为宋砚在《纸飞机》后再也没拍过爱情电影吗？"

"悄悄说一句，我读高中的时候还喜欢过宋砚与唐佳人，谁知道这俩人后面再也没合作过。"

"'唐宋'！我也喜欢过，好久远了，哈哈哈。"

"银幕是银幕，真人是真人，宋砚已婚望周知。"

宋砚这十年演过不少作品，但爱情戏份着实少得可怜，有人统计过，把他这十年和所有女艺人的感情戏加起来，还凑不成一部九十分钟时长的电影。

采访里他也是万年不变的说辞：对爱情戏把握不好。

也有影评人猜测是因为当年《纸飞机》里的陈嘉木自卑隐忍，深情偏执，起点实在太高，比起狗尾续貂，他更愿意让陈嘉木成为他演艺生涯中唯一的经典爱情角色。

跟他比起来，偶像剧出身的温荔可以算经验颇多。

因而两年前，她和宋砚的"拉郎配"只能算冷门，理智的人并不会不切实际地幻想这两个人真的在一起。甚至在他们公布恋情之前，都没有狗仔拍到这俩人有什么风吹草动。

艺人在事业巅峰期公布婚讯，不是因为共同利益达成了婚姻协议，就是因为真的相爱。

多亏了《人间有你》这档综艺节目，愿意相信后者的路人数量这几个月已经渐渐超过了前者的数量。

丹姐："多亏宋老师配合，赢得很漂亮，你专心参加晚会。"

温荔也不知道网上发生了什么，回了丹姐一个"Yes, madam（好的，女士）"。

圆桌上摆着各种小点心，但人们大多只动了酒，点心丝毫未动。

温荔虽然馋，但为了身材管理，还是得坚持饿着肚子。

不能把目光放在点心上，温荔转而盯起了宋砚。

宋砚发现她直勾勾的目光，轻声问："怎么了？我脸上的粉底没擦匀？"

温荔迅速别过脸，心虚地"嗯"了一声。

宋砚相信了她的话，真以为自己脸上的粉底没擦匀，起身就要去后台找助理补妆。

"欸，别那么麻烦了。"温荔急忙叫住他，"我用手帮你抹一抹就行了。"

宋砚将座位向她这边挪了挪，朝她倾身，手肘懒洋洋地搭在膝盖上，说道："麻烦了。"

温荔看着他因为擦了粉底显得更加温润俊美的脸：剑眉星目，眼窝深邃，睫毛纤长。她一时有些心乱，随便用手指在他的脸颊上蹭了蹭，说道："好了。"

宋砚觉得她有些敷衍，眼神也有些躲闪，像是做了什么亏心事。

她不断眨眼，眼皮上擦着不知道什么品牌的眼影，像是覆上了一片金色的小银河，随着她眼皮的眨动熠熠发光，晃得人心悸。

温荔的化妆师是业内顶尖，化妆师给她的鼻尖点上了粉色的高光，整个人就像是受了委屈或是害羞，表面上赧意十足，但都是高级精致的妆效。

"你躲什么？"宋砚歪头，笑了笑，"是不是把我脸上的粉底都擦掉了？"

温荔心虚地瞪眼，说道："别把我想得那么幼稚行吗？"

她鼻子上的红晕还没消失，看来真是化妆品的效果。宋砚收回目光。

这个小插曲无意间被直播镜头捕捉到。现场的艺人实在太多，镜头不可能一直停留在他们身上，因而画面中这个镜头只有几秒钟，很快就切换成别的人了。

弹幕：

"刚刚画面一闪而过的那两个人在干什么？！"

"啊啊啊，摄像师快转回去！！"

弹幕里闹了好一阵，等镜头切回那两个人时，他们又已经正襟危坐，回到了正常的距离。

晚会开始后，先是由歌手开场献唱，之后也有演员献唱。演员唱得不比专业歌手好听，主要目的是炒热气氛。《人间有你》的四对嘉宾中三对今天有特别的情歌对唱节目，唯独宋砚和温荔这对没有。

看直播的的观众也觉得迷惑。

"没'盐粒'吗？"

"我还以为'盐粒'也有情歌对唱环节，是我太年轻。"

"三力唱歌应该没问题，毕竟以前学过音乐，那问题就只能出在……"

"前面的别怕，大胆说！问题就只能出在某位宋姓演员身上！有没有'月光石'出来说明一下你们哥哥为什么从来不开嗓？"

"'月光石'来了，以前美人接受采访的时候说过他唱歌不好听。"

"哈哈哈。"

"真的吗？我不信。这堪比配音演员的低音炮，我不信宋砚唱歌不行。"

温荔今年和宋砚一齐出席，没节目表演正好乐得轻松，在下面跟着哼唱，摇头晃脑的。

后来又上了几个年轻的歌手，又唱又跳的。温荔想起自己那个臭弟弟徐例，也不知道他在选手宿舍里学跳舞学得怎么样了。

还是小屁孩儿的时候他就看不上学跳舞的姐姐，觉得跳舞是哗众取宠，觉得姐姐是只臭美的孔雀。

谁能想到他现在也要站在镜头前哗众取宠，比他姐姐好不到哪儿去。

温荔觉得有些遗憾，但凡这场晚会再晚几个月举行，说不定就能看见徐例这小子在台上又唱又跳了。

她正在想象徐例那小子跳机械舞的样子，心里乐着，全然没注意到镜头已经转到了自己身上。

刚刚表演节目的齐思涵跳完舞后被主持人叫住，正在接受采访。

主持人问："我想问一下涵涵，今天到场的这么多嘉宾，有你以后特别想要合作的吗？"

齐思涵点点头，说道："有的。"

"能说说是谁吗？"主持人开玩笑地说，"如果是男演员，担不担心你的粉丝吃醋？"

百米外观众席上的粉丝们和直播弹幕里的粉丝们立刻异口同声地否认：

"哈哈哈，不可能是男演员的。"

"我们涵涵，粉丝们都懂。"

果然，齐思涵握着话筒，挺不好意思地回答："不是男演员，是温荔老师。"

温荔突然被提到，有些莫名其妙，虽然早在录制那档音乐综艺节目之前就听说过齐思涵在别的节目里说过是她的粉丝，但她以为那只是礼貌的恭维，齐思涵只是在打造一个时下很受欢迎的"名人也是某某的粉丝"的形象而已，没想到这小姑娘还真是她的粉丝。

镜头给到温荔，她立刻冲镜头挥了挥手。

主持人在台上笑着问她："突然被表白，温荔老师惊喜吗？"

温荔没有话筒，说的话也收不到音，只能对着镜头拼命点头，还冲台上的齐思涵比了个爱心。

台上的齐思涵立刻举起两条胳膊给她回了个大大的爱心。

温荔有些害羞，矜持地捂嘴笑了笑。

"涵涵，我想问你啊，你当着宋砚老师的面向温荔老师表白……"主持人突然饶有兴味地顿住。

台下的艺人们和观众席上的粉丝们果然给面子，纷纷暧昧地拖长了声调起哄。

主持人接着说道："就不怕得罪宋砚老师吗？"

镜头此时非常灵性地给到宋砚。

镜头里的宋砚挑了挑眉，绅士地勾唇笑了，看起来毫不在意。

弹幕：

"正宫的气势！"

"美人：本宫还在，尔等终究是妃！"

齐思涵连忙表示："我对温荔老师只有崇拜之情，没别的，希望宋砚老师不要介意。"

齐思涵这句解释直接逗笑了晚会现场的所有人。

温荔和宋砚也知道齐思涵是被捉弄了，不约而同地垂眼笑了起来。

"上次温荔老师在综艺节目上跳的那个男团舞特别帅。"齐思涵满怀期待地握着话筒，说出自己的合作夙愿，"如果有机会，我特别想跟温荔老师一起跳个女团舞，如果用的是我们团的歌，那我真的此生无憾了。"

温荔跳舞的那个视频在平台上的播放量已经破了千万次，满打满算，圈内正经唱跳出道的歌手也没几个拥有千万次播放量的，在场的艺人几乎都在社交首页上刷到过温荔跳舞的那个视频。

主持人立刻说："那要不要把温荔老师请上台，你现场教她跳一个？"

温荔立刻指了指自己身上蓬松的礼服，冲镜头示意自己不方便。

但为了给齐思涵台阶下，她接过工作人员的话筒，体贴地表示："不用麻烦你教，我回家自己学，学好了我给你交作业。"

主持人说道："哎，那我们今天就在这里约定了啊，现场这么多嘉宾和粉丝做证，温荔老师不许抵赖，要赶紧把女团舞学会。"

等齐思涵下台，温荔总算松了口气。

她还真没听过齐思涵的歌，也不知道齐思涵是走哪种路线的唱跳歌手，就是看齐思涵一副温温柔柔的模样，想着齐思涵的歌应该不是很难学，所以直接答应下来了。

"宋老师。"温荔侧头小声叫宋砚。

宋砚："嗯？"

"你听过齐思涵她们那个团的歌吗？"

宋砚的回答不出意料："没听过。"

温荔往后看向观众席，隔着百米似乎都能听见他们在激动地喊"三力，女团舞"，这让她开始担心：难道自己说了大话？齐思涵那个团的歌比男团的歌还难学，所以粉丝们才这么担心？

刚刚温荔被请求跳女团舞又现场做出承诺也不过是晚会上用来调节气氛的小插曲，晚会继续有条不紊地进行着。

当主持人在台上宣布今年慈善盛典的赞助企业名单时，温荔听到了一个熟悉的企业名称——兴逸集团。

其他人也注意到这个名称，包括坐同一个桌的前辈，前辈还微微侧过身子轻声对宋砚打趣："你们内地这个兴逸集团不是从来不涉足影视行业的吗？怎么今年也开始赞助我们娱乐行业的晚会了？"

几个企业代表上台进行公开的捐赠仪式。

温荔注意到代表兴逸集团上台的人是平时总跟在她舅舅身后的高层之一。

就是因为赞助方的要求，今年的盛典和往年手忙脚乱的情况不同，所有未被邀请的媒体全部被拒之门外，包括《人间有你》的摄制组。

温荔左右看过去，并没有在嘉宾席上看到她舅舅的身影。

就是出了个钱，人没到场也说不定。想到这里她又松了口气，心说温衍那个老古董最讨厌这种场合，肯定不会来。

晚会现场共分为两层：舞台和艺人席位以及观众席位全部被安排在一楼的大厅内；二楼则是包间制的VIP会客厅，厢内是类似剧场VIP厢的设计，正对着晚会舞台中央的落地大玻璃为二百七十度半包围式，里面坐着的客人对楼下的情况一目了然。

对比一楼那些光鲜亮丽的艺人，二楼这些西装革履、极少在公众视野中露面的客人才是一手操控着整个娱乐行业的龙头决策者。

"温总，"某个传媒公司的老总突然意识到，"那个女艺人温荔和你是本家呢。"

坐在玻璃前的男人平静地点头道："对，本家。"

男人眉眼冷峻，一身高级定制手工西装，左手上的机械腕表指针走动时发出"嘀嗒"声。

那个老总听男人应了，立刻有些遗憾地摇了摇头，说道："就是可惜结婚结得早，嫁的还是柏石的二把手。要不是她嫁给了宋砚，说不定待会儿等晚会结束，还能叫她上来跟你打声招呼。"

温衍目光冷了冷，声音极淡地说道："既然她是我的本家，李总还是少开这种玩笑。"

李总立刻赔笑道："没想到温总对本家的女艺人这么关照，我自罚两杯。"说完，他就拿起手边的红酒，眼睛都不眨一下地干了一整杯。

温衍径自起身，说道："抱歉，我失陪一下。"

走出包间后，温衍二话不说，掏出手机给一楼那个正和台上的小歌手互动得起劲儿的不孝外甥女发了条微信："比起学跳舞，多抽点儿空回家看看你姥爷。"

温荔收到这条微信的时候突然浑身一冷。

此时她正在手机上搜索齐思涵那个团的歌。

齐思涵那个团走的主要是活泼开朗路线，其中最火的一首歌曾在音乐平台的日榜上连续两个星期拿下过第一名。

看那粉粉嫩嫩的 MV 色调，再听那恋爱期小女生风格的歌词，她一时间有些迷惑：自己到底是被舅舅发来的微信给吓的，还是被这首女团歌给吓的？

"宋老师。"温荔咽了咽口水，叫宋砚。

宋砚也正好在想事，听她叫自己才回过神来："嗯？"

"我们是夫妻，夫妻一体，现在我有难，你愿不愿意帮忙？"

宋砚问："什么忙？"

"见我舅舅和帮我跳女团舞，你选一个替我出面吧。"

宋砚："……"

沉默了两秒，他很果断地做出选择："见你舅舅。"

温荔的语气听上去很沮丧："你不选后面那个吗？"

"温老师，你再得寸进尺，"宋砚语气温柔，"我就一个忙也不帮。"

温荔："哦。"

整整五个小时的慈善盛典终于在大合照环节后落下帷幕。

要说这帮艺人，谁都想站在中间，可上了台又不约而同地开始玩谦虚那套，光是站位就浩浩荡荡地进行了几十分钟——众人谦让个不停，最后将两个演艺圈的前辈推到了中间。

温荔对这种事向来是能往旁边站绝不往中间凑热闹——就算站在最靠边的角落里，她在圈内的地位和商业价值到底如何，凭一张众人心思各异的大合照也看不出什么来。反正无论站在哪儿，看她不顺眼的人都编得出料来黑她，索性她也就不白费这个心思了。

今年的合照她和宋砚站在一块儿。宋砚旁边站着老前辈，上台了还在跟宋砚聊电影档期的事。

"如果你和你太太能合作那部电影，老周一定会很高兴。"前辈眨了眨眼，说道，"你太太穿旗袍真的蛮好看。"

前辈口中的老周是国内相当有名的编剧，写话剧出身，后来转战大银幕。他写的剧本从不迎合商业市场，拿奖是常事，但票房全靠口碑逆袭，爆了就是爆了，扑了就是扑了。很多商业片导演对他敬而远之，但阳春白雪永远不缺欣赏者，因此他在业内一直是很多人想要合作的编剧。

这几年电影观众的审美渐渐上来，隐隐有良币驱除劣币之势，老周的名号终于打了出去，不少年轻观众成了他的粉丝，认定他的名字就代表质量保证，他手里的本子自然也就成了香饽饽。

老周手里这部电影剧本虽然还没曝光，版权也还没和影视公司谈拢，但圈内和他交好的几个演员已经知道点儿风声，并且知道老周心里属意的演员都有谁。

当时老周看到那张合照，就和身边正一起喝酒的几个编剧说："这就是我心中的亭枫和绾绾。"

他认识宋砚，但对温荔并不熟悉，单纯地觉得这个演员的脸和气质很贴合他笔下的角色。

但演员人选也不是老周一个人能决定的，还需要等资本注入，各方面的意见加进来，所以一切还未可知。

温荔迟迟没有收到剧本，也不知道是在哪个环节被截了和。

宋砚侧头去看温荔，见她的眼睛并没有看向自己这边，而是正侧头和另一边的几个女艺人聊天儿。

《黎利》刊的主编正手忙脚乱地招呼这帮艺人。

也不知道是不是故意的，本来跟温荔隔了好几个艺人的郑雪突然站在了温荔身边。

两个人相看两相厌，还是温荔先一步阴阳怪气地开了口："怎么？不跟你老公站在一块儿扮演恩爱夫妻了？"

郑雪面无表情，但左右游移的视线无疑是在找许鸣。

等找到许鸣，发现许鸣正站在两个女艺人中间，又看清其中一个女艺人后，郑雪的脸色没憋住，迅速地阴沉下来。

那个女艺人是近两年凭偶像剧冒出头的新生代演员，因为跟温荔长得有三四分相似，所以有个外号叫"小温荔"。

温荔被郑雪瞪了一眼，只觉得莫名其妙：这女人真是有够拎不清的，她老公跟长得和自己有点儿像的女艺人相谈甚欢，关自己屁事？

温荔不说话，往宋砚那边靠了靠，大胆地贴着男人的胳膊，顺便冲郑雪露出个得意的微笑。

宋砚也没往旁边挪，任她挤。

站在另一边的前辈挑了挑眉，露出了然的神色。

也难怪网友们说这种合照现场是群魔乱舞，各个表面上和谐，实际上都在暗中较量。

拍完合照，艺人们依次离场。

温荔拽了拽宋砚，示意他先跟自己上楼去见舅舅，让助理先去别的地方等着，待会儿再过来接他们。

也不知道是不是被舅舅的气场震慑了，温荔越发紧张，甚至想要去洗手间。

温荔说道："你先进去，我舅舅不好意思骂你。"

宋砚觉得自己应该没有那么大的面子。果然，等他走进包间里后，坐在沙发上的男人蹙眉，语气不善地问道："温荔呢？"

"洗手间。"

宋砚在舅舅对面的沙发上坐下。

温衍平静地打量宋砚，意味不明地勾起唇，说道："宋先生这几年发展得不错。"

宋砚客气地道："都是托温总的福。"

温衍没什么表情地笑了笑，讥讽道："托我的福？这客套话说得可真漂亮。"

宋砚语气冷淡："既然温总知道这是客套话，听听就好，不用在意。"

温衍对这个外甥女婿没什么好感。他的姐姐温微当初走得急，姐夫为了怀念妻子，开始了所谓环球旅行写生。姐弟俩没人管，刚被接到温宅时，性格都是十足地讨人厌，任性又骄纵，非常难管教。

徐例还好点儿，那时候也就是个十岁出头的毛孩子，温衍瞪个眼他就老实了。

但温荔就不同了，十五岁的叛逆少女，觉得温衍不过比她大五岁，凭什么让她喊"舅舅"，所以嚣张傲慢，处处和他作对。

后来温荔甚至不打一声招呼，找管家冒充家长，擅自和海外娱乐公司签了约出了国。

温衍动用关系直接将她押了回来，关了她大半个月。她这才怕了这个舅舅，却仍执拗地坚持那所谓的演员梦，和他大吵了一架。哪怕他威胁她进了圈就别想动用家里的关系，她也义无反顾地离开了家。

温衍一直在等她受挫服软。两年前这件事终于传到了他父亲的耳朵里，父亲心疼温荔让他接温荔回家。他等着外甥女回来认错，却没有等到，反而等到了温荔结婚的消息。

温荔曾和青梅竹马一起长大的柏森有过婚约，宋砚和柏森又是多年好友，和好友曾经的未婚妻结婚，这让温衍很难对这个所谓外甥女婿生出什么好感来。

两个男人也不说话，好像在比内功。

直到宋砚收到温荔发来的微信："碰上个瘟神，暂时走不开，舅舅那边你先帮我应付一下。"后面还有一张比心的表情图。

宋砚叹气，主动开口："不知道温总找我太太上来有什么事要交代？"

温衍目光森冷，沉声说："既然宋先生知道我找我外甥女有事，那就麻烦你转告她，让她赶紧出现，躲着也没用，除非她想再被我抓回家教训。"

宋砚笑了笑，说道："你觉得你还抓得回吗？"

"麻烦宋先生不要插手我们家的事。"

"我对你们家的事没兴趣。"宋砚往后靠了靠，说道，"她是我太太，我护着她天经地义。"

温衍却不以为意地道："你护得住吗？"

宋砚语气悠闲："比起你这个做舅舅的，至少两年前我做到了，这有什么难的？"

宋砚的话里都是冷嘲热讽，温衍气极反笑，觉得这个外甥女婿真是跟之前不一样了。

至少在十年前，当他质问宋砚有什么筹码能让温家放弃和柏森父母的约定，把温荔交给他时，这位宋小少爷一句话也说不出来。养尊处优了十几年的小少爷，没了父母的庇护，纵使表情冷漠倔强，眼里装满了阴鸷之意和不甘又如何？这些东西在温衍看来一文不值。

正在盥洗池前洗手的温荔并不知道包间里的情况。

她本来不打算让宋砚一个人面对舅舅，但人生总是处处充满意外，包括在洗手间里撞到了郑雪这件事。

"你怎么还没走？"郑雪看到她的时候也很惊讶，没好气地质问出声。

温荔继续不慌不忙地洗手，反问道："你不也没走？"

郑雪抿唇，表情越发阴沉，忍了半天还是没忍住，上前两步猛地攥住了温荔的手腕，质问道："是不是你把我老公约到二楼来的？"

温荔觉得莫名其妙，直接一把推开郑雪。

郑雪抓着长长的礼服裙往后踉跄了几步。

"要打架改天约，这里还有记者，离我远点儿。"温荔厌恶地皱眉，抽了张纸巾擦了擦自己的胳膊。

"温荔，虽然我不喜欢你，但我承认你比我强，你的性格比我的性格受欢迎，脸也漂亮。之前咱们再怎么争资源，那也是工作上的事。"

温荔一脸看鬼的表情看着郑雪，没想到有一天还能听到来自死对头的肯定，温荔不解地说道："你是郑雪本人吗？"

"你听我说完！"郑雪深吸了口气，紧绷着下颌说，"再怎么样你也不应该和我老公扯上关系。我和他从读书的时候就在一起了，这么多年的地下恋情走过来，我一直以为等到合适的时机就能和他公开,就因为两年前你和他合作了那么一部剧,几个月的时间,他就开始对我不上心了!"

温荔也深吸了口气,冷冷地说:"我最后说一遍,我和许鸣在那段时间就是正常合作。而且一开始我的经纪人问过他,他明确地答复了我的经纪人,说他是单身。"

郑雪立刻反驳:"不可能!"

"不可能个屁!"温荔语气坚定,"我明明白白地跟你说,你老公就是个垃圾,是个有女朋友还对别的女人示好的男人,是个出了事只会把过错往女人身上推的懦夫!"

郑雪笑了两声,说道:"好,你说你是无辜的,那你怎么会在这里?"

温荔反问道:"我在这儿有什么问题吗?二楼所有的贵宾室被你包圆儿了?"

"我刚刚看到许鸣上了二楼,跟上来找他,结果就在这里看到了你,你还敢说你们不是偷偷约在这儿见面?"

温荔突然皱眉,二话不说径直往外走。

郑雪从后面叫她:"你去哪儿?"

温荔没理郑雪,直接走到和舅舅约定好的包间门口,说道:"在这儿等着,要是走了就别想看到你老公了。"

郑雪一时间被温荔这威胁的语气吓到,竟然真的站在原地不动弹了。

温荔直接推开门走了进去。

门被打开的那一瞬间,郑雪看到宋砚坐在包间里,除了宋砚还有个年轻男人,眉眼英俊,一身装束价值不菲。

直到门被关上,郑雪才回过神来:温荔在二楼是来找她老公和那个男人的?所以她不是因为许鸣才到二楼来的?

包间里,温荔也不管温衍用怎样不满的眼神看着她,直接走到温衍面前,态度嚣张地道:"我知道你有办法拿到二楼所有包间的门卡,帮我拿来。"

温衍蹙眉,语气冷得像是在下冰刀子:"温荔,你以为你在跟谁说话?"

"舅舅,"温荔深吸口气,说道,"你外甥女现在急需包间的门卡来证明我没给人当小三,请你帮这个忙,好吗?"

谁知温衍听到这句话后,眉头更拧紧了几分,问道:"谁把你当小三?"

"你能不能等我把事解决了再问?"温荔一脸烦躁地道,"平时看着挺利索一男人,怎么一到关键时刻就不行了?"

一直没说话的宋砚突然笑出声。

温衍脸色微黑,先是瞪了一眼宋砚,紧接着训斥温荔:"温荔!我是你舅舅!你把那小太妹的语气给我收起来!"

宋砚轻声问:"你拿包间门卡到底想做什么?"

温荔说道:"捉奸。"

宋砚、温衍："……"

等温荔从包间里出来时，郑雪在外面已经等得相当不耐烦。

温荔还挺惊讶郑雪竟然这么听话，说道："看来你对你老公是真爱啊。"

郑雪脸色很不好，咬牙切齿地道："关你屁事！你葫芦里到底卖的什么药？"

看吧，所以说女艺人在公众面前的形象不要信，就连郑雪这种走仙女路线的女艺人都会爆粗口。

温荔直接带着她舅舅的"金口玉言"去了值班室，从工作人员那儿拿来了一沓门卡。

两个人一连进了三间包间都毫无所获，直到进去第四间，外间是黑的没开灯，倒是从洗手间里透出一道昏暗的光线。

在听到洗手间里的动静时，温荔也不知道是该同情郑雪还是该嘲笑郑雪。

洗手间里，那个外号叫"小温荔"的女艺人正娇笑着问郑雪的老公，到底是喜欢郑雪多一点儿，还是喜欢温荔多一点儿。

"郑雪啊，我跟她都在一起七八年了，从念书的时候就在谈了。"许鸣毫不犹豫地说，可顿了顿又调笑道，"但我确实也喜欢温荔，和她传绯闻那段时间，我每天晚上都梦到她，后来她知道我有女朋友，直接跟我绝交了，反倒让我更欣赏、喜欢她了。"

"哦，那我就是温荔的替身咯？"

"什么替不替身的，别问那些废话了，赶紧完事，我得走了。"

"谁让你这么急色都忍不到去酒店，被记者拍到了也是你活该。"

"这是贵宾室，比酒店还安全。"

郑雪手脚颤抖，无声地哭得撕心裂肺。

温荔强忍住反胃感，冷静地用气声问郑雪："手机在身上吗？"

"你要干什么？"郑雪用泪眼看着温荔道。

温荔翻了个白眼，说道："你说呢？蠢女人。"

郑雪颤巍巍地从小包里拿出手机递给温荔后，突然抓紧她的手，不忍地说道："你要是把这件事曝光，许鸣就完了……"

"闭嘴。"温荔直接甩开郑雪，"你这种老公变了心还把老公当个宝护着，只会针对女人的蠢女人别碰我，帮你拍证据是因为这男的恶心到我了。"

她早就想这么骂了，今天终于说出口了。

郑雪被骂得脸色苍白，不甘地反驳："你懂什么？！换作宋砚变心，我看你只会比我更不可理喻！"

温荔冷笑两声，无情地说道："他要是敢变心，我立刻把他就地解决，你以为谁都跟你一样，把出轨的男人当宝贝宠？"

郑雪："……"

第四章
夫妇联手勇斗敌人

大家都是艺人，入行多年，这其中的腌臜事没遇过也听过不少。

郑雪一直觉得自己和许鸣的感情是这大染缸中的例外，今天温荔亲自带她撞破后，她才意识到自己有多天真。

刚出道那会儿，她和许鸣还在燕城租房子，在各个剧组奔波，约定要一起在这个圈子里混出头。

后来他们都红了，一线城市的房子买了好几套，走到哪儿都不缺聚光灯，感情却变成了这样。

两个人在洗手间门外用气声交流，洗手间里头的动静却越来越大，生生盖过了她们的声音。

郑雪的眼泪越流越多，如此折磨下，她终于尖叫一声冲了进去。

反正证据已经拍好，温荔没有阻止她，也没有替死对头教训出轨老公和小三的打算。

洗手间里的两个人先是被门外的动静吓了个半死，等看清来人是谁后，脸上惊吓的表情又迅速地转为惊恐和慌乱。

"小雪……"许鸣下意识地喊了声。

看到眼前这两个人衣不蔽体，那个女人还在手忙脚乱地套衣服，郑雪两眼一黑，双腿发软，浑身上下什么劲儿都使不上，当即软倒在地上大声哭了起来。

许鸣立刻不假思索地说："是这个女人先勾搭我的，小雪你相信我……"

郑雪听到他的狡辩，喉咙里像是卡了一口痰，越气越说不出话来。

已经穿好礼服的女艺人听到许鸣这毫不犹豫的狡辩之词后，突然自嘲地笑了笑。

女艺人看了眼郑雪，已经猜到郑雪会相信谁，就像两年前，郑雪毫不犹豫地站在许鸣这边，直接将温荔定义成第三者。

不过温荔比她倒霉多了，温荔是飞来横祸，她是没经受住许鸣的各种明示、暗示，实实在在做了小三，运气不好又被抓了现行。

所以她都懒得辩解。

郑雪还在哭。

"她……她就跟两年前的温荔一样，知道我有老婆，说就是逢场作戏。我对她和对温荔是一样的，只有小雪你才是我……"

正当许鸣说出温荔的名字，打算用来证明自己的无辜时，洗手间门外再次传来响声。

温荔铁青着脸出现在门口。

许鸣和那个女艺人的脸色当场又变了，白得像是被油漆刚刷过的墙。

谁能想到，郑雪和温荔居然是一起来的？！

温荔三两步上前，蓄力，抬起右手，直接往许鸣脸上招呼了一巴掌。

许鸣大脑里一片空白，脸颊生疼，被打到的那边耳朵出现了短暂的耳鸣。

"我总算知道你两年前是怎么给你老婆解释的了。"温荔语气平静，"只可惜今天我本人在场，没让你得逞，不好意思。"

羞愧和无措爬满了整个神经系统，许鸣头皮发麻，一个大男人被女人打了个这么响亮的耳光，因为是没理的那方，竟然连气都不敢喘。

现在的温荔用厌恶的眼神看着他，可两年前他们也曾是朋友。

他和郑雪谈了那么多年恋爱，学生时代的山盟海誓早已成了平淡无味的白开水，而和温荔的那次合作，就像是为白开水灌入了一丝丝清甜的蜂蜜。

郑雪在外面看着温柔体贴，实际上私底下很难伺候，经常对他无理取闹；而温荔对外看着傲慢，又是大小姐脾气，但和她慢慢相处下来，他发现她其实一点儿也不难相处，她虽然嘴硬，却很关心朋友，从不喜欢给人添麻烦。

许鸣渐渐地对她动了心，她越是把他们之间的界限划分清楚，他越是想打破这个界限，和她假戏真做。

温荔又去看那个顶着"小温荔"外号的女艺人，说道："顶着跟我有关的外号做这种事，侮辱你自己的同时还恶心到我了！我跟你有仇吗？用自己的名字红很难是吗？正好，你以后也不用担心要蹭谁的热度才能红了，收拾收拾另找他路吧。"

女艺人咬唇，抱着希望小声开口："是许鸣先勾搭我的。"

"他勾搭你，你就上钩了？合着你还觉得自己挺委屈？"温荔"啧"了声，不耐烦地说，"这种事就别争你俩谁比较恶心了，都恶心，没分别。"

离开前，温荔看了眼仍蹲在地上哭的郑雪，没再管她。

二楼的贵宾室虽然隐蔽又私密,但保安到底是拿工资做事的,大家都是公众人物,应该也做不出什么特别过分的事。

为防止郑雪妇人之仁,温荔刚刚已经将拍好的证据发了一份到自己的手机上。

倒不是帮郑雪出头,温荔就是单纯地被许鸣给恶心到了,被刚刚那冲击力十足的画面给恶心到了。

到管理室交回门卡后,温荔匆匆地跟舅舅打了个招呼,准备回家休息。

温衍叫住了她。

宋砚已经先下楼了,在地下停车场那儿等她。

温荔坐在温衍对面,老实地听他教育。

她手攥着裙子,跟小女孩似的,本来想揪着那层纱玩,却突然意识到身上这件礼服过后还得还给品牌方,又赶紧抚平褶子,生怕把这裙子给玩坏了。

温衍看到她的小动作,以为她在三心二意,皱眉说:"你在干什么?有没有认真地听我说话?"

"有。"温荔不情愿地点头,说道,"我这裙子明天还得还,不能弄皱,整理一下而已。"

温衍看着她身上穿的那件礼服,淡淡地说:"要是喜欢就直接买下来,小动作那么多,一点儿女孩子的样子都没有。"

"买?你给我买啊?"温荔翻了个白眼,说道,"你要是不懂我们这个圈子的规矩,就别说得这么轻松。我虽然赚钱多,但也是我自力更生赚来的,傻子才买这么一条只能穿一次的裙子回家供着。"

温衍确实不懂,勾唇说:"你还学会省钱了?"

温荔觉得自己跟"省钱"这个优点没什么关系,说:"我这不是省钱,而是不乱花钱。"

"把品牌方的联系方式发给我。"温衍说,"改天我让人给你送过去。"

温荔眼睛一亮,问:"真的假的?"

温衍冷哼一声,说道:"假的。"

温荔抽了抽嘴角,"喊"了一声。

温衍扶额,非常不喜欢她的这个口头禅,可怎么说她也不肯改,他干脆摆了摆手赶人:"行了,你回去吧,联系方式记得发给我。"

温荔忍不住扬了扬唇,开始得寸进尺:"其实我也不是很喜欢这件礼服,要不机会先留着,等我下次看到喜欢的再告诉你?"

温衍皱眉,眼里写满"你不要得寸进尺"。

看舅舅不说话,温荔知道他是默许了,被那件事影响的心情一下子又好起来。

"那就这么说定了。我走了，舅舅拜拜。"

"嗯。"

她刚打开包间门要出去，温衍又突然叫住她，问："门卡的事解决了吗？"

"啊？哦，解决了，我是站在道德的制高点上，所以还挺轻松的。"温荔顿了一下，似乎想到什么，轻声说，"那什么，门卡的事，谢了，舅舅。"

真是天下红雨，每次见面都对舅舅横眉怒目、阴阳怪气的外甥女竟然会说"谢"字了。温衍挑了挑眉，张嘴欲说什么，却又被她打断。

温荔咳了两下，理直气壮地说："今天算是紧急情况，才让你给我开了个小后门，不算我靠家里的关系解决事情，所以你不能用这个理由逼我认输回家。"

温衍本也没打算用这个借口逼她认输，不知道她在担忧个什么。

但温家的人都是祖传的懒得解释，面冷嘴硬。

"行了，"温衍眉宇微拧，淡淡地说，"继续做你的演员吧。有空多回去看看你姥爷。"

温荔见他不打算追问详情，立刻松了口气，说道："好嘞。"

闹了这么久，等她终于坐上车准备回家时，时间已经接近凌晨。

燕城的夜生活向来热闹，温荔把许鸣出轨的视频发给在外地出差的丹姐，想问问丹姐打算怎么公开。

当红一线男演员出轨，还牵连到三个女艺人——两个一线、一个三线，都是话题度非常高的公众人物，这个消息一旦爆出来，微博不知道又要瘫痪几个小时。

不过微博瘫不瘫痪不是他们关心的，郑雪的家事到底要怎么解决是郑雪自己的事，温荔留着这个证据，完全是为了还击自己这两年平白无故遭受的那些攻击和辱骂。

早知道她当初就不该一气之下把许鸣拉黑，不然哪儿用等到今天才考虑官方澄清的事。

"这样，我先跟公关部连夜开个会，如果这件事情爆出来，到时候鱼龙混杂，对你不利的言论肯定会很多，许鸣的团队也不是吃素的。"陆丹语气冷静，"你是这件事中最无辜的人，所以首先要保证的是关于你的舆论不会被他们操控。"

温荔点头答应："嗯，我微博的密码你知道，如果到时候你担心我说不好，就直接登我的号替我发。"

陆丹却笑了笑，说道："不用，有公关部呢。发你自己想说的吧，忍了两年，总要给你个发泄的出口，但是注意素质，不许说脏话。"

"明白。"温荔道，"说得我素质多低似的。"

"不低，但也没高到哪儿去。"陆丹说，"对了，宋砚那边，到时候肯定会波及他，你最好提前跟他沟通一下。"

"嗯。"

挂掉电话，温荔看了眼旁边正在小睡的宋砚。

这时还微微发热的手机又振动起来，温荔也来不及看是谁打来的，生怕振动声把宋砚给吵醒，赶紧接起。

"温荔，是我，郑雪。"

是来自死对头的电话。

比起刚刚在洗手间里，电话那头的郑雪情绪明显恢复了不少。

艺人对情绪的控制是门终身必修课。

温荔直接问："有事？"

"我已经联系了团队那边，打算等团队把所有的事情安排好，就把许鸣的事爆出去。"

温荔震惊了几秒，本来以为郑雪这时候还会执迷不悟偏帮许鸣，没想到郑雪竟然清醒过来了。

"哦，那你爆吧。"

"我提前跟你说，也是想让你那边先做好准备，别到时候被误伤。"

温荔心想：我可比你机智多了，为了防止你倒打一耙，我早就跟我的经纪人商量好了，还需要你提醒吗？但是话到嘴边却变成了个冷淡的"哦"。

郑雪突然问："你现在是不是挺爽的？看我遭到这种报应。"

"不至于。"温荔说，"你现在这个下场，是你有眼无珠活该，但是同为女人，我不会说什么嘲笑的话，至少在你和许鸣之间，我讨厌你，但更讨厌他。"

郑雪沉默了半晌，轻声说："我真的很爱他。"

温荔："……"

"我不知道你和宋砚到底是什么情况，是不是真是协议结婚，但我看得出来，刚刚你在洗手间门口能说出那番豪言壮语，只不过是因为你没那么喜欢他而已。"

温荔心里一虚，立刻反驳："谁说的？"

"那如果今天是你抓到宋砚出轨呢？"

"他不会。"温荔斩钉截铁地说，"宋老师不是那样的人。"

不知道为什么，她就是下意识地觉得，宋砚不会。

她就是无条件地相信宋砚。

郑雪顿了一下，居然被温荔这个死对头给逗笑了，说道："我刚刚觉得你没那么喜欢他，但是你这个态度，我又觉得你好像挺喜欢他的。"

"你先操心自己的事吧。到时候你要是敢倒打一耙，你就跟那男人打包退圈吧。"温荔刚威胁完，又觉得自己反应过大，显得自己多在乎宋砚似的，故作平静地补充道,"还有,我相信宋老师是因为我知道他喜欢我,爱我爱到无法自拔,心里再也容不下别的女人。"

郑雪被她这番突如其来的炫耀给堵住了口。

挂断电话后,温荔侧头去看宋砚,说道:"没睡熟的话就睁眼,我刚刚那么大声,不信你没听到。"

装睡的男人闻言,果然睁开了眼。

宋砚的语气带着迷蒙:"吵醒我了。"

温荔"喊"了声,说道:"不好意思。"

宋砚一脸宽容地道:"没事,我不生你的气。"

他还来劲了。温荔撑着下巴,半开玩笑地说:"那我真是谢谢大人您宽宏大量,不跟小女子我计较。"

"谁让大人我爱你这个小女子爱到无法自拔,心里再也容不下别的女人呢?"宋砚歪头,一脸淡定地重复她刚刚的话,"只是吵醒我而已,我能忍受。"

"噗。"

这笑不是温荔笑的,而是坐在副驾驶座上的文文笑的。

温荔一个眼刀射过去。文文立刻指着玻璃外的夜景说:"阿康哥,你看,今天的月亮好圆哪。"

司机阿康立刻点头,说道:"圆!"

温荔本来因为宋砚的话走了神,但因为俩抖机灵的助理,活生生又掐断了想法。这车上的就都不是什么正经人!

她在高聚光灯下待了大半天,这一晚上没消停过,回到家后只想赶紧躺到床上去。

临睡前,在关摄像头的间隙,温荔突然想到,如果郑雪把许鸣出轨的事曝光,那《人间有你》这档综艺节目他们大概是没办法继续拍下去了。

这样一想,温荔竟然觉得自己和宋砚还挺诚实的,没感情就是没感情,从来不卖什么恩爱夫妻情,网上有关她和宋砚是协议结婚的风言风语到处都是,但她从没想过澄清。

本来她打算就这么耗着等协议到期,然后顺理成章地离婚,谁知道阴错阳差被对家激起了斗志,参加了综艺节目。

她第一次正儿八经地无剧本飙演技,飙着飙着对家竟然退出了,她赢得不费吹灰之力。

既然郑雪和许鸣的结局已成定局,那她和宋砚……还有必要演下去吗?

转眼《人间有你》已经录制了三期,第四期的台本已经提前发了下来,又是嘉宾集体公费出行的一期。刚看到台本的时候,温荔还在想到时候要怎么在对家面前表现，现在对家没了，她的斗志也没了。

宋砚说的那部电影，丹姐的回复是投资方那边属意另一个女演员，所以在和他们打太极。

温荔参演的电影成绩确实不算好，很多观众对她的大银幕演技有质疑，投资方那边犹豫也是正常的。

不过她也没空考虑这个并不是板上钉钉的电影资源，因为最近通告又多了起来，新的游戏代言、音乐综艺节目要录制，再加上丹姐正在帮她筛选几部电视剧的剧本，定下来后她就要进组拍戏。

这段时间因为《人间有你》大爆，不少卫视的常青综艺节目联系上了她和宋砚，想邀请他们作为飞行嘉宾参与综艺节目录制。

脑子里过了一遍未来半年的所有行程，温荔深深地叹了口气："唉——"

"怎么了？"宋砚洗好澡回到卧室，正好看见温荔盘腿坐在床上，眉头紧锁，跟老太太似的叹了一大口气。

温荔摇头，说道："没什么，就是想到今年的行程又被安排到了年尾，有些心累。"

"如果不想那么累，可以推掉一些不必要的通告。"

宋砚这话说得没错，像他们这种不缺通告的艺人，在没有三头六臂的情况下，当然要权衡利弊，推掉一些无关紧要的行程。

郑雪和许鸣肯定是会退出《人间有你》的录制的，那温荔录《人间有你》的意义也就不大了，这档通告也就成了无关紧要的。

如果把《人间有你》推了，那些邀请她和宋砚录制综艺节目的邀请也就没有了，她的行程也就空下来了。

她和宋砚各回各位，之后也不用在公众面前装夫妻，等协议到期，离婚声明就能顺理成章地发表。

这本来就是她一开始的打算。

温荔越想心越乱，表情也越迷茫。

她好像后悔了。就算没了郑雪和许鸣，她好像也不介意继续和宋砚录制下去。

累是累了点儿，但是赚钱啊，想通这点的温荔不禁在心里深深地鄙视自己：她可真是太贪财了，甚至还在妄图把她和宋砚的协议的有效时长拉长，和他多捆绑一阵子。

温荔的内心戏足足进行了七八分钟，脸上的表情也是精彩纷呈。宋砚就那么看着，眼看她的眉头快拧成中国结了，他才出声说："你要是决定不了，可以找你的经纪人商量一下。"

"啊？"温荔回过神来，很不自在地说道，"决定了，累点儿就累点儿吧，都不推了。"

宋砚哭笑不得地道:"那你忙得过来吗?"

"忙得过来,赚钱使我快乐。"

温荔不想再和宋砚讨论通告这个话题,怕被他发现自己心里的小九九,急忙转移了话题,跟他聊起今天的事。

作为外人,提起"出轨"这俩字,温荔还是不胜感叹。

宋砚并不爱评价他人的生活,只是淡淡地笑了笑,继续听她那老人家作态的感叹。

"而且你知道许鸣那男的有多恶心吗?他自己有女朋友,还对我……算了,反正我问心无愧,就当是我魅力太大呗。"说到这里,温荔还傲慢地"哼"了一声。

"然后最令我恶心的你知道是什么吗?他居然找了个跟我长得有点儿像的女人出轨,我真是差点儿吐出来。"温荔厌恶地皱起鼻子,一脸怒气地冲宋砚发泄,"他侮辱谁呢?还搞替身?关键是那个女的还心甘情愿地当替身,太没尊严了吧!好歹长得跟我也有几分像,真是丢我的脸!"

宋砚听了她一通抱怨后,问:"喝水吗?"

"不喝,我还没说完。"温荔清了清嗓子,接着发泄,"她虽然跟我差远了,但好歹也占了我五官上的优点吧,在女艺人里颜值也是排得上号的吧。肯定有很多人喜欢吧。她就非要跟个有妇之夫搞在一起,我太气了,我真的……欸,你说呢?"她瞪大眼看着宋砚,想从他这里获取点儿认同感。

宋砚附和地点头:"是。"

温荔严肃地点头:"就是啊。"

宋砚听着她的重点慢慢地从许鸣身上转移到那个和她长得有几分相似的女艺人身上,大概明白了她生气不是为郑雪打抱不平,也不是对许鸣失望,而是对那个女艺人感到不齿和恼怒。

温荔一直是个骄傲又自恋的姑娘,当然忍受不了这种屈辱。

她把宋砚当情绪垃圾桶发泄完后,心情好了许多,躺在床上盯着天花板,终于觉得口渴了,叫他:"宋老师。"

"怎么?"

"我渴了。"

宋砚给她倒来一杯水。

温荔喝了一大口水,把水杯递给他,又开始说:"我今天不光教训了许鸣,骂醒了郑雪,还帮你说了话。"

"是吗?"宋砚接过水杯放在一边,平淡地说道,"谢谢。"

"怎么?你不信?"温荔又坐了起来,拉着宋砚的睡衣说,"郑雪说如果你出轨,我未必会这么冷静,我当时就反驳回去了,说你绝对不是这样的人,就在车上说的,你也听到了。"

"这么信任我?"宋砚挑眉,"那如果我真出轨了呢?"

温荔眨了眨眼,愣了一下,说道:"真出轨?可我们是协议结婚啊,就算你找了别人,只要别让我发现,我好像也没什么理由教育你……"

宋砚叹气,说道:"睡吧,已经凌晨三点多了。"

"哦。"

原来不知不觉都凌晨三点多了,她可真能说。

熄了灯,温荔左思右想,辗转反侧了好半天,觉得自己刚刚那话说得不好:这不就相当于告诉他,你出轨也没事,咱俩是协议结婚,我管不着?那他要是听了这话真出轨了怎么办?

温荔越想心越慌,最后又打开了床头灯。

宋砚下意识地皱眉,下一秒被她拍了拍脸。

她真的很喜欢在睡觉时间把人吵醒。

宋砚沉声道:"温荔,你到底要不要睡觉?"

"我说完就睡。"温荔咬唇,忍住自打脸的羞耻感,理不直气却壮地说,"虽然我们只是协议结婚,但你还是不能在协议结束之前找别人……嗯,我不是要管你的意思,当然你喜欢谁也跟我没关系,我就是觉得既然我们还是夫妻,那还是要保证互相的体面,别到时候分开闹得太难看,你懂我的意思吧?"

宋砚:"……"

见宋砚半天没说话,温荔急急忙忙地打补丁:"当然,等我们离婚后,你想找谁就是你的自由了,我是说至少在这段时间内,你不能……"

她的话还没说完,就被人一把摁进怀里。

"说那么多话你的口不干吗?"宋砚拍了拍她的后脑勺儿,"你直接说不许我出轨不就好了?"

温荔努嘴,继续嘴硬:"我不是要求你不能出轨,我是为我们两个人的合作关系着想,别把我想得那么小心眼儿行吗?"

宋砚低笑道:"好好好,你最大度。"

温荔听他笑有点儿受不了,"喊"了声,说道:"本来就是,难道你真以为我怕你出轨啊?"

宋砚叹息着笑了两声。

温荔耳根发烫,捶了一下他,说道:"欸,你倒是答应我啊……笑什么笑!"

"我答应你,不找别人。"

温荔"嗯"了声,满意了。

宋砚反问她:"那你呢?我们是不是该讲一讲公平?"

温荔自信地说:"我?我你还不放心?我眼光高着呢,一般男人还真看不上。"

"谁知道呢?"宋砚"喃喃"地道。

温荔"扑哧"一声笑了,挑着眉嘲笑他:"喂,宋老师,你是女孩子吗?要不我给你写个保证书?"

谁知宋砚却说:"那你写吧。"

温荔"啧"了声,不甘示弱地道:"那我写了你也要写。"

"可以。"

"幼稚。"

回答她的仍然是他低沉的笑声。

温荔吸了吸鼻子,在宋砚怀里闻到他身上那股清爽干净的味道。

"等许鸣出轨的事爆出来,郑雪和许鸣之后肯定不会再参加《人间有你》的录制了,按理来说我们没有继续录制的必要了,但我还想再多赚点儿钱。"她小声说,语气里带着隐隐的期待,"你呢?"

宋砚应道:"那就再多赚点儿钱吧。"

温荔悄悄地勾起唇。

"对了,为了警示你,免得你协议期间出轨,我有必要提醒宋老师你,我跟郑雪说了,如果你敢出轨,我就把你就地解决。"

宋砚沉默了片刻,笑着说:"行吧。"

说要把他解决了他竟然还笑得出来?温荔觉得宋砚有点儿傻,可跟他聊了一晚上废话的自己好像更傻。

没过几天,正如温荔预料中那样,许鸣和郑雪的事引起了轩然大波。

技术人员再如何完善改进软件代码,也架不住这帮艺人一个又一个的惊天猛料往外爆。

上午八点,郑雪发送定时微博,说了自己和许鸣自学生时代开始这七八年来的风风雨雨,承上启下段是一句"可惜的是,我和他也只能走到这里了",最后一段挑明是许鸣出轨,所以她决定离婚。

非常标准的离婚宣言,这条微博发出去没两分钟,微博的话题就爆了。

接着这条微博下的转、赞、评就通通显示不出来了,系统提示"网络繁忙,请稍后再刷新"。

十分钟后,微博界面也无法登录了,显示"网络错误"。

郑雪给许鸣留了最后的体面,没有把视频曝光,大概还是因为舍不得吧,即使下定了决心离婚,也还是舍不得把他逼上绝路。

温荔能理解郑雪的做法，但经纪人陆丹说："她这样相当于给了许鸣那边反击的机会。"

经纪人猜得没错，许鸣的团队果然迅速回应了。

温荔看了眼回应就笑了。

比起郑雪的微博长文，许鸣这篇字斟句酌的长文明显是公关团队集体智慧的成果。

他先是万年不变地为占用公共资源向所有人道歉。

然后他说自从和郑雪结婚，这两年来一直生活在郑雪的监视下，没有丝毫个人隐私，就连和异性的正常交流都会被郑雪厉声质问，两年的婚姻生活让他的心理遭受重压，直到近几个月参加综艺节目，又碰上了曾经合作过的艺人，郑雪的情绪开始越发敏感，且暴躁易怒，这让他开始反思这段婚姻是不是从一开始就是错的，但他因为深深地爱着郑雪，所以一直不愿意将"离婚"二字说出口。

最后一段是："对于出轨的指控，我不想多言，但仍旧感谢郑雪女士肯放过我，也放过她自己。只愿从今往后，各自安好，各自幸福。"

这则长文一出来，许鸣的粉丝和一些偏向许鸣的路人立刻转向郑雪的微博开始指责、谩骂。

许鸣在长文中还提到了曾经合作过的艺人，不用猜，肯定是温荔，说就是因为碰上了温荔，郑雪的情绪才开始爆发，让许鸣陷入了无尽的心理重压之中。

温荔给郑雪打电话，劈头盖脸就是一顿骂："你还给他留什么体面，看到后果了吗？！他以为你没有能指控他出轨的实质性证据，开始反咬你了！蠢女人！你今天给他留一条路，明天他就能顺着这条路爬过来给你一刀！"

郑雪在电话那头哭得撕心裂肺。

那条悲戚又伤感的长微博都是她在自我感动，许鸣才不会为此忏悔，只会觉得她心软了，她没证据，于是他趁机抓住她那些情真意切的文字中所有的漏洞，泼脏水、诬蔑、反咬，为自己洗白。

不过也幸好许鸣把事做得这么绝，那则声明出来没一个小时，郑雪发送了一条新微博："事情发展到这一步，我郑重地向温荔小姐道歉，并谢谢她，如果不是她当时冷静地拍下了证据，可能现在我百口莫辩，任脏水泼满全身也无力反驳。"后面附有那段视频。

温荔随即转发，并且将公关团队连夜找技术人员进行数据恢复的当年她和许鸣的微信聊天儿记录截图发了出来。

那张微信聊天儿记录截图里都是许鸣半夜找温荔聊天儿的对话，而温荔始终态度冷淡，最后的聊天儿记录停留在温荔质问许鸣为什么有女朋友还拿她炒作，许鸣回应："我承认我确实和她是男女朋友关系，但我对你也确实是有好感的，我喜欢你。"

然后温荔回了一个"滚"。

她只为截图配了一句话:"真以为我们没证据?"

舆论反转得就是这么及时,谁都没想到,这两个明面上丝毫不对付的人竟然有一天会站在同一条战线上对付同一个男人。

郑雪和温荔这边的证据直接确凿,即使许鸣的团队洗截图是合成的,视频也是合成的,舆论的风向仍然不可逆转地朝另一边倒去。

证据摆在明面上,一个小时前许鸣的那则回应声明成了笑话。

许鸣不得不删除之前的长微博,再次回应。

他这次的回应很短:"我是许鸣,我为之前我的公关团队发表的不实言论郑重地道歉,错了就是错了,我接受一切批评,并再次就工作日占用公众资源道歉。"

随后郑雪在微博上回应。

郑雪snow:"谢谢所有关心和爱护我的亲人和朋友们。未来的路还很长,还有很多未知的风景等着我去发现。最后,我想再为我两年前的无知、误解向温荔小姐@温荔Litchi道歉。我并不奢求你的谅解,祝你今后事业顺利,前途无量。对不起,谢谢你。"

终于清醒过来的郑雪总算做了件让温荔佩服的事,竟然敢在微博上大方地承认自己两年前的错误,言辞也算真诚,看起来也不像是公关团队写的。

能赤手空拳拼到一线的女艺人,一旦摆脱了男人,立刻就聪明起来。

在经纪人允许后,温荔转发了这条微博并评论:"欢迎良性、公平竞争。"

她并没有大度地原谅,因为这两年的无端诬蔑是抹不去的,但也没有揪着不放,而是对郑雪的道歉平静地表示欢迎公平竞争,也是在暗示郑雪以后不要再暗地里使手段。

一天下来,许鸣身上所有的品牌代言和通告全部被甲方以"道德败坏,行为不端,公众形象失格"的理由单方面宣布解约,而他即将进的电视剧剧组也发表官方声明,表示会换下男主角许鸣,重新选角。

温荔在家里躺了一天,除了听丹姐的吩咐发了几条微博,别的几乎不用操心。

她去书房还手机时,宋砚还在看剧本。

那部电影,适合温荔的角色还在商榷,各投资方还在反复角逐、衡量,但宋砚出演已经板上钉钉。

"那些发私信骂你的我都帮你举报了。"她把手机放在桌上,说道,"下次再有这种私信,你都别看,那些人嘴特别脏,让你的助理直接帮你举报。"

宋砚自出道以来干干净净,这些腌臜事跟他扯不上关系。温荔觉得论被骂后的心理素质,他肯定比不过自己。

宋砚笑着点头道:"好,谢谢老婆。"

温荔脸色微红，故作淡定地道"不……不客气"，然后她仰着头，高傲地离开了书房。

许鸣出轨事件过去没几天，因为郑雪和许鸣退出，《人间有你》节目不得不暂停录制，摄制组连夜返回卫视台广电总部开大会，寻找新的嘉宾。

刚发下去的节目台本也要紧急修改，算是给剩下的三对嘉宾又放了假。

但温荔并没有因此闲下来。

临近音乐综艺节目正式录制日期，温荔在之前的慈善盛典上答应了齐思涵录节目时跳她们团的舞，话都放出去了，总不能食言。

趁着《人间有你》停录，温荔在《为你发光》录制的前两天特意去舞室练了舞。

清纯活泼类型的女团风格这几年在海外已经不太流行，现在大多数女团走的是不亚于男团的酷炫路线，温荔在海外做练习生时期学的舞也大多是力量型的。

偏偏齐思涵这个团走的是清纯活泼路线。

她们团的舞，十几岁的小女生跳起来那是可爱又活力满满，温荔一个二十多岁的成熟女性，跳这种舞简直是为难她。

不过除了她，所有人都很期待她跳舞。

造型师甚至不知道从哪儿给她找了条粉色的格子短裙，拍了张照发给她，让她录节目的时候穿着跳女团舞。

造型师："到时候我给你做个双马尾的造型，化个粉色樱花少女妆。"

温荔看着舞室一整面墙的镜子里映出的自己那万念俱灰又不知所措的神色，心想：自己赚点儿钱真是不容易。

这舞倒是不难学，动作也简单，但舞蹈老师看了她的练习成果还是不太满意。

"是这样的，"因为不想得罪温荔，所以舞蹈老师尽量用委婉的语气说，"在这首歌的情境下，你是个十七八岁情窦初开的小女生，所以你跳舞的时候，脸上的表情应该是羞涩又可爱的。温老师你是演员，应该能理解我的意思吧？"

说完舞蹈老师给她做了个示范：双手握拳捧着脸，噘嘴做了个哼的动作。

这个小动作配的歌词是"讨厌你傻乎乎察觉不到我的心意，却又害怕被你发现我对你的爱意"。

温荔也知道自己的问题在哪儿，但就是觉得很别扭，转不过弯来。

练了一下午，终于把表情纠正过来，温荔拍了个小视频发给文文，想让文文帮忙看看有没有小女生那味道。

文文转手就用剪辑软件帮她做了个情景小视频出来。

文文："姐，你超可爱的！"

文文这视频剪得不错，配上那种甜甜的小情歌，再铺一层粉色滤镜，温荔的脸上还有猫咪的表情特效，视频标题是"有这样的猫咪你晚上几点回家"。

自信心瞬间上来了，温荔觉得自己非常可爱。

她想了想，打算发给宋砚，让他帮忙看看她有没有真的年轻十岁，像是回到了十六岁那年。

温荔："在不在？"

宋砚："刚接受完一个采访，在休息。"

温荔："哦，我发你个东西。"

宋砚："你发。"

温荔："你走远一点儿，确认旁边没人我再发你。"

宋砚："你要发什么？"

温荔："你别问那么多，先走远点儿，不能给别人看。"

宋砚半天没回应，可对话框上方一直显示"对方正在输入……"。正当温荔以为他不感兴趣，犹豫这么久是因为在考虑怎么拒绝她，她的自信心有些受挫时，他回复了。

宋砚："是给我的福利吗？"

温荔回了一张"扇巴掌"的表情图。

温荔："你在想什么呢？"

宋砚："我在想什么你应该知道。"

温荔抿唇，被宋砚的话搞得有些不知所措。

算了，她不问这个变态了，去问纯情少年。

然后她转手就把这个视频发给了徐例。

温荔："怎么样？有没有你姐当年十六岁的风华？"

兔崽子："我出家。"

温荔半天没懂徐例这回复是什么意思，看了眼自己视频的标题，懂了。

这边宋砚还在问她："怎么还不发？"

温荔："不发了！！！滚！！！"

徐例刚从录音室回来，为了练习自选曲目，唱得喉咙都哑了。

他已经在录音室里待了一天，连午饭都没吃，老师怜爱得不行，让他先回来洗个澡休息一下，晚上再过去继续录。

刚回来的徐例嫌自己没洗澡，不愿意躺在床上，边玩手机边等室友洗完澡。

记录宿舍日常生活的直播间正开着。节目组规定，除了统一规定的午间和晚间休息时间，只要宿舍里有人，直播镜头就会打开。

徐例趴在桌上安静地玩手机，刘海儿湿漉漉地粘在额头上，他本来就是文弱又清俊的长相，这样安安静静地将半张脸埋进胳膊里玩手机，像个乖巧的小男生。

弹幕：

"我抓到了，梨崽你偷玩手机！"

徐例本来面无表情，突然手机振动了一下，不知道收到了什么消息。正面的直播镜头只能拍到手机壳，观众们并不知道他看见了什么。

不过声音是外放的，是短视频的声音，背景音特别可爱。

弹幕：

"梨崽，你居然背着我们偷看别的女孩子！！！"

结果，徐例看完整个短视频后，本来面无表情的脸突然有了波动，眉头紧锁，嘴唇翘了翘，从齿缝中吐出一声极其不屑的嗤笑声，那嫌弃的眼神都要溢出直播镜头了。

弹幕：

"好不解风情啊，哈哈哈。"

猪："歌练好了吗？"

猪："敢不认真练小心我给你打零分。"

徐例回了一张"不屑一顾"的表情图。

猪："敢对你伟大的老姐这么嚣张，我看你是皮痒了！"

徐例："嗯，痒了，可惜你打不到。"

温荔气得回了一串消息，徐例心中的烦躁感消失，正当他去表情图库里找表情图准备进一步气死他姐时，温荔又发来了消息。

猪："你是不是躲在厕所里玩手机？"

猪："小心我跟节目组告发你藏手机。"

徐例："你告吧，我带了十部手机。"

徐例："而且我在宿舍里。你以为谁都跟你一样长在厕所里？"

猪："你们宿舍里有直播镜头的你不知道吗？"

猪："你等着人来没收你的手机吧。"

此时正好室友王亦源洗完澡出来，甩着一头湿发对徐例说："我洗好了，你去吧。"

徐例脸色很黑地问："我们宿舍的摄像头是直播的？"

"是啊，不然你以为我为啥每次洗完澡出来都穿得这么严实？"说完王亦源就冲桌上的直播镜头打了个招呼："观众们好。"

当然，王亦源没设备，看不到直播间里观众们的回应。

弹幕：

"源儿，麻烦你告诉我那傻梨崽，下次参加综艺节目前一定要把合约内容看仔

· 147 ·

细了。"

"我就说为什么梨崽这么不怵在宿舍里玩手机,三天被没收了四部,原来他压根儿不知道宿舍里的摄像头是开着的。"

果然,下一秒,宿舍的门被敲响了。

工作人员来没收手机的时候顺带还问了句:"刚刚用手机在刷哪个女孩子的视频呢?"

徐例抿唇,淡淡地说:"没谁。"

"都是男生,我理解的。"工作人员拍了拍他的肩膀,调侃道,"等录完节目再慢慢看也不迟。"

徐例:"……"

工作人员一走,徐例无法再面对直播镜头,迅速洗完澡,出来后立马拎着王亦源去录音室。

去录音室的路上,王亦源扒着他的肩膀问:"你刚刚在刷谁的视频?跟兄弟说,我帮你保密。"

都是一家公司的签约艺人,又是同样学吉他的朋友,徐例对王亦源没什么要瞒着的,直接说:"温荔的。"

"温荔的?你是她的粉丝吗?那第一期的时候你的反应那么平淡。"王亦源眯眼想了会儿,明白了,"哦,你害羞啊!"

徐例翻了个白眼,说道:"又不是我主动看的,是……"后半句没法儿说,他只好放弃解释,"你爱怎么想怎么想。"

王亦源双手捧心,贱兮兮地说:"你放心,我不会乱说的,我会保护好你这颗纯洁羞涩的少男之心。"

徐例:"……"

"你看的她的什么视频啊?古装视频吗?还是她在上期节目里跳舞的那个视频啊?"

徐例回想了一下那个让他嫌弃不已的视频的内容,语气很淡地说道:"卖萌撒娇的。"

王亦源突然睁大眼,一把抓住徐例的肩膀,说道:"真的吗?我也要看!你还有手机没被没收吗?待会儿我们厕所里见?"

"你那么激动干什么?"徐例被抓得肩膀痛,不爽地说道,"这有什么好看的?"

"兄弟,我说你也太装了吧,是温荔老师的粉丝又没什么丢脸的,做男人要诚实知道吗?"王亦源"哼"了一声,理直气壮地道,"我看过《人间有你》,连宋砚这种级别的前辈都抗拒不了,我不信有男人能抗拒我们温荔老师卖萌撒娇!说吧,你刚刚是不是差点儿流鼻血了?"

阿砚哥都抗拒不了？徐例斩钉截铁地说："不可能，他和你们这种肤浅的男人不一样。"

"没必要这么肯定吧。虽然我承认做男人我和宋砚是有很大的差距，但这有什么不可能的？不信你自己去看那个节目。"王亦源撇了撇嘴，说道，"见过会装的男人，没见过你这么会装的。"

"说了我不是她的粉丝。"

"你不是躲在宿舍里看她的视频？"

徐例："……"

解释不清，徐例懒得再和王亦源解释，径自往前走去。

王亦源又追上去，嘴里一直絮絮叨叨："哎，咱们如果能留到后面，会跟导师合作，你会选温荔老师吗？来个情歌对唱，或者大胆一点儿，来个情侣热舞？"

徐例瞬间脸色煞白，愣在原地。

王亦源问："兄弟，你咋了？兴奋过度了？"

徐例捂着嘴，虚弱地说道："别说了，我想吐。"

王亦源："……"

两个人到录音室时，已经有好几个选手在那儿，录音老师拍拍手道："来来来，打起精神啊，要唱出最好的水平给你们的温荔老师听啊。"

然后那几个选手就一个鲤鱼打挺蹦了起来。

王亦源又看了一眼徐例，发现他听到这句鼓舞的话后，身子一软，更没有干劲儿了。

王亦源一时间有些看不透他。

录音休息的间隙，王亦源悄悄地溜到徐例身边。

徐例睨了王亦源一眼，语气冷漠地说道："不许聊温荔。"

王亦源本来是要跟他聊温荔的，如今思绪一下子被打断，傻了半天，愣愣地道："那聊谁？聊宋前辈？"

徐例漫不经心地问："聊他什么？"

王亦源随便找了个话题："啊？聊他……聊你为什么会觉得宋前辈和我们不一样？难道你其实是宋砚的粉丝？"

徐例撇嘴，说道："不算。"

他瘫倒在地板上，眯了眯眼睛，想起了以前。

徐例小时候文化课成绩不太好，但因为家里已经有温荔这个艺术生，所以姥爷和舅舅都不太愿意让他学音乐，想让他把文化课补上来。

徐例的调皮叛逆赶跑了不少辅导班名师。

最后姥爷说，别找年纪大的了，跟小例没什么共同话题，找个年轻的来。

后来柏森哥说有个朋友文化课成绩是全年级第一，可以介绍过来给徐例当家庭教师，正好朋友也能赚个生活费。

然后阿砚哥就来了。

英俊寡言的大哥哥，个子很高，身姿挺拔，在当时还是小屁孩儿的徐例看来，又酷又帅。

小屁孩儿对大哥哥总是有种天生的臣服感。

阿砚哥跟那些辅导班老师不一样，教题很有耐心，也从不对他叹气摇头。徐例虽然讨厌上文化课，但很喜欢听阿砚哥说话。

阿砚哥有几次来家里的时候撞上了他姐，但从来都是目不斜视，绝不会多看他姐一眼。

徐例这辈子第一次遇见和他一样这么讨厌他姐的男生。

有一次温荔的学校举办艺术节，她那个班要跳舞。温荔从学校把表演服带了回来，在家里穿上，特别臭美地绕着家里逛，跟每一个人炫耀。

家里的阿姨说好看，姥爷也说好看，就连舅舅都说好看。

十六岁的温荔穿着一袭长长的雪纺裙，为了方便跳舞，将一直扎成丸子头的长发披散下来，站在徐例房间的门口，仰着头，像只骄傲的孔雀，问：“老弟，我好看吗？”

徐例说不好看。

温荔气得敲他的头，离开前特别看了一眼一直不说话的宋砚，抱着一丝小小的希望问宋砚：“学长，你觉得我好看吗？”

宋砚匆忙挪开眼，低声说：“一般。”

徐例立刻调皮地说：“‘一般’就是不好看的意思！”

臭屁的温荔在弟弟和学长面前被打击到了自信心，瞪了这俩人一眼，愤愤地离开了。

补习继续，一直认真负责的宋老师居然连小学程度的奥数题都想了好半天，十几分钟了还没解出一道题来。

宋砚似乎也意识到自己的分心，捂着额头，无奈地叹了口气。

徐例气呼呼地想：都怪老姐突然闯进来，把阿砚哥给吓着了！

从那时候徐例就确定了，宋砚和他一样，都是更看重内涵的男子汉，温荔那具皮囊再好看也没用，脾气大又难伺候，阿砚哥和他才不喜欢。

"不一样就是不一样，我看得出来。"徐例说。

王亦源哭笑不得地道："那照你说的，他们俩为啥还会结婚啊？"

徐例作为知情人士，语气莫名其妙地高深莫测起来："你懂什么！"

就算他把那个视频再转发给阿砚哥，阿砚哥的态度也绝对跟他的态度是一致的。

又想起视频里他姐那卖萌装猫咪的样子，徐例再次打了个寒战。

凌晨录完音回了宿舍，徐例跑到厕所里偷偷摸摸地掏出他的第六部手机，给宋砚发了条微信。

徐例："今天我姐给我发了个特别难看的卖萌视频。"

阿砚哥："发来看看。"

徐例："不了，我怕你觉得难看，这种折磨我一个人承受就行了。"

徐例："哥，你不用谢我。"

宋砚："……"

男人仰躺在床上，盯着天花板半天，又侧过头看了一眼温荔。

温荔今天很晚才回来，因为练了一天的舞，浑身的骨头都像散了架一样，洗完澡刚躺在床上就迅速地睡了过去。

"温老师。"

温荔没有回应。

"学妹。"

温荔还是没有回应。

也不知道睡梦中的温荔梦到了什么，突然翘起嘴，嘟嘟囔囔地说了句："有我这样的小猫咪，你每天……"

宋砚微微蹙眉，问："什么？"

"几点回家……？"

她的声音太小了，宋砚还是没听清。宋砚伸出手摸了摸她的后脑勺儿，用低沉的声音地问道："到底是什么视频，小猫咪？"

《为你发光》第二期的主要内容是录制主题曲以及决定第一次公演表演节目的人选。

经过今天的临时会议，《人间有你》节目组已经定下了第四期的台本，大致的流程不变，还是嘉宾们出外景录节目。郑雪和许鸣的离婚事件导致最近节目的人气很高，前三期节目的播放量又往上翻了一番，因此第四期的录制绝对不能拖太久。

为了在最短的时间内找到替补嘉宾，节目组引进了全新的嘉宾模式——实习夫妻。

现在恋爱综艺节目一大把，这种实打实的夫妻综艺节目居然还要找两个艺人假扮夫妻。

在看到实习夫妻的名单时，温荔心想：这可真是梦幻联动。

这对男、女艺人竟然是《为你发光》的两个导师，严准和齐思涵。

严准是个标准的靠脸吸引粉丝的高人气艺人，齐思涵是少女歌手，两个人看着很登对，参加这种明摆着是要炒绯闻的综艺节目，热度肯定会很高。

齐思涵权衡了一番，最终答应了节目组的邀请。

微博官宣的时候，她不光艾特了节目搭档严准，还艾特了温荔。

齐思涵："人间有你，苦乐都甜！请多指教！@严准。"

然后她在评论区里艾特了温荔："啊啊啊，温老师，我来了！@温荔 Litchi。"

这条艾特一出，齐思涵的男粉丝们瞬间放了心，因为他们涵涵的真爱不是严准，而是温荔。

这么明显的"示爱"，温荔总不好拂了齐思涵的面子，在齐思涵的微博下评论了个"欢迎欢迎，一起玩"。

回复过后，温荔这条评论下又是齐刷刷艾特宋砚的。

"妻危，速回。@宋砚。"

不过在温荔的强烈要求下，宋砚没有理会这些明摆着是看好戏的艾特评论，以防再给这群看热闹的网友增添新的乐趣。

此时录制大棚内，温荔坐在后台的化妆间里，刚换好学生裙，造型师正在帮她扎双马尾。

拥有顶级造型团队的好处就是，她即使是装嫩，也能装得毫无违和感。

温荔看着镜子里的自己，掐了掐因为化妆技术而显得胶原蛋白满满的脸。

她今天穿了条不过膝的粉色短裙，配上过膝袜和白色衬衫，领口处还装饰着蝴蝶领结，脸上化着所谓樱花少女妆。

"姐，好看，你真是太可爱了。"文文掏出手机给她，问，"要自拍吗？我帮你修好，再发个微博？"

温荔果断地拒绝："不要！"

"为什么啊？明明很可爱啊。"文文委屈地嘟囔。

温荔一脸万念俱灰的表情道："你不懂。"

今天刚开始录制的时候，她就试图跟导演商量到节目播出的时候把她跳女团舞这段给剪了。虽然导演非常不想答应，但迫于温荔使用了"你要是不剪，我就退出节目录制"的威胁手段，终于答应把这段本来不在节目台本流程中的跳舞部分剪成花絮，放在节目正片的后面。

剪成花絮总比剪进节目正片里好，至少不用那么丢人，温荔答应了。

她还特意找宋砚探了口风。

温荔："你一般不看综艺节目的吧？"

宋砚："不看。"

宋砚："如果温老师希望我看……"

温荔："不希望，请宋老师继续保持原则。"

宋砚："好的。"

宋砚的这个"好的"看起来是听话地答应了，但温荔总觉得哪儿不对劲。

此时，在《为你发光》录制现场几千米外的马路上，《人间有你》的摄制A组和D组正整装待发，几辆车浩浩荡荡地往录制现场赶去。

其中A组是负责拍摄宋砚和温荔这对嘉宾的，而D组则是负责拍摄新嘉宾的。

《为你发光》和《人间有你》因为嘉宾高度重合，双方高层已经决定合作，顺便借对方的热度给自己带热度，打算来个梦幻联动。

保姆车上，负责跟拍宋砚的摄像师问出台本定好的问题："宋老师，对于今天我们安排的突袭探班，你心里有期待吗？"

"挺期待的。"宋砚朝镜头笑了笑。

摄影师又问："《为你发光》有很多年轻的男选手，宋老师会有那么一点点危机感吗？"

宋砚沉默了一会儿，轻声调侃自己："除了年纪，我想我应该还是挺有优势的。"

几个工作人员纷纷笑了起来。

其实宋砚的年纪也不大，他这个年纪的男演员很多还处在上升阶段，只是他入行早，起点高。演艺圈一直人才辈出，十几岁就拿奖的男、女演员在电影史上并不是没有，只是有的高开低走，有的则如宋砚这样稳住了，甚至一直在进步。于是他就给人一直身处高峰的感觉，其实真论资历，他还远达不到被封神的地步。

助理阿康感叹道："要是十八岁的我哥，往那儿一站，拿第一名的就是我哥了。"

换早些年的宋砚，可能会对这个调侃表示反感，就像他十八岁刚出道那会儿，跟着于伟光接受采访，记者问于伟光为什么会选宋砚来当那部文艺青春片的男主角，于伟光当时就很诚实地说："漂亮哪，这孩子长相多漂亮。当时我在学校门口碰见他，心里一下子就认定了，欸，对，这就是那个陈嘉木了。"

当时的宋砚对这个圈子充满了排斥和抗拒。就连于伟光都认为，孩子倔成这样，估摸着拍完这部电影就得退圈。

于伟光觉得可惜，因为这孩子演戏是真有灵气。

出乎意料，宋砚放弃理科，选择了艺术类的影视表演，慢慢地磨平了棱角，一点点地融入了这个圈子。

然后宋砚就成了现在大众眼中的宋砚。

同车的副导演突然来了灵感，想到一个可以作为收视爆点的办法："要不宋老师你待会儿也上台跳个舞？"

宋砚掀起眼皮，淡淡地拒绝："不要。"

副导演吃了瘪，有些尴尬，故意咳了咳，然后说："宋老师，你的偶像包袱别那么重,你看温老师多豁得出去,那个女团舞我看了原版视频,不适合她,但她还不是说学就学?"

宋砚轻声说:"我没觉得不适合她。"

副导演心想,适不适合暂且不说,要是眼前这位愿意跟他老婆一块儿穿制服扮嫩,那他们节目组也不至于为了节目效果,每回都把编导关进小黑屋里想台本。

似乎从来没有人把温荔和小女生画等号,一是她从来没走过少女路线,在综艺节目里也是大大咧咧的;二是她接的戏的女主角大多是符合她本人外形的明艳英气那一类,她本人也是一根筋,不懂转弯。

但其实她只要稍微收敛一下高傲的语气,就是甜心妹妹的声音。

她几年前演的那个被她称作"黑历史角色"的小雪貂就是原音,一颦一笑间观众也不觉得有什么违和的地方。

在宋砚的记忆里,十几岁的温荔就是那样的,常常躲在教室门后,等着柏森经过,然后"哈"的一声跳出来吓人。

柏森每次被她吓到都会迅速炸毛,边骂边追。

有一次她看错人,不小心吓到了宋砚。发现自己吓错了人,她"哈"的音节卡在齿间,嘴张大忘了合上,脸上迅速升起红晕。

宋砚觑着她,冷淡的脸上没有表情。

温荔被他盯得心虚,咬唇,虽然尴尬,但不愿意道歉,硬着头皮"喃喃"地道:"谁让你跟柏森哥差不多高,又跟他穿一样的校服,不怪我。"

宋砚莫名其妙地被定义成"罪魁祸首",也不知是被气笑的还是因为别的,翘着唇角懒洋洋地说:"跟只猫似的'哈'来'哈'去,除了柏森,你还能吓到谁?"

温荔狠狠地瞪了他一眼,故意讥讽道:"哦,那你好厉害。"然后她一甩马尾辫,转身跑开。

宋砚看着她转头跑到走廊的转角,正好撞上了从那边过来的柏森。

柏森质问温荔是不是又想吓自己,她冲柏森做了个鬼脸,然后被柏森一把抓过脖子狠狠地敲了下头。

两个人就又打闹起来。

宋砚一直看着,直到那两个人又和好,并肩离开去小超市买零食。

他转身回了教室,看了眼空荡荡的教室门后面,想到她猫在那儿不知藏了多久,没等到柏森,却等到了他,突然笑了一声。

那一次好像是午后的课间,她从隔壁学校溜过来,日光和现在车外的光线一样明亮。

干道上堵车了,燕城的交通状况就是这么糟心。

副导演有些担忧地道:"完了,会不会赶不上温老师跳舞啊?"

录制大棚内，大部分选手已经完成了自己那部分的录制，轻松地坐在一边聊天儿。

终于有个选手意识到什么，问：“咱们都录这么久了，温荔老师怎么还没出现？”

其他几个反射弧超长的选手环顾一周，后知后觉地喊了声：“对！”

"我本来还想今天在温荔老师面前表现一下的，她居然不在现场吗？"

几个选手的议论声有点儿大，吵到了旁边正在参加考核的选手。负责检查选手自作曲的导师艾斯听不清歌词，皱着眉用笔敲了敲手里的文件夹，说道：“那边的选手安静点儿可以吗？”

"对不起。"带头的选手立刻认错，"我们就是没看到温荔老师，觉得有点儿奇怪。"

艾斯闻言，语气很淡地说道：“她还在化妆间里准备。”

"化妆间？温荔老师来录节目之前居然没化妆吗？"

严准笑了笑，说："不是化妆，是换装，温荔老师今天有表演来着。"

选手们面面相觑：台本上没写这段啊。

一个选手举手发问："什么表演啊？编导姐姐之前没跟我们说啊。"

严准笑而不语，冲旁边的齐思涵挑了挑眉，示意她说。

齐思涵心领神会，冲选手们"嘿嘿"一笑，摇头晃脑地说："这是我帮咱们节目争取到的福利，之前在慈善盛典上你们温荔老师答应我去学我们团的舞，今天录节目正好来交作业。"说完，她又冲着镜头外的导演喊了声："导演，节目录完你必须请我吃饭！"

导演声音洪亮："好！没问题！"

这帮选手来录节目之前都被没收了手机，没法儿上网，压根儿不明白齐思涵说的是怎么回事，个别偷偷藏了手机的为了不暴露自己，也跟着装作什么都不知道。

"思涵老师，是跳你们团的哪个舞啊？"

齐思涵立刻现场做了那首歌的几个经典舞蹈动作，说道："就是那个，'哎呀，好喜欢你，喜欢到呼吸都快要停止'——"

这个动作她在别的节目里跳过上百遍，再加上她们团走的本来就是这个路线，所以她在一群男孩子面前跳也没什么好害羞的。

跳完，齐思涵还调皮地比了个心。

这下不光是男选手，女选手也立刻欢呼起来。

"呜！！！"

"哇！！！这也太可爱了吧！！！"

有的人当场捂胸，做了个被丘比特击中小心脏的夸张动作。个别定位舞蹈担当的男孩子当场模仿起舞蹈动作，站在原地轻轻松松就还原了出来。

"不行了，我不行了。"王亦源突然脱力地靠在了徐例的肩上，"我光是想象一下温荔老师对我跳这么可爱的舞都要昏过去了！太可爱了！"

徐例抖了抖肩膀，一脸冷漠地道："恶心死了，离我远点儿。"

"徐例，你到底是不是男人啊？"王亦源的语气突然严肃起来，"这么大的福利你居然无动于衷？"

"喊。"

徐例属于典型的身在福中不知福。温荔那张脸他从小看到大，就算是个天仙也早看腻了。

"导演，"有个选手举起手，笑得贼兮兮地问，"我们这儿男生这么多，让温荔老师当众跳那么可爱的情歌舞蹈，她老公会不会吃醋啊？"

这问题一问出来，棚内立刻又是一阵起哄声。

"让宋砚老师坐镇现场不就好了？"

"对啊对啊，宋砚老师亲眼看到应该就不会吃醋了。"

知道内情的导演不能提前透露，拿着喇叭跟这帮人对喊："你们说宋砚老师来他就能来？那也要我们请得动啊。"

"就说温荔老师要在一百个男生面前跳情歌舞蹈了，保证宋砚老师就来了。"

"现在就打电话给宋砚老师！"

选手们都很亢奋，导演只能无奈地用喇叭一遍遍地喊，让他们先安静，录完节目再说。

"好了，好了，宋砚老师很忙的，没空来。"一直不说话的许星悦突然拍了拍手，无奈地说道，"他不可能因为想看温荔老师跳个舞就特意过来，大家都现实点儿好吧？"

其实大部分人也知道宋砚肯定不会来，就是调侃几句营造一下气氛，被许星悦这样一说，顿时兴致没了七七八八，棚内渐渐安静下来。

艾斯用笔敲了敲桌面，说道："下一组自作曲选手准备。"

这时许星悦放下考核表，对导演说："我去化妆间看看师姐好了没。"

导演摆手，说道："去吧。"

许星悦绕过一帮工作人员，离开打着强光的录制棚，去往后台的化妆间。

许星悦还没走到化妆间，就碰上了已经化好妆过来的温荔。

温荔被人围着，化妆师还在给她的发型和衣服做最后的调整。

温荔看到许星悦的时候愣了一下，问："导演催我了？"

"没有，我就是看师姐你准备了这么久，所以过来看看。"

"哦。"温荔跟她没什么好说的，点点头，继续往录制棚的方向走。

许星悦突然问："师姐，今天宋砚老师会来录制现场吗？"

"不会啊。"温荔皱眉，语气不太好地说道，"你有事吗？"

她还没忘记那天大半夜许星悦加宋砚微信的事情，许星悦明显不安好心。

谁知许星悦却突然遗憾地叹了口气，说道："我不是有事，就是觉得师姐你跳这种告白情歌舞蹈的时候，要是宋砚老师也在就好了。"

温荔顿时一脸不情愿：宋砚来干什么？来嘲笑她？

"我想宋砚老师的通告应该很满吧，应该不会只是为了看师姐跳个舞就特意赶过来。"许星悦冲她笑了笑，轻轻柔柔地说道，"真是可惜。"

温荔表情复杂地道："你说这么多，那他到底来不来？"

许星悦摇头，说道："没收到导演组的通知，应该不会来吧。"

"哦，那就好。"温荔瞪了一眼许星悦，觉得这个阴险师妹真是不会说人话，拐弯抹角的，差点儿没把她吓死，"吓死我了，我还以为他会来。你下次说话能不能言简意赅一点儿？"说完，她拍了拍胸口，长长地舒了口气。

许星悦张了张唇，被温荔这一脸轻松的表情堵到说不出话来：怎么宋砚不来她看上去还挺高兴的？

录制棚内，导演接到温荔已经化好妆的信息，再次拿起喇叭对着整个棚内的人喊："温荔老师已经准备好了。"

选手们立刻鼓起掌来。

镜头转向大门，只见扎着双马尾、穿着小粉裙、化着樱花少女妆的温荔从外间走进来。

最先尖叫起来的是齐思涵："温老师，你好可爱！！！"

温荔特别不好意思，尴尬地摸了摸鼻子，走到考核台上站定，咬唇，又鼓了鼓腮帮子，最后实在憋不住，低头捂唇笑了起来。

她这副尴尬无措的样子被所有人尽收眼底。

齐思涵立刻招呼选手们跟她互动："选手们！我们温老师今天可不可爱？"

"可爱！！！"

这装嫩的打扮温荔自己受不了，但看在别人眼里也是真的可爱。

她一身可爱的学生打扮，短裙下的双腿紧张地并拢着，像乖巧的学生站定在原地，头上是精致俏皮的双马尾编发，化妆师下了功夫给她化了个少女妆——樱花粉的眼妆和腮红，还特意画了下垂的眼线，压住了她上扬的眼尾带来的明艳感，显得无辜清纯，镜面触感的唇妆让她抿唇的时候像是咬着一口果冻。

她拿着话筒，声音有些颤抖："我这打扮还行吗？有高中女生那味吗？"

"有有有！！！"

"你就是最靓的高中女生！！！"

现场这么一通马屁拍下来，温荔总算有了那么点儿自信——看来只有她自己不习惯。

这时棚内已经响起了那首甜甜的歌曲的前奏。

温荔咳了一下,放下话筒,举起胳膊比了个大大的爱心。

这时有个选手先发现门口突然又来了一帮摄像团队,于是戳了戳旁边的同伴,问:"欸,那也是我们节目的摄像组吗?"

"嗯?"

这时,被摄像团队围在中间的男人走进吵闹的录制大棚。

男人穿着简单的衬衫、长裤,个子高挑,英俊的脸上始终挂着礼貌的笑,他一一向现场的工作人员点头示意。

最先发现的选手立刻将嘴巴张成圆形,说道:"是宋砚吗?!"

以这个选手为圆心,周遭的一圈选手听到动静,立刻激动起来。

男人往这边投来视线,朝这些已经发现他的男孩子弯了弯唇。

"宋砚!!!"

"真的是他!!!"

"他真的来看温荔老师跳舞了,哈哈哈!"

小范围的骚动立刻被周围负责控场的工作人员压制,他们朝这群人做了个"嘘"的动作。

大家立刻乖巧地闭上嘴。

旁边的四个导师也发现了。齐思涵和严准以及艾斯都稍稍惊诧了一下,很快又笑着把目光投向台上正跳舞的温荔。许星悦好半天没缓过神,不甘地握紧了垂在身侧的手。

此时,敬业的温荔毫无察觉,双手握拳捧着脸,做出娇嗔又害羞的表情,同时唱道:"怎么办?我就是好喜欢你,喜欢到只要一见到你,呼吸都快要停止!……"

第五章
惊鸿一瞥情难自禁

宋砚走进棚内,正好撞上温荔的舞蹈开场。

他和那些选手一样,朝台上投去专注的目光。

接着,男人微微愣住,被台上那个扎着双马尾,穿着短裙,活力满满,仿佛回到了十六岁的小姑娘牢牢地锁住了所有的注意力。

就当是在演戏,为了赚钱跳个舞有什么难的,做艺人的就是要学会放下包袱。温荔这样安慰自己。

"暧昧的吸引力,心动的结果……"

她演出心里小鹿乱撞的少女模样,故作眩晕的舞蹈动作以及嘴角那甜甜的笑容无不令人心动到无以复加。

"一百种念头,幻想出和你的以后……"

她做出思考的模样,跷着腿,突然兴高采烈地原地蹦了两下。

跟着舞蹈节奏,温荔叉腰,对着镜头做出娇嗔的表情。

台下的人爆发出惊天动地的欢呼声。

温荔喜欢听别人夸奖她,哪怕自己有什么地方做得不好,如果对方愿意用鼓励代替责备,她也会干劲儿满满,努力加倍。

温荔沉浸在这种欢呼声中,虚荣心顿时无限膨胀。

突然,她在一群选手中看到了一个没穿训练服,也不是导师,更不是工作人员的男人。

那个人不像这些男孩子,为了不让她尴尬,尽力大声地欢呼着。那个人就那么悠闲地站在台下,气质出众,挺拔俊朗,神色散漫,深邃的眼睛牢牢地盯着她,唇角上挂着若有若无的微笑。

他似乎也接收到了她的视线，从容地挑了挑眉，挂在唇边的笑意越来越明显。

"在你朝我投来微笑的那一刻，我慌乱无措……"

这一刻仿佛万籁俱寂，温荔的脑子里"轰"的一声炸开，羞赧和尴尬的情绪瞬间爬满全身，让她浑身发麻滚烫，什么声音也听不到，什么人也看不到，仿佛宇宙间就只剩下不知道从哪儿蹿出来看热闹的宋砚，她大脑死机，只有肌肉记忆勉强牵动着身体继续跳舞。

她在那么多人、那么多镜头前都不害羞，偏偏在看到宋砚的这一刻，羞得恨不得当场找个地洞钻进去。

"爱情的甜蜜，就像是夏天的冰激凌、冬天的巧克力，我不敢看你，不是因为不喜欢你，而是因为太喜欢你……"

接下来最后一段高潮，温荔始终目光躲闪，腮红也盖不过脸颊自然的潮红，眼里闪烁的光芒比眼皮上的高光眼影粉还要亮。

等终于结束，她脱力地蹲在地上，表情深沉地撑着额头装鸵鸟。

"温荔！温荔！温荔！"大家还在喊她的名字。

兴奋的导演拿着喇叭大喊："你们看是谁来了！"

离得比较远的人闻言纷纷朝前后左右投去疑惑的眼神。

终于，几十双眼睛齐刷刷地定格在棚内突然出现的某个男人身上。

宋砚接过工作人员递来的话筒，温声开口："大家好，我是宋砚，今天过来探个班。"

真的是宋砚！活的！这些初入演艺圈的选手，心态上还不能算是成熟的艺人，这种常年被聚光灯围绕，仿佛活在银幕里的人突然出现在自己面前，他们的反应就和普通人的反应一样，好像见到的并不是人，而是神仙。

"宋砚！！！"

"我要打个电话给我妈，说我见到宋砚了，我妈超喜欢宋砚！哎呀，我的手机被没收了！！编导姐姐！还我手机！！！"

"宋砚真的来了！"

王亦源已经激动得不行，拼命抓着徐例的胳膊，企图寻求一丝不是在梦境中的真实感，"喃喃"地问："这是真的吗？！是吗？！我不是在做梦对吗？！"

徐例已经痛得五官扭曲，咬牙切齿地问："你说呢？"

看徐例痛成这个样子，王亦源确认了："不是做梦！"

现场气氛实在太火热，齐思涵哭笑不得地捂着耳朵，用麦克风对宋砚说："宋砚老师，能麻烦你到台上扶一下我们温荔老师吗？她跳累了，站不起来了。"

宋砚往台上走。

大家的尖叫声比刚刚更大了。

温荔感受到宋砚走上台的气场，等宋砚微微弯下腰刚要碰到她的时候，立刻跳起来朝他的反方向后退了几大步。

"我站起来了。"她声音僵硬。

宋砚手悬在半空中，啼笑皆非地道："你躲什么？"

大家立刻异口同声地喊："害羞！"

温荔握紧话筒，故作淡定地反驳："谁说的？我自己能站起来还用人扶吗？"

这帮选手胆子大得很，也不怕得罪见证官，直接戳穿她："别装了，你就是害羞！"

温荔："……"

因为是突袭探班，所以台本上没安排具体流程，由齐思涵问了几个问题，做了简单的采访后，这个探班小插曲也就结束了。

温荔和宋砚始终保持着几厘米的安全距离，大家看得出来，是温荔不想跟宋砚挨得太近，所以刻意拉远距离。虽然两个人之间有距离，但总归还是站在一块儿，出现在一个镜头里，两个身材比例优越的艺人并排站着，显得尤为赏心悦目。

大部分人毫不掩饰对宋砚的崇拜，全程都在下面感叹："好帅啊，真的好帅！宋老师在大银幕的特写镜头下已经帅成那样了，现在用肉眼看得简直惊为天人！"

"最后一个问题：宋砚老师觉得温荔老师的这个舞蹈节目怎么样？"

"歌很好听，舞也很可爱，青春有活力。"宋砚礼貌地夸了齐思涵这个团的舞。

齐思涵受宠若惊地道："谢谢宋砚老师。"

温荔全程一言不发。虽然不希望宋砚对她发表任何好的或坏的评价，可听他真的没评价自己，她难免还是有些不开心，耷拉着眼皮将视线转向镜头外。

接着，宋砚笑着说："跳舞的人更可爱。"

他也没有说名字，就是用简单的代称，但现场的所有人都知道这个"跳舞的人"指的是谁。

齐思涵先是愣了一下，还没反应过来宋砚这含蓄又肉麻的夸奖，一帮人就受不了地"哇"出了声。

温荔撇了撇嘴，用唇语说了句"喊"。

最后齐思涵作为临时主持人，敬业地顺带宣传了一下《人间有你》。

探班结束，因为不能耽误接下来的录制，宋砚简单地鼓励了选手们几句，准备离开。

"我走了，"他朝温荔挥了挥手，"温老师。"

温荔立刻不耐烦地甩手赶人："哎呀，你快走吧，别耽误我工作！"

这半个小时内，两个人加起来也没说几句话，连个肢体接触都没有，就连宋砚走的时候，温荔的反应都是极其不耐烦的，像是巴不得他快点儿走。

但现场就好像被注入了甜蜜的空气，无论是男生还是女生都感受到了这股甜蜜。

温荔对此毫无察觉，只觉得宋砚一走，自己就重新活了过来。

等到节目录完，摄制组又把她拉到采访室做节目后采。

温荔早已把那套粉色短裙换了下来，换成了干练的束腰白裙，发型也换回了简单的蓬松高马尾，整个人自在了不少。

工作人员的第一个问题就是："温荔老师对于今天宋砚老师过来探班觉得惊喜吗？"

温荔立刻脸部肌肉绷紧，垂下眼，深深地叹了口气，说道："只有惊吓好吧！你们节目也不用这么玩我吧？"

几个工作人员立刻小声地笑了起来。

温荔用手扇了扇脸，综艺感十足地叉腰抱怨："我一想起那个画面就受不了，以后坚决不跳这种类型的女团舞了，就算思涵跪下来求我我也绝对不跳！"

"但是宋老师说你很可爱啊。"

"他是演员，你们别被他的演技给骗了。"温荔语气坚定，"他心里肯定笑死了。"

工作人员互相对视：宋砚的表现不像是在演戏啊，还是说宋砚的演技实在太好，所以他们都没看出来？

宋砚探班《为你发光》的时间是在上午，下午就有人在论坛爆料：《为你发光》上午的录制宋砚去探班了。

"据说现场的气氛都快爆炸了，所有选手和工作人员都激动疯了。第二期播出后等着收视率夺冠吧。"

"探谁的班？探温荔的班？？？"

"好家伙，这是和隔壁《人间有你》一起录了？"

录制结束后，温荔无意中看见文文在刷这个帖子。

她还看见文文在帖子里回帖。

"文文，你就别跟着凑热闹了成吗？"温荔无奈地道。

文文迅速按下锁屏键，回过头看着额头上顶着蒸汽眼罩的温荔，结结巴巴地问："姐，你怎么醒了？不睡了？"

"你隔十几秒就……"温荔学着文文的语气"嘿嘿"笑，然后恢复面无表情，"我怎么睡？"

文文嗫嚅道："哦，对不起。"

温荔也没生气，只是语重心长地说："你是我的助理，我和宋砚是什么情况你难道不了解？难道你也信？"

文文眨了眨眼。姐和宋老师是什么情况她是懂，可是这不妨碍她发自内心地觉得姐和宋老师之间确实很甜啊。

"别看帖子了。"温荔重新戴上眼罩，说道，"到家叫我。"

文文乖乖地点头，说道："嗯。"

戴上眼罩的温荔眼前一片黑暗，其实压根儿睡不着，就这么闭着眼假寐到了家。

温荔刚进门就听见屋子里传来动静。

她瞪大眼，上午在录制棚里的记忆又涌进脑子里，她一时间顾不上穿拖鞋，贴着墙就往屋子的另一边躲，最后顺着饭厅躲到了阳台上。就在这时，听到动静的宋砚走了出来，温荔猛地关上玻璃门，将男人牢牢地关在了屋内。

宋砚敲了敲玻璃，示意她开门。

温荔死死地抵着门，结结巴巴地道："干……干什么？"

宋砚说道："聊聊。"

"我跟你没什么好聊的，你联合节目组玩我，害我今天丢了这么大的脸。"温荔冷笑一声，"我没找你算账是我大度，识相的赶紧从我眼前消失。"

宋砚侧过头，喉结滚动，他深深地吸了口气，又笑着把这口气吐了出来。

"那我现在就消失。"他说。

然后他转身离开。

温荔看着他离开，把着门的手稍稍松了松，一口气刚从胸口吐出来，那个本来已经转身离开的男人又突然回过头，长腿一迈，三两步就走到阳台边，趁着温荔还没反应过来，迅速拉开了阳台门。

中计的温荔没想到他居然还玩这招数，着急地喊："喂！"

宋砚关上了阳台门。

温荔后退两步，警惕地看着他，问道："你干什么？你不是想把我从阳台上推下去吧？"

被她过分的想象弄得哭笑不得，男人舌尖抵腮，深沉地低笑两声。

"你笑什么笑？！"

正处在暴躁阶段的温荔突然被宋砚一把拉住胳膊，撞进了他的怀里。

"我笑你是个傻瓜。"

宋砚扣住她的后脑勺儿，有力的胳膊牢牢地握住她的腰，将她稍稍往上提。她的一双赤脚就这样腾空，踩在了他的脚上。

阳台的玻璃门反光严重，镜头里压根儿看不清阳台上的人在干什么。

监控器前，一群工作人员正抓心挠肝地盯着屏幕。

唯独导演黑着脸在问责："当时负责安摄像头的人是谁？！为什么不记得在阳台

上也装个摄像头？！你的绩效工资没了！"

在没有摄像头的高楼的阳台上，临夏的午后，宋砚滚烫的双唇让人头昏脑涨。

男人吻得很没有道理，上一秒还处在暴躁当中的温荔被打了个措手不及，等回过神来时，已经踩在他的脚上，和他前胸贴着前胸，被强硬地提起腰拎起脖子送上嘴里的空气。

然后她的暴躁瞬间就化成一摊水，她耳边是他低沉的呼吸声。温荔试图去推他的下巴，指尖却碰到他因接吻而在用力于是显得瘦削的下颌骨，演员的本能促使她很快想象出如果有镜头从这个角度拍，银幕里他的下颌线大概有多性感。

暴露在阳光下的吻越来越热。澄净的天空下，这栋高楼周围的所有建筑都显得沉默而冰冷，汽笛声和各种噪声刺破空气，在这十几平方米的大阳台上，两具柔软的人类身体却在这慵懒的午后紧贴着交换呼吸。

最后他们交换呼吸的行为在温荔一声"有摄像头"的低吼中戛然而止。

等阳台门再次被推开，监视器前的工作人员立刻又凑上前。

温荔最先出来，边用手往脸上扇风边往洗手间的方向走去。

"还没到暑假怎么就这么热？……"她小声抱怨着，然后关上洗手间的门。

过了一会儿宋砚也进来了。男人没温荔那么讲究，径直走到盥洗池前，打开水龙头，简单地洗了个脸。

工作人员："……"

室外这么热两个人为什么还要在阳台上聊天儿？关键还是在没有摄像头的阳台上聊天儿，真就一点儿也不为节目组考虑。

温荔不知道在洗手间里躲了多久，出来时鬼鬼祟祟的，像只出洞的仓鼠左右晃着头查看敌情。

监视器前的工作人员大概猜到了温老师这是在躲谁。

不过她躲的这位早在她出来前就钻进了书房。

然后温荔顺利地溜进了卧室，再也没出来。

"这是在躲宋老师吧？"其中一个工作人员猜测，"他们刚刚在阳台上是不是吵了一架？刚刚温老师那语气听着好像真挺生气的。"

另一个年轻的女编导摇了摇头，说道："不像吧，吵完架那么平静？"

"那不然呢？有摄像头，难道还能打起来？应该是吵完没结果，直接冷战了。"

女编导有些担忧地说："啊？因为我们安排的这个探班环节没提前跟温老师打招呼，才害得他们吵架？那到时候节目播出我们岂不是要被骂？"

女编导年轻，毕业还没几年，心理素质明显没其他同事的心理素质好。

"肯定没吵架，温荔是综艺节目的常客，很多反应都是为了综艺效果，不至于因为一个探班环节就跟宋砚生气。"经验老到的导演安慰编导。

女编导愣愣地说：“那他们怎么……互相躲着？”

偌大的屋子里，书房和卧室似乎是宋砚和温荔各自最信赖的安全之地，只要是在无台本的室内拍摄活动中，这俩人永远是一个占着书房，另一个占着卧室。

虽然一人一屋是常态，但以前好歹不是完全无交流，宋砚冲咖啡的时候会顺便问温荔喝不喝，温荔做自制营养减脂餐的时候会顺便问宋砚吃不吃。

今天就不同了，随着时间的推移，眼看着天色越来越暗，房间里的人依然没动静，温荔还在床上躺着，宋砚还在书房里坐着。

混迹演艺圈多年，综艺直觉敏锐的导演双手交叉抱在胸前，盯着监视器，语气沉重地说道：“我有种强烈的直觉，我们好像错过了很重要的画面。”

他们是错过了很重要的画面，重要到温荔一直从下午躺到晚上都在回想这个画面。

她和宋砚不是没亲过，更进一步的也做过，可那都是深夜躺在床上情难自禁时的正常生理需求，所以她很不习惯，像个被调戏了的小女生，被亲过后连看都不敢看他，推开人就直接跑了。

晚上工作人员上门的时候，门铃响了好几声，温荔本来不想开门，但一想到摄像头还在拍，这样有耍大牌的嫌疑，只好心不甘情不愿地从床上爬起来准备去开门。

她刚走出去，宋砚已经先她一步到玄关给工作人员开了门。

他听到卧室里的动静，转头看她。温荔面部一僵，不自觉地咬紧了下唇。

宋砚喉结动了动，唇微启。

这时带着工具上门的工作人员先开了口：“实在不好意思，当时我们装摄像头的时候把阳台给落下了，现在我们打算补装一下，希望两位老师别介意。”

温荔、宋砚：“……”

下午他们进阳台之前的画面果然被拍到了。

然后节目组因为没拍到阳台上的画面，现在过来补装摄像头了。

温荔心中羞涩难当，但又忍不住松了口气。

她忍不住瞪宋砚。男人此时也很尴尬，抿唇低"啧"了几声。

工作人员架起小梯子在阳台上装摄像头。跟着上门的女编导给两位老师递上经过最新修改的第四期的节目台本。

第四期会与蓉城市政府合作，主要是旅游宣传方面的合作，还有地区下乡助农扶贫的公益环节，所以需要嘉宾公费出差，去蓉城市录制第四期。

这个策划早在初版的台本下来前就已经跟各个嘉宾沟通过，宋砚和温荔的团队早已各自做好准备，收拾好行李就能出发。

趁着两位老师都在看台本内容，女编导挠了挠头，大着胆子问温荔：“温老师，下午的时候,你是因为我们安排的探班环节生气了吗?"

她好不容易忘了,为什么总有人要提起阳台?!

看女编导一脸自责,温荔只能硬着头皮说:"没有啊。"

"哦。"女编导松了口气,又问,"那你和宋老师为什么在阳台上待了那么久?是在吵架吗?"

温荔说道:"没,我们聊天儿呢。"

女编导问:"聊天儿?"

然后女编导看向宋砚。

宋砚点头,说道:"聊天儿。"

女编导点了点头,说道:"这样啊……"

解惑后,女编导决定等回去跟导演说一声,聊天儿而已,不是什么重要的画面,大可不必那么遗憾。

工作人员安装好阳台上的摄像头后相继离开。

家里又只剩下两个人,那种能瞬间从脚底爬满全身的尴尬感又涌了上来。

温荔本想回卧室继续躺着,结果宋砚却不回书房了,也往卧室走去。

她跟着走进卧室,直接关掉摄像头,丝毫没给节目组偷窥的机会。

摄像组人员:"……"得,今天他们又能提早下班去吃夜宵咯。

宋砚从柜子里拿出行李箱,打算收拾过几天去蓉城要穿的衣服。他不爱在服装搭配上浪费时间,专业的事索性就交给造型团队打理,时尚度全靠一张脸完成,这些服装都是已经搭配好的,直接装箱就行。

温荔在这点上就比他磨叽得多,小想法不少,光是考虑要带哪些搭配的小首饰就比他费时间得多。

所以她也不急着一晚上收拾好行李,反正一晚上肯定收拾不完,干脆等明天再说。

宋砚正往行李箱里装衣服的时候,一只手突然摁在衣服上。

他抬头看向她。

温荔大胆地回视,语气僵硬地说道:"跟我道歉。"

宋砚声音很轻:"道什么歉?"

"下午你……"顿了一下,温荔换了种说法,"如果不是阳台上恰好没装摄像头,你的兽行就被拍下来了,到时候节目播出去,这对我会造成多大的影响,你懂吗?"

"什么影响?"

"大白天,光天化日,你对我……"温荔深吸一口气,委婉地吼,"那什么!"

宋砚揉了揉眉心。本来刚刚工作人员上门来补装摄像头这件事已经让他认识到自己下午那冲动的行为有多令双方难堪,现在她又这样语焉不详地提起,让他更难以招架。

扎着双马尾又穿着短裙，一双腿被包裹在白色棒球袜里，脸上又是那婴儿粉一样的妆容，温荔跳舞的画面在他的脑海里一直持续到她下午到家。回家后温荔换回了平时的打扮，但看到她之后，他脑子里还是那个清纯、活力满满的她，只觉得她浑身都带着好像被蜂蜜泡过的甜。

宋砚看她一脸兴师问罪的模样，终于被逗笑，语气轻松地问道："所以呢？会对温老师你造成什么影响？嗯？"

温荔想了想，好像确实也没什么影响。

那她在那儿矫情什么呢？接吻而已，又不是什么十八禁行为，她和宋砚都是成年人了，嘴对嘴又怎么样？

宋砚见她表情呆滞，接着问道："以前合作过的那些男艺人，温老师也要求他们道歉吗？"

"那怎么能混为一谈？！"温荔反驳，"那些都是演戏，都是剧本上写好的，你又没有剧本，也不跟我提前说，这能一样吗？！"

宋砚笑了，压低了声音道："这么说，如果我提前跟你说，就不用道歉了？"

"你这是诡辩。"温荔一脸气恼地道，"有剧本的那叫演戏，你这是占我便宜，难道不用道歉？"

"那好，"宋砚挑眉，像是接受了这个说法，"我为我下午的行为道歉。"

他这么快就妥协，温荔反倒愣住了，后知后觉地"哦"了声，说道："那……那就算了吧，我原谅你。"

说完原谅，两个人之间的气氛又尴尬起来。

温荔摸了摸鼻子，站起身，说道："我去洗澡了。"

她刚要走，就被宋砚一把扯了过来。男人强行摁着她坐在床边，淡淡地说："待会儿再去，听我道完歉。"

温荔不懂，傻乎乎地说："你刚刚已经道过歉了啊……"

"除了今天下午的，还有之前的。"

"什么之前的？"

"之前每一次碰你，"宋砚勾唇，"诚恳"地说道，"去星城录节目的时候我偷吻你，还有我们第一次喝多了酒的时候……我都跟你道歉。"

温荔呆了。

他一一细数之前的那些亲密场面。他越数温荔脑子里越是晕乎，想让他别再数了，她不是那么小气的人，不会计较那么久以前的事。

"还有读书的时候。"宋砚的耳根也有点儿烫，他带着笑意说，"不小心拿走了你的初吻，抱歉。"

温荔倏地睁大眼。

他居然连那么久以前的事都拿出来说！这根本就不是正经想道歉！就是想让她更尴尬！

她还记得自己当时有多惊恐，因为实在难以面对，所以直接跑了，跟今天下午在阳台上一样。

之后的几天，每次碰上宋砚，她都是直接绕路，离他远远地走。

等她终于缓过劲儿来，把这个意外忘得差不多了的时候，他又突然找上门。

他表情冷漠，语气也冷漠，跟问罪似的："你还在生气？"

还没等温荔说"我不生气了，你能不能别再提这件事了，真的好尴尬"，他又说了句更让温荔崩溃的话。

"我也是初吻，所以你别生气了。"

温荔当时崩溃得直接对天吼了两声，把宋砚都给吼蒙了。还没等他反应过来，温荔又捂着头转身跑了。

她不需要道歉，也不需要安慰，只需要对方装作没发生过这件事。

十八岁的宋砚不明白这个道理，二十八岁的宋砚仍旧不明白这个道理。

但是温荔能肯定的是，十八岁的宋砚是真心想安慰她，让她别介意；二十八岁的宋砚百分之百是故意重提往事，就是想让她无地自容。

好，他做到了，现在温荔真的无地自容，并为自己刚刚无理取闹让他道歉的愚蠢行为感到万分悔恨。

温荔面如滴血，羞耻地咬紧唇，讷讷地说："我不要你道歉了，你闭嘴吧。"

"原谅我了？"

"你这么厚的脸皮，"温荔转过脸，"我不原谅你又能怎么样？"

宋砚低笑两声，捏了捏她的脸，欣然接过她的话，说："不能怎么样。说实话，就算在阳台上我不只是吻你，还对你做了更过分的事，你又能把我怎么样？"

"你还想做更过分的事？"温荔睁大眼，又羞又气，"普通人大白天在阳台上被拍到都会上头条，你是不是在地球上待腻了？"

宋砚"嗯"了声，声音带笑，故作正经地说："宇宙那么大，去别的星球上看看也不错。"

温荔"噗"的一声被他逗笑，伸出拳，狠狠地捶了一下他的胸口，凶巴巴地说："要去你去，我不去，我就爱待在地球上。"

男人"哈哈"笑了起来，笑声温和爽朗，精致的眉眼弯起。

温荔本来不想笑的，绷着脸故作严肃，最后实在是憋不住，跟着"哈哈"笑出了声。

拍摄和收音设备都已被关掉，摄像组人员已经集体提前下班，约着去吃夜宵了，没人看到这一幕。

温荔看着脾气大，性格也倔，但只要不是真被惹到，其实是个非常好哄的人，只要顺着她的话开两句玩笑，她瞬间就忘了之前自己说了什么。

来了兴致，她干脆帮宋砚挑起了衣服。

"你穿浅色的衣服好看，"她摸着下巴，打量衣柜，"但是穿深色系的也好看。"

后来她发现自己的行为完全是多余的——这衣柜里的衣服本来就是造型师精心搭配好的，当然每一套都适合宋砚，随便带哪套去蓉城都行。

"那么我带哪几套？"宋砚问。

温荔说道："都行啊，"她敷衍地指了几套，"就这个、这个，还有这个吧。"

宋砚还真听了她的话，将她随便指的那几套放进了行李箱。

温荔从来没帮宋砚选过衣服，宋砚也从来没帮她选过，他们都有专业的造型团队，穿戴上压根儿不需要多费什么心思，更不用麻烦对方。

今天她来了兴致，帮他挑了几套，他就真听从了她的意见。

这场面出奇地像普通家庭的丈夫要去外地出差，做妻子的帮忙收拾行李。温荔被自己想象的场景撩到，咳了下，小跑到梳妆台前，拿起自己的首饰收纳盒，兴冲冲地又跑回宋砚面前。

她打开首饰盒，里头琳琅满目的珠宝首饰仿佛让整个房间都亮了一个度。

"你帮我挑几个，我带去蓉城录节目。"

宋砚看着她亮亮的眼睛，说："又不占地方，一整盒都带上吧。"

温荔抿唇。她其实就是想让他帮她挑，这人真没意思。

"哦。"她关上首饰盒，语气冷淡地回答。

"不过我有东西要给你，你如果不介意，录节目的时候可以戴上。"

宋砚打开衣柜里的小抽屉，从里头拿出一个包装精美的礼盒。

"最近在谈这个品牌的代言合同，品牌方给我们定制了一对手表。"他解释，"前几天刚送到我手上。"

温荔看了一眼礼盒上的品牌雕刻字。

积之家是一款来自瑞士的钟表品牌，比起很多顶奢时尚品牌旗下所出的钟表系列，这个专注于钟表的品牌并不那么为大众所知，但只要深入了解，就会明白这个品牌在全球制表行业中的顶尖位置。

温荔对手表没什么爱好，但她舅舅温衍爱好钟表，舅舅的收藏列表中就有这个品牌百年前出的经典款腕表。

这个品牌只做表，如果找代言人，不会小气地只给一个旗下分线的形象大使或者只给一个挂名的品牌挚友。

这种百年来靠口碑稳扎稳打的顶级钟表品牌，别说找代言人，就是在内地的宣传营销都少得可怜，品牌销量全靠国内的富豪们撑着，竟然突然开了窍，找上宋砚给他们代言。

温荔试探着问："亚太区，还是中华区的代言人？"

宋砚说道："全球代言人。"

温荔吸了口气，打心底羡慕他的时尚资源。

要是她舅舅温衍知道自己钟爱的钟表品牌找了一线艺人代言，自降档次搞宣传营销，不知道会不会气得把自己收藏的这个品牌的手表都给卖了。

宋砚打开盒子，只见指针和刻度上的钻石熠熠生辉，表盘上刻着花体的金色字母"W"，表盘背面除了刻着全球限量独一无二的编号，还有她的英文名——Wendy。

果然是定制款的女款腕表。

温荔矜持地说："录节目戴这个表是不是有点儿招摇了？"

"随意，你收起来也可以。"

"嗯。"

她虽然点头了，心里想的却是：废话，就是要录节目的时候戴啊！越招摇越好！让那些还在斟酌到底要不要找她合作的奢侈品牌看看，她有多吃香！

收到手表的温荔心情大好，到晚上睡觉的时候还在想选什么衣服搭配这块手表才合适。

光想不行，温荔从床上坐起来。

宋砚微微睁开眼，语气倦懒地说道："怎么还不睡？"

她下床，又跑到衣柜前，边找衣服边说："你先别睡，帮我挑个衣服。"

宋砚揉了揉眼睛，靠着枕头坐起来。

温荔拿着衣服往衣帽间里跑，换好一套后出来，在镜子前转了一圈，又面对他，问："这套好看吗？"

宋砚撑着下巴说："嗯。"

然后她又往衣帽间跑，一连试了好几套，乐此不疲。

女人的快乐有时候真的很简单。

她试了好几套，每一套都非常漂亮。

男人温情脉脉地看着她。比起衣服，他更期待她穿着不同的衣服，仿佛开盲盒般，从里面走出来转个半圈，身材纤秾合度，动作轻盈，仿佛是漂亮的玩偶在玩换装游戏。

等她最后穿上一条裙子，拎着裙摆站在床边问他怎么样时，男人耷拉着眼皮，轻轻地笑了，说道："都很好看，都带上吧。"

"首饰也都带上，衣服也都带上，干脆把这个家都带上算了。"温荔很不满意他的回答，"问你要个意见都这么不耐烦。算了，不问你了，我自己慢慢挑，你睡吧。"说完她转身就走。

"温老师。"宋砚拉住她的手,将她拉到床边坐下。

"干什么?"温荔挣了挣,"我要去里面换衣服。"

"跑那么多趟你不累吗?直接在这里换吧。"

温荔没好气地说:"你在这里我怎么换?"

"为什么不能?"宋砚眨了眨眼。

温荔被他的话弄得思维发散,有些尴尬,又有些无措,但还是硬着头皮说:"你说呢?"

宋砚摇头,说道:"我不知道。"

温荔被这人的厚颜无耻气得牙齿打战,伸手,食指牢牢地抵在他的鼻尖上,说道:"别装,撒谎鼻子会变长。"

宋砚笑得肩膀直颤,装不下去了,张唇轻轻咬住她的指尖。

温荔下意识地轻呼出声,被他一把揽住腰,压在了床上。

宋砚低头吻她。比起白天阳光大盛,床头灯的昏黄恰到好处,很快带动起旖旎的气氛,两个人唇舌间湿漉漉的触碰逼出低喘。

"我的鼻子不会变长。"宋砚一直在笑,笑声低沉,整个人仿佛浸泡在温热的水中,鼻尖嗅着她颈项间的香味。

这样的亲密让他不由自主地说起了荤话:"但其他地方会,温老师有没有感受到?"

"你……流氓……啊。"温荔断断续续地说。

虽然他说的话少儿不宜,但不得不说,在特定的情境中,这种有些粗俗的话很能撩拨人。

温荔身上这条裙子如果还想穿着去蓉城录节目,大概要送到店里让人再好好熨熨才行。

最后宋砚捧着她的脸,亲了亲她的额头,结束了特定的情境。

温荔还想着自己的衣服,裹着被子倔强地问刚刚试穿的那几件到底哪件最好看。

宋砚还是那个回答:"没有敷衍你,我真觉得都很好看。"

"不行,必须选个最好看的!"

宋砚想了想,说:"那还是你上午录节目的时候穿的那件。"

温荔愣了一会儿,表情突然变得复杂,不屑地道:"你居然喜欢学生装?哇,真是……"

被鄙视的宋砚也没生气,反问:"有什么问题吗?"

温荔"哼"了一声:"我这么艳丽大气的长相,你居然喜欢看我穿清纯的学生装,什么品位!"

宋砚被她这个逻辑打败了，沉默片刻，低声自语："就当我没品位吧。"

温荔又"哼"了声，然后问："你真的觉得我穿那个好看吗？你不觉得装嫩吗？"

宋砚语气平静："没觉得。"

"那可能是我今天舞跳得不错，显得青春有活力，不违和。"温荔自信地说，"我跟你说，这个舞对我来说算是简单的了，我可是专业的，会跳很多种舞的。"

然后她掰着手指说了好几个舞种。

"街舞我也会跳一点儿。"说完，她在被子里踢了踢腿，胡乱地做了几个动作，"等你哪期去当飞行嘉宾，我再给你展示，老帅了。"

宋砚敷衍地点头，说道："好。"

温荔看他兴致不是很高，凑过去，点了点他的肩膀，努嘴道："你对街舞不感兴趣？那你喜欢什么舞种？"

"嗯，"宋砚侧过身，用额头撞了一下她的额头，说，"我喜欢脱衣舞。"

温荔面无表情地拿过刚刚被他脱在一边的男士睡衣，无情地甩在他的脸上，说道："穿件衣服吧。"

说完，她就背过身不理他了。

温荔咬着手指，心想：今天的宋砚真奇怪，老是逗自己；自己也奇怪，非但不生气，还挺喜欢被他逗的。

在温荔一行人出发去蓉城录制节目的那一天，《为你发光》最新的预告片剪出来了。

温荔是在机场刷到预告片的。

除了其他选手的镜头，还有徐例这小崽子认真练歌以及趴着写曲子的镜头。

弹幕里一片"梨崽太努力了"，温荔不屑地撇嘴，心里却是骄傲的。

"啧，"温荔"喃喃"地道，"臭弟弟还挺拼。"

预告片的前半部分都是正常的内容，但是看到后面小半部分，温荔瞬间黑了脸。

她一开始就跟导演说好了，这种不在台本里的环节不应该放进正片里占节目时长。当时她还说得特别义正词严，说这个节目的主角不是她，她要是占了节目太多篇幅，其他艺人的粉丝定会不满。然后导演答应了。

于是在这则预告片中，后期制作人员特意加上了一行友情提示，说这段是花絮，到时候节目播出请认准花絮环节。

花絮还剪进预告片里！无耻的节目组！

温荔扎着双马尾、穿着粉色格子裙的造型就这么被曝光了。

特写镜头里，她的羞赧又被放大数倍，微表情特别多，唇一直抿着，眼神也有些躲闪。

弹幕：

"这是什么？？？"

"你是谁？虽然你很可爱，但请把我的三力还给我。"

然后是几秒钟的舞蹈镜头。温荔当时在现场觉得自己跳得挺好，但在屏幕上看自己跳舞，还是尴尬到按下了暂停键。

弹幕：

"家人们，这是三力啊！"

"你还有多少惊喜是我们不知道的？"

最后预告片透露有神秘嘉宾突袭探班，全场人员惊呼尖叫。这位神秘嘉宾的身体被打了马赛克，其他人大喊这位嘉宾名字的声音也被做了处理。

即使节目组已经尽力保持神秘感，但弹幕里还是出现了很多预言家：

"@宋砚。"

"美人来探老婆的班！！！"

"这个节目的定位到底是什么？到底是音乐综艺节目还是夫妻综艺节目？上音乐综艺节目还这么甜蜜？我就喜欢这样，请继续保持！"

这些弹幕也让温荔无比尴尬。她去自己的超话逛了圈，果然粉丝们已经从预告片里截图，并给她的双马尾造型安上了滤镜，开始大面积传播了。

三力小哚精的小葡萄："中国艺人的绝美脸蛋儿，韩国艺人的业务水平，日本艺人的青春活力，温三力这女的真是绝了！"

温荔看着这条微博，没忍住，当即在人来人往的机场大厅里抱着手机自恋又尴尬地笑了起来。也因为这条微博，从燕城到蓉城这几个小时的路程，她脸上的笑意就没停过。

一直到飞机降落在蓉城机场，节目组安排他们上车去酒店的路上，温荔还在捧着手机傻笑。

不过因为有镜头在拍，她笑得矜持了些。

摄像师问："温老师在看什么呢？笑得这么开心。"

"在看《为你发光》的预告片。"

因为两个节目组已经达成合作关系，所以在《人间有你》录制期间，她也可以大方地提起另一个综艺节目的名字了。

摄像师笑着问："看到自己跳舞所以很开心？"

"才不是。"面对镜头，温荔不好意思表现出自恋，突然别扭起来，"不是我装嫩，是他们非逼着我跳的。"

"那宋老师对温老师跳了这么可爱的舞有什么想法吗？"

宋砚慢条斯理地说："有点儿难过，因为平时我请求温老师跳舞给我看，她都是宁死不从。"

温荔突然瞪眼，说道："喂！你别倒打一耙行不行？！当时你让我跳的可是脱衣……"

一车的工作人员突然投来"你要说这个，那我可就不困了"的视线。

宋砚也在从容地看着她，一点儿也不担心她会爆出他的变态爱好。

温荔下意识地喊出口才意识到车上还有很多人。人类的反应说快也快，说迟钝也迟钝，这时候大脑反应和神经反应不在同一节点上，导致温荔狠狠地咬到了自己的舌头。

她吃痛地捂着嘴，皱着五官"呜呜"几声。

宋砚歪头看着她，表情迷惑又带笑，问："还能说话吗？"

缓了几十秒，舌尖不是那么痛了，温荔感觉没出血，于是闭嘴、摇头，示意没事。

工作人员还齐刷刷地看着她。

温荔面不改色地胡说八道："口误，拖把舞。"

所有工作人员再次齐刷刷地用"你是不是觉得自己很聪明"的眼神看着她。

借口太烂导致气氛冷场的温荔不自觉地抓了抓头发，目光游移，往后仰头靠在座椅上，说道："有点儿累，我睡会儿。"

工作人员又把意味深长的视线挪到宋砚身上。

宋砚表情淡定，连低头玩手机的姿势都显得那么端正文雅。

但凡这车上有个低情商的人，或许就问出口了。可惜没有，人有时候就是这么矛盾，明明很想知道，但碍于职场生存法则和个人素质，一车的工作人员那点儿八卦欲都快挂满脸了，偏偏就是没人敢问出口。

导演不在车上——导演提前几天就飞到了蓉城，此时正在录制现场做最后的准备。

一帮人也不敢贸然做决定，只好把刚刚无意间录到的素材发到工作群里，请导演老大定夺。

导演："拖把舞？不会有人信了吧？"

众人纷纷委婉地表示了自己的态度。

工作人员1："我老婆都怀二胎了。"

工作人员2："我没老婆，也没女朋友，但我是个智力正常的成年人。"

导演："算了，给温老师一点儿面子，别戳穿她。这段剪出来当预告片，'脱'字不要消音，后面的一定要消干净，剩下的让观众自己猜。"

工作人员3："要消音吗？我觉得这种程度还不至于。"

导演："直接告诉观众还有什么意思？就是要让观众猜，要让他们明明都猜得到但就是不知道确切答案，抓心挠肝。"

《人间有你》的预告片一直是一整期正片的精髓，每次都能挑出最吸引人又最好玩的片段，再加上后期团队又是一帮毕业没几年、酷爱上网的传媒生，很懂现在年轻人的心态，也很会玩哏，所以光是预告片和关于后期制作的话题就上过好几次话题榜。

这其中，剪辑和后期制作人员功不可没，但最大的功臣还是总导演，因为每次特别有趣的点子都是这位提出来的。

年轻的副导演之一发了张"跪了"的表情图，顺带的一句"这就是大佬和普通传媒人之间的区别吗？佩服佩服"当即引发复制刷屏。

总导演沉浸在一帮小弟、小妹的奉承之中，还不忘谦虚而幽默地表示："一般一般，圈内第三。"

事实证明，导演确实把观众的心理拿捏得死死的。

在蓉城为期三天两夜的录制期间，嘉宾晚上到达蓉城，录制的第一天上午，节目组就展现了惊人的效率——关于"盐粒"的万年时长不变的三十秒预告片出来了，并附文："#《人间有你》##盐粒夫妇的三十秒预告片#第四期剧透——蓉城之旅！这次是令人浮想联翩的年轻女艺人的花絮！《人间有你》君为大家揭秘美人那不为人知的小爱好。"

下面的评论：

"依旧是短小精悍的三十秒。"

前十五秒都是温荔和宋砚还没去蓉城时的日常小片段，其中也有出发去蓉城前在家里收拾行李的片段，不过两个人是各收拾各的，助理在旁边帮忙。

弹幕：

"美人的衣服竟然都是一套套搭配好的，好省事啊，哈哈哈。"

"三、四个大箱子，这就是她的日常出差行李吗？"

"我想看的是他们互相帮对方挑衣服顺便打情骂俏啊！"

到这儿弹幕还很和谐，众人说说笑笑，直到画面跳转为温荔录制完另一档节目后回家，连鞋都来不及换就躲进了阳台。

接着就是宋砚趁温荔不备拉开了阳台门，两个人在阳台上的画面镜头却拍不到。

后期制作人员用字幕无奈地解释："由于粗心的场务小哥忘了在阳台装摄像头，所以这十几分钟……"

弹幕：

"什么？？？"

"把场务小哥的社交账号交出来，让他感受一下人间疾苦，谢谢。"

"我错过了他们十几分钟的同框！场务小哥你欠我的用什么还？！"

这十几分钟由于没有拍到，引发了无限遐想。

175

最后还是个相对比较正经的粉丝打了长串的分析发在微博评论区里："我猜他们什么都没干。就这俩抠门儿鬼，平时在镜头前一点儿甜头都不肯给。他们事先不知道阳台没装摄像头，你说能干啥？"

这段分析有理有据，令人无法反驳。

三十秒的视频放到一半儿时，弹幕已经糊满了整个屏幕，一直到最后十秒，字幕打出"小剧场"提示。

"有点儿难过，因为平时我请求温老师跳舞给我看，她都是宁死不从。"

"喂！你别倒打一耙行不行？！当时你让我跳的可是脱'哔哔'……"

最后一个字被无情地消音，预告片结束。

三十秒的视频戛然而止，变成了黑屏。

弹幕：

"没了？？？"

"消音是什么意思？"

"多说点儿，我们就爱听这个。"

因为视频结束不能再发弹幕，于是不满的言论全部集中在评论区里。

"这你也要消音，是不是看不起成年人的定力？！"

这个预告片的效果比节目组预想的还要好，预告片发布一个小时后，《人间有你》有三个话题直接冲上了话题榜前十名。

总导演这次拍板定下的外景拍摄台本和往期的都不同。

在前一季，《人间有你》的定位一直是甜蜜的日常生活，主要记录嘉宾在家里的日常生活，只要第二季延续第一季的拍摄风格，就算成功了大半。

但第二季开门红的好成绩让导演并不只是想第二季拿到高收视率，还想保持住口碑，将《人间有你》打造成卫视黄金档的王牌节目，不只有第二季，往后还要有第三季、第四季……这样一来，节目在保证延续特色的同时还要做出新意。

第二季的直播间和外景拍摄环节就属于创新内容。

节目组在市区的地标级建筑附近围了圈警戒线，警戒线外全是拿着手机围观的路人和粉丝。第四期的录制是在蓉城这个消息早在半个多月前就被透露出去了，所以节目组这次把录制地点选在室外早预料到会有这么多人围观，早早安排了几十个保安站在警戒线外负责维持秩序。

四对嘉宾的车缓缓地开过来，人群中的尖叫声越来越大。

等宋砚和温荔的那辆车到了，车门刚被推开，粉丝们就大喊他们的名字。

宋砚和温荔下车后，冲粉丝群那边挥了挥手。

此时，一帮女孩的尖叫声中又杀出一道洪亮的男人声音。

"宋砚你到底爱看温荔跳脱什么舞？？？！！！"

其他三对嘉宾还不知道这是什么意思，纷纷震惊地往他们那边看去。

宋砚："……"

温荔："……"

他们俩的粉丝群体中有个比较知名的人，那就是铁肺老哥。

他本来是个"荔枝"，两年前温荔公布恋情又公布婚讯，大批和他同一时期喜欢上温荔的男性粉丝离开了，这哥们儿爱得深沉，纵使"失恋"也不愿离开，伤心之余关注了宋砚，想看看到底是什么样的男人把他的三力给拐跑了。

结果一看，好家伙，宋砚年少成名，十年来稳扎稳打，混圈之余还拿了个学位证，现在工作频率慢下来了，自己开公司投资好剧本，温荔是他第一个没有澄清的绯闻对象，很快两个人就结婚了。

然后老哥就成了两个人的粉丝。

上次机场送机那个小视频火了之后，"月光石"和"荔枝"都认识了这位老哥——他那一嗓子实在令人印象深刻。

宋砚和温荔当然不知道这么多弯弯绕绕，只知道这个男粉丝的存在感很高。

宋砚愣怔几秒后，轻轻地挑了挑眉，用唇语冲人群那边说"秘密"。

因为是外景录制，男人今天穿得休闲，额前的碎发软软地垂下来遮住额头，他没化多精致的妆，天生的浓眉俊目，黑瞳明亮如洗，抬眼皮看人的时候又显得慵懒。

几个拿着高端拍摄设备凑近脸拍的粉丝捕捉到他这个细微的动作，被他帅到直接愣在了原地，待反应过来后，尖叫声又上涨了好几个分贝。

温荔没看到宋砚的唇语，脸上的尴尬藏都藏不住，只能低头装作没听见，疾步往录制现场那边走。

等嘉宾都到场了，各家的造型团队还在给上镜的艺人们做最后的妆发调整，录制进入倒计时阶段，保安和工作人员合作管制现场围观的粉丝和路人。

四对嘉宾排排站。

嘉宾们优越的长相和身量引来第一次围观综艺节目外景录制的路人们的连声感叹："他们和普通人的差距是真的大！"

艺人在镜头里看着也就是脸漂亮、妆漂亮，穿得也漂亮。

镜头会压扁五官的立体感和身材，所以镜头外人看上去五官会更立体，身材也更好。

但除了漂亮，脸小，头小，脖子长，肩线流畅，身材瘦且比例好，气质、仪态也极佳，这才是艺人在人群中脱颖而出的关键。

哪怕是那些人气很高的网红也压根儿没法儿比。

其他三对嘉宾已经是碾压普通人级别的颜值和身材，温荔和宋砚就更是围观群众重点关注的对象。

宋砚虽然穿的是一身名牌，但款式简单，好在宋砚的脸和身材都禁得住大银幕特写，穿什么都帅气，又不像电影里的角色那么庄重严肃。很多只看电影不关注艺人本身的路人还是第一次看到宋砚这么休闲的打扮，新奇之外又觉得这艺人哪怕穿得再简单都好看得不行。

温荔是高颅顶，最简单的单马尾也能扎出做了造型的感觉，何况今天她还烫了鬓发，显得头发又多又密，耳垂上精致小巧的珍珠耳钉是造型师特意为今天的造型给她戴上的，雍容华贵，又不显得夸张。

甭管感情如何，是不是协议夫妻，两个人站在一块儿确实赏心悦目。

等节目开录，几十个摄像头架着围成半圈开拍。

首先是欢迎新加入的实习夫妻严准和齐思涵。

嘉宾们笑着打趣，活跃气氛："哎，我说你们节目直接拉两个单身的人过来当实习夫妻，不怕真做成媒啊？"

"严准，单身这么多年了，说吧，是不是内心已经蠢蠢欲动了？"

严准聪明地回复："主要是节目组给得太多，再不动也不得不动了。"

"思涵，你的实习丈夫不是为你动的，是为钱动的，打他！"

齐思涵腼腆地笑了，看向温荔的方向，一脸高兴地道："没事，我也不是为他动的，我是为温荔老师动的。"

温荔立刻点头，说道："谢谢，谢谢，我太荣幸了。"

"宋砚老师，"充当临时主持的男嘉宾走到宋砚身边，故作沉重地拍了拍他的肩膀，说道，"今天录节目时你要注意了，不要被思涵钻了空子抢走老婆。"

宋砚勾唇，说道："我注意。"

围观的各家粉丝都能听出来这是在打趣活跃气氛，纷纷笑了起来。

嘉宾们比较有眼，开场算是顺利地过了，接着导演宣布第四期外景录制环节的游戏规则。

"嘉宾们，这一期我们是和当地旅游局合作，比如现在你们身后的这栋建筑，就是蓉城当地很有名的地标性建筑。我想先问问各位嘉宾，说到蓉城，你们来蓉城最想做的事是什么？"

"吃火锅啊。"

"兔兔这么可爱，我们当然要去吃麻辣兔头啦。"

"我想挑战脑花。"

几个嘉宾大多是说吃的，唯独温荔抿了抿唇，不发言。

导演注意到温荔的表情，笑着问："温老师怎么这副表情？"

温荔手别在背后，抽了抽嘴角，说："我录节目最怕来蓉城，好吃的太多，回去就胖。"

围观的本地粉丝立刻大声说："胖什么胖！你胖我们也爱你！"

温荔立刻用现学的本地话朝着粉丝那边喊:"我不信,我胖了你们就不跟我要咯。"

"跟你要,跟你要!你哪样我们都跟你要!"

温荔被逗笑,小声说:"喊。"

导演笑得不行,安慰道:"温老师放心,今天的游戏环节没有安排吃饭环节,不用担心。"

这时常年健身,体脂率个位数的男嘉宾邱弘立刻"不满"地说:"严导,你这就不够意思了啊,温荔她们几个怕长胖,我们男的不怕啊,总要让我们吃上饭吧?"

导演说道:"有盒饭。"

"盒饭?!"邱弘一脸震惊地道,"我大老远跑来蓉城,你们节目组就给我吃盒饭?"说完他立刻综艺感十足地拉上了自己的老婆:"子彤,咱们不录了,回家吧。"

其他嘉宾纷纷作势拦住。

"算了邱哥,来都来了,合约都签了,回家再吃顿好的嘛。"

温荔没去拦,在后面"哈哈"大笑。

宋砚综艺节目参加得少,被这帮综艺感十足的嘉宾逗得眉眼弯弯,一直在笑。

导演边说边劝:"明天有吃饭环节,公费请吃火锅。"

已经快走出镜头的邱弘立刻一百八十度转身,连犹豫都不带犹豫地往回走:"严导你早说啊。"

"你又不听我说完。"导演的语气很无辜:"好,那我现在正式宣布今天的游戏规则。"

四对嘉宾八个艺人都不是蓉城本地人,此次来蓉城录节目,节目组设置的第一个环节就是,不给嘉宾们地图,夫妻二人分开行动,只能用节目组发的对讲机交流,为对方描述周遭建筑,凭才智和默契找到对方,再进行下一步的任务。

嘉宾们为了尽快找到伴侣,会格外细心地留意身边的景色。这里不仅有外地人耳熟能详的标志性建筑,酒香巷子深的小地方更是不少,每一座历史悠长的城市,真正吸引人的其实都是隐在市井中那浓浓的烟火之气和风土人情。

温荔被蒙上眼罩,坐上车后被带到了一个完全不熟悉的地方。

等她下车睁开眼的时候,周围熟悉的人就只有肩上架着机器跟拍她的摄像小哥。

没有目的地,也没有固定路线,温荔站在这条小街巷中,开始了找老公环节。

完全不熟悉这地方的温荔感到了片刻的迷茫。

"就真的完全没有提示吗?"温荔愣愣地看着摄像小哥问。

摄像小哥指了指她手里的对讲机。

温荔立刻打开对讲机的开关,说道:"喂喂喂,宋老师,这里是温荔,听到请回话,完毕。"

电流"刺刺"地响了几声。

节目组这是从哪家怀旧商店里搞来的对讲机啊?

宋砚的声音伴着嘈杂的电流声响起:"这里是宋砚。我听到了,你在哪儿?"

"我……"温荔原地转了个圈,悲哀地发现自己根本形容不出在哪儿。

"我旁边有个大叔摆了个糖画摊,周围有几家米粉店,还有一家卖汉服的店。"温荔边说边走到糖画摊前,看大叔烤软糖料,然后在板上手巧地勾勒出人像,不自觉地看入了迷,"厉害啊。"

大叔抬起头看着温荔:姑娘长得很漂亮,非常漂亮。

大叔用本地话问她是哪里人。

蓉城话并不难听懂,温荔用普通话回答:"我是燕城人。"

大叔看了一眼她身边的摄像小哥,了然地问道:"你是演员吗?"

"嗯,对。"

周围已经有人注意到这边。几个女孩子激动地围过来,问道:"你是三力吗?!"

温荔冲她们笑了笑,说道:"你们好,我想问问这里是……?"

摄像小哥及时打断对话:"任务是不能求助路人的。"

温荔撇嘴:真是好冷血的摄像小哥。

"我们不会帮三力的。"几个女孩子立刻坚定地表示,然后紧张又结巴地对温荔说:"三力,啊啊啊,我们能跟你拍个照吗?"

温荔点头,说道:"行啊。"

等拍完照,女孩子们冲她比了个"加油"的手势,说道:"欢迎来蓉城玩,三力加油加油!"

这时大叔已经肯定眼前这个漂亮的姑娘是演员了,还是个名演员,立刻表示可以送她一串糖画。

"多帮我们宣传吧,我们蓉城好玩的多,好吃的更多。"

然后大叔问了温荔的名字,用糖勺在板上面写了温荔的名字。

温荔看着周围还不愿意离开的粉丝和镜头,突然问:"大叔,能请你帮我多写一个名字吗?"

"那你写在纸上嘛。"

温荔在纸上写出宋砚的名字。

大叔问:"这是你什么人?"

温荔不好意思地抿了抿唇,有些尴尬地说道:"我老公。"

大叔惊讶地睁大眼,说道:"你老公的名字啊?你这么年轻就结婚了啊?"

温荔也不知道该怎么回答。

旁边的几个粉丝已经神色激动地抓紧身边同伴的胳膊小声惊呼。

效果真不错,温荔心想。

温荔拿着写着自己和宋砚名字的糖画,用硅油纸小心地包裹好,正式出发准备去找宋砚。

她用对讲机跟宋砚邀功:"喂,宋老师,我现在手上有一串写了你名字的糖画,你要快点儿找到我,不然我就把它吃了。"

对讲机里传来笑声,宋砚说道:"不许吃,这是我的。"

"我厚着脸皮要来的,就成你的了?"温荔"喊"了声,边漫无目的地走边说,"算了,本来也是给你吃的,我只吃写我名字的。"

"也不行。"宋砚说,"那也是我的。"

摄像小哥突然咬唇,侧过头笑。

温荔拿着写着自己和宋砚名字的糖画,不爽地说道:"凭什么?!这是那个大叔送给我的!我就要吃!"

然后她掀开硅油纸,狠狠地咬了口写了自己名字的糖画。

摄像小哥:"……"

温荔抿着糖画走出了小街巷,突然在几百米开外看见了一座商场。

那座商场看起来很大,像个小地标,温荔立刻往商场的方向走去。

刚走到门口,温荔突然往上指,激动地说:"我找到宋砚了!"

摄像小哥惊讶了:宋砚这是爬上楼了吗?!

于是他立刻架着镜头往她指的方向看去。

温荔指着商场外宋砚的巨幅广告海报:"你看,宋砚。"

摄像小哥说道:"温老师,认真点儿行吗?"

温荔见摄像小哥上当,一脸得逞的表情,笑道:"开个小玩笑。"接着拿出对讲机:"宋老师,我现在在蓉达商场。"

只可惜是个连锁商场,蓉城市区内有好几家,这个信息并没有什么用。

温荔只好又带着摄像小哥往前走。

这一路她确实看到了这座城市的一些小风景,跟她平时从镜头里了解的蓉城很不同,就比如其他人聊起燕城就要提起难喝的豆汁,温荔其实也不爱吸溜它,但燕城还有很多其他好吃的,没必要老盯着豆汁说。

她和宋砚就这样通过对讲机边走边确定对方的位置。糖画慢慢吃完了,眼看时间渐渐到了正午,日光罩顶,影子往脚跟处缩,温荔戴上准备好的墨镜,怕宋砚的糖画被阳光晒化,于是找了家商场站在门口蹭空调。

商场里人比较密集,温荔想了想还是没进去——

室内不像户外那样视野开阔,活动范围也大,就算有几个粉丝跟着也不会引起太大骚动,而且有工作人员的车在后面跟着,不用担心出什么意外。

这一路也有人认出她,粉丝和路人都有,有的是打个招呼,有的是要个合影,听到她在录节目,都是跟一段距离后,朝镜头比个"耶"就走了。

比起其他知名演员出街动辄四五个保镖近身不让人靠近，方圆几十米的近视眼看这阵仗都知道哪里有知名演员了，肯定会过来围观，《人间有你》的节目组就比较聪明，只安排一个跟拍的，剩下的工作人员在后面跟车随行待命，有情况再上。反正现在架着摄像头在公众场合拍各种视频的人多了去了，一个穿着简单的人在街上逛，不凑近了仔细看，谁知道这是谁？

幸好这家商场附近有路标，宋砚上了辆出租车，跟司机报了路名，正往这里赶。

"快点儿，你的糖画要化了。"

"麻烦温老师保护好我的糖画。"

温荔站在商场门口等着，藏在墨镜下的眼珠子到处乱瞄，不时透过玻璃门往里看。大型商场的一楼永远是美妆护肤和珠宝专柜，她一看就看见了自己代言的某个品牌的海报。

这是个日系的化妆品品牌，海报上温荔举着他们家很有名的补水维稳精华，整张脸白皙无瑕，连个毛孔和细纹都找不出来。

温荔双手环胸看着自己的海报，叹着气自嘲："要是我的皮肤真有海报上那么好就好了，我还花那么多钱去美容院干吗？"

摄像小哥也不知道该怎么接话，看了眼面前的嘉宾：墨镜挡住了大半张脸，露出来的部分也不知道是不是化妆效果，反正看着又白又嫩，再近一点儿还能看见小小的绒毛，在他看来跟海报上的没啥区别。

温荔无意中瞥到摄像小哥，才发现自己刚刚又在镜头前说了毁形象的话，立刻说："这段剪掉别播。"

众所周知，嘉宾要求剪掉别播的画面是一定会留在正片中并用后期效果着重强调的。摄像小哥心虚地沉默了。

她探出半个脖子往里看，又看到了宋砚代言的某个奢侈品牌。那是个男士专柜，以宋砚为原型的男士香水"仲夏月光"是今年的主打新品，所以他捧着香水的海报就挂在正中央。

这时候几个穿着巨大玩偶服的工作人员捧着传单从商场内走了出来，温荔赶紧往旁边一躲，贴墙站好。一群家长牵着小朋友跟在这几个玩偶屁股后面出来，小朋友们嚷嚷着要他们手上的气球。

温荔突然找到了新乐子，扶了扶墨镜，低着头进去了。

坐在马路边车子里的一个工作人员看到温荔走进了商场，不解地问："温荔怎么进去了？"然后他立刻联系跟拍的摄像小哥："小张？听得到吗，小张？别让温荔进去，我们没有事先跟商场管理人员打招呼，引发事故就麻烦了。"

一般嘉宾去人群聚集的室内场所，节目组一定会事先跟场所负责人员打招呼，提前清场或者安排好安保人员，一是不能耽误场所的正常营业，二是要确保嘉宾的安全。

按说温荔参加了这么多综艺节目，户外录制的也不是没有，怎么也会犯糊涂？

摄像小哥给出回应："呃，她直接找到工作人员，用几张合照和签名借了套商场吉祥物的玩偶服，这样行吗？"

车上的几个工作人员愣了半天，笑了。

不愧是综艺节目常客"三力哥"。

"行吧，不被认出来就行，这样也挺有综艺效果的。"

这边温荔顺利地借到了玩偶服。这家商场的吉祥物是只卡通小狐狸，浑身雪白。她戴上头套后适应了几秒，问摄像小哥："这下我可以随便走了吧？"

温荔大摇大摆地在商场里走，不过旁边跟着个扛机器的摄像小哥还是显得很奇怪。好在路人也只是好奇地往这边看几眼，心想或许是在拍真人动画片也不一定，谁都没在意。

她在一楼逛了一圈，找到了自己的三个代言——两个美妆品牌的，一个珠宝品牌的。她还特别敬业地跑到自己的海报前比了个"耶"，跟在旅游景点打卡似的。

宋砚的她只找到了一个，就是那款男士香水的，海报里的宋砚沐浴在银白色的月光下。温荔仔细地看了眼，评价了一句"没我好看"。

在一楼打完卡，温荔又坐电梯去了楼上。

往上走几层是商场的奢侈品专区，这一层人少得多。温荔看到宋砚还在谈代言的那个钟表品牌的门面，站在门口往里看了好几眼，心里不自觉地升起几分小小的骄傲。

落在镜头里就是一只傻乎乎的狐狸望眼欲穿地瞧着里面，立在外面不敢进去。

摄像小哥心想：她要是把这身玩偶装脱下来，也不至于这么踌躇。

这时候对讲机里传来提示声，宋砚终于到了，问她在哪里。

"四楼。"

宋砚的语气听上去有些困惑："你没被认出来吗？"

"我有伪装术。"温荔神秘兮兮地说，心想还是不要让他进来了，"你别进来，在外面等我吧，我现在就下去找你。"

然后对讲机里的声音就听不大清了。

接着温荔听到了很模糊的杂音。

"我以为你进去是提前清了场。"宋砚哭笑不得地道，"我被围住了。"

然后就没声音了，应该是宋砚无意间被推搡到导致对话被切断了。温荔懊恼地挠了挠头，觉得不应该一时兴起玩什么找代言的游戏，宋砚综艺节目参加得太少，在这方面没有经验，那边跟拍他的工作人员大概也认为温荔进去了就是提前打过了招呼没什么问题。

顾不上其他，她只能顶着一身玩偶装，笨拙地往楼下赶。

刚下到一楼，温荔就看到门口那儿聚集了一堆人。

好多人拿着手机对着宋砚的脸拍。被围着的男人没有保镖护着，行动困难，场面混乱。温荔边摁着笨重的头套边往人群里钻。好在她块头大又显眼，没多久就挤到了人群中间。

宋砚突然觉得有双毛茸茸的大手抓住了自己，一转身，看到是一只蓝眼睛的狐狸。

"我来了！"

耳边传来语气惊慌却掩不住清甜的声音，宋砚微愣。

"狐狸"用自己的大块头强行带着他挪了几步走到商场门口。正好几个工作人员带着商场保安往这边赶。

众目睽睽之下，这只大头狐狸一只手摁着头套，另一只手拉着还在愣怔的男人，滑稽却又灵巧地溜了。

跑开几十米后，温荔受不了了——在商场内还好，有空调吹着，现在顶着太阳在外面跑，虽然只跑了一小段距离，可穿着这身不透气的玩偶服，体力消耗得太快，实在累得不行。

她带着宋砚拐弯跑进了商场侧门的停车场，本来是为了防止路人追上来，结果把两个跟拍的摄像小哥给搞丢了。

停车场很空旷，四周没人，温荔放开宋砚，弯腰撑着膝盖大口大口地喘气。

等喘够了气，温荔直起腰，这才发现宋砚一直盯着她，眼神探究，又夹杂着别的说不清的情绪。

就算戴着头套，温荔还是被他看得发毛：他不会以为自己是拐卖人口的吧？

温荔将手撑在头套两边，一举胳膊，狐狸玩偶的头和身子就分了家，露出个人类脑袋。

怕他真以为自己是陌生人，她露出极其友好的笑容，还幽默地给自己的亮相配了个背景音乐："当当当，是我啦。"

她汗涔涔的，精心做了造型的碎鬈刘海儿粘在额头上，满脸通红，因为刚刚跑得太急，一双深琥珀色的眼睛亮晶晶的。

宋砚就那么凝视着她，眼眸像是浸在温水里，视线一瞬也不肯离开她。

眼前这个一脸狼狈的小狐狸，就那样重重地在他的心里砸穿了个大洞。

穿着这么笨重的衣服，显得她的头更小了。

温荔抱篮球似的两手抱着头套，像小狗一样甩了甩头发，试图甩掉粘在额头上的刘海儿。

一直没说话的男人抬手，帮她把刘海儿整理好。

温荔热得很，一点儿也不想动，有人帮忙理头发更好，于是就这么仰头享受着，说道："顺便给我擦擦汗呗。"

宋砚又用指尖轻轻地给她擦汗，生怕把她的底妆擦掉。

"这么热的天还穿着这么厚的衣服在太阳下跑，"他轻声说，"你也不怕中暑。"

温荔还累着，没缓过劲儿来，所以没说话。

"你穿着这身，行动不方便，视线又不清楚，就这么往人群里挤，如果摔倒了怎么办？"宋砚边给她擦汗边沉声说，"录个节目把自己弄伤，值得吗？"

温荔皱起鼻子，不服气地反驳："我这不是没摔吗？"

听到她反驳，他声音又柔软了几个度："如果摔了呢？那么多人，谁要是踩到你怎么办？"

温荔还想反驳。

宋砚板着一张英俊的脸，眉头紧蹙，显得有些严厉，眼里却满是心疼和无奈。

"我这还不是为了救你？"温荔小声说。

宋砚深深地叹了口气。

两个人面对面站着，谁也没说话。

然后宋砚说："对不起。"

按理来说不会在这么短的时间内就造成人群骚动，但宋砚进门的时候恰好有几个女孩出来，他在录节目，一身的穿着虽然简单，却也是精心打扮过的，整个人俊朗出挑，又没有戴墨镜、口罩，一张脸就那么大刺刺地露在外面，惹得几个女孩足足愣了好几秒，然后猛地尖叫喊出了他的名字。

本来商场门口几个扮成吉祥物的人就在搞促销活动，人很多，周围全是小朋友和家长，这么大的动静，自然引起了关注。

温荔看他道歉，本来不服气的一颗心瞬间就软了，还有点儿酸酸的，她抱着头套别扭地说："那什么，你综艺节目上得少，我应该提前告诉你的，不是你的错。"

"是我给你和节目组添麻烦了。"

"也没有，反正这事又不是只发生在我们身上。"

遇到这种情况的艺人多了去了。

"要是你刚刚受伤……"宋砚顿了一下，垂着眼轻声说，"吓死我了。"

温荔安慰他："有这身狐狸衣服呢，摔倒了也没事。"她想到什么，又理直气壮地对他说，"我刚刚把你从人群中救出来了，你不谢谢我吗？"

宋砚点点头，说道："好，谢谢你，我的狐狸小英雄。"

其实她不救他，工作人员和保安也会维持好秩序，但她就是在听到他在一楼被围住的消息的一瞬间，来不及思考就冲了下去，完全是下意识的。

事后她才意识到自己确实有些鲁莽。

但她不后悔，甚至以此为傲。

"宋老师，算上高中那次，我救你两回了。"她得意扬扬地比了个"二"的手势，手一直在他的眼前晃。

宋砚看她那得了便宜就瞬间忘记刚刚得到的教训的样子，恨不得抓着她的手指狠狠地咬上一口，看她还敢不敢嚣张。

心里是这样想的，但他并没动嘴，只是伸手揉了揉她的脑袋。

两个人在地下停车场里待了没几分钟，出来后就碰上正找他们的摄像小哥。宋砚跟几个工作人员道了歉。

工作人员连忙摆手说没事。商场那边的骚动也早就平息下来，就算有人拍了照发到网上也不是什么大事，节目组这次来蓉城录节目本来也不是什么秘密，到时候让公关人员盯着把控好舆论方向就行。

商场这边的经理出面，对这个小意外完全没在意，甚至有点儿感激，看到温荔还穿着他们商场吉祥物的玩偶服，经理充分展现了商业头脑，直接把这套玩偶服送给了温荔，顺带还送了宋砚一套。

"二位下次再来我们商场要是怕被发现，就一起穿着这个来，保证没人发现。"

这也算是当演员的好处了。

经过一上午这么折腾，温荔早就饿了，脱了玩偶服丢在车后座上，和宋砚坐上车到了集合地点。

到了集合地点，立刻有嘉宾提出饿了，要吃饭。

导演点头，说道："各位嘉宾辛苦了，我们为各位嘉宾准备了丰盛的本地美食作为犒劳。"

温荔听到这个，眼睛瞬间就亮了。

"但是，"导演笑眯眯地说，"能不能吃到就看你们的运气了。"

不愧是综艺节目的导演，折磨嘉宾真是一套一套的。

节目组在饭店里为他们准备了午餐，但这里离饭店有一段距离，他们为四对嘉宾准备了四种交通工具，嘉宾们通过抽签的方式决定自己用哪种交通工具赶往饭店。

第一组到达的嘉宾最先选菜，以此类推，最后一名没的选，吃盒饭。

温荔难以置信地问："真吃盒饭？"

工作人员点头，说道："真吃盒饭，最后一名的盒饭都买好了。"

"严正奎，我们什么仇什么怨？！还能不能让我们好好地吃个饭了？！"

嘉宾们愤怒地叫出导演的大名。

导演不为所动，说道："抽签吧，祝你们好运。"

四种交通工具分别是豪华保姆车、电瓶车、三轮车以及购物推车。

看到最后一样交通工具的时候，嘉宾们的脸上都仿佛出现了大大的问号。

温荔简直没眼看，戳了戳宋砚，说道："你去抽吧，我运气超级差，玩抽卡游戏从来没单抽出过稀有卡。"

然后宋砚就去抽了。

温荔心想宋砚的运气肯定比她的运气好，她双手合十拜了拜，满怀期待地打开了抽签纸。

温荔："……"

看她脸上的表情僵住，眉头微拧，宋砚问："抽到什么了？"

温荔一脸菜色地把抽签纸递给他，说道："三轮车。"

宋砚："……"

"你长得一副运气很好的样子，怎么手气也这么差？"温荔语气复杂。

宋砚："……"

一边的齐思涵羡慕地看着他们的三轮车，委屈地说道："温荔老师，你和宋砚老师运气真好。"

温荔一脸"你做人的要求居然低到这个程度了吗"的表情，然后问她："你抽到什么车了？"

齐思涵一副快哭的表情，将抽签纸递给她，说道："购物推车。"

温荔突然觉得宋砚的运气好像也不是那么差。

但真拿到那辆三轮车的时候，温荔还是慌了——不论是她骑车宋砚坐在后面，还是宋砚骑车她坐在后面，丢脸的都是两个人。

温荔灵机一动，想了个妙招儿，说道："宋老师，我们可以穿着商场刚刚送我们的那两套玩偶装，这样就没人知道是我们了！"

然后蓉城的马路上就出现了一道"亮丽的风景线"：个头稍大的白狐狸骑着三轮车，后面坐了个子稍矮的小狐狸，旁边一辆车老乌龟似的跟着。

凡是他们所到之处，路人无不投来复杂又好奇的视线。

宋砚从头到尾没说话，倒是温荔很乐天派地对他喊："宋老师，没事，咱俩都戴着头套呢，没人能认出我们来。"

此时的温荔相当自信，完全没有意识到"危险"正在一步步朝她和宋砚走近。

"大家好，欢迎收看今天的《唐警官说交通》，我是唐警官。让我们来看看今天马路上又有哪些不遵守交通规则的市民。好，我已经看到了，前方的一辆三轮车啊，一只白色的'狐狸'蹬着车，看样子是只公的；后面拉着只'小狐狸'，看样子是只母的，我猜是他的老婆，两个人，哦不，两只'狐狸'就这么恣意妄为地在马路上横行，视狐命如无物，态度非常嚣张啊。观众朋友们，三轮车的车斗是不能坐人的啊，这非常危险，让我们上去跟这两只'狐狸'好好说道说道。"

第六章
合作路上假戏真做

虽然其中不乏腌臜和不堪事，但至少在有光照到的地方，演艺圈是个光鲜亮丽的地方，艺人是份光鲜亮丽的职业。

温荔读书时去学校上学，都是坐着私家车出行，从不屑挤什么公交车、地铁。

宋砚年少时期在家中出变故之前，生活上比起温荔是有过之而无不及。

两个在物质方面没怎么吃过苦的少爷、小姐，后来都不靠家里，入行打拼，这么多年下来，运气不错都红了，钱赚了不少，在物质方面从来没想过要接什么地气，该享的福一点儿也没缺。三轮车这玩意儿对温荔来说确实是相当新奇。

伪装成狐狸的温荔坐在三轮车的车斗上，怕宋砚觉得丢脸，一个劲儿地安慰他"没事，咱们戴着头套呢"。

一直没说话的宋砚表情淡定。本来就是在录节目，他们俩即使不穿玩偶服，大大方方地在路上骑三轮车，旁人又能怎么样？演员这职业本来就充满了多样性。

其实他也不是没骑过三轮车。他拍过那么多电影，从地痞到枭雄，各类"人生"都体验过。

她一直在说，无非就是自己觉得不好意思，所以要拉他下水。

不过她是拍偶像剧出身的女演员，再平凡的主角放在偶像剧里都不能叫普通人，她不好意思很正常。

他本来没想穿这身，又不跟她似的脸皮薄，但看着她一脸"我真机智"的表情套上玩偶服，周围的工作人员都在偷偷地笑，他在一旁也只能无奈地跟着笑，手上拿着自己这套比她的大几个尺寸的玩偶服，最终还是配合地穿上了。

玩偶服的外形都是狐狸，脸差不多，只不过她的那套穿裙子，他的这套打领结、穿小西装，看着像一对。

那就穿吧。

为了掩盖难为情，这一路上温荔的一张嘴就没停下来过。

隔着头套宋砚都觉得她吵。

宋砚没说话，专心地蹬他的三轮车。温荔还不怕死地从三轮车上站起来，凑到他身后问他："你怎么一直不说话？是不是不开心啊？"

男人心一跳，用低沉的声音说道："没安全带还敢乱动？快坐好。"

温荔刚想说"没事"，就被身后一道洪亮的声音打断了。

"欸！前面的三轮车给我停车！"

车上的两个人都怔了一下，转过头去看声音的来源。

这一看，藏在狐狸头套下的两张脸不约而同地白了白。

跟着他们的是辆日间执勤的警车，车顶上还亮着盏小警灯。

宋砚、温荔："……"

警官叫停车怎么可能不停？两个出道多年从来没做过什么违法违纪行为的人当然不可能跑，跑了那才有问题，于是只能老实地停下。

三轮车停下了，后面慢悠悠跟着的保姆车也停下了。

警车停在了马路边，随后从里面走出来一个拿着收音器穿蓝制服的警官。

警官后面还跟着个架着摄像机的小哥。

看着这些熟悉的装备，两个人和一保姆车的工作人员立刻意识到这是碰上同行了。

保姆车里的工作人员都还没回过神来，面面相觑，负责扛机器的小哥还在傻乎乎地拍。

"什么情况啊？这是严导临时加的环节吗？"

"不知道啊。"

"咋办啊？现在通知严导吗？"

"赶紧的啊。"

在弄清楚到底是什么情况前，一车的工作人员胆小得跟老鼠似的，谁也没敢轻举妄动。

温荔心想：完了，本来以为只是警官日常执勤，但是警官执勤为什么还要带着摄像师？！

她下意识地往宋砚的方向靠了靠。

从警官这个视角看过去，就是个子稍矮的"小狐狸"见到警察叔叔害怕了。

"别怕啊，我是亲切又和蔼的唐警官。"警官安慰道，"呃，两只狐狸，中午好，吃饭了没啊？"

可能是因为玩偶服实在太可爱，一大一小两只狐狸挨着站在一块儿，脸上的一对蓝眼睛又大又亮，即使他们是成年人的身高，警官还是下意识地用了跟小朋友说话的口气跟他们对话。

温荔还处在又蒙又尴尬的状态中，愣愣地说："没，正要去吃。"

警官点点头，循循善诱："那我先说声'不好意思'了，要耽误你们愉快的用餐时间。不过我也还没吃饭呢。你知道我为什么要把你们叫住吗？"

温荔摇了摇头，突然意识到摇自己的头警官看不见，又摁着头套左右摆了摆。

警官"噗"的一声笑了，看向自己这边的摄像机，说道："观众朋友们，这只狐狸还有点儿呆萌啊。你们是什么关系啊？是夫妻关系吧？"

这回说话的是宋砚："对。"

从头套里传来低沉的男人声音，警官愣了一下，说："还真是夫妻关系啊，我真是名侦探。"

温荔："……"这到底是警察执勤还是在拍什么综艺节目？

幽默了几句后，警官终于正了正语气，看向"大狐狸"，说道："来，我现在想问问这位狐狸老公，你叫你老婆坐在车斗上，这么危险的地方，又没有安全带，你居然叫你老婆坐在这上面，你这是居心不良啊，这是你亲老婆吗？"

宋砚："……"原来真是交通警察执勤。

温荔心想不行，得帮宋砚说话，于是主动说："我是他亲老婆，这车子是我主动坐上去的，跟他没关系。"

"你还帮你老公说话，这是真爱啊。"警官点点头，说道，"很好，狐狸这么狡猾的动物中竟然也有你们这样的痴情男女，我很佩服，但是我还是要说，你老公戴着这么遮挡视野的头套，哪怕我算这是临时头盔，那也很容易出事，而且三轮车的车斗是不能坐人的，尤其是在车子这么多的大马路上，到时候出车祸了，你们这对痴情男女就要上天做夫妻了，知道吗？"

原来是这个问题。宋砚和温荔这俩人平常坐惯了小车，哪会知道这个，终于恍然大悟。

警官用这种幽默的方式给他们普及了交通知识，不伤面子又有效果，两个人当即认识到自己的错误，立刻点头承认了自己的错误。

"很好，你们两只狐狸的认错态度很不错啊。"警官欣慰地点点头，说道，"但是，狐狸只是你们的伪装，其实你们是人类，这一点是骗不到我的，所以现在卸下你们的伪装，把头套摘下来，让我看看你们的真面目。"

宋砚明显愣住了。温荔立刻用双手摁住自己的头套，猛地摇了摇头。

"怎么了？不摘？"

温荔作为老实公民，不敢违背警官的意思，只能说："长得太丑，怕把警官你吓着。"

"那没事。"警官大手一挥，说起大道理来一套一套的，"只要是愿意遵守交通规则的人，那都是漂亮的。"

宋砚和温荔这边还在和警官六目相对，那边车上的几个工作人员已经得到了导演的答复。

这是什么惊天大巧合，他们录节目的时候碰上了蓉城本地一个很有名的交通警示类节目的录制组。

这个节目在本地很出名，因为主持的警官幽默亲民，所以人气相当高。

工作人员立刻下了车，将警官拉到一边说话。

路过的几个市民见这边围了不少人，纷纷凑过来，惊喜地道：

"哎呀，唐警官！"

"唐警官，我终于碰到你了！"

"唐警官，来拍张照咯，我们一家人都好喜欢你的。"

温荔悄悄地对宋砚说："宋老师，这警官在蓉城看上去比我们还有名。"

宋砚"嗯"了声。

工作人员和警官说了几分钟后，警官突然瞪眼，下意识地说："这是在录节目啊？"

工作人员连忙点头，说道："对对对，我们在录节目，这两个人是我们的嘉宾，以前没坐过三轮车，我们也没坐过，不知道这点，实在不好意思，给警官你添麻烦了。"

警官看向那两只"狐狸"，问："这么说这两个是嘉宾了？"

工作人员说道："呃，对。"

警官愣了一下，回过神来后"哈哈"大笑。

"我这个节目做了几百期，第一次在路上抓到两个演出嘉宾。"警官立刻来了兴致，说道："来来来，把头套摘了给我看看是哪两位，本警官看一下认不认识。"

本来就有几个路人围观，警官这一嗓子后，围观的路人更多了。

这些路人还招呼那些过路的人赶紧来看热闹："唐警官抓到两个演出嘉宾，快来看！"

工作人员只好无奈地看向宋砚和温荔，说道："老师们，麻烦你们摘一下头套吧。"

宋砚、温荔："……"

工作人员安慰道："不摘也没用，到时候我们节目和唐警官这个节目一播出，大家就都知道了。"

温荔重重地叹了口气，入行这么多年，为了综艺效果她没少自毁形象，但这么丢脸还是第一次。

但她转念一想，宋砚入行也这么多年，连综艺节目都没参加过几个，在观众心目中的形象比她在观众心目中的形象高大多了，这回比她更丢脸。

有对比就有了心理安慰，于是温荔把头套摘了下来。

一高一矮两只狐狸就这样当着所有人的面把头套摘了下来。

头套一摘下来，那卡通形象的可爱感瞬间减了大半，露出两张人类的脸。

虽然两个人都因为穿着这么笨重的玩偶装出了一额头的汗，但架不住那两张脸是真好看。

不认识他们的路人看呆了：看这两张脸就知道他们真的是演员，唐警官运气真好，真抓着演员啦。

也有认识他们的人。有个围观的男生震惊得嘴巴张得大大的，"喃喃"地说："宋砚和温荔啊！"

人群中，回过神来的男生、女生的尖叫声响起。有个别年纪大不认识宋砚和温荔的，问了一句"谁啊"，男生、女生立刻比手画脚地解释起这俩人到底是谁。

警官见多识广，又酷爱上网，认出了两个人，立刻转头对着自己节目的摄像头激动地说："观众朋友们，这可是《唐警官说交通》历史性的一期！我们的节目竟然遇上了来咱们蓉城录节目的宋砚和温荔！这是两个人不认识的观众朋友请自行搜索，或者等节目播出时在屏幕下方加上人物简介。"

"温荔老师，我说你怎么能不诚实呢？"警官又对温荔说，"你还说长得太丑不好意思摘头套。你们要是丑，那我是什么？"

温荔被围着，被各种手机镜头对着拍，只能红着脸说："人民警察是最美的。"

警官又"哈哈"大笑起来。

这个意外，警官也觉得是缘分，提醒了节目组几句就放他们走了，还顺便好心地替他们疏散了围观群众："好了，好了，都回家吃饭吧，人家还要录节目的，别让人家外地的觉得我们蓉城人连饭都不吃。"

临走前，警官开玩笑地对宋砚说："下次录节目可不能把这么漂亮的亲老婆放在那么危险的地方了。"

宋砚表情复杂，眉毛微拧，让那张英俊的脸显得有些滑稽，他哭笑不得地道："记住了。"

"嗯，做男人的一定要对老婆好，我们蓉城男人把耳朵那不是怕老婆，是尊重老婆，是爱老婆，这点你要向我们蓉城男人学习。"警官最后还吹了一下他们本地男人。

因为这事，节目组不敢再让他们坐三轮车了，领着两个人上了保姆车。

上车后，温荔还沉浸在刚刚坐在三轮车车斗里被执勤警官抓了个正着的场面中无法回过神来，两只手扶着额头，深深地叹了口气。

宋砚的表情比她的好不到哪儿去，他坐在靠窗的位子上，按着太阳穴，正处在自我调节情绪中。

"温荔老师，想开点儿。"工作人员安慰她，"等唐警官的交通节目一播出，你和宋砚老师在蓉城的知名度又会进一步扩大，这样想其实是好事。"

"那也要看是正面的还是负面的啊。"温荔用绝望的语气道，"我再也不会来蓉城了。"

"……"

温荔惊慌地问道："不会已经上话题榜了吧？"

"呃，应该没那么快吧。"

温荔心说不一定，刚刚那么多人围着，照片都不知道拍多少张了。

"谁借个手机给我上网看一下？"

她拿过工作人员的手机，在微博话题榜上没看到相关话题——冲上话题榜需要时间，没那么快。

刚松了口气，她又上网页搜索了某个论坛。

这个论坛简直是娱乐八卦消息论坛，各种爆料无论真的假的都会往这上面发。

她搜了一下《人间有你》，果然，已经有好几个帖子了。

"《人间有你》，在蓉城夏熙路那边偶遇严准和齐思涵，这俩人是真好看。"

"《人间有你》，大古里邱弘和陈子彤。"

"《人间有你》，宋砚和温荔，场面过于戏剧性，爱信不信。"

温荔手指打战，一咬牙点进去了。

"非亲友非知情人士，楼主本人今天上午在论坛里看到有人在旧世纪商场那边偶遇宋砚录节目，可惜楼主本人上午坐班去不了，不过中午的时候碰上了。不知道《人间有你》搞什么游戏环节，宋砚和温荔骑三轮车被交警拦下了。"

温荔还了手机，不想再看了。

因为这个意外，他们即使坐上了车，也还是四对嘉宾中最晚到的一对。

两个人到饭店和其他嘉宾会合成功。

齐思涵"咦"了声，问："温荔老师，怎么你们坐车过来的还没我和严准推着购物推车走着过来快？"

温荔死气沉沉地道："情况比较复杂，一两句解释不清楚。"

不过因祸得福的是，节目组清楚这次意外是策划的问题，所以没舍得真让他们吃盒饭，跟导演申请之后，还是给他们重新安排了丰盛的午餐。

其他三对嘉宾没带手机在身上，完全不知道发生了什么。某对嘉宾吃得很沉默，四周的空气都是压抑的。

节目组晚上在酒店的房间里安排了公益直播环节，下午没有录制安排，嘉宾们可以自由安排，可以选择在酒店里休息，也可以选择出门观光。

温荔想都没想，直接选择了前者。

她现在只要曝露在阳光之下，浑身就起鸡皮疙瘩。

酒店的房间也被提前装上了摄像头和收音设备，不过嘉宾依旧可以选择关掉。温荔照常没给节目组任何偷听她和宋砚说私房话的机会，刚进房间就全关掉了。

顶着太阳在外面逛了一上午，还穿着那么厚重的玩偶服，温荔吹着房间里的空调，冷静之后，小心翼翼地用手机打开了微博。

话题榜前几名都是跟她有关的。

节目组的动作很快，在爆料出来之前已经用官微发布微博进行道歉，承认在节目录制过程中被警察拦下这件事是由于策划的失误和粗心，完全在意料之外，并表示下次一定会注意。

节目组道歉非常及时，态度也很诚恳，毕竟骑三轮车载人虽然没有造成严重后果，但给公职人员执勤增加了额外负担是事实。

因此，一半舆论表扬了节目组和艺人诚恳的态度，另一半舆论依然批评了他们。

没多久，那档交通节目也用官微发布了微博："没给出场费竟然还能和@《人间有你》有如此梦幻的联动，唐警官表示真是一个美丽的意外！请锁定今天19:30蓉城交通频道一台，友情客串'反面教材'并且没要片酬的'盐粒'夫妇@宋砚和@温荔Litchi联合唐警官来给大家上课了！希望大家都能谨记交通法规，安全出行。"配图是几张温荔和宋砚的宣传照。

这条微博向大家证明了，普法教育并不一定是严肃刻板的，也可以是轻松幽默的。

这件事按说到这里已经圆满解决了，可话题度仍然很高。

其中一个话题是#从来没觉得时间这么难熬#。

温荔从下面随便选了一条微博点进去，发现是个没认证的素人的微博。

"#从来没觉得时间这么难熬#胃口已经给你吊起来了，正片还在难产，我和我姐妹现在就像在产房外等老婆生产的两个男人。"

温荔一点儿也不期待晚上的到来，心情复杂地退出微博。

不过再难熬，离节目播出也就几个小时而已，该来的还是会来。

宋砚从接到经纪人的电话起就去了侧面的房间里打电话，一直没出来过。

温荔从床上爬起来，蹑手蹑脚地跑过去偷听。

耳朵贴着门，她隐隐约约听到宋砚的声音。

他先是挺无奈地说："我有什么形象？崩什么？"

然后他有些惊讶地表示："高傲冷漠？我什么时候说我高傲冷漠了？"

温荔心想：你是没说过，但我们都有眼睛。

最后是几声断断续续的笑。

"可爱？粉丝说的？"

"被温荔影响的吧，她把她的可爱传染给我了。"

门外的温荔呆住了。

等宋砚打完电话，从房间里出来，正好撞上慌忙逃窜的温荔。

她一个飞扑跳到了床上，迅速拉起被子把自己牢牢地罩住，然后装模作样地发出几声假到不行的鼾声。

相处这么久，温荔是传染了一些性格特质给他，但某些非常小女生的特质他并没有学到。

至少一不好意思就躲起来不敢面对这点，宋砚一个大男人学不来。

晚上的直播还是雷打不动的八点。确认好打光灯的位置后，工作人员打开了直播镜头。

每次一开播就是满屏的弹幕糊脸，之前几次已经有过经验的嘉宾并没有被吓到。

和往日满屏的"来了""三力、美人，我来了"这类开屏弹幕不同，今天的刷屏弹幕是清一色的："去给我看交通节目！"

交通节目是晚上七点半开播，他们的那个特辑片段也就二十分钟，早就已经播完了。交通频道是本地卫星台，所以外省的观众收不到，为了照顾外省观众，每一期节目都是电视台和网络平台同步播放。

工作人员找到视频网站，打开了上传没多久的新一期节目。

温荔也不知道观众为什么这么爱看他们本人的反应。

有了上次的教训，温荔知道会很尴尬，所以提前做好了心理建设。

二十分钟的节目，刚开始播放，屏幕就被弹幕填满了。

"全程精彩。"

"经典永流传。"

"大家好，欢迎收看《狐狸夫妇历险记》。"

视频里警官已经拦下三轮车上的两只"狐狸"，一公一母两只"狐狸"排排站，"母狐狸"还往"公狐狸"那边蹭了蹭。

弹幕：

"狐狸夫妇太可爱了，哈哈哈。"

"霸道总裁的狐狸小娇妻。"

视频里，警官问宋砚"这是你亲老婆吗"，温荔跳出来说"我是他亲老婆"。在温荔自己看来，这是不让警官把责任全归到宋砚身上，是好队友的表现。

但是在观众看来——

"我竟然觉得这句话好甜,家人们,我是不是思维异于常人?"

"你不是一个人,我已经放弃了,异于常人就异于常人吧。"

"在正经交通节目上展现跟老公有多恩爱,不愧是你温三力。"

"《人间有你》:所以爱会消失的对吗?"

…………

这时候警官一脸好奇地让两只"狐狸"把头套摘下来。

温荔说"长得太丑"时,屏幕上飘过一片"听听这说的是人话吗"。

最后没办法,两个人只得摘下了头套。

现场充满了肉眼可见的尴尬,温荔忍不住抬起毛茸茸的大爪子挡脸。

周围一阵惊呼:"唐警官真的抓到两个演员!"

弹幕:

"已经开始替他们尴尬了。"

"字幕还打上了知名演员宋先生、温女士,下面还复制、粘贴了百科进行解说,哈哈哈。"

终于熬完这二十分钟,温荔咬唇,盯着直播镜头说:"看完了,满意了吗?"

弹幕:

"满意,满意。"

"期待你下次的表现。"

"移民不?"

"移什么民?"温荔硬着头皮说,试图把关注点往宋砚身上带,"宋老师都没说要移民,横竖也就那样了,破罐子破摔。"

弹幕:

"你在骄傲什么啊?"

"你破罐子破摔,丢脸的都是粉丝。"

宋砚抬起头睨她,语气很淡地说道:"我移民你给我出机票钱?"

温荔小声说:"凭啥我给你出?"然后她又像是突然想到了什么,变得大声,"要不是你运气那么差抽到个三轮车,我也不会提议穿玩偶装好吧!所以罪魁祸首还是你。"

宋砚从容地反问:"那你想坐购物推车吗?"

宋砚和温荔在争辩,弹幕里都在问什么意思。

工作人员立刻出声提醒:"老师,节目还没播,别透露了。"

温荔只得对直播间里的观众们暗示:"等节目播出以后你们就知道了。一个巴掌拍不响,主意是我出的,但是跟宋砚这男的脱不了干系。"说完她还撇了撇嘴,一脸欠揍地仰起了下巴。

宋砚听了这话，咬着后槽牙，又好气又好笑，伸手轻轻地捏她的脸，说道："看我一个人丢人现眼？你是我老婆吗？"

平时私底下捏捏也就算了，现在还在直播，温荔捂着被捏的那边脸，想骂他，但又碍于好几百万双眼睛正盯着他们，骂人的话到嘴边都说不出口了。

心跳有点儿快，她没理会宋砚，故作淡定地把视线投到直播屏上。

没多久，#宋砚捏脸#就出现在了今晚的话题榜上。

"上了？又上了？"温荔一脸茫然地看着镜头外的几个工作人员问。

"上了。"

温荔看向屏幕。

弹幕满屏的"哈哈哈"，还有几个粉丝骄傲地表示："知道我们的厉害了吗？"

她只能木然地给这群粉丝鼓了鼓掌："厉害。"

宋砚也没想到话题榜上得这么快。他本来就不太擅长应付这种直播弹幕，抛哏、接哏都不如温荔，大多数时间只是坐在旁听她说。

刚听工作人员说他捏脸上了话题榜，他单手抵着唇，另一只刚刚碰过她的脸的手垂在身侧轻轻握拳，一副老年人搞不懂现在的微博的模样，好笑地问了句："捏个脸都能上话题榜？"

温荔和粉丝斗嘴算是她和粉丝之间特殊的交流方式，对待宋砚这种不靠粉丝吃饭，一心靠作品露脸的演员，粉丝一般都是发"美人哥哥""发张自拍吧，求你了，哥"这种好话。

但今天两边的粉丝一碗水端平，谁也不偏心。

"捏个脸都能上话题榜，所以你能不能把握好财富密码，不只是捏个脸？"

"宋砚，是男人都该开窍了。"

宋砚头一回看到这么说他的粉丝，觉得挺有意思的，挑眉看向温荔。

温荔接收到宋砚的眼神，按捺住急促的心跳和飙升的体温，连忙转过眼，没再搭理粉丝的调侃，最后说完雷打不动的宣传公益的结束语，完成了今天的直播任务。

粉丝们虽然失望，但也预料到了。

不然也不至于一个捏脸动作都能被送上话题榜。

直播结束后，整个房间里乱得很，工作人员们正来回走动收拾设备，房间里各种"窸窸窣窣"的声音。有人和同事商量着收拾好后去附近哪儿吃夜宵。宋砚在一旁听编导说明天的录制流程。温荔瘫在沙发上玩手机。

这时温荔的微信来了消息，是齐思涵发过来的。

齐思涵："我看到话题榜了。"

齐思涵:"怪不得姐姐你们的三轮车比我们的购物推车都慢。"

温荔觉得挺尴尬的,只好发了个"挠头"的表情图过去。

齐思涵从这个表情图里看出了她的尴尬,安慰她:"我和严准前辈今天推着购物推车走在路上也被拍到了,更丢人。"

温荔下午看到了这个话题。

配图是严准和齐思涵因为谁都坐不进购物推车,于是只能两个人一起推着购物推车在大马路上走。

没有对比就没有伤害,温荔的心情好了一点儿。

温荔:"看到你和严准比我们惨,我心里好受多了。"然后她发了一张"鞠躬感谢"的表情图。

齐思涵:"有安慰到姐姐就好。"

齐思涵又给她发了一张帖子的截图,来源是娱乐八卦消息论坛。

标题是:"领过证的夫妻捏个脸,'签字笔'就这么高兴,是什么悲惨水平?"

"签字笔"是温荔和宋砚夫妻的粉丝的名字,取这个名的原因很简单,粉丝们普遍认为宋砚和温荔的缘分是从两年前那支突然没水的签字笔开始的。

"小声说一句,今天我们兴奋的点其实不是宋砚捏了温荔的脸,而是三力被捏脸后那傻乎乎的反应,然后咬嘴故作淡定其实很害羞的表情,还有美人被她可爱的表情逗得一直笑的宠溺脸,啊啊啊!"

可惜这么细腻的解释并没有得到网友们的赞同。

"这么一听更惨了。"

"对一对真夫妻还要观察这么细啊,真的惨,哈哈哈。"

看着粉丝被这样无情地嘲笑,温荔心中百感交集,觉得自己真是无情又冷血,粉丝这么惨,自己要负很大的责任。

其他工作人员收拾好设备走得差不多了,编导小姐姐还在同宋砚商议明天的台本。

台本在节目录制当天都可能一改再改,节目组必须随时跟嘉宾沟通做工作。

"我知道足球场告白这个环节以温荔老师的性格来说要完成是比较困难的。"编导为难地看了一眼沙发上捧着手机不知道在想什么的温荔,用求助的眼神看向宋砚,"宋老师你看?"

宋砚一脸淡定地,点头,说道:"是挺困难。"

编导叹了口气,说道:"那我待会儿再去跟严导说说,看看今晚能不能再想个更有意思的环节出来。"

"麻烦了。"

编导连忙摆手,说道:"不麻烦,我们总要照顾老师你们的感受,太为难的环节我们也不敢设置。"

送走编导，看温荔还坐在沙发上发呆，不知道在想什么，宋砚没打扰她，自己去洗漱了。

洗完澡出来，宋砚发现她还坐在那里，这回紧锁着眉头，一脸严肃。

"你在想什么？"宋砚在她旁边坐下，伸手在她面前晃了晃，问，"今晚不打算睡觉了？"

温荔这才回过神来，偷偷地将手机收到背后。

"嗯，他们已经走了啊？"

"早走了。"宋砚失笑，"你灵魂出窍了？"

"没。"温荔抿唇，左顾右盼，茫然地说道，"编导也走了？她还没跟我说台本加了个什么新环节啊。"

宋砚"嗯"了声，边用干毛巾擦头发边说："她跟我说了，那个环节不太好，所以她去找导演想办法了。"

"什么环节？"

"告白。"

温荔没听懂，问："告白？什么意思？"

"明天我们会去科大，这个你应该知道。节目组还请了几对在校情侣，用来作为嘉宾的对照组。他们学校有个特别适合情侣约会的银杏大道，明天的告白环节就在那儿。"宋砚歪头，点到即止地提醒她，"在学校告白，你说是什么意思？"

温荔眨了眨眼，点头，说道："我懂了。"

看她那副呆样子，宋砚轻轻地笑道："节目组知道你的性格，所以应该会改成普通的游戏环节。"

"别把我想得那么矫情好吧！"温荔撇嘴，一脸不服气地道，"不就是告白吗？我一个演偶像剧出身的，告白有什么难的？那是信手拈来。"

"是吗？"宋砚点点头，"那温老师来一个？"

温荔："……"

刚开始她还想不能让他们夫妻的粉丝太委屈，平时该做的戏一定要做，二十多岁的人了，别老那么别扭，又不是十七八岁的小女生，矫情是赚不到钱的。

然后她又开始矫情。

平时演戏的时候，对着合作的男艺人，多肉麻的台词她都说得出口，怎么现在不演戏了，连话都不会说了？

温荔真是服了自己这别扭的性格。

宋砚等了她几分钟，看她一个字也说不出来，也不觉得意外，说道："好了，去洗澡吧。"

他起身要去吹头发。

温荔却像是下定了什么决心，拽着他的衣袖，不准他起身。

宋砚低头看着她细长葱白的手指捻着自己的袖子，指尖都好像在打战，不明白她要做什么。

她凑到他耳边，小心翼翼地呼吸着，说："我喜欢你。"

宋砚愣住，脑子一瞬间变得空白，魂都不知道飞到哪儿去了。

没等思绪抽回来，明知道她说的"你"指的是谁，他还是听到自己贪婪又无赖地问了句："喜欢谁？"

"喜欢你啊，"温荔摸了摸鼻子，"宋老师，宋砚。"

"别忘了明天我们是去大学校园里录节目。"

"哦。"温荔点头，很快理解了，咧了咧嘴，正儿八经地说，"学长，我喜欢你。"

这个称呼，再加上这个四字，是他学生时代的梦境里都在妄想的。

宋砚半天没有反应。

他越是沉默，温荔越觉得紧张，感觉气氛奇奇怪怪的，让人坐立难安。

宋砚挪开眼，半掩在阴影下的侧脸依旧精致漂亮，表情却呆滞木讷，最后他动了动唇，扶着额头叹了口气。

他控诉："你犯规。"

温荔觉得莫名其妙，是他说明天有告白环节，所以她先试试戏，这怎么能算犯规？

她泄了气，没好气地说："本来想为粉丝配合你一下，你要说犯规那就算了，随缘吧。"

宋砚张嘴，英俊的脸上表情有些迷茫，问："为粉丝？"

温荔点头，脸上很烫，为了让自己不那么尴尬，大声肯定道："嗯，对啊，不然你以为呢？算了算了，这不适合我。"

"这样啊。"宋砚笑了笑。

"我去洗澡了。"她起身，走到行李箱边拿换洗的衣物。

洗澡前她望了一眼沙发上的宋砚，刚刚是她在发呆，现在换成他了。

她提醒道："宋老师，你想什么呢？赶紧把头发吹干去睡觉啊。"

没多久，隔着门传来"哗啦啦"的流水声。

宋砚揉了揉眉心，刚刚玩得有点儿大了，没想到被反将一军，心还"怦怦"急跳没平静下来，眼中淌着些失望和气馁，靠着沙发沉声咕哝："我想你真的喜欢我。"

花洒淋头，温荔边洗头发边想刚刚宋砚说的"犯规"是什么意思。

什么时候试戏也叫犯规了？

而且她觉得自己刚刚的语气除了有点儿僵硬，还是挺不错的。

因为在想事，再加上她洗澡的时间本来就比较长，等她从浴室里出来，已经是一个小时之后的事了。

宋砚早躺在床上睡了。

她担心吵着宋砚，将吹风机调到最低挡，吹了没多久手先举累了，索性顶着发尾还微湿的头发上了床。

温荔睡不着，趴在枕头上用手机回顾自己之前演过的戏。

有些影视区的博主常常会搜集一些不同剧里的相似场景做成合集，温荔搜自己的关键词，搜到了其中一个视频："影视剧中那些令人心动到无以复加的告白场景（女生告白篇）。"

有人在评论区很贴心地写上了观看指南，哪部剧的片段在几分几秒都写得很清楚。

温荔直接拖动进度条来到了自己演的片段。

博主选了她两部剧的告白片段，其中一个片段，温荔饰演的女侠初出师门，和许鸣饰演的国公府小侯爷不打不相识，两个人都是直率爱闹的性格，却不懂情爱，在相处的过程中，气氛越来越暧昧，还是女侠先意识到自己对这个五谷不分的小侯爷生出了别样的感情，于是就有了这段告白。

"我小时候就发过誓，等将来出阁，要嫁一个像我师父那样惩恶扬善、不拘小节、潇洒随性的大侠，而不是一个眼高于顶、锦衣玉食、开口闭口都是'本侯'的废物侯爷。"

小侯爷听到这儿瞪起眼，立刻反驳："大胆！"

"但是……我见到你就欢喜，就紧张，就害怕；不见你就难过，就烦闷，就委屈，我甚至梦见自己和你成亲，害我常常半夜惊醒，面红耳赤，觉得自己好不知羞耻。"女侠说到这儿，娇羞的表情再也藏不住，叉着腰凶巴巴地吼他，"是不是你找什么神棍给我作法了？！"

小侯爷傻愣愣地看了女侠半天，直把她看得恨不得钻进地缝里。最后他反应过来，一把抱住女侠，恶劣又得意地在女侠的耳边低声说："哼，本侯就是在你身上作法了，叫你爱慕我到梦里都是本侯的身影。只是这法术有一点不好，会反噬，需要本侯先对你这个傻子倾心相付。"

这个告白片段演得很自然，温荔心想：怎么演戏的时候就这么收放自如，一到现实就这么难为情呢？

她给经纪人发了条微信，想问问之前争取的那个电影剧本现在怎么样了。

陆丹也没睡，估计在忙，回复得很快："虽然不是女主角，但因为两位男主角都是实力派演员，很多女演员在盯这个角色，除了你，还有两个一线女演员在接触。"

这意思就是这个角色温荔拿到的概率并不高。

陆丹又回复："麻烦的是有几个青衣也在争取。我听说唐佳人最近以私人身份回国好像也是为了这个。"

所谓"青衣"，和温荔这种高人气艺人不同，演得了正剧，扛得起票房，很多大导演注重口碑，选角只考虑青衣，而唐佳人就是青衣中最年轻的一线，也是当年票房、口碑双爆的《纸飞机》的女主角，那部电影捧红了作为男主角的宋砚，也捧红了作为女主角的唐佳人。

近几年唐佳人有意往欧美市场发展，所以一直在国外。

温荔叹了口气，看来要拿到这个本子还真没那么容易。

"要不你让宋老师帮忙通个路子？"

温荔看了一眼睡着的宋砚的后脑勺儿，想了很久，还是回道："就算他帮忙通了路子我拿到了这个角色，也不一定演得好，到时候还有可能拖他的后腿。安排我和导演他们见面也好，试镜也好，最终都得让他们觉得我行才行。"

"行，我去跟张总说一声。明天上午你还要录节目，快睡吧。"

听陆丹说到这个，温荔又烦恼了：唉，先把明天上午熬过去再说吧。

退出微信界面，她又顺势看了看同一个博主剪的影视剧告白合集的男生告白篇，想看看宋砚是怎么演的。

结果一个小时的合集，愣是没有宋砚。

奇怪的是也没有粉丝对博主的偏心表示不满，还是路人在评论区问了一句："从女生告白篇来的。温荔一个人就有两部剧被剪了进去，她老公怎么毫无姓名？"

博主回复："呃，因为没找到合适的素材，就没放进去，他演的唯一一部爱情文艺电影《纸飞机》到死都是暗恋，没表白。"

因为博主回复了，这条评论迅速地被顶上了热门。

下面好多粉丝回复：

"哈哈哈，粉丝来说，宋砚自己说的感情戏是他的演技短板，所以演得少，就算有也都是为主线剧情锦上添花的，这么细腻的告白剧情根本不可能有。"

"在影视剧的感情戏合集里找宋砚，打一成语。"

"水中捞月。"

"缘木求鱼。"

"大海捞针。"

"说我犯规，原来是自己没经验。"温荔小声抱怨，撇了撇嘴，轻轻地戳了戳他的后脑勺儿，结果把人给戳醒了。

因为开着灯，宋砚本来也只是浅眠，此时转过头面对她，一脸困倦。

温荔没想到他醒了，心虚地咧了咧嘴，谄媚地说道："怎么还没睡哪？"

他没回答,轻"哼"一声,却注意到她披散在腰间的发尾还是湿的,问:"你没吹头发?"

"吹了,还有一点点湿。"

"想头疼?"宋砚也不跟她废话,直接从床上起来,说道,"我去拿吹风机。"

温荔只能不情不愿地坐起来,但也怕明天头疼录不了节目,等他拿来吹风机后,伸手说:"给我吧,我再吹吹。"

他像是没听见,把吹风机插上电,直接用手穿过她的头发,给她吹了起来。

温荔有些呆。

也不是没有发型师给她吹过头发,但她会给发型师报酬,不白吹。

她又不会给宋砚钱……

房间里,空调和吹风机的声音"呼呼"地刮过耳畔,温荔说不上享受,反倒很紧张。

"你刚刚说我没经验,是什么意思?"

"嗯?告白啊。"温荔抓过手机,给他看视频,"就是这个视频。"

然后她又给他看了自己演的影视剧片段,以一副炫耀的口气说道:"看我演得多好。"

视频里,温荔看那俩男演员的眼睛都亮晶晶的,里面有爱慕,有羞怯,也有期待和紧张,一些咬唇和耸肩的小动作,都像是在邀请对方靠近。

宋砚抿唇,突然抢过她的手机,锁屏扔在一边。

"干吗啊你?"温荔不爽地说道,又伸出手去抓手机。

宋砚又把温荔的手机抢过来,这回往远处扔,还轻轻拽一了下她的头发,说道:"你给我看这个,是不是存心想让我不高兴?"

温荔"哟"了一声,本来想发火,但见他脸色不好,她茫然地转了转眼珠子,突然饱含深意地说:"不高兴?哦,我知道了,你觉得我演得比你好,自尊心受挫,所以心里不高兴了,是不是?"

"不是为这个不高兴。"宋砚揉了揉她的头发,"想想别的可能性。"

"那你是看到许鸣不高兴?"温荔觉得这个可能性比较大,还安慰他,"没事,我都不介意了,你介意什么?放平心态啊。"

宋砚觉得自己简直在对牛弹琴,说道:"你是傻子吧。"

"你骂谁呢?"温荔立刻反驳,"你才是傻子。"

宋砚淡淡地点了点头,说道:"我娶了个傻子,我当然是个傻子。"

"嘿,你这人,骂自己就骂自己,非要捎上我。那我嫁给你这个傻子,我是什么?傻子中的战斗机?"

宋砚从喉咙里憋出一声瓮声瓮气的"哼"来。

这么来来回回拌嘴的过程中,头发吹好了,温荔舒服地躺在床上。宋砚关了床头灯也准备睡,然后听到温荔在黑暗中问了句:"你的胳膊举那么久,酸不酸?"

要不我给你揉揉?后半句她没说,打算等宋砚说"酸"时,她再顺水推舟说出来。

结果宋砚说:"还好,你快睡。"

温荔泄了气,说道:"哦。"

胳膊没揉成,温荔还有很多想说的,比如"你想不想跟我合作?如果想,我就努努力,争取把那个电影本子拿下"。

但这些话会显得她太卑微了,所以骄傲的她一句也没说出口。

第二天的录制,地点仍然是科大,只是那个所谓的告白环节被剔除了。

编导前一天晚上和导演商量说,这种比较刻意的告白环节完全可以放在最后一期,作为一整季的总结,现在就让嘉宾们互表心意,那之后几期就显得没那么甜了。

所以第二天,这个所谓告白环节变成了由节目组邀请来的几对校园情侣完成,嘉宾们在监控器所在的室内看。

温荔不喜欢别人看她告白,但很喜欢看别人告白,对着画面里的几对校园情侣一直在笑。

"所以看纯情告白还是要看这些年轻人的。"嘉宾邱弘"啧啧"两声,说道,"要换我们这个年纪的来,那就只有油腻了。"

温荔赞同地点头,说道:"同意邱哥。"

四对嘉宾的年纪都不大,最大的也才三十岁出头,一旁的工作人员对视,用眼神交换了想法:不好意思就不好意思,用年纪当什么借口?

白天的录制完成后,到了晚上,四对嘉宾在酒店的天台上集合,为这次蓉城之旅的最后一个环节画上句号。

最后一个环节是天台真心话。

为了给这个环节营造气氛,节目组特意将酒店的天台布置得温馨浪漫,餐桌上除了甜点和酒,四周还点缀了不少柔和的金色星星灯。

因为白天的校园录制,嘉宾们想起了自己无忧无虑的学生时代,从录制开始就一直在讨论这个。

就算早恋在学生时代是老师和家长都严厉反对的事,但还是有不少人会在那个年纪控制不住地情窦初开。

反正大家早就成年了,也都已婚,过去的都过去了,没什么不能说的。

"我没什么可说的啊。"温荔仔细地回忆,"我读的是艺术高中,我那个班都是女孩子,都没男生。"

齐思涵却很热衷于扒自己偶像的过去，好奇地问："那别的班总有吧？总有跟温荔老师你关系不错的男生吧？"

"关系不错的男生？有啊，不过不是读高中时认识的，是我从小玩到大的哥们儿。"

立刻有嘉宾打趣："哟，这是青梅竹马啊。"

"嗯。"温荔也没什么可避讳的，直接说，"不过我们关系不好，老是吵架。"

"那你们就没发展出点儿什么？"

温荔立刻皱眉，抗拒地摇头，说道："没，怎么可能？"

"哈哈哈，这么急着否认，是不是怕宋砚吃醋？"

温荔看了一眼宋砚，心说：他也知道啊，有什么好怕的？

齐思涵觉得青梅竹马这条路走不通，转而又问起别的："那除了你那个青梅竹马的哥们儿，还有别的关系好的男生吗？"

温荔下意识地又看了看宋砚。

读高中的时候她对宋砚没什么特别的印象，就是"柏森哥的朋友"，成绩好，还给她弟弟徐例做过家教，话特别少，在十几岁性格暴躁、幼稚的男孩子中，他的高傲冷漠显得尤为特别，给人一种"我看着十八岁，实际上已经八十岁"的感觉，而且他……那时候对她爱搭不理的，绝对算不上关系好。

温荔摇头，说道："没有了，别的关系好的都是女生。"

"好吧。"齐思涵对这个回答显然是有点儿失望的，继而又问宋砚："那宋砚老师呢？"

"没有。那时候年纪小，不太会跟女生打交道。"宋砚声音挺轻，带着些微自嘲，在夜色中听着像是一阵风刮过，幸好戴了麦，才让其他嘉宾都听清楚了，"有时候面对人，手脚都不知道该往哪儿放，怕露馅儿，只能装高傲。"

齐思涵睁大眼，问："然后呢？"

"没然后了。"

齐思涵的语气里是掩不住的失望："就只有这样啊？宋砚老师，你那时候也太胆小了吧。"

宋砚轻轻一哂，竟然承认了："是啊。"

温荔觉得他好像话里有话，又看了眼他。

宋砚也侧过头望她，眼里有促狭和试探。他用那双深沉的眼睛说话，温荔懂了一点儿，却没有完全懂，可即使没完全懂，她还是有些受不了，别过脸，在夜晚微凉的风中心跳加速。

这时候邱弘遗憾地摇摇头，叹气道："没意思，没意思，你说你们两个长得就一脸'我有故事'的样子，怎么校园生活都这么平淡？还是说你们不敢说，怕说出来对方吃醋啊？"

镜头外的导演突然说："提醒老师们一句，在真心话环节说谎是有惩罚的。"

温荔说道："没说谎，这有什么说谎的必要吗？"

她和宋砚读高中时就认识的事，要能扒出来早就被扒出来了。

艺人们入圈前的事，爆料的大多是同学、好友什么的。温荔就读的艺术高中，说是艺术高中，其实就是一帮有钱人扎堆的私立学校，隔壁柏森和宋砚就读的学校的性质也差不多，只不过他们学校更注重文化课，一般的学生高考前就出国了，逢年过节才回来，各种利益牵扯，他们圈子里的人喜欢关上门说话，很少把料往外爆。

今天晚上的谈心环节也没台本，就是嘉宾想到哪儿就说到哪儿。这些平日里赶各种通告，一年也不见得有几天休息时间的艺人围在一块儿唠嗑，和普通人无异，给观众的感觉很奇妙。现在生活节奏快，人的压力大，看综艺节目图的就是一个放松不动脑，这也是最近日常生活类综艺节目大火的主要原因。

到晚上十点，最后一天的蓉城之旅彻底画上句号。

导演带头说："各位老师辛苦了，明天就能回家好好休息了。"

"严导这几天也辛苦了。"

"想那么多损招儿出来对付我们，严导你最辛苦。"

导演"哈哈"大笑，边跟嘉宾闲聊边吩咐其他工作人员收拾设备。

最中间的一台机器还开着，这台一般都是最后关，常常会录到一些有趣的花絮。正好这时候，嘉宾们以为机器都关了，就着刚刚的话题继续往下聊。

"都说起初恋了，不问问初吻说不过去吧。"邱弘提议，"反正也录完了，机器都收了，都说说呗。"

四个男嘉宾里，其他三个都是偏斯文的性格和长相，唯独邱弘体格最像硬汉，长相也硬朗，剧里演的也都是糙汉角色，结果却是最八卦的，也是四个男嘉宾中最怕老婆的。

"我提前说啊，都说实话，荧（银）幕初吻不算啊，除了小齐都是演员，蒙不到人的。"

他老婆陈子彤翻了个白眼，说道："你就是想套其他人的八卦消息，就你那点儿破事我还能不知道？"

邱弘冲老婆挤眉弄眼，说道："别戳穿我啊。"

齐思涵和严准是实习夫妻，压根儿不怕对方吃醋，于是大大方方地说了。

答案却很无聊，因为这俩人连恋爱都没谈过。

其他几对嘉宾表示这对实习夫妻真没意思。

另两对嘉宾的初吻都不是跟对方，不过这也正常，又不是演电影，哪有那么巧？而且他们在结婚前肯定都已经互相交代过了，所以没人会真的因为提起这个吃醋。

温荔却突然想起许鸣和郑雪。

要是这对在，估计会很骄傲地说出，"我们的初吻对象就是彼此吧"。

温荔又偷偷地看了一眼宋砚。

她和宋砚可没那么不知羞耻。

有的秘密，自己心里知道就好了，没必要告诉别人。

她正在想的时候，邱弘问她了："温荔老师，发什么呆呢？在想怎么编啊？哈哈。"

另一个男嘉宾丁乐博说："温荔读书的时候压根儿没谈过恋爱啊，初吻估计也是荧幕初吻吧。"

他这样一说，其他嘉宾立刻了然。

"嗐，那没意思。"

结果温荔却皱起眉头，一副"少看不起人"的表情，不服气地表示："我虽然没谈过恋爱，但是初吻是有过的。"

"嗯？"齐思涵立刻睁大了眼，问，"跟谁？！"

温荔抿唇，说道："这怎么能说？"

众人又齐齐地看向宋砚，想看看他是什么反应。

结果他压根儿没什么反应，泰然自若，一点儿也没吃醋。

齐思涵大着胆子问："那宋砚老师你呢？"

宋砚说道："好巧，我也是"

众人皆是一愣，他们是不是无意中问到了什么不得了的八卦消息？

邱弘越想越觉得不对劲，说道："不对啊，你们没早恋过，那初吻是怎么给出去的？"

温荔努嘴，说道："邱哥，你好八卦。"

"算了，别问了。"陈子彤看出温荔不想说，打了个圆场，"他们之前又不认识，初吻肯定不是跟对方啊，再问就要出事了。"

邱弘听老婆这么说，点点头，说道："也是，万一他们吵架了，我怕他们的粉丝骂到我头上，怪我问得太细。"

最后嘉宾们选择结束这个话题，下天台回酒店的房间睡觉，准备坐明天的航班回家。

嘉宾们是结束工作了，可导演又纠结了。

刚刚机器没关，这段对话被录了下来，可以当作花絮发，只是这个花絮虽然听着劲爆，但发出来总觉得不是那么回事。

这几对的初吻都没有交给眼前的人，虽然很现实，但他们综艺节目主打的就是"人间童话"，一生一世一双人，这种现实情节肯定不适合由他们节目放出来，这不是戳人心窝子吗？

他想了半天，还是决定把这段素材给删了。

一个星期后，《人间有你》第四期的正片出来，里面果然没有这段，就连正片中讨论初恋的片段也被剪掉了。

在最近的线下商务站台活动中，温荔戴上了宋砚送她的那个情侣腕表。之前去蓉城的时候温荔本来就想戴，但这表很贵，又是限量版，再加上是宋砚送的，想来想去她还是舍不得。宋砚估计是因为还没官宣代言人的身份，所以也没戴。两块手表就这么好好地在家里放着。

温荔线下站台活动的照片出来没多久，就有时尚博主扒出了温荔从头到脚、从耳环到鞋子所有品牌的款式，她左手手腕上的积之家手表就在其中。

不过活动照片比较模糊，并没有照清楚表盘上"12"的刻度被换成了定制的"W"。

看挺多时尚媒体都在讨论她的新腕表，经纪人让温荔过两天录制《为你发光》第三期时继续戴这块表。

录制当天上午，温荔坐车来到录制地点，刚下车就被各种相机和手机镜头围住了。

然后她按照经纪人说的，举起戴着腕表的那只手朝着镜头打招呼。

等她进入室内后，第三期录制的最新照片就出来了。

有网友看到了许星悦的照片，在评论里质疑道："温荔和许星悦这对师姐妹连手表都戴姐妹款的吗？"

娱乐巴哥回复："你不说我还没注意到。"

评论里很快有见多识广的人查了出来："都是积之家的'约会'系列，这款是情侣表，但是她们戴的都是女款。"

"许星悦的粉丝说这是妹妹的私人物品。"

温荔自己也很迷惑。

她看着许星悦左手手腕上那块和自己这块相差无几的手表，要不是她手上这块表是宋砚送的，她都要以为自己真的和许星悦在戴姐妹款的手表。

《为你发光》第三期录制时请了观众入场，于是现场多了不少选手的粉丝。

绮丽绚烂的舞台下方黑压压都是人头，温荔特别注意了下徐例有没有粉丝。

徐例是创作型歌手，参加这种音乐综艺节目是有优势的。大概是遗传了父亲徐时茂的艺术细胞，他跟温荔的梦想差不多。温荔小时候特别迷恋海外团体，想长大后当一个在舞台上散发魅力的唱跳歌手，后来梦想中途夭折，她阴错阳差地以演员的身份迂回地站在了聚光灯下。

姐弟俩的梦想并不被母亲娘家的长辈们看好。

长辈们的想法就是：这算什么梦想，不就是当艺人？说白了就是小孩子爱虚荣，喜欢被人捧着。

那个做事强硬，对待外甥、外甥女都能冷血到底的舅舅直接放话："家里有吃的有穿的给你都不感恩是吗？可以，非要做这行就靠自己，成或败后果都自己承担。"

徐例长相清秀文弱，在镜头前话不多，抱着吉他安安静静唱情歌的样子看上去又乖又干净，再加上前两期节目中，他的努力和汗水都被镜头记录了下来，即使他不是选手中人气最高的，也幸运地保持在中上游的位置，这次他的粉丝也来了不少。

温荔心里一边替她这个臭弟弟高兴，一边又有些忌妒。

徐例刚出现在公众视野中就有这么多粉丝，而她刚出道的时候，粉丝都没几个，谁也不认识她。

徐例的表演被分在了下半场组。他的声音极其干净，假音部分也处理得极其漂亮。

表演最后结束时，从棚顶落下蓝色的灯光，徐例抱着吉他，腼腆地对着镜头笑了笑。

从特写镜头来看，他就是个腼腆又认真的小男生。

粉丝们都在叫徐例的名字，温荔歪头调了调耳麦的位置，握着话筒上了台。

徐例个头刚过一米八，温荔穿着高跟鞋，看他没有看宋砚那么困难，微微仰头冲他挑了挑眉。

臭弟弟不自在地握着麦，脸上因为累而浮现出的红晕还没来得及消，身体往另一边靠了靠，和她拉开距离。

四个导师分别从自己的专业领域出发对徐例做出点评。

"刚刚温荔老师往你旁边站的时候，我看到你躲了一下。"许星悦顿了下，故意拖长了声音，说道，"你这个举动，是不喜欢温荔老师还是喜欢温荔老师啊？"

现场立刻响起意味深长的笑声。

温荔今天的打扮偏成熟，明艳张扬；而徐例干净清俊，散发着少年气息。两个人本来没什么，许星悦这样一说，立刻引得不少人往另一方面去想象了。

台上的姐弟俩同时愣了。

在其他人听来，这只是一句活跃气氛的玩笑话，但听在粉丝的耳朵里就不是那么回事了。

这边现场的徐例粉丝觉得，弟弟还是未出道的选手，离知名艺人还差一大截，事业还没起步，就和温荔扯上关系，传出去肯定要被骂。

温荔的粉丝本来就觉得姐姐独美，哪怕现任姐夫宋砚挑不出毛病，他们也不喜欢把宋砚和姐姐放在一块儿说，更何况一个初出茅庐的选手。

立刻有粉丝在台下喊"不要"。

温荔皱眉——徐例要是说"喜欢"，会让他的粉丝不高兴；若说"不喜欢"，她的粉丝肯定又不高兴。

她举起话筒。

还没等她开口，徐例先一步回答了许星悦的问题。

"我是温荔老师的粉丝，不光是她的粉丝，也是宋砚老师的粉丝。"徐例淡淡地说，"往旁边躲了一下是因为我一个男生，不像女孩子那么干净清爽，不想熏到她。"

这个刁钻的小问题就这么被他真诚的回答解决了。

很真诚，也很聪明的回答，一点儿也不像是徐例这个刺儿头能说出来的话。

温荔没想到有朝一日能从臭弟弟口中听到他是她的粉丝这种恭维话。

她本来不太高兴，却因为徐例这句话突然笑了起来。

徐例不知道这女的笑什么，却又被她笑得怪不好意思的，只能借调麦的动作悄悄用手挡住唇间羞涩的弧度。

温荔侧头看他，装模作样地说："感谢你喜欢我家宋老师，我一定会帮你转达的。"

徐例心说：我有他的微信，还需要你转达？但他还是学着他姐，装模作样地说："谢谢温荔老师。"

温荔笑眯眯地看着导师席上的许星悦说："星悦，下次再开这种玩笑，就算我是你师姐也要骂你了。"

许星悦握着麦的手紧了紧，笑着替自己解释："我是怕刚刚徐例往旁边躲的那个动作伤到师姐你的心，替你出出气。"

"要不是你说，我都没注意到。"温荔眨了眨眼，故作大大咧咧地说，"我的心思没你的那么细腻，要是换成你站在上面采访他们，估计这会儿已经把徐例的动作记在小本子上了。不过还好，你是导师，坐在下面点评就行了，不用担心会被选手伤到心。"

脸上的笑意僵了僵，许星悦有些失落地说："师姐你这话说的，好像我很小气一样。"

"没有没有。"温荔立刻对台下的粉丝们解释："我们关系很好的啊。"

温荔接着对许星悦说："我知道你刚刚就是跟我开玩笑，但我也是真觉得你心思细腻，今天故意跟我戴同一款手表，就是想给我一个惊喜吧。果然同一家公司的师姐妹就是默契。"

许星悦听她说起手表，表情不解，但也不得不应道："被师姐你发现了，真巧。"

手表这件事算起来也只能说是她们之间暗里的较劲，不应该被拿到台面上说，而

210

且温荔手上的那块表又没许星悦的贵，许星悦不知道温荔故意说出来让大家都注意到是为了什么。

许星悦手上这块手表是郭导在他女儿过生日的时候送给他女儿的，还是全球限量款，但最近因为他女儿交男朋友的事，父女俩闹得很不愉快，他女儿就气得把爸爸送的这块表还了回来，还扔了句"送给你的干闺女玩吧"，把郭导气得两眼发蒙。

许星悦本来没要，觉得是捡郭导女儿的礼物，但想起前几天看温荔在线下活动上戴过，最后还是撒娇要了过来，就是为了暗地里压温荔一头。

她却没想到温荔非但没忍了这个暗亏，反而当面说了出来。

艺人撞款这件事，情商高的人知道用默契当借口，但心里都明白，谁档次低谁尴尬。

温荔和许星悦的对话，虽然都有点儿阴阳怪气，但两个人表情管理完全到位，单纯点儿的人压根儿看不出来，心里明白的导演自然是让剪辑师把这段小插曲剪掉。

可是现场那么多双眼睛和耳朵，这件事传出去是必然的。

温荔和许星悦撞表这件事，本来只有几个时尚博主在讨论，等这期节目录完，这个料被爆出来。

因为许星悦戴着这块表有被拍到特写，图片清晰，所以营销号很快扒出了许星悦手上这块表的款式和价格，就差没把全球限量的编号给扒出来了。

直到两个人撞款的积之家品牌的官微突然发布了最新微博。

积之家："夜色月光，银白如水。以自然之境为灵感，全新约会系列情侣款腕表，钻石与白金相辉映的那抹银色月光，点亮腕间最特别的爱意。你好，宋先生@宋砚。"配图是宋砚的宣传照，手上是情侣腕表中的男款。

这个官宣文案一出来，温荔和许星悦的女款腕表同款这件事在外人眼中立刻变得意味深长起来。

没几分钟，官宣微博之后，积之家再次发布了一条微博。

积之家："积之家百年沉淀，以爱之名，特别定制并赠予宋先生@宋砚和宋太太@温荔Litchi约会系列情侣腕表，'S'与'W'，Steen Soong&Wendy Wen，全球独一无二，只此一对。"配图是这对定制款手表还没离开瑞士时的照片，只见一对手表静静地躺在天鹅绒中，表盘上的刻度"12"被改成了"S"和"W"的字样。

蹭姐夫的代言真的很爽，温荔的粉丝们不得不承认。

"全球限量款，整个地球上大概能找出几十块；而定制款的手表就只有这一对，没有估价，属于私人收藏物品。"

"太帅了！！"去公司的路上，文文捧着手机直接在副驾驶座上叫了出来。

温荔吓了一跳，捂着胸口责怪道："作为我的助理竟然花痴其他男艺人，我扣你工资。"

"不是不是，不是其他男艺人，是宋砚老师。"

"见过那么多回了，你至于吗？小女生就是小女生。"温荔"喊"了声，靠回椅背上继续休息，可几秒后又伸出手，"他拍新画报了？给我看看。"

"不是，姐你自己看吧。"文文解释不清楚，直接把手机递给温荔。

温荔顺着话题榜扫了眼，视线定住，一个官宣代言的话题足足看了十几分钟。

这时手机来消息了，在温荔的手里振动了两下。

文文小声提醒："姐，有人发消息给我了。"

"哦。"温荔回过神来，把手机还回去。

是文文的大学同学发来的微信。

"刚刚的代言话题一出来，我群里的小姐妹都在尖叫，而我一脸蒙！"

"那个甜死人的文案是官方想出来的，还是他们俩自己想出来的？！"

"快说是官方想的，这样我还能挣扎一下！"

温荔和宋砚的婚姻情况文文其实是清楚的，所以当关系好的大学同学来找她打探八卦消息的时候，她不能违背职业道德说出真实情况，但又怕朋友陷得太深到时候出不来，就只能委婉地提醒朋友，别太当真。

结果自从上了那档夫妻综艺节目，他们俩平常无论是对视还是对话，经常情意绵绵，连她都迷惑了，嘴角常常不受控制地露出自己都没意识到的笑容。

文文咽了咽口水，试探性地开口："姐，这个官宣文案你事先知道吗？"

"不知道。"

"那……这文案是宋老师想出来的吗？"

温荔觉得文文这问题问得实在外行，笃定地说道："他是代言人，又不是文案策划。"

文文点头，低头跟她的大学同学说："你还可以再挣扎一下。"

因为文文这个不着四六的问题，温荔反而琢磨起来。

她看了眼自己在节目录完没多久给宋砚发的微信消息。

她先是发了讨论她和许星悦戴了同款女式腕表的微博。

温荔："前两天线下活动我戴了这块表，结果这人马上戴了同款。"然后她发了一张"呕吐"的表情图。

温荔："录节目的时候我故意提这块表了。我想让别人知道我这块是定制款。"

她本来的计划是先让人注意到她和许星悦撞款，所以在节目上刻意提了，这样就能让许星悦更下不来台。

宋砚："稍等，在和品牌方谈事。"

温荔等了十几分钟，宋砚也没有回复，她心里想是不是因为这样做显得她太小气了。

他是不是觉得她小家子气，一块表也要跟人争个高下？

纠结了一会儿，温荔难得替他着想，妥协了。

温荔："你的代言什么时候官宣？不能提前曝光的话，我就再忍忍。"

这时候男人回复了。

宋砚："让你忍忍你不是会更生气吗？"

温荔："这表是你送我的，我总要顾及你的感受吧。"

宋砚："那你的感受呢？"

温荔想说"我没关系"，但她又不是那种心胸宽广的人。

于是她试着有些任性地对他说："宋老师，我好不高兴啊。"

明明就是她和宋砚的情侣腕表，许星悦这学人精学她什么不好，偏要学她戴这款手表。

宋砚："明白了。"然后他发了一张"摸头"的表情图。

温荔想了半天，没明白他说的"明白"是什么意思。

直到文文给她看了官宣的文案，她才明白过来。

温荔："话题榜我看到了。"

温荔："积之家的文案多少钱一个月？我想把他挖过来给我写通稿。"

她反复斟酌措辞，才让自己的语气看上去没有那么高兴。

宋砚："那你打算给我开多少工资？太少了不干。"

温荔在这一刻心想自己完了。

本来最近对他的感觉就奇怪，她下意识地回避，装不懂，装傻瓜，就是不想跟协议结婚的丈夫扯上合同和生理需求以外的关系。

合同是白纸黑字，生理需求是成年人的本能，前者有法律效力，两个人互相制约；后者他们都得到了满足，谁也不亏。

自从妈妈去世，爸爸也不常回燕城了，撇下儿女，在世界各地巡游，喝酒交友，看着潇洒自在，但常常会不顾时差打电话给她和徐例，哭着说想他们的妈妈了。

姥爷和舅舅其实也常常会想妈妈，但他们都有更重要的事要做——工作、生活，对故去的人再怎么思念，自己的日子还是要过下去。

两种感情的区别就在于，爸爸和妈妈是爱人，他们是相爱的。

感情是个没办法计算盈亏的东西，栽了就没办法了，之后受多少苦都是自己活该。

本来多自在的一颗心，风风光光活了二十多年，那么多人喜欢她，她不缺爱，也不缺钱，有家人，有朋友，好好享受被人爱的滋味就够了，爱情这种伤人的东西实在可有可无，为什么一个不留神，她就成了那个把心交出去的人？

控制不住的心动让她实在是不甘心。

温荔:"开不起,你太贵。"

宋砚:"不贵。"

这俩字发过去,好像显得他太卑微了。

但撤回又显得他开不起玩笑,算了,就这样回复吧。

柏石娱乐的总裁办公室里,柏森开了瓶红酒,要给宋砚倒上。

宋砚放下手机,把手轻轻地覆上杯口,说道:"晚上我还要回家,不能喝酒。"

"回家怎么就不能喝了?"柏森说到这儿住口,突然想起,"忘了,你家里现在装了摄像头。"

宋砚挑眉默认。

柏森只好落寞地独酌。

"本来昨天你的经纪人还在和积之家讨价还价呢,想着多薅点儿羊毛,你倒好,刚谈完就让人发微博官宣了。"柏森抿了口酒,叹气,用一副"白给人打工"的语气说道,"文案还是你拟的,他们给你稿费了吗?"

宋砚却没觉得可惜,说道:"代言费就够多了,算是赠送。"

柏森打趣道:"哎哟,我们分毫必争的宋砚老师怎么突然这么大方了?之前又是拍戏又是读商科学位,恨不得把这辈子的钱都赚够,今天连自己亲自想的文案都送给品牌方了?"

"也不是送,文字版权还在我这儿。"

"啧,比我还像奸商。"柏森睨他,突然一双狐狸眼眯成线,细细地打量眼前的人,"为了温荔那丫头吧?"

宋砚也不否认,说道:"顺手帮她出口气。"

柏森咂了咂嘴,品酒的同时也品出了别样的深意来。

"也是奇怪,两年前这丫头在舆论上出事,她舅吩咐我们这些发小儿,谁也不许出面帮她,结果你顺手和她结了个婚。那个叫郑什么的女的要抢她的资源,你又顺手接了这个综艺节目。现在她跟人撞了表,你又顺手写了个文案。阿砚,你怎么长了那么多手啊?"

说到这儿,柏森勾起唇角,似笑非笑地看着宋砚。

宋砚乜斜着眼睛看着他,眼底深沉得像一片起了波澜的海面,看不清情绪:"你阴阳怪气什么?"

"都是男人,装糊涂就没意思了。喜欢那丫头吧?我是情场老手,你骗不了我。"

宋砚笑了笑,平和地说道:"现在才看出来,看来你这情场老手也是徒有虚名。"

柏森睁大眼,说道:"嘿,你这诡辩。"顿了下又替自己解释,"我早看出端倪来了好吧,否则单身男人谁好端端的往婚姻的坟墓里钻啊?但是你读高中那会儿不是很讨厌她吗？"

宋砚每次对她都是爱搭不理的。温荔心气高，宋砚不理她，她也不理宋砚。

一个是好朋友，另一个是青梅竹马的发小儿，结果两个人不对付，让夹在中间的柏森很头疼。

宋砚低声说："我从没讨厌过她。"

柏森那时候总喜欢逗温荔，常常当着别人的面说"这是我青梅竹马的发小儿兼未婚妻"，久而久之，他们学校的人一见温荔过来玩，对姑娘的名字想不起来，就记得这是森哥青梅竹马的发小儿兼未婚妻。

温荔很抗拒柏森这么逗她，可是她越生气，柏森越来劲，后来她想出个办法，每逢介绍柏森时，也不说"这是柏森哥"了，就说"这是我没过门的未婚夫"。

这些听在别人耳中是十足的打情骂俏。

宋砚以柏森朋友的身份将这些尽数收进眼底。

温荔反应迟钝，对其他人的误会视而不见，反正大家打趣也不敢当着她的面。可柏森的真实态度，宋砚却很清楚。

逗着逗着，他好像把少年的心给逗丢了。

柏森有一次跟宋砚闲聊，说起自己内心的想法：他一直把温荔当妹妹看，一开始说结亲家，他和温荔一样抗拒，对跟温荔凑一块儿完全不能接受，可是慢慢的，他开始觉得，如果能和这个漂亮张扬的姑娘就这么吵吵闹闹欢喜冤家般过上一辈子好像也不错。

可是这姑娘不懂，或者说她懂，但是不想懂。

她只愿意和柏森做朋友，做兄妹，做青梅竹马，打心眼儿里抗拒和柏森发展出别的关系。于是当柏森偶尔故作玩笑地对她说"要不你就认命吧"，她一定会立刻非常伤人心地大骂他一顿。

然后柏森那蠢蠢欲动的小心思就彻底熄灭了，和别的女孩子谈恋爱多好，温柔体贴，谁像这姑娘，白长一张漂亮的脸蛋儿，却是个小炸药桶，凡是追过她的男生，没一个没被她"先拿镜子照照自己吧"这样拒绝过。

"你要是喜欢她，喜欢得不那么明显，她反应迟钝看不出来还好，她要是看出来了，又对你没意思，你就等着尊严被她踩在脚底下践踏吧。"这是柏森后来对其他只看脸的男人的忠告。

看着自己的好兄弟不幸在这场协议婚姻中栽了跟头，柏森由衷地感到痛心。

"阿砚，你说你都快三十岁了，怎么这免疫力比你十八岁那会儿还不如呢？你那时候多酷啊，温荔每次看你，你连个眼神都懒得施舍给她。"柏森想了想，替宋砚找了个原因，"还是说她之前是没长开，所以你抵抗得了；现在她长开了，你就被勾走了魂？啧，祸水，这丫头绝对是祸水，是上天创造出来专门对付我们这些男人的。"

其实温荔这性格，着实不算招人喜欢，讨厌她的怎么也喜欢不起来。

可喜欢她的又怎么都放不下。

她太特别了，目光只要被她吸引住，就怎么也挪不开了。

柏森问："要不让我这个情场老手来帮你出出主意？"

"别多事，没事少联系她，"宋砚睇他，淡漠地说道，"前未婚夫。"

柏森撇了撇嘴，不服气地道："我还没怪你挖我的墙脚呢，你还先小肚鸡肠起来了。"

宋砚却突然轻声说："她本来就该是我的未婚妻。"

柏森"呵呵"笑了两声，吊儿郎当地说："你读高二时才转来燕城这边，之前一直在澳城当你的少爷，蒙谁呢？"

宋砚没再说话。

他除了工作，时常一副懒洋洋的样子，垂着眼皮，对谁都不爱搭理。

柏森能跟他做朋友，还一做就是这么多年，就是因为柏森是个话痨，跟宋砚正好互补。

"最近跟立策传媒的老总吃饭，他的公司和卫视联合搞了个竞演类的真人秀，收官的一期想请你过去，让我帮忙说说。我看了他们的致敬名单，有你的电影，也有那丫头的电视剧，那丫头在感情方面迟钝得像千年王八，但演戏是真的挺有灵气的。要不你们上那个节目来个戏里生情，怎么样？"

宋砚抬起眼皮看他，似乎在考虑这个提议。

柏森正等宋砚考虑，宋砚放在桌上的手机振动了起来。

宋砚想去拿，被柏森一倾身抢过来。

柏森说道："你继续想，我都口头答应人家了。电话我帮你接。"

柏森一看来电显示，"温老师"，哟，他前未婚妻，小炸药桶，温荔丫头。

宋砚问："谁打来的？"

"陌生号码。"柏森敷衍道，故意按下接听键。

"宋老师，"那边的人一开口就是甜妹嗓音，别扭兮兮又黏糊兮兮的，"你什么时候回家啊？"

柏森顿时睁大了眼。

宋砚看柏森的表情不对劲，皱眉，问："到底是谁打来的？"

柏森"喃喃"地道："小炸药桶变小狐狸精了。"

他说这句话时没刻意拿开手机，被手机那边的人给听到了。

温荔的语气瞬间变了，她压低了声音问："柏森哥？"

柏森咳了两声，语气耐人寻味地说道："嗯，是我啊。丫头，干吗呢你？在练台词？"

温荔不说话了。

柏森立刻想象出她瞪眼暴怒的样子，更快乐了。

宋砚听到柏森对手机里那人的称呼，立刻站起来，倾身抢过了手机。

柏森还保持着举手握着手机的姿势，愣了愣，贱兮兮地笑得更大声了。

宋砚接过手机放在耳边，还没来得及开口，那边的人就是铺天盖地一顿怒吼：“你是不是闲的？自己没事做接别人的电话？还是你偷听我跟宋砚说话？宋砚他没长手还是没长嘴，要你帮忙接电话？宋砚人呢？！”

"我在。"

温荔又不说话了。

"你干吗让他接你的电话？"温荔的语气变了，抱怨里带点儿气恼，"让他看我的笑话？"

宋砚瞥了一眼柏森，看到这人还在笑，唇角弯着，似乎还在回味着什么，手指抚唇，咂嘴连连，非常吊儿郎当，让人不爽。

"他抢了我的手机。"宋砚蹙眉，挪开眼，轻声问她，"你刚刚说了什么？"

那头的人黿声黿气地说："没说什么。挂了。"

然后不等宋砚再深问，她直接挂断电话。

宋砚放下手机，直截了当地问柏森："刚刚她在电话里说了什么？"

柏森眨了眨眼，笑嘻嘻地说："没什么，丫头问你什么时候回家。"

宋砚眯眼，弯了弯唇，说道："那你笑成这样？"

"我跟她好久没联系了，今天久违地听见她的声音，高兴一下怎么了？"柏森一脸无辜地摊了摊手，"好歹也是前未婚夫妻嘛。你能理解的吧。"

柏森慵懒地靠向沙发，胳膊又轻轻地搭在靠背上，悬空的手指一点一点地在空中画圈，跟随着办公室内流淌的巴赫大提琴曲的节奏，优雅、得意到了极点。

宋砚冷冷地看着他，绕过桌子走到他面前。

柏森正闭眼耍帅，没有察觉，被男人攥住领带不轻不重地往上提了提。

"你欠揍吗？"

宋砚读高中的时候跟人发生过矛盾，起因是他们那个班要参加高考的毕业生寥寥无几，临近高考那阵子大家闲得慌，于是班里组织了毕业旅行。

宋砚要准备高考，不能去。柏森大喊寂寞，最好的哥们儿不在身边，他也不想去了。

几个哥们儿就撺掇柏森叫上温荔，还拿她开了几句玩笑。

柏森冷下脸，当即就有些不高兴了。

几个男孩子看他脸色不好，赶紧换了话题。

结果当天下午，柏森的那几个哥们儿就和宋砚闹了矛盾，缘由不明。宋砚性格冷漠，话也少，除了柏森，跟谁的关系都一般。

后来那几个哥们儿各自移民海外，宋砚又进了演艺圈，这事算是被彻底埋进了土里。

宋砚当时一对多，伤势竟和那几个人的差不多，想来是个会打架的。

柏森想到这里，立刻认输，说道："真没说什么，就是问你今天什么时候回家。我发誓，骗你我单身一辈子。就是……"

宋砚挑眉，示意他继续说。

"就是她语气嗲嗲的，还蛮可爱的。"柏森笑了起来，"把我给吓着了，要不是她叫出了我的名字，我还以为是谁打错电话了。"

宋砚表情复杂地放开他。

柏森理了理领带，叫宋砚喝杯酒消消气，又不是什么重要的话没听到，臭着张脸算怎么回事。

结果宋砚压根儿不领他的情，径直要走，说道："我先回去了。"

"回家啊？回吧回吧，那丫头问你什么时候回家估计也是找你有事。"柏森甩了甩手，又说，"欸，我刚刚跟你说的节目，你去不去啊？"

宋砚丢了句："你先去跟佳瑞的张总说，看她让不让温荔去。"

柏森立刻抗拒地皱眉，斩钉截铁地拒绝："你让我去找张楚瑞？我不去。"

宋砚觉得莫名其妙，但没兴趣追问。

"你跟那丫头说吧，跟她的经纪人说也行，就是客串一期而已，难道经纪人还不能做主吗？"

宋砚"嗯"了声，算是答应下来。

柏森看宋砚这会儿是真要走了，立刻又问："对了，阿砚，温荔丫头和佳瑞的合约快要到期了吧？她有续约的打算吗？没有的话要不你让她来柏石吧，我保证，她只要肯来，条件随便开。"

宋砚却说："她跟佳瑞的张总关系不错，应该会续约。"

"关系不错？不可能，张楚瑞当初签那丫头的目的就不单纯。要不是那丫头红得这么快，估计早就被张楚瑞一脚踢开了。"

宋砚听他语气肯定，不解地道："你怎么知道她目的不单纯？"

"张楚瑞是我的大学同学。"柏森顿了顿，有些不情愿地说，"我俩之前在大学谈过一段时间。"

宋砚："……"

看着宋砚脸上那复杂的表情，柏森耸了耸肩，说："没办法，跟宋寡王你不一样，哥们儿的魅力就是这么大，一个前未婚妻，一个前女友。温荔那丫头是个红颜祸水，我是个蓝颜祸水。"

218

温荔从公司回来后就一直在等宋砚回来。

今天张总告诉她，游戏代言已经谈得差不多了。游戏公司今年推出手游版，正好和端游的周年庆碰在了一块儿，这个代言人的含金量自不用多说，曝光量和联动的商务活动不会少。丹姐对此很重视，三天两头飞去深城出差。

所以在等宋砚回来的空隙，她一直在玩游戏。

摄像头又拍不到温荔心里在想什么，在监视器前的工作人员看来，这是温荔最平常的状态——一个人在家里也能闲得有声有色，宋砚在不在家对她来说都一样。

虽然他们节目组不干涉嘉宾们的个人行程，有时候夫妻俩各有各的工作，分开也是没办法的事，但其他嘉宾分开的时候，好歹会时不时提到对方，时刻提醒观众这是夫妻综艺节目，到了这对，那分开就是真的分开，完全各过各的。

粉丝们反正也都看开了。

前几期的温荔，除非节目组的台本有要求，否则一般听到宋砚回来最多就是往门口看一眼，然后继续做自己的事。

工作人员没抱希望，宋老师都没要求她出门迎接，他们插什么手？

结果，本来躺在床上玩手机的温荔听到宋砚回来，突然坐了起来，穿上鞋走出卧室。

编导问："温老师想上厕所了？"

副导演说："主卧里有洗手间啊。"

编导又问："那就是主卧洗手间的马桶坏了？"

正当他们还在想主卧厕所的马桶到底坏没坏时，温荔趿着拖鞋慢悠悠地走到客厅的玄关处。

她懒洋洋地靠着墙，以拖鞋尖抵着地板画圈圈，说道："回来了？"

"嗯。"宋砚看她难得出来迎接，下意识地往摄像头那边扫了一眼，条件反射般问，"又来任务了？怎么出来迎接我了？"

温荔眼神闪烁，说道："哦，是有任务。"

监视器这边的导演蒙了，转头问编导："你不经过我的同意私自改台本了？"

编导立刻摆手，说道："没！绝对没！"

导演觉得莫名其妙，问道："那是什么任务？这段我记得没任务啊，温老师自己想的？"

谁知道？继续看不就知道是什么任务了？

宋砚换好鞋，又问："什么任务？"

温荔张了张嘴，想着该怎么编。

正在监视这一切的工作人员不自觉地往前伸了伸脖子，想要看破她的唇语。

结果温荔示意宋砚把耳朵凑过来。

这下不光是声音听不见，连唇部动作他们都没看见。

导演最讨厌小年轻说悄悄话的这个坏习惯，不满地道："又不是什么机密，有什么是我们不能听的吗？"

到时候节目播出，观众又要在弹幕上抱怨"节目组，我要你有何用"。

宋砚听了温荔的话，挑了挑眉，问："然后呢？具体做什么？"

"随便啊。"温荔在他的耳边小声说道，"只要待在一块儿就行。"

如此模糊不清的任务，跟前四期简洁明了的任务布置完全不同。

不过《人间有你》的台本本来就多变，会随时按照嘉宾的意愿改动，宋砚不疑有他，打算认真地完成任务。

他知道温荔平时爱待在卧室里，于是直接进了卧室。

宋砚在小沙发上坐下，问："那你想做什么？"

温荔看了一眼床，想到了什么不好的东西，赶紧摇摇头摒弃这些，扬了扬手机，说："玩游戏吗？《盛唐幻想》，就是你之前代言过的那款游戏，出手游测试版了。"

宋砚点头，说道："那我下一个。"

两个人窝在小沙发上玩手游。温荔帮宋砚建立账号，又帮他的游戏人物捏脸、买衣服。宋砚后来干脆把手机交给她，等她鼓捣完这些再说。

温荔弄好，炫耀般给他看，问："好看吗？"

宋砚看了眼，游戏人物的脸是按照他的脸捏的，有五六分像，一头长发，身上的白袍镶着金丝，袍角动一动还有金色的华光四处流淌。宋砚之前代言过这款游戏，知道这游戏的外观设置，这套装扮看着就不便宜。

不过温荔向来是个舍得在游戏上花钱的人。

后来游戏加载完毕，白袍雅士来到了新手村。

温荔用传送功能到新手村找他。

游戏里两个人物站在一块儿，身上的古风外套是同款，只不过她身上那件是女款，所以更华丽飘逸一些。

温荔比较自恋，游戏人物的脸也是按照自己的样子捏的。

好般配！她盯着屏幕，有些窃喜。

新手村里没有温荔的任务，她就陪着宋砚，一直跟在宋砚屁股后面走，连他打怪也要紧随其后，反正她等级高，血量厚，不怕被小怪打死。

跟得紧了，两个人物直接穿模，你中有我，我中有你。

温荔傻愣愣地笑了起来。

现实中没法儿穿模，她往宋砚的方向靠了靠，肩膀抵着他的肩膀，大腿挨着他的大腿。他身上还是那股仲夏月光的香味，冷冽清淡，她觉得熨帖，又觉得紧张。

她转过了弯，心情随着相处变得更加轻快。

宋砚看游戏里的温荔都快和自己变成一个人了，问："你不用做任务吗？"

"我等级比你高，任务在主城。"

"那你要是觉得无聊可以先去做你的任务。"

温荔脱口而出："不无聊！"说完又咬唇，讷讷地找借口，"看新人菜鸟打低级怪还挺有成就感的。"

被说"新人菜鸟"的宋砚叹了口气。

打了半个小时，他觉得脖子有些累，左右摆了摆头。

这时候温荔把手按了上来，说道："脖子累？我帮你揉揉。"

没做过粗活儿的手又软又嫩，温荔不喜欢留长指甲，也不喜欢做美甲，粉粉的指甲总是剪得齐整圆润，所以不怕戳疼他。她没帮人按摩过，手法简单生疏，按不到穴位，宋砚脖子的累并没有缓解，身体甚至越来越酸胀，还莫名其妙地痒了起来。

监视器里，一个人打游戏，另一个人按摩，导演连后期字幕都想好了——浮生半日闲。

温荔按了半天，手指有些酸，但宋砚没喊停，她捏着他的脖子肉，也不舍得放开，突然努嘴问了句："我按得怎么样啊？你好歹给个评价呀。"

她凑得太近，呼吸打在他的耳根上。宋砚手指顿了一下，本来被打到只剩下一丝血的小头领触发被动技能，突然暴走，举着斧子冲他劈了过来，然后他就死了。

"死了？"温荔眨了眨眼，忍不住笑了，"你也太菜了吧！哈哈哈！"

宋砚："……"

她这一嘲笑，温馨的气氛全没了。

导演扶额。他还以为这温馨的画面能撑得久一点儿，撑到水到渠成说不定还能看到他们俩情不自禁干点儿什么，是他想多了。

宋砚抿唇，有点儿生气又有点儿无奈，想笑又笑不出来，扔下手机说："我去喝口水。"

"哦。"温荔点头，跟着他起身。

她一路跟着他走到冰箱旁，看着他拿出矿泉水，又跟着他去橱柜拿水杯，最后看着他倒了两杯水，递了一杯给自己。

温荔愣愣地摇头，说道："我不渴啊。"

宋砚笑了，问道："那你小跟屁虫似的跟着我干什么？"

"我要跟你待在一块儿啊。"她说。

"我就是喝个水而已。"

"喝个水也要两分钟呢。"温荔说，"两分钟也算分开。"

宋砚目光微黯，侧过头喝水，一杯水喝完了，凸起的喉结却一直在动。

即使知道是任务，他也有点儿难以招架。

宋砚喝完水，没急着回卧室，又径直往洗手间走。

温荔看他往洗手间的方向走，估计他要上厕所，嘟囔道："刚喝完水就要上厕所，消化系统真好。"

去洗手间她就没办法跟着了，总不能看他上厕所吧。温荔还没黏他黏到这么变态的程度。

她转头打算回卧室。

结果宋砚一把拉住她，带着她往洗手间里走。

温荔愣住了，结结巴巴地说："那什么……我没有看你上厕所的变态癖好啊。"

宋砚反问："不是说两分钟也算分开吗？"

温荔心说真是搬起石头砸自己的脚，然后被他拉进了洗手间。

宋砚一放开她，她立刻转过身，自觉地面壁，说道："你上吧，我保证不会偷看。"

宋砚却扳过她的肩膀，强硬地让她面对自己。

她赶紧闭上眼。

没听到水声，倒是按在自己肩上的手越收越紧，温荔悄悄地睁开眼，撞进一双意味不明的眼眸中。

他低声说："洗手间里没摄像头，到底是什么任务，你可以偷偷告诉我，节目组不会知道。"

温荔傻了，这让她怎么编？

她嘴硬地道："就是要我们待在一块儿的任务。"

"只是待在一块儿，又没有要求连两分钟都不能分开。"拍了这么多期，宋砚也知道节目组的要求不可能严格到这种地步，"总不可能是节目组点名让你当跟屁虫吧？"

温荔苦恼地皱起眉，嘟囔道："我今天就想当跟屁虫，不行吗？"

一颗心狂跳不止，分不清是谁在无措，安静的洗手间狭窄、昏暗，地点着实不怎么好，还好有淡淡的熏香飘满空间。

温荔被他逼得退后，直到背抵在冰凉的防水砖上，后脑勺儿磕了一下，她才意识到好像不太对劲。

超级近的距离下，心意明朗却又不肯开口的沉默和拉扯是种挠心的折磨，这种折磨是痛苦的，同时也是令人上瘾的。

这种气氛像慢性毒药一般，不会干脆地一击毙命，而是用最缓慢又挠心的方式，一点点地将毒素布满全身，懂的人恨它给自己带来的折磨，想戒却又戒不掉，因为羽毛蹭过心脏那一刻激起的电流，足够让暧昧的拉扯抵过打开天窗后照进来的阳光。

宋砚垂眼看她，哑声问："跟屁虫，你到底有什么目的？"

温荔细声细气地答非所问："你不亲我吗？"

她的这个问题没有经过大脑的同意，完全是被他搅乱了思绪，就这样说出口了。

别扭到极点的人，有的时候只要大胆一点点，就能把人弄得措手不及。

他被抓住了把柄，回答她的是认输的叹气声和覆过来的嘴唇。

当然还有楼下节目组震破天际的喊声："为什么？！为什么洗手间里不能装摄像头？！"

"严导冷静啊……在洗手间里装摄像头是违法的……"

导演当然知道洗手间里不能装摄像头，可他就是觉得烦躁，非常烦躁。

他们节目的四对嘉宾，就连新加入的实习夫妻都知道如何在夫妻综艺节目上吸引观众，但是这俩人就不懂！

导演摸着下巴严肃地说："我得想个办法，不能让他们再这样下去了，否则我这节目要完。"

刚刚劝严导冷静点儿的工作人员不知道该不该提醒一下严导，其实"盐粒"的热度真的是一骑绝尘，他们的节目每期大爆的名场面、一串话题，至少半数是"盐粒"贡献的。

他觉得严导就是单纯地被吊起了胃口，气从口出，为了泄愤才这么说的。

谁知道导演还真跟编导说："小李，你们几个编导改天开个小会自己商量一下，把台本再丰富一下，多想出点儿有爆点的东西来。"

编导无语至极，他们节目的口碑好就好在无剧本，自由度高，不会强行安排嘉宾去演一些所谓吸引观众的剧情，要真按导演说的做，那就本末倒置了。

"严导，他们的粉丝吃的就是这种朦胧感。"编导好声好气地解释，"或许这就是宋砚老师和温荔老师老是关上门说悄悄话不让我们拍到的原因。"

导演沉思片刻，狐疑地说："他们要真这么厉害，知道粉丝们爱看什么，为什么他们的粉丝还会被封为'全网最惨粉丝'？"

之前#签字笔全网最惨#这个话题是上过话题榜的，微博里全是哭天抢地喊饿的人。严导是综艺节目导演，肯定要时常上网追热点更新综艺脑细胞。

编导不说话了，因为没法儿圆了，代入一下"签字笔"，好像是挺惨的，好不容易两个人上了夫妻综艺节目，也没等来他们心心念念的某些接触画面。

接吻对温荔来说并不算什么，按性质大概分为两类：工作和生理需求。

生理需求是和宋砚结婚后新开发的性质，有时候情到浓时，宋砚会咬她的唇，这对男女来说都是个水到渠成的亲密动作。

其实还有一类，只是因为时间久远，所以被她尘封在记忆中。

是她年纪还小的时候那个意外的初吻，比起心动，更多的是无措；比起害羞，更多的是惊恐，她心慌意乱，几天没睡好，觉得被宋砚学长占了便宜。直到后来学长说，他也是初吻。当时她虽然尴尬，但也不得不承认学长的安慰很有用——既然都是初吻，她也不算亏，想通后就不把这事放在心上了。

现在第四类来了。

不为工作，洗手间里没有摄像头；也不为生理需求，现在还是大白天；更不是意外，因为是她半主动地发出了邀请，然后宋砚接受了。

温荔攥紧拳头，微张开唇，顺从地放他进来。

得到她的纵容，宋砚愣了那么几秒，微微睁开眼，神情恍惚。

拉开上下的粉色帷幕，藏在贝齿下的公主总是很胆小，想要也从不说要。骑士早就习惯，因为公主的矫情也别有风情，却第一次得到了回应，骑士又怔又喜，竟然傻乎乎地停在了唇瓣边缘。贝齿下的公主生气了。

温荔闭上了嘴。

宋砚慌了一下，脸色微变，随即哑然失笑，立刻又撬开她的牙齿探了进去。

温荔鼻子里"哼哼"两声，卷着舌尖往后躲，不肯就范，最后还是没留神被他抓到用力一缠。

他温柔又讨好地吮吻。

温荔心想这还差不多，微微踮脚，抬起胳膊绕上他的脖子。

这种熨帖和心动于她是第一次。她从来没觉得他的呼吸这么好闻，也从来没想到自己会这么沉迷于和人亲吻。

喜欢这个人，温荔觉得很开心，同时也很紧张。

直到兜里的手机振动了几下，她才回过神来，推开宋砚，低头掏出手机。

消息来自A组的闲聊小群，她和宋砚也在里面。

编导小李："二位老师，你们是在洗手间里聊天儿吗？@宋砚 @温荔。"

温荔："……"

温荔把手机给宋砚看。

宋砚表情也挺无奈的，说："出去吧。"

"你先出去吧。"温荔摸了摸鼻子，含混地说，"我等会儿再出去，不然这段播出去还不知道会被怎么乱说。"

宋砚低头看见她嘴唇周围一圈接吻导致的微微泛红的印记，下意识地抹了抹嘴唇。

"就算被猜到了，也不算乱说。"宋砚想了想，说，"只能说是我们偷偷做坏事被抓到了。"

他又说荤话！温荔受不了地瞪他，瞪着瞪着自己先笑出了声。

他问："笑什么？"

"你管我！"温荔先是下意识地嘴硬地回了一句，转念一想，又直勾勾地看着他，眼里水光潋滟，眼神温柔可爱至极，她张了张嘴，小声说，"我就喜欢和你做坏事，怎样？"

满意地看到他因为自己的直白愣怔住，温荔得意地仰头，转身打开门走了出去。

她刚刚还说待会儿再出去，结果自己忘了，把他一个人丢在洗手间里。

宋砚反复回想她刚刚说的那句话的每一个停顿处和重音，那心情就像孙悟空被如来佛骗得飞了十万八千里，最后却发现被耍了一遭，其实压根儿就没逃出过如来佛的手掌心。

从洗手间里出来后，温荔回卧室躺着，抱过身边的小抱枕，攥着上面的流苏穗子玩。

她和宋砚有肌肤之亲的基础，比起从起跑线开始已经好太多。虽然之前她把这个完全当成生理需求，宋砚是男人，估计也没当回事，但她对自己的魅力有信心，把人追到手应该不难。

心意明朗后，温荔突然觉得在这桩聊胜于无的协议婚姻中有目标了。

只要把人追到手，协议还不是想反悔就反悔？想到这个画面的温荔满足地笑出声。

监视器前的工作人员都没当回事——反正温荔老师也不是第一次这样了。

后来手机响了，温荔看了一眼来电显示，是经纪人陆丹打来的。

"丹姐，"温荔语气谄媚，带着笑意问，"傍晚好，吃晚饭没呀？"

"你中彩票了？"陆丹语气疑惑，但很快正了正语气说，"认真点儿，我找你有正事。"

温荔瞬间收敛了笑容，说道："你说。"

"立策的老总联系我了，《最高演技大赏》的收官之期，《冰城》的仇导也会来，所以我建议你去。我之前约了仇导好几次，他的回答一直模棱两可，只说找时间让你去试个镜，但也是一拖再拖，要不是编剧看好你的外形，再加上男主角之一已经定下了宋砚，他估计连磨洋工的时间都不肯跟我耗。"

《冰城》这部谍战悬疑类电影是大满贯导演和金牌编剧的合作作品，是近几年华语市场最重要的电影项目之一，参与投资出品的十几家公司大多是传媒业的龙头，在选角定下来之前，导演和投资方挑挑拣拣实属常态。

温荔的商业价值毋庸置疑，投资方看中她这一点，可转向银幕没那么容易，电影实绩不是靠人气就能稳住的，所以投资方那边也一直在纠结。

陆丹谆谆教诲："我现在还在深城帮你和游戏公司磨合同细节，暂时回不来，你到时候表现好点儿，别让我失望。"

温荔点头，说道："明白。"

"我让他们节目的编导加你的微信了，他一会儿就把台本发给你，你今晚好好看看。"

陆丹又嘱咐了几句才挂掉电话。

来了工作，儿女情长只好先放在一边，温荔趁着宋砚还在洗手间里，直接大步走进书房，霸占了他的常驻基地。

因为是收官之期，这档节目在选剧上下了不少功夫，不论是电影还是电视剧的节选片段，选的都是有名的经典之作。电影方面自不用说，都是卖座又有口碑的经典电影；电视剧方面，温荔看到了自己那部古装偶像剧，虽说是古装偶像剧，但确实是当年几乎家喻户晓的大爆剧，节目组选它也是看中了它的知名度。

她作为助演嘉宾，重新演一遍当年的角色当然不会有什么差错，陆丹想让她好好表现的是在助演嘉宾的换演环节，也就是表演其他的经典影视剧。

普通娱乐综艺节目的主要目的并不是展现演技，而是制造综艺效果，但这是正儿八经的竞演节目，考的就是演技，温荔肯定不能按照以往拍综艺节目的套路来。

说是助演，其实节目也是在考助演的演技。

她一直在看那几个节选剧本，直到宋砚敲了敲书桌，她才意识到宋砚进来了。

"在看什么？"

"剧本。"温荔起身，"你要用书房吗？那我回卧室看吧。"

"待在这儿吧。"宋砚在她的对面坐下，说道，"不是有任务？"

温荔后知后觉地想起自己编的这事，点点头，说道："哦，对，差点儿忘了。"

然后她又坐下了。

两个人隔着桌子各自做自己的事。

温荔盯着电子版的文件看久了，渐渐地眼睛有些酸，放下手机打算休息一会儿，于是托着下巴盯着对面的男人看，先是看他的额头，然后是那双眼睛——眼窝微深，双眼皮因为垂眼的动作看不见了，接着是高挺的鼻梁。

长相出众的男艺人有个共同点，那就是拥有挺拔立体的鼻梁。

鼻梁下面就是嘴唇，淡粉色，略薄，温荔觉得这个程度刚刚好，既不显得厚重，也不显得轻浮。

她喜欢他之后，好像觉得他这张脸哪儿都长成了自己喜欢的样子。

"看什么？"宋砚突然开口。

被抓个正着的温荔心急跳了一下，眨了眨眼，说："看你啊。"

男人抬起眼皮，咬紧的下颌牵动耳朵小幅度地动了动，他想说什么，却欲言又止，最后低声提醒："敬业点儿，看剧本就认真看。"

温荔还想说什么，宋砚又指了指书房里的摄像头，说道："想被拍到看剧本还开小差的画面？"

温荔撇嘴，但又觉得不甘心，起身绕到他的身边，弯下腰跟他耳语："被拍到了也怪你，谁让剧本没宋老师你好看。"

宋砚没办法了，往旁边躲了躲。

心智成熟的男人无措的时候不会像情窦初开的小男生那样，气急败坏地用凶巴巴的表情掩饰自己的真实想法，只会无奈地对眼前的人说："马屁精。"

"我说的是实话啊，怎么就成马屁精了？"温荔不满地说，"我回卧室了。"

宋砚又拉住她的手腕，问道："怎么又要回卧室了？"

温荔语气平静："你比剧本好看，我在书房里看不进去剧本。"

她离开书房后，和宋砚一并愣住好半天没回过神来的还有楼下的节目组。

阅偶像剧无数的编导问："温荔老师是怎么做到这么平静地说出这么油腻又暧昧的偶像剧台词的？"

虽然是拍综艺节目但也很懂偶像剧那一套的严导道："好歹演过那么多偶像剧的女主角，跟那么多男演员搭过戏，早习惯了吧。"

编导点点头，一脸笑意地道："但是宋砚老师好像还蛮受用的。"

监控器里，宋砚一脸呆滞，最后无奈地趴在桌上，手里的剧本怎么也看不进去了。

严导也笑，理解地说："宋砚又没演过偶像剧，这种普通套路对他来说已经是不得了的手段了。"

其他年轻的工作人员立刻恍然大悟。

所以说偶像剧的存在是有必要的，万一碰上个不懂套路的，随随便便学两招儿就能把人撩成木鸡。

编导问："那这段素材还要吗？"

要换成其他两对真夫妻，这样的素材平平无奇，是最多只能放到花絮环节的内容。

"要啊，吃这套的小粉丝多了去了。"导演说，"再说他们能有素材给我们剪成预告片已经很不容易了，别挑三拣四的。"

粉丝总说他们节目组不会拍素材，天地良心，他们的摄像组已经很敬业了，恨不得一天二十四小时把镜头凑到嘉宾脸上拍。

监视器里，温荔回到了自己的卧室里。

两个人又恢复如常，各自工作。

温荔在熟悉影视节选片段的剧本，宋砚也在看剧本。

他看的就是《冰城》的第一版剧本。由于电影背景宏大，内容丰满，所以编剧老周还在不断修改，不过还是让宋砚先熟悉一下第一版的剧情，因为除了与背景相关的内容，角色之间的人文剧情基本上是不会动的。

《冰城》的设定是双男主角，两个男主角的年龄、出身不同，各自有感情线，年长的男主角和他的妻子几十年婚姻，为民族大业不得不相隔千里，彼此是爱人也是战友；年轻的男主角的感情线则更戏剧性一些，从未见过面的两个人因组织的命令结成夫妇，深入虎穴，从互不信任到互生情愫，这种感情的变化更有张力，也更适合由年轻演员来完成。

虽然在这部电影里两位女主角的戏份比不上两位男主角的戏份，但仍是非常重要的一环，导演和制片人非常重视两个女性角色的选角。电影的备案号下来没多久，网上猜测选角提及的女演员就已经不下两位数。

宋砚一直说感情戏是自己的短板，老周却对他能成功演绎自己剧本中的感情很有信心，理由是宋砚的那部处女作——哪怕宋砚当时是素人出道，连系统的表演课都没上过，却还是成功地塑造了经典角色。

原因无他，宋砚身上的少年气足够，长相和气质都符合角色，再加上剧本好，天时、地利、人和俱全。

所以老周坚信，宋砚的感情戏一直不够出彩和宋砚本人没关系，或许是选角不够贴合，或许是剧本还不够好。

大部分天才骨子里带着点儿特立独行，老周也不例外。他是个很注重感觉的编剧，不在乎什么人气，不在乎什么花旦、青衣之别，也不在乎演员能不能扛票房、符不符合投资方的眼光。老周只属意温荔，因为她的气质和长相很贴合他执笔写剧本时脑子里所想象的绾绾。

这本子老周之前就打算给温荔，但中途不知被哪个女艺人截了和，后来还是老周联系上了温荔的经纪人，双方才又搭上线。

宋砚在想：她一直没跟自己说过，是不想借自己的东风帮忙，还是和自己合作的意愿不如自己和她合作的意愿那么强烈？

宋砚看着看着就走了神，加上琢磨剧本是一件很耗心力的事，等宋砚琢磨完，晚饭时间早过去好几个小时了。

为了管理身材，温荔一向是不吃晚饭的。直到宋砚给她做了份简单的水果沙拉拿进卧室，她才想起原来是一日三餐而不是一日两餐。

饿的时候连水果沙拉看着都像是人间珍馐，但她还是谨慎地问了句："这沙拉酱是低脂、低糖的吧？"

宋砚有去健身房的习惯，再加上是男人，饮食方面不必像她这样小心翼翼，做沙拉的时候也没仔细看。

"不是吧，你都没看营养成分表就拿给我吃？"温荔睨他，"你是不是想让我长胖？"

"我真是比吕洞宾还无辜。"宋砚啼笑皆非，担心她晚上不吃东西胃不舒服，好心做了份沙拉，结果还被倒打一耙。

温荔听懂了，说道："你骂我是狗？"

"嗯，不识好人心的小狗。"眼看着温荔龇牙要炸毛，宋砚又缓缓地开口，仿佛是在给她顺毛，"我不怎么吃水果沙拉，这沙拉酱应该是你的助理买回来放在冰箱里的。"

气焰一下子弱了，温荔小声说："哦，那肯定没事，她不会给我买有发胖风险的沙拉酱。"

她捧着碗吃了几口，又想起自己刚刚的态度不太好，虽说是开玩笑，但显得有些不信任宋砚——他好心给她做沙拉，她还怀疑他想害自己长胖。

如果是以前，她肯定就在心里愧疚一下，面上一如既往地傲慢，才懒得解释什么。

最多这碗沙拉她不吃完，留一半儿给他咯。

但现在不同了，她得对他好，这样他才会喜欢她。

温荔叉了块水果送进嘴里，然后夸张地喊："哇，你做的水果沙拉好好吃！"

她觉得男人都喜欢被夸，所以他肯定也喜欢。

但很可惜，温姓女艺人算错了。

她在蓉城吃火锅的反应都没这么夸张，所以宋砚下意识地觉得她在表演。

"真的好吃，要不你尝一口？我喂你嘛。"她挪了挪屁股，朝他凑过去。

宋砚往后撤了一下，平静地问道："又是新任务？"

今天从头到尾她就很不对劲，宋砚第一次觉得拍综艺节目比演戏还考验自己。她什么也不说，他甚至不知道到底是不是她联合节目组在耍他。

他想起之前几期，她奉节目组的安排对他撒娇，害得他差点儿名节不保，在话题榜上被挂了一天，也被自己团队的那些人笑了一天。

也不是说他特别在意自己的形象，做演员的当然习惯了镜头入侵生活，但在某种特殊情况下，他还是不愿意让温荔以外的人看到自己的那一面。

温荔却因为他的抗拒有些不高兴了。

为了证明不是任务，温荔当着他的面把卧室里的摄像头和收音设备都给关了，说道："你看，灯灭了，不是任务吧？"

宋砚环顾四周，试图在这间卧室里找到新装的隐藏式摄像头。

温荔综艺节目经验比他多得多，看他那样子就知道他在找什么，于是狠狠地叉了块哈密瓜送进嘴里，撑得腮帮子鼓鼓的，说话也含混不清："你找，你找到一个隐藏式摄像头我给你十万块。"

宋砚不是不信任温荔，只是实在觉得今天的她各方面都很奇怪。

他问："那你今天到底怎么了？"

"我没怎么啊。"温荔没辙了，泄气般说道，"你给我做了水果沙拉，我很高兴，想喂你一口。"

就是这样才奇怪。

算了，是任务他也认了。宋砚妥协地说："好，你喂吧。"

温荔叉了块哈密瓜。这种水果香甜爽口，非常适合拿来做水果沙拉，她给宋砚叉的这块是最大的。

她咽了咽口水，然后一口咬上哈密瓜。

宋砚啼笑皆非地道:"不是喂我吗?怎么自己吃了?"

没等他反应过来,面前的人嘴里咬着哈密瓜,朝他凑了过来。

唇上突然被香甜的味道覆盖,清凉的哈密瓜抵着他的唇,她靠得太近,带着温度的呼吸打在他的鼻尖上,宋砚整个人一怔,下意识地张嘴咬住了她用嘴喂过来的哈密瓜。

她霸道地咬走了一半儿,这才退开,说道:"这块太大了,我怕你的嘴装不下,帮你吃一半儿。"

温荔做这件事的时候有些不好意思,太大胆了,也不知道他会不会嫌弃她的口水。

不过她转念一想,之前他们都交换过多少回口水了,宋砚不至于这么矫情。

果然,他一点儿也不矫情,吃下了另一半儿哈密瓜。

舒了口气的温荔歪头冲他笑,问:"是不是很好吃?"

男人低声说:"很甜。"

香甜的汁水顺着喉咙从食道一路滑下,很快侵入五脏六腑,他好像从来没吃过这么甜的水果,甜到内心弥漫着无与伦比的欣喜。

几天后,《人间有你》官微再次发布新一期节目里四对嘉宾的预告片。

人间有你:"#《人间有你》##盐粒夫妇的三十秒预告片#第五期来了!出演偶像剧经验丰富的@温荔Litchi的小情话!这次看@宋砚如何招架。"

预告片依旧是雷打不动的三十秒,再看其他三对的预告片,至少一分半钟。

幸好粉丝们也习惯了,只在弹幕里嘲讽了几句。

"说好的三十秒就是三十秒,多一秒、少一秒都不叫'盐粒'。"

预告片里,果然洗手间里的那段没被放进去。这种情况已经不是第一次,两个人喜欢关起门来说悄悄话这习惯实在不好,严导都快被逼疯了,于是节目组没放这段,免得粉丝被吊起胃口后又要抓心挠肝。

最后和微博文案内容对上的,就是温荔的那句"你比剧本好看,我在书房里看不进去剧本"。

弹幕:

"这不是我认识的三力。"

"出道这么多年,演多少偶像剧了,到今天你终于会实际应用了!三力,你出息了!"

"这女的竟然会说情话了,我的青春结束了。"

"好土,但是我好喜欢,我的脑子是不是出问题了?"

这事后期字幕再次提醒:"面对温荔的情话攻击,让我们看看宋砚是什么反应吧。"

视频里,宋砚先是愣住,再是苦恼地扶额,最后趴在了桌上。

此时后期制作人员放出拳击比赛中耳熟能详的胜负提示声:"完败。"

弹幕：

"哈哈哈，后期制作小哥你好懂！！！"

"请问这个纯情小男生是那个高傲冷漠的宋姓艺人吗？"

"救命，刚刚三力说的话我一点儿也不觉得甜，结果美人这反应让我直接被甜得晕过去。"

因为往期预告片的惨痛教训，温荔和宋砚学会了在新一期预告片刚出那会儿暂时不看微博，等话题淡了再看，这就叫"逃避虽然可耻，但有效"。

不巧的是，《最高演技大赏》收官之期的特邀助演嘉宾名单刚官宣，节目组要求受邀艺人上微博转发。

但温荔这次运气不错，新一期预告片的重点嘲讽对象不是她，所以她的评论区还是很和谐的，一片"期待三力"的粉丝留言。

宋砚微博下面的评论区就没那么和谐了。

不光有闻讯而来的节目观众，还有粉丝跟着瞎凑热闹。

"美人哥，是不是该开口叫你纯情小男生了？"

"哥，啥时候接个纯情小男生角色啊？别老演硬汉了，不适合你。"

在拍摄棚内为杂志拍摄封面的温荔在休息期间也在偷偷地看宋砚的微博，看到这条评论的时候直接笑出声，然后截图发给宋砚。

温荔："什么时候演个纯情小男生？"

宋砚："你什么时候演个纯情小女生，我就什么时候演纯情小男生。"

温荔："……"

温荔心想：这辈子大概都不可能看到宋砚接这种类型的角色了。

她决定换个话题。

温荔："那档演戏的综艺节目，我怕到时候万一抽到电影片段却没演好，仇导看了不满意，更看不上我了，我就更没机会和你合作了，宋老师，你带带我呗。"

宋砚："很想拿到那个角色吗？"

温荔毫不掩饰自己对那个角色的渴望："想啊，这么好的资源谁不想要啊？"

这句话发出来后，她又问："你希望我拿到吗？"

宋砚："特别希望。"

他特别希望她能在银幕上获得所有观众的认可。

电影在最北的滨城拍摄，拍摄周期不短，大导演又都不喜演员仗着地位随便请假，所以他非常希望能借这个机会和她合作。

温荔："我会加油的！"

"阿砚，一个人偷偷笑什么呢？"

宋砚抬起头，发现仇导正看着他。

圆桌周围坐着的人听到仇导的话，纷纷朝宋砚这边看过来。

今天这场饭局算是《冰城》剧组主创的私下聚会，除了没定下的几个角色，从制片人到演员，基本上都到了。

宋砚平静地说："在跟我太太聊天儿。"

"啊，温荔啊。"仇导点点头，试探地问道，"她找你帮忙？"

"没有。"宋砚摇头，"我倒是想帮她的忙，她不愿意，这姑娘比较倔。"

仇导愣了一下，"哈哈"大笑，说道："倔点儿挺好的。"又对编剧说："绾绾也是很倔的脾气，是吧老周？"

老周也笑道："可不是吗？犟驴子一个。"

"不过阿砚，你太太跟绾绾像，倒是你的性格跟亭枫的性格好像不怎么像啊。"仇导话锋一转，挑了挑眉，说，"你自从上了综艺节目，性格变化倒是挺大的，老于都跟我说以前你的性格可不是那样的，这是结了婚性情大变啊。"

宋砚勉强笑了笑——被粉丝在微博上调侃是一回事，被人当面调侃又是另一回事。

他起身，说去上个洗手间。

"去吧去吧。快上菜了，我们就不等你了，先动筷子了啊。"

"好，你们先吃。"

去洗手间简单地洗了个手，宋砚站在盥洗池前发了会儿呆，还是决定打个电话给《人间有你》的总导演。

一个预告片就让人调侃成这样，要是那天温荔用嘴喂他吃水果的画面被播出去……宋砚笑着叹了口气。

严导很快接通电话，问："到家了吗？那我让人开摄像头了啊。"

"没有，我还在外面。"

"那打电话给我有什么事啊？"

"想跟严导你商量一下，前几天晚上你让温荔做的那个任务，那段能不能剪掉？"

严导的语气听上去很不解："什么任务？前几天你和温荔在家里那会儿我们没安排什么任务啊。"

宋砚也不解，说道："没有？那她假装关了摄像头以后……"

直觉敏锐的严导立刻察觉了不对劲，问："什么？！那天晚上摄像头关了之后你们还做了什么吗？！嗯？？？"

宋砚呆呆地看着镜子里的自己。

手机那端，严导的求知欲似乎要冲破通信塔。

然后严导被宋砚轻飘飘的一句"没什么"给浇了个透心凉。

自从跟这对夫妻合作拍综艺节目，严导感觉每天都错过了好多精彩的画面。

两个人每天一到点就准时关摄像头。也不是说他们特别想拍到某些在过审边缘试探的画面，但合法夫妻偶尔穿着衣服搂搂抱抱一下总不过分吧？

　　宋砚不知道严导在心里把他和温荔吐槽了个彻底，挂掉电话后准备回包间。

　　这是一家会员制的私人餐厅，老板的身份成谜，但据说背靠兴逸集团。记者很难混进这里，所以不缺人脉资源的圈内人都爱来这里和朋友小聚。

　　装潢典雅的长走廊上回荡着古琴曲，宋砚从洗手间的方向过来，正好路过上升到这层的电梯。

　　电梯门打开。

　　"宋砚，好久不见。"

　　宋砚垂着眼皮，走得很慢，完全没注意到从电梯里走出一个人，直到被声音打断了思绪。

　　女人一袭复古小洋裙，摘下墨镜，狭长精致的眼里洋溢着淡淡的惊喜。

　　网上早有爆料说唐佳人近期回国是为《冰城》选角一事，看来不是空穴来风。

　　宋砚点点头，说道："好久不见。"

　　十年前的《纸飞机》后，两个人就再没有合作过。两个人的事业规划不同，一个重心在国外，一个重心在国内，这几年交流甚少。

　　对男人眼里的陌生感和疏离感，唐佳人并不感到意外。

　　"从仇导那儿打听到今天你们在这儿聚餐，就厚着脸皮不请自来了，希望不会打扰你们。"

　　"不会。"宋砚淡笑道，"仇导应该会很惊喜。"

　　他猜得很准，仇导非但没觉得唐佳人的出现很突兀，反而惊喜得不行。

　　这几年唐佳人一直在国外拍戏，国内观众对她的印象并不算深刻，但在华人影圈内，她的地位甚至要高出国内几个人气、口碑都不错的年轻女演员一截。

　　对于两个人一起进包间，一桌人神色各异。

　　不过宋砚两年前就已经结婚，这几个月来和太太的关系也肉眼可见地亲密起来，他说是恰好碰上的，其他人也就没再发散思维，只当是多年不见的老朋友见面。

　　唐佳人是新入桌的，整桌的话题一时间都围绕着她。

　　她今天穿得简单，妆容清丽干净，很符合这间中式包间的装潢风格。

　　有个女演员夸她把复古穿成了时尚。

　　"时尚本来就是个轮回。"唐佳人笑着说，"最近重温老电影，觉得那时候的审美已经非常高级了。"然后她又对仇导说："仇导，我听说《冰城》的造型指导是您三顾茅庐才请来的？"

　　"是。"仇导点头，一脸无奈地道，"这人跟老周一样难伺候，说在看到剧本前是不会答应的，不想让烂剧本糟蹋自己的审美和设计，给多少钱都不干。老周跟他怪癖相投,这才请动了人。"

电影美学是门极其重要的功课,一部好的电影,从剧本到美术,必定都是上乘水准。《冰城》这个电影项目,一开始就是冲着奖项大满贯去的,所以在各个方面都力求请到业内顶尖的电影人才加盟。

唐佳人笑着说:"那我改天一定要上门请教一下,看我在不在他的审美点上。"

仇导"嗤"了声,说道:"要是你都不在,那没哪个女演员在了。"

桌上聊得开心,编剧老周却从头到尾没参与。

导演和制片人都在和唐佳人聊,老周却搬了张凳子坐到了宋砚身边,小声说道:"这位气质很不错,长得也古典,但就是跟缩缩不是一路的啊。"这话不能跟导演他们说,老周只能和宋砚细语,"她是水仙,但缩缩是朵明艳的国色牡丹啊,可以娇俏灵动,也可以英姿飒爽,就像你太太温荔。"

宋砚微微挑了挑眉,低笑道:"我太太要是知道您这么夸她,估计要乐得尾巴翘上天。"

"实话。"老周叹气道,"可惜我就一拿笔写字的文人,做不了主。早前托人给你太太递了本子,她的经纪人迟迟不回复我,我还挺不高兴,觉得你太太调子高,后来才知道本子压根儿没送到她的经纪人手上。我等回应的这段日子,倒是这位唐小姐联系上我了,懂的都懂。"所以话没必要说得太明白。

宋砚没说话。

剧本的初稿,老周同时托人给宋砚和温荔送去,宋砚收到了,温荔却没有收到。温荔的经纪人猜到是被人截和了,只是一直不知道这人是谁。

"老周,你怎么坐那儿去了?跟阿砚聊什么呢?佳人要给你敬酒。"

仇导的声音浑厚,老周有些被吓到,撇了撇嘴,说:"聊他太太呢。"

然后老周走回自己的座位,拿起酒杯回敬了唐佳人。

唐佳人爽快地干掉一整杯,笑着问宋砚:"你太太今天怎么没来?"

宋砚也笑道:"角色还不一定是她的,我太太脸皮薄,不肯来。"

他意有所指,唐佳人嘴角的笑容依旧,眼中的情绪却淡了不少——原来哪怕是协议夫妻,宋砚也会护短。

仇导朝宋砚举起酒杯,口中玩笑地道:"阿砚,过两天你太太还有咱们都要去那个《最高演技大赏》综艺节目。我是头一回上综艺节目,你经验比我多,到时候提醒着我点儿,别我说话不好听,得罪了那帮年轻演员。"

旁边的赵副导演接话:"谦虚了啊,这话说的,能被仇导你指导两句是那帮孩子的福气,多少人想都想不来呢。"

"赵导说得是。"宋砚回道,表情似乎有些不好意思,"我太太也一直希望得到仇导的提点,不过我这人是个老婆奴,她一委屈我就心疼,希望仇导能对她嘴下留情。"

仇导笑得肩膀直颤抖，连连点头，说："好好好，看在你这个老婆奴的分儿上，我这老爷们儿脾气到时候一定收敛收敛。"

一顿饭吃完，一行人在安保严密的停车场分别。

今天这饭局，工作人员都不能入席，所以几个演员的经纪人和助理都在保姆车上等着。

唐佳人和宋砚的车停得有些近，所以两个人的路线相似，宋砚的经纪人柯彬在看到唐佳人的那一刻毫不意外地愣住了。

唐佳人说了句"彬哥，好久不见"，转身上了自己的车。

这样疏离的客套场面被不远处的仇导和老周尽收眼底。

老周一心创作，很少管演艺圈的事，但也知道这两个人是十年前大爆的那部青春文艺电影的男、女主角。两个人年少相识，那时候都单纯，不论有没有发展成别的关系，也算是老朋友了，这几年各自发展，也没有利益冲突，按理说不至于关系疏远成这样。

仇导却自顾自地说："看来于伟光那次还真没蒙我。"

老周连忙问："什么事？"

仇导觉得奇怪得很，问："你不是一直懒得关心演员的八卦消息吗？今天怎么这么热心？"

在老周眼里，宋砚不是演员，就是自己笔下的亭枫，自己写出来的人，当然关心了，但这么说肯定会被仇导笑话，于是老周说："好歹他要演我的本子，总要关心一下。"

这理由挺充分，仇导借着酒劲儿，缓缓地跟老周说起了刚刚那话的缘由："十年前的事了。《纸飞机》你知道吧？"

老周点头，说道："于伟光那部。"

"那部不是拿奖了吗？当时于伟光开庆功宴，请了不少人，我也去了。我那时候问于伟光是怎么挖到这个好苗子的，于伟光说纯属运气好，本来想着青春文艺电影嘛，年轻人看的东西，男、女主角的演技还在其次，主要是要有灵气，有青春洋溢的生气，所以找了个素人演男主角。他一开始压根儿没想过拿什么奖，给宋砚讲戏的时候也是尽量用最简单的话讲。宋砚那时候就是个普通的高中生，白纸一张。唐佳人是学跳舞的，有舞台经验，比宋砚好点儿，但也青涩。俩孩子不熟，宋砚看唐佳人的时候眼里压根儿没东西，当时给于伟光愁得不行。"

老周"欸"了声，说："可是宋砚那年不是拿到了新人奖吗？"

而且宋砚和唐佳人还是那年网选的"最佳银幕情侣"。

"你听我说完。"仇导摆手，说，"光是给宋砚讲戏没效果，于伟光就跟他说，你有没有喜欢的女孩子，你代入进去——你喜欢的那个女孩子光芒万丈，而你是地里的泥土，你很喜欢她，却又配不上她。"

老周意味深长地"哦"了声。

合着在那部电影里，宋砚的眼睛里装的不是女主角，也不是饰演女主角的唐佳人，而是他心里的女孩子。

这也能说明，为什么宋砚和唐佳人十年前合作的那部电影被奉为影坛经典，里面的某些细节和拍摄手法至今被大部分青春电影模仿致敬，甚至有人传过这两个人当时因戏生情，短暂地交往过一阵子，后来分手了才失去了联系。

演员借用自身的现实经历入戏本来就是很正常的办法，于伟光跟不少演员这么提议过，所以压根儿没放在心上，而宋砚在采访中从来没提过，所以这事也就圈内几个和于伟光关系不错的导演知道。

"别往外说啊。"仇导提醒老周，"到时候又被写一些乱七八糟的假新闻，于伟光非跟我算账不可。"

老周点头，说道："知道。"

近郊的私人餐厅饭局刚结束，刚从拍摄棚赶到综艺节目录制现场的温荔就收到了她舅舅的微信。

温衍："今天宋砚去温征的餐厅吃饭了。"

温征是她的小舅舅，她姥爷一共仨子女，她妈温微是最大的姐姐，有两个弟弟温衍和温征。

小舅舅是个没什么抱负的纨绔子弟，对家里的事从来不闻不问。温家的家训是，除了继承家业，别的梦想一概归为歧途，所以哪怕他开的私人餐厅做得有声有色，铁面无私的温衍依旧看不上，很少过问弟弟的生意。

温荔觉得莫名其妙，回了句："你跟小舅舅和好了？"

温衍："他做梦。"

温荔："舅，我怀疑我的嘴硬是遗传自你。"

温衍："当你舅舅就够累了，还给你当爹？你做梦。"

温荔："你的口头禅能不能改改？真欠打。"

温衍："先把你'喊'的口头禅改了吧。"

温荔："喊。"

温衍："……"

温衍："温征说一群人中还看到个女演员。"

温荔更觉得莫名其妙了，回："所以呢？"

温衍："那个女演员叫唐佳人。"

温荔没再回了。

温衍："忠诚是婚姻关系中的道德底线。"

那如果是协议结婚呢？这个底线还是有效的吗？

温荔还在琢磨舅舅的话，工作人员已经来收手机了。

《为你发光》第三期是曲目排名公布，流程简单，温荔照着念排名就行。

徐例的自作曲民谣拿到了不错的分数，温荔一路看着他走上台发表感言，替他高兴，对他笑了笑。

徐例对自己的这个分数也很惊喜，也冲温荔笑了笑。

台下几个和徐例比较熟悉的选手看到这一幕，立刻惊讶了："冰山开花啊，第一次看徐例笑得这么甜。"

听到台下喊声的徐例立刻又板起一张脸。

"晚了，徐例！已经拍到你笑了！"

对这方面比较有经验的温荔心里隐隐冒出个不好的猜想。

应该不至于只是对视笑了笑就被拉郎配吧？他们可是亲姐弟啊。

节目录完后，温荔上网搜了一下。

果不其然，因为许星悦那句"无心"的调侃，他们俩都有零星的粉丝了，现实还真就这么离谱儿。不过现在林黛玉和奥特曼都能被凑在一起，更何况别人也不知道她和徐例是亲姐弟。

她又想起舅舅给她发的微信，一个手贱没忍住，搜了宋砚和唐佳人。

因为男方已婚，所以把他们俩凑对的粉丝并不多，不过还是有不少影迷在期待他们的二度合作。

温荔心中那把斗志的火焰又熊熊燃烧起来：她不光要把宋砚抢到手，还要把电影角色拿到手。

她就是这么霸道，这么不可理喻，不管唐佳人突然冒出来是为了电影角色还是为了宋砚。

温荔今天的行程很满，上午是杂志拍摄，下午和晚上是综艺节目录制，一直到天彻底黑下来还没到家。

宋砚比她先到家，照常在书房里待着。

他看的是《最高演技大赏》的台本。节目在收官期一共请了八个助演嘉宾，从助演嘉宾的经典影视作品中分别选了八个片段作为竞演内容，第一部分是助演嘉宾各自帮助新人演员完成自己影视作品片段的演绎，第二部分则是助演嘉宾抽签换演片段，在短短一天时间里熟背剧本，吃透人物情感，完成换演任务。

虽然抽签充满了不确定性，但嘉宾们事先拿到了台本，提前知道了八个片段分别是什么。

节目组选的都是经典影视作品中的经典片段，所以剧本都是有难度的，宋砚也需要好好预习。

"一个小时了，宋老师还没翻页。"编导语气迷惑。

就算是在看剧本，需要参透每一个字，这效率也未免太低了。

"在开小差吧。"

就跟念书时差不多，人老实地坐在教室里，看着是在听讲，其实心早不知道飞哪儿去了。

成年以后，大多数人开会的时候也是这样，看着是在听老板说话，其实半个字没听进去。

宋砚确实是在开小差。

他从今天中午和严导通电话到现在，心里一直在开小差。

最后他索性合上剧本，掏出手机看了起来。

男人抬头觑了眼摄像头，扶着椅子转了个身，用后脑勺儿挡住了手机屏幕。

摄像组人员："……"

宋老师自从吃过几次亏，行事是越发谨慎了。

严导指着监视器说："他这样我很怀疑他背着我们在看不健康的小电影。"

编导说道："不至于吧……"

严导怒了，说道："不至于他为什么不能光明正大地让我们看？！"

最近严导的小情绪很多，只要碰上这种嘉宾不给拍的情况他就会夺毛。宋砚和温荔这对是最不配合拍摄的，但严导偏偏就爱监视这对，其他三对嘉宾他偶尔才去串个门看一看，平时恨不得住在摄像 A 组。

宋砚不知道自己已经给严导带来了巨大的心理阴影，在问答界面上打了几个词条：自恋、嘴硬、别扭、嘴硬、脾气很差的女孩子的行为特征分析。

然后最佳回答是："放动漫里是高人气女主角，放现实中是事精。总之，喜欢上这类女孩子的男同胞们，笔者真诚地劝你们，你要不是受虐狂，就赶紧换个人喜欢吧，早换早解脱。"

宋砚："……"

退出搜索软件，宋砚直奔社交软件——按理来说粉丝应该是最了解自家艺人性格的人群之一。

温荔喜欢逛他们俩的粉丝集合地宋砚是知道的，只是她每次都说是无意中点进去的，死不承认，宋砚一直懒得戳穿她。

超话最新的加精视频又更新了。

粉丝分别做了两个视频，标题是"温三力的千层套路"和"宋美人的千层套路"。

《千层套路》是一首外语歌，被誉为"适配任何情侣、夫妻的剪辑视频的万能背景音乐"，普遍用于动画影视中，用于真人的次数也不少，总之，只要不是完全无人问津的，大概率都有以此歌做背景音乐的剪辑视频。

宋砚没兴趣看自己的，直接点了温荔的。

视频下方有字幕。

视频刚开头就是一串弹幕：

"该来的还是来了。"

"你们终于还是对他们俩下手了。"

歌词是外语。

"结婚两年却和丈夫貌合神离，第三年的见异思迁绝对不可以有，想要成功地追到男人，不用套路绝对会失败！"

宋砚因为前几年拍戏学过简单的外语，隐约觉得歌词和字幕不太能对上。

"主动出击会显得不矜持，于是要假装被动，通过小花招展现魅力，比如跳舞、撒娇和喂水果。

在他面前跳最少女的舞，以小心机撩拨他的心弦，老夫老妻也可以甜蜜满分。

温三力撩汉手册准则：A、B、C、D、E。

A：喊。

B：我才不要。

C：不稀罕。

D：宋老师……

E：剧本没你好看。

这一手，那一手，叠加起来就是连环套，既有侵略性，又有艺术性，加起来就是外表高傲强硬内心害羞腼腆温三力的千层套路！"

弹幕：

"我不管，我信了，三力就是在玩欲擒故纵！"

"@宋砚，@宋砚，@宋砚！"

宋砚："……"

不用叫他了，他已经看到了。

他心里那盏灯好像"砰"的一声，猛地亮了起来。

某温姓女艺人对这个新加精的视频当然也看见了。

她看完自己版本的视频，当即喊了声："离谱儿！"

正在帮她卸假发片的造型师吓了一跳，问："怎么了？"

"没什么。"温荔举起手机递到造型师面前，说道，"就是粉丝做的这个视频，简直是断章取义，我哪有那么不矜持啊？！"

造型师拖动进度条看了半分钟，笑了，说："别说，这么剪出来我还真觉得你这些行为是在故意逗宋砚老师。"

"没有好吧。"

这些素材都是很早之前的了，那时候她对宋砚压根儿就没非分之想，怎么可能是故意为之？

就算现在有了非分之想，她也还没出招儿呢，最多就是说话露骨了点儿，可也没有耍心机，她对宋砚说的每句话都是那一瞬间脑子里冒出来的想法。其实以前她也有类似的想法，之所以不说出来，是因为不愿意承认自己有些时候被他吸引，也不想让他太膨胀；现在说出来，是因为她控制不住。

温荔不想在造型师面前丢了面子，"哼"了声，高傲地说："粉丝会这么认为，只能说明我的魅力太大，什么都不做就能把人牢牢地吸引住。"

造型师跟了温荔好几年，早已习惯了她私底下的性格，连忙附和道："是是是，如果头发再多点儿不需要垫假发片就更有魅力了。"

温荔"啧"了声，说道："姐，再说大实话我扣你的工资啊。"

她不常垫假发片，但因为录制这档音乐综艺节目，周围都是年轻的歌手，就连导师团内部也在暗暗比拼造型，每一期齐思涵和许星悦的舞台妆造都极其令人惊艳。人靠衣装马靠鞍，"硬件"再优越，也是需要造型才能稳住话题榜的。

她今天的妆很漂亮，是偏轻熟风的车厘子色系，比起显少女感的嫩粉色，她的脸显然更适合这种介于清纯和性感之间的冷艳妆容。

一期期节目录下来，妆造团队也渐渐找到了最适合她的舞台妆容。

看完了自己的，她又去看宋砚的版本。

他这个版本在温荔看来更离谱儿，什么心机，什么套路，反正温荔作为当事人之一，是一点儿都没看出来，只觉得牵强至极。

她去翻评论区，试图在评论里寻得认同。

"我终于知道为什么自己找不到男朋友了，我真的没救了，要不是这个视频，我真看不出来美人原来这么会。"

"跟美人的手段比起来，三力的招数简直幼稚。"

粉丝夸就夸，倒也不必贬低她吧。

"姐妹们，我明白了，三力的套路是笨拙可爱的，美人的套路就是狡猾迂回的。"

"所以'盐粒'其实真的很甜，只是他们一个心眼儿太多，另一个缺心眼儿？"

所以她一定是心眼儿多的那个吧？她一定不是缺心眼儿的那个吧？

"我们只能帮到这儿了，美人、三力，你们看到了吗？@宋砚 @温荔。"

温荔："……"看到了，她看到了。

温荔正认真地看这群粉丝老妈子般的谆谆教导，手机剧烈地振动起来。她猛地抽回思绪，定了定心神，接起电话。

是陆丹的电话。

"后天就要去沪市录节目了,《冰城》的剧本吃透了吗?"

"还行。"温荔摸了摸鼻子,说道,"这不是最近都在忙着准备综艺节目吗?所以这两天没看。"

"综艺节目要准备,电影剧本也要看啊,你参加这个综艺节目最主要的目的就是拿下《冰城》的角色,万一仇导在录完节目后让你现场来一段试镜呢?你不表现出诚意怎么拼得过那几个青衣?"陆丹语气认真,"而且我收到消息,今天《冰城》剧组的私人小聚唐佳人也去了,她应该是势在必得,不然不会没打招呼就贸然跑过去凑热闹。这两天你就别窝在家里了,去上个戏曲课,别辜负周编剧对你的期望。"

"丹姐,"温荔突然问,"你觉得唐佳人这次回国,到底是想拿到这个角色,还是想和宋砚合作?"

陆丹顿了一下,反问她:"先不管她,你呢?是想要角色还是想和宋砚合作?"

温荔诚实地说:"我都想。"

"你今天倒是出乎意料的诚实。"陆丹有些惊讶地道,"这不就是了,你都想,更何况她呢?她在国外这几年没少往国内发通稿,不然你以为为什么即使宋砚结了婚,她和宋砚这对曾经的银幕情侣的热度还能这么持久啊?"

温荔撇嘴,说道:"那也没我和宋砚的热度高啊。"

"那等你们的协议结束呢?"陆丹笑着问,"等宋砚恢复单身,他们再续前缘怎么办?"

再续前缘?哪有什么前缘?!她和宋砚认识比唐佳人跟他认识还要早好不好?!

只是那时候宋砚讨厌她,每次见到她都是一副冷淡的模样,就连对视的时候,当她露出笑容试图和他拉近关系时,他都会在愣神一下之后迅速地别过头不看她。

这和《纸飞机》里他看唐佳人所饰演的女主角的眼神截然相反。

温荔也是看了那部电影之后才恍然大悟,原来总是冷冰冰的宋学长,面对喜欢的女孩子,也会露出那样温柔又渴望的眼神。

以前她最多就是惊讶一下,但现在对他的感觉不同了,那种惊讶就变成了烦躁和不服气。

这天温荔忙到凌晨两点才到家,回来的时候摄制组的工作人员都下班了,宋砚也睡了。

温荔有些泄气——本来她今天特意没卸妆,想回家后让他惊艳一把的。

人都睡了,谁会惊艳?她又不想让别人惊艳。

温荔只好独自去洗漱,把自己洗干净后,蹑手蹑脚地爬上床。

"喂,宋老师。"她盯着天花板说。

宋砚没有回应。

"睡死你算了。"温荔嘟囔，虽然很想把他拽起来把话说清楚，可最后还是没舍得吵醒他，只好不服气地说，"学长，明明我跟你认识得比较早。"

如果那时候你对我的态度好点儿，不把"讨厌温荔"四个字写在脸上，以你的长相和气质，也许那时候我就喜欢上你了。

温荔替男人拢了拢被子，又替他理了理睡翘起的头发。从来只会享受别人对她好的温荔突然意识到，原来对喜欢的人好这么令她快乐。

宋砚如果现在是醒着的会不会感动她不知道，反正她挺感动的。

在这种自我感动的情绪中，温荔渐渐地有了困意。

她不知道宋砚在家里等她到凌晨一点，乏累至极，才不舍地睡下。

他睡得很沉，还做了梦。

那个冷峻傲慢的年轻男人客气地叫他"宋小少爷"，可除了这个称呼，剩下的每个字都很不客气。

"如果你父亲没有破产，那你还是小少爷，你和我外甥女之间就有缘分。可是你父亲现在风光不再，你按部就班地念书，再按部就班地工作，能再回到从前的生活吗？

"你打拼一辈子也未必能赚到你父亲曾经赚的钱的零头。

"我知道这话并不好听，我的说辞也很老土，但你也是锦衣玉食长大的，应该能理解我。换作你站在我的角度，而我的外甥女是你，是一无所有的普通人，你会同意吗？"

那些话把他的骄傲和清高打得七零八落，而讽刺的是，他的骄傲和清高就是曾经那锦衣玉食的生活教给他的。

在冰冷的梦里，宋砚困得睁不开眼皮，身边却突然多了一阵带着温度的香味。

他隐约感受到有人替他拢被子，还理了理他的头发。

就是这一点点微不足道的关心，让他几乎没了抵抗力。

宋砚把这阵香气揽进怀里。

从前他连在心里想想都不敢，自然也没有期待过她的回应，虽然他曾迂回地试探过很多次，但都不敢太明显，也不敢说出口。

他必须承认，无论现在多风光，在她面前，他始终不够自信。

《最高演技大赏》的录制地点在沪市，在飞往沪市的前两天，温荔被陆丹拉着去上了两天戏曲班，直到在去往机场的路上，两个人的行程才同步起来。

《人间有你》的录制地点本就是跟随嘉宾的个人行程转移的，现在两口子要飞去沪市出差，整个摄制A组自然也跟着公费出差订了去沪市的飞机票。

但严导这次没来。

他被伤得太深了，已经不再对 A 组嘉宾抱有希望，转而决定对其他三对嘉宾投去更多关爱。

关爱了几天，严导发现，对其他三对嘉宾倒是不用担心素材的事，就连唯一一对假夫妻严准和齐思涵都知道这综艺节目的主旨到底是什么——就是全方位地展现两个人有多么恩爱，尽可能地吸引粉丝，所以两个人虽然对对方完全没有男女之情，在镜头外根本不熟，但在镜头前，那小暧昧演得还是很够味的，不像宋砚和温荔。

但这俩人在镜头前越是遮遮掩掩，越是一副"不屑互动"的模样，严导就越是想把这两个人的头摁在一起，越是抓心挠肝地想看他们甜甜蜜蜜。

严导觉得自己可能已经被宋砚和温荔这对给逼成了受虐狂。

所以摄制 A 组随着两个艺人飞往沪市出差之后，严导什么希望都没抱，觉得能拍到素材塞进正片里凑时长就行。

总导演都这么消沉，整个摄制 A 组的士气也前所未有地低迷。

严导在不在对温荔来说没什么区别。她这两天没怎么回过家，在机场和宋砚会合的时候，竟然莫名其妙地生出一种"一日不见，如隔三秋"的感觉。

以前两个人大半年都难得见一次面，她就当自己还是单身，也没这么矫情。

现在她就想再跟他靠近点儿。

无奈头等舱太宽敞，就算座位挨在一块儿，两个人也黏不到一起。

温荔用了个老借口："宋老师。"

宋砚说道："嗯？"

"来任务了。"她语气正经。

宋砚挑眉，顺着她的话说："什么任务？"

不能放过这个占他便宜的机会，温荔伸出手，说道："我们要手牵着手等飞机到达目的地。"

宋砚眼底笑意渐浓，顺从地说了句"明白了"。

接着他握上她的手，指尖挑开她紧攥的指缝，再将自己的手指挤进去，和她十指紧扣。

占了超出心理预期的便宜，温荔满意地笑了。

看她笑得这么嚣张，像只算计得逞的狐狸，他突然靠过去，附在她耳后轻轻地笑着问："不过你确定任务是手牵着手，不是嘴对着嘴吗？"

第七章
心潮暗涌互相试探

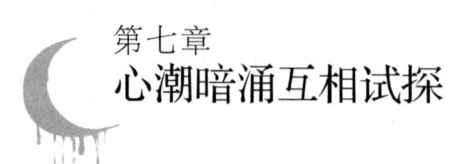

温荔脑子一滞,下意识地摇头:"不是啊,这怎么可能……?"

宋砚用"那真是好可惜"的眼神看着她,但唇角始终是上扬的。

温荔也没呆到那份儿上,突然意识到是不是借口太烂被他看出来了。

她觑了他一眼,虽然心里头很虚,但还是装得义正词严:"开这种玩笑,你什么意思?难道你是在怀疑我诓你吗?"

宋砚解释道:"没有,温老师在我心里一直是个从来不撒谎的人,我怎么会这么想你?"

"嗯,这就对了。"温荔白眼一翻,咳了声,又抓紧了他的手,"牵好了啊,不然任务没完成全赖你。"

"好的。"

每次宋砚一说"好的",温荔就有种不好的预感。

果然下一秒,宋砚笑着提议:"但是摄像师不在这里,就算我们完成了任务他也拍不到,要不要让他升个舱到我们这儿来?"

好家伙,这是一早就识破了,跟她玩呢。

温荔咬牙切齿,一边骂他阴险一边骂自己愚蠢,扯个谎居然也能漏洞百出,一世英名就这么被男色给彻底毁了。

不蒸馒头争口气,温荔死鸭子嘴硬:"不用叫摄像师过来,我就是跟你提前练习一下牵手,怕到时候对着镜头太不自然了,这叫未雨绸缪,你懂什么?"

"这样……"宋砚点点头,嘴上认同了她的解释,眼里的笑意怎么都掩不住。

温荔知道他不信,很不服气,瞥了一眼周围的乘客,见大家都在休息,于是大胆斜着身子凑到他面前,声音很轻地说道:"喂,我说任务是牵手,你还非要问是不是嘴对嘴,你想占我便宜啊?"

每次她这样一反常态,不嘴硬也不别扭地说话,宋砚都会被她弄得愣住。

他盯着她,没说话,不自觉滚动的喉结却说明了一切。

反将了人一军,温荔心情大好,一脸得意:"算了,谁让我魅力太大,你想占我便宜,我能理解。"

然后温荔赏了他一个"我原谅你了"的眼神,打算用漂亮的回击把刚刚的事给敷衍过去。

宋砚本想说什么,但她一点儿也不给机会,直接将一直搭在脑门儿上的眼罩拉了下来。

"困了,我要睡了。"

人是睡了,可跟他十指交叉相扣的手完全没有放开他的意思,大有"高傲到底"的架势,仿佛在说:我就是不承认,你能拿我怎么样?

宋砚想起之前在网页上搜到的关于温荔的性格行为的分析。

不吃这套的人,就会觉得这姑娘一点儿都不直率,肚里的肠子估计都别扭得拧成了麻花。

吃这套的人,就会被吃得死死的。嘴硬也好,别扭也罢,甚至是那不屑的语气和傲慢的态度,其实都是在掩饰她内心的某些小想法,明白这点后,宋砚一点儿也不生气,用可爱点儿的话来总结就是,别说温荔这个人,就连她的头发丝儿都在宋砚的萌点上打滚。

飞机平安落地。一线城市每天接待的名人着实不少,大多数人对此早已司空见惯。

温荔和宋砚这次的行程是公开的,来接机的人很多,为了避免造成拥挤,两个人只能分开走。温荔戴着墨镜,一路低着头走,周围几个保镖替她挡住了想冲上来的人,她的心里却一直在想宋砚。

她在飞机上睡了一觉,醒过来后并没有忘记自己的套路被宋砚识破这件事。

但她很快就想通了。

识破就识破呗,他不戳穿,她就接着装傻,看谁更能忍。

被他戏弄到脸红心跳又怎么了,她是女的,有害羞的资格。宋砚就不一样了,一米八几的成年男人,被她调戏得说不出话来,简直丢死人,以后她可以时不时把这件事翻出来嘲笑他。

温荔脑子里已经开始想象两个人两情相悦之后的场景了,温荔拍了拍自己的脸,感叹自己这与日俱增的脸皮厚度。

粉丝们看到她突然"扇"了自己几耳光，以为她是对接下来要参加的综艺节目没信心，于是纷纷安慰她。

"三力啊，别给自己太大压力了，没演好也没事，网上有我们帮你说话呢。"

"有姐夫在呢，你肯定能演好的啊。"

上次的手表风波过后，"荔枝"们似乎对宋砚的观感好了那么点儿，不再张口闭口喊什么"姐姐独美"的口号，有的"荔枝"甚至开始改口叫宋砚"姐夫"了。

温荔终于抬起头，哭笑不得："你们想什么呢，对我有点儿信心行吗？我不会让你们失望的。"

粉丝们乖乖地点头："三力加油！最近天气热，注意防晒，小心中暑。"

"姐夫也加油！"

温荔咬唇笑了。和宋砚结婚两年多了，她从没去澳城拜访过他的家人，她家的人，宋砚倒是见过，可她舅从没叫过宋砚"外甥女婿"，她弟也不叫宋砚"姐夫"，所以最能带给她自己已经结婚这一感觉的，就是那一纸协议。

她没想到会从粉丝口中听到这个家人之间才有的称呼。

这让人怪不好意思的。

那边围着宋砚的人群当中，一个胆子贼大的小姑娘愣是挤在一群宋砚的粉丝中，在一片"美人注意防暑""哥，微博多发点儿自拍好吗"的呼喊中喊了声："宋砚！照顾好你老婆！"

宋砚一怔，笑了："我会的。"

小姑娘没料到自己会得到回应，好半天没过神来，睁着一双大眼睛愣在原地。

人群跟着宋砚往前走了十几米，她才回过神来，迅速掏出手机给自己的小姐妹发了十几条微信抒发内心的激动之情。

"呜呜呜，我突然觉得好对不起三力，我竟然看上了她的老公，我好花心！"

…………

小姐妹："又是一个激动过头的，抬走。"

温荔并不知道自己的粉丝这么轻易就被宋砚给撬走了，心里还在暗喜粉丝们叫宋砚"姐夫"，觉得自己和宋砚加上粉丝就是快乐的"吉祥三宝"。

《最高演技大赏》这档综艺节目在沪市台播出，录制地点却是在余城，温荔和宋砚跟着工作人员先去台里和几个领导打招呼，接着往余城赶，所幸两座城市挨得近，一趟高铁的工夫就到了。

这一天脚步不停，身边也一直围着各种工作人员，温荔和宋砚压根儿没有耳根清净的机会，更没有闲聊的空隙。

两个人到达录制现场时，宽阔的剧场内棚里，一群新生代演员正在彩排。

温荔想的是待会儿现场抽签，除去自己助演的剧本，剩下的七个剧本中，自己会抽到什么，顺便祈祷自己别抽到太难驾驭的，最好是自己比较擅长的感情戏。

"同学们。"副导拍拍手，示意正在彩排的演员们看过来，"又来了两个老师，过来打招呼。"

这些新生代演员中有男有女，大多是国内几大影视学院的科班生，在读的、毕业的都有，其中成绩最好的几个在几部小爆的剧中饰演过配角。

温荔不是科班出身，她是学跳舞的，当初本来是想作为唱跳歌手出道，结果半路转行当了演员。她不敢说自己的演技肯定碾压在场所有科班生的演技，但从资历和地位来看，她绝对担得起这群演员叫一声"老师"的。

"宋老师好！温老师好！"

温荔顿时有了种自己已经是"大前辈"的自负感。

宋砚就完全没有温荔这弯弯绕绕的想法。他是正经科班出身，又位于影视圈鄙视链顶层，刚到棚里，就被一群年轻演员围着请教这个又请教那个。

之前在来的路上，她就找不到机会和他说话，现在更找不到了。

负责重演致敬温荔的某部作品的几个演员也在围着她。

作为助演嘉宾，她就是要用自己的拍戏经验和对这个人物的了解，去帮助演员们更好地融入角色。

这部剧是她一年前的作品，是部古装玄幻剧，饰演男女主角的演员都殷切地看着她。

负责饰演女主角的汪妙她不太熟悉，但饰演男主角的宁俊轩她有印象——戏剧学院影视表演专业上上届的"校草"。

宁俊轩很帅，和宋砚一样都是那种剑眉星目的帅哥，非常具有东方特色。宋砚作为高宁俊轩好几届的学长，当时也是风靡过全校的"校草"，营销号还发过微博，对比两届"校草"哪一个更帅。

宋砚五官更精致秀气，还没考进戏剧学院就已经成名；而宁俊轩那时候初出茅庐，没什么粉丝，网友投票的结果可想而知。

温荔观察着宁俊轩，又看向一边正在给其他演员讲戏的宋砚，心想果然情人眼里出西施，她甚至觉得宁俊轩和宋砚压根儿没有可比性。

"节目组选了瑶池表白这场戏啊。"她把注意力放在剧本上，又看了眼男女主角，问："你们对过戏了吗？"

汪妙点头："对过了，但是导演说我的情感没建立起来，和男主角对视的时候眼里没有小女儿家该有的那种娇羞和无措，好像不是在被表白，而是在听人念台词。"

这就是没入戏嘛。

这儿不是正经片场，环境嘈杂，经验多的演员不会轻易受到外界干扰，但对新人演员来说，如何克服这种干扰是个难题。

"没事，我给你来一段，你注意看我的眼睛。"

"好，谢谢温荔老师。"

温荔冲宁俊轩招了招手："来，我们对个戏。"

宁俊轩"欸"了声，和温荔走到一边，按照剧本里的场景，把温荔抱在了怀里。

被年轻的小帅哥抱的感觉真不错啊。

宁俊轩附在她的耳边，收拾好情绪后开始说告白的台词。

温荔久经沙场，这种台词听得太多了，内心其实毫无波澜，她给予自己心理暗示，让自己暂时入戏。

她一把推开宁俊轩，转过头跑了几步，捂着自己的耳朵，娇嗔地说："我不想听你说这些恶心巴巴的话，肉麻死了！"

"那边温荔老师在教宁俊轩他们演戏呢。"

周围其他几个演员纷纷朝那边投去目光，有几个想围观的直接"嗒嗒嗒"地跑了过去。

宋砚这边的几个演员非常想去看，默契地交换眼神后，开始撺掇宋砚："宋老师，你不想看你老婆跟人对戏吗！"

宋砚语调很平："不想。"

"为什么？难道你会吃醋吗？"

"……"

"那温老师拍了那么多电视剧，你要吃多少醋啊？"

"……"

见一群人围了过来，温荔稍微出了一下戏，之后依靠强大的专业素质强压住羞耻感，接着跟人对戏。

温荔抬头看着宁俊轩，这时的眼神就是导演评价汪妙时说汪妙没有的，温荔现在就要演示给汪妙看。

为了给汪妙做好示范，她的一双眼里蓄满了浓浓的爱慕之情。

演员如果有一双漂亮又会说话的眼睛，在荧幕上的表现就算是成功了一半儿。感情戏一向是温荔的看家本事，脉脉含情的眼神完全不像是第一天见宁俊轩，就好像是已经喜欢这个男孩子好久，如今终于和他互诉衷肠，两情相悦。

宁俊轩经验太少，没接住戏，愣住了，张了张嘴，随后目光闪烁地躲开了，很不好意思地说："被温荔老师看得有些受不了，心脏'扑通扑通'的，抱歉抱歉。"

他说得很坦率。入戏之后演员本人的情感确实容易受到影响，这很正常，出戏了就好了。

围观的演员立刻哄笑起来。

"俊轩你不行啊，被温老师碾压了。"

宁俊轩点头称是，侧头回应其他人的调侃时，无意中瞥到了不知什么时候也站到这边围观他和温荔对戏的宋砚。

宋砚目光温和，对他笑了笑。

宁俊轩却莫名其妙地打了个寒战。

温荔收回情绪，完全没注意到宋砚，还大方地安慰宁俊轩："没事，要不再来一次？"

宁俊轩佩服地说："温老师你太厉害了，老公站在旁边看你演戏，你都能演得那么真实。"

温荔这才往旁边看了眼。

"演得真好。"宋砚笑眯眯地说，"感情戏是我的短板，要不温老师也现场指导我一下？"

温荔："……"

不对，她心虚什么？

演戏而已，又不是捉奸！

旁边一帮看热闹不嫌事大的演员立刻开始起哄："哇哦！指导！指导！指导！"

"台本里有这段吗？"温荔心里一慌，托词拒绝道，"你不要随便给自己加戏耽误他们彩排。"

没等宋砚说话，旁边的演员立刻"叽叽喳喳"地表示：

"不耽误！"

"我们也想学习下感情戏怎么演！"

"来吧来吧温老师，我们太想看你们俩对戏了。"

一个个嘴上说是学习，眼里却都是燎原的八卦之火。

他们要学，温荔一点儿也不觉得意外。

可是宋砚要学，就显得很不怀好意。

况且她一点儿也不觉得感情戏是宋砚的短板。

至少在十年前，还没接触演戏的温荔看到宋砚的那部处女作，哪怕当时完全是个外行，她都能一眼看出，宋砚演得很好。

她不是个爱看电影的人，还是柏森有一次约她去看电影，她懒洋洋地问是什么电影，柏森说是什么电影不重要，重要的是这部电影是宋砚当男主角。

温荔还记得自己当时有多震惊，甚至以为那天是愚人节。

后来去了电影院，看到了巨大银幕上那张熟悉的脸，她才不得不信。

明明在她的印象里，宋砚还是那个埋头准备高考，话不多，人也冷淡的学长；在电影里，他却是个默默守护着女主角，偏执又深情的痴情种。

温荔在网上搜他的名字，他已经有了贴吧和很多新闻稿。

他变得星光熠熠，周围都是聚光灯，温荔还没来得及实现的梦想，就这样被他抢先一步实现了。

那个每天放学后都在教室里陪着柏森哥写试卷，每个周末都去她家里给她弟弟做家教的学长，突然就成了她无比渴望成为的那种人。

所以当海外的经纪公司向她抛出橄榄枝后，她毫不犹豫地接了下来，独自赴异国当选手。

一个人在海外语言不通，温荔偶尔会违反经纪公司的规定，偷偷用手机和朋友们联系，上网——主要是在网上搜索宋砚的消息。

《纸飞机》后来也在海外上映了，外网也有很多对他的评价，她一条条看过去，在羡慕他的同时，也鼓励自己一定要咬牙坚持下来，争取在海外出道。

后来被舅舅强行抓回国，温荔一度感到迷茫——国内的唱跳歌手这一行业还没发展起来，没有专属的综艺节目，没有专业的打歌舞台，她不知从何开始，甚至准备放弃自己的梦想。

那时候张楚瑞的 Garry 娱乐也才成立，她找上温荔，问温荔想不想当演员。

温荔没学过演戏，对当演员没什么追求。

可她莫名其妙地想起宋砚学长在银幕上的样子。

温荔骨子里是不服气的。他能凭借演员的身份出道，光芒万丈，获得那么多人的喜欢，为什么她就不行？

她如果去当演员，一定不会比他差。

这些年反反复复把他的处女作看了很多遍，她演了大大小小的偶像剧，从一开始的青涩到后来的熟稔。现在，她已经能轻松地给其他新人演员讲戏：感情戏该怎么拍，眼神和肢体动作该如何表现，要怎么入戏，要怎么让自己融入角色。

但她还是觉得，自己的这些表演技巧，都不如宋砚当年那个青涩至极的眼神。

这和演技无关，他显然是用心地融入了角色，将自己变成了男主角陈嘉木。

在《纸飞机》里，宋砚的演技并不算好，可眼神戏是满分，各大电影节的评委又不是瞎子，他要真演得不行，评委还投票给他选他做最佳新人干什么？

那之后，宋砚很少再碰以爱情为主线的剧本，他和唐佳人共演的那部，也算是他感情戏最出彩的作品了。

他说自己不会演感情戏，那和唐佳人演的那部算什么？

演得那么好，是因为他当时真动心了吗？

温荔越想心里越堵，甚至觉得感情戏是他的短板的说法就是他掩饰对唐佳人曾经动过真心的借口。

宋砚如果跟她演，感情戏也会是他的短板吗？

如果是，是不是说明他对她压根儿就没想法？

说来真是好笑，她的天赋全都体现在了感情戏方面，每演完一部剧，她就会被传一阵子绯闻，其实都是媒体记者捕风捉影。出道后，她忙得脚不沾地，连恋爱都没谈过，但在很多不了解她的路人的眼中，温荔就是个花心至极的女人。

所以她才要跳出偶像剧这个舒适圈，寻求转型之道。

反观宋砚，至今还有人在惋惜他和唐佳人曾经的那段感情。

她在心里"哧"了一声。

"来吧。"温荔说服了自己，对宋砚说，"不过提前说好了，我教不了你，你要是觉得我演得不好，一定要说实话，千万别嘴下留情，我保证虚心接受。"

宋砚："我要是演得不行，也麻烦温老师千万别客气。"

两个人竟然面对面客气起来了。

不过在其他人看来，两个人都是在谦虚罢了。

宋砚接过剧本——他先要熟悉台词。好在他古装电影拍得不少，有底子在，对文绉绉的台词记得很快。

因为是彩排，又不在片场，新人演员们穿的都是练习服，她和宋砚身上穿的也是自己的衣服，周围的设备摆放得乱糟糟的，工作人员走来走去，说实话，在这种环境下演戏真的很考验演员的专业能力。

没人打板，温荔自己手动打了个板。

一帮新人演员知道这时候不能说话，自动退了几步，给他们留出足够的空间，安安静静地盯着两位老师。

当着这么多人的面被宋砚抱在怀里，温荔莫名其妙地有些不好意思。

她拼命给予自己心理暗示：你是专业演员！要淡定！要冷静！

"小狐仙，我对你究竟是怎样的心思，难道你还看不出来吗？"

宋砚的台词功力明显高宁俊轩的台词功力好几个档次。宁俊轩的声音很好听，但他念台词的时候就是在念台词——普通话标准，口齿清晰。宋砚不像是在念台词，更像是在她的耳边窃窃私语，连呼吸都是缓慢而撩人的。

"我从未对一个女子纵容到如此地步，想念到如此地步，烦恼到如此地步，你欢喜我也欢喜，你伤心我也难过，我口中满是仁义道德，每次帮你都说只是举手之劳，但我自己知道，我为你做的那些事完全是出于私心，换作别人，我未必对得起'仁义道德'这四个字。"

温荔不知道现在自己到底有没有入戏。

说入了，可她很清楚面前的人是宋砚而不是男主角；说没入，她甚至比刚刚更沉浸在这个瑶池告白的场景中，脸颊滚烫，反应比剧本里小狐仙的反应还大。

他最后叹息一声，轻轻问道："说了这么多，你这个傻狐狸还不明白吗？"

温荔推开宋砚，转头说台词。

"我……我不想听你说这些恶心巴巴的话，肉麻死了！"

她不配做演员！她居然结巴了！

宋砚上前几步，扳过她的肩膀，低头看着她，目光灼灼，叹息说："虽然肉麻，但字字都是我的真心。"

温荔抬起头，"愤怒"地看着他。

那是一种被撩拨到已经不知该怎么进行表情管理的神色，就像是被喜欢的人表白，想拒绝却又舍不得，不拒绝又很没面子。

因为五官漂亮，所以即使是这么纠结的表情，由温荔做出来也是漂亮的，甚至鲜活又灵动。

宋砚第一次看到她流露出这样的神情。

明明是在演戏，不知怎么，他却真有点儿害怕被她拒绝，但话已经说到这个份儿上了，他再退缩，未免太不像个男人。

"……"

"……"

两个人脑子里都是一团乱麻，全凭下意识的反应接对方的台词。

台词一对完，温荔就如释重负地躲开他的眼睛，脱力般喊了一声："卡。"

再不喊"卡"，她就要烧着了。

周围立刻响起鼓掌声。

就算是这样的环境，被一帮人围着，两个人还没换戏服，穿着现代装，竟然也能让所有人看得代入进去。

果然夫妻对戏就是不一样，情感张力那叫一个绝。

两个人一个在试探，另一个在慌乱，进退拉扯都是戏。

有个男生颇为惋惜地说："气氛都到这儿了，竟然都没安排吻戏吗？"

这题汪妙会，她举手说："其实原剧是有的，但是我们排练的时间比较赶，怕磨合得不好，所以给删掉了。"

"哇！"

"好可惜！"

"强烈要求把吻戏加上！"

温荔也不知道自己演得怎么样，要不是台词太文绉绉，她差点儿忘记自己是在演戏。

"我刚有点儿走神，发挥得不太好。"温荔老实地说，"没影响你吧？"

宋砚并不介意："没事，我刚刚也有点儿走神。"

"你也走神了？"

"代入了自己，所以有点儿走神。"

温荔愣住了，想了想，皱眉问道："那你刚刚把我当成谁了？"

唐佳人，还是别的和你合作过的女演员？

宋砚："温荔。"

温荔没反应过来，下意识地问了一句："谁？"

宋砚笑了笑："你啊。"

温荔琢磨了半天，说话又结巴了："唬我……吧你。"

"不唬你。"宋砚低头看着她，"刚刚差点儿没接住你的戏，温老师的眼神戏真的很好。"

温荔仰头，刚想得意地表示"用你说？"，宋砚的下句话又将她好不容易平复下来的心跳又给搞乱了。

"差点儿让我以为你喜欢我。"

直接平地一道雷把她炸了个焦黑。

"宋老师！请求指导！"

负责致敬他作品的几个新人演员突然朝这边喊。

"来了。"宋砚看她呆若木鸡，不再逗弄她，压低了声音说："害我刚刚小鹿乱撞。"

然后他就走了。

你一个男人你小鹿乱撞什么啊？你以为你是十几岁情窦初开的纯情少男吗？

被丢在原地的温荔气急败坏地想。

给新人演员讲戏并不是件容易的事。

如果演员悟性高，那就好办，但每年进入这行的人那么多，不可能每个都悟性高，只靠个人修行就能把功夫练到极致。

一直排练到晚上九点多，《最高演技大赏》的收官期，请到的最大腕导演仇平和于伟光才抵达拍摄棚。

温荔当然要过去打招呼，但自己过去又显得太殷勤，于是她把期盼的目光投向了宋砚。

宋砚带着她去跟仇平和于伟光打招呼。

于伟光对她的态度不错，仇平的目光却没在她的身上停留多久，头也只是轻轻地点了一下，口中没提《冰城》的事，更没提让她试镜的事。

陆丹还在深城出差，不在她的身边。换作陆丹，估计已经和仇平寒暄老半天了，但温荔骨子里还是挺傲的，觉得比起这样讨好仇平，还不如到时候好好表现，争取用实力征服仇平。

仇平对温荔的观感不算好，但也不差。宋砚虽然没帮他老婆争取过绾绾的角色，但和唐佳人比起来，他那天在饭桌上到底偏心谁，大家都看得出来。编剧老周就更不用说，这位一心扑在剧本上的天才编剧从不在意圈内的弯弯绕绕，觉得温荔长得就像他笔下的绾绾，于是坚定地认为绾绾就是温荔。

被这两个人影响，仇平说不动摇是假的。但他对温荔的银幕表演水平始终持怀疑态度。

她戏不错，人长得也漂亮，又年轻，演偶像剧没有一点儿问题，演过几部根据少女漫画改编的电影的女主角，票房不错，但看不出到底什么水准。那几部漫改电影不过是银幕上的偶像剧罢了，她的表现中规中矩，不差，但也没多惊艳。

和温荔一起竞争绾绾这个角色的几个青衣，商业价值是没有她高，粉丝也没她多，但演技扎实，银幕经验也丰富，又肯打破既定的形象去塑造角色。仇平不需要温荔的粉丝来撑票房，所以温荔的人气在他看来不算什么优势。

见宋砚带着他老婆过来打招呼，仇平还在想：他老婆会怎么说话？会不会跟她的经纪人一样，圆滑又会哄人？

"仇导，我会好好表现的。"

温荔只是简单地说了这一句。

仇平愣了一下，点头："好，你加油。"

在正式表演之前，节目的表演顺序抽签和排练过程都不需要观众到场，只要嘉宾齐了就能开录。

第二天上午，节目正式开录。《人间有你》的两个跟拍摄像师可以留在现场当观众，但镜头必须关。

《最高演技大赏》和《为你发光》不同，它和《人间有你》分别在两家卫视播出，两家卫视是多年的收视竞争对手，两档节目的投资方也是传媒业的老对头，两档节目虽然联动，但并不愿给对方带热度，因而涉及正式录制环节时，两档节目的素材并不能互换，属于独家素材。

两个摄像师也没指望能拍到什么值得抢过来做独家素材的画面，索性坐在台下当起了观众，就当公费看演出了。

到助演嘉宾抽自己的换演剧本时，主持人先问了温荔一句："温荔老师私心想抽到哪个剧本？"

温荔看了一眼宋砚，笑着说："不会给宋老师丢脸的。"

主持人："嗯？突如其来的甜言蜜语？这真是在录我们《最高演技大赏》吗？"

"是啊，"温荔指了指台下的两个摄像师，"我和宋老师另一档综艺节目的摄像师连镜头都没开啊。"

两个摄像师突然被点名，朝台上的主持人和嘉宾们勉强笑笑：这两个人在自家的夫妻综艺节目里装同居室友，出了夫妻综艺节目就开始互动蹭自家综艺节目的热度，严导真可怜。

温荔将手放进抽签箱。

最后她抽出来的是《明廷十二监》。

温荔下意识地想：完了。

这部是电影，还是于伟光拍的权谋戏，感情主线还是最难把控张力的不伦之恋。

来不及做表情管理，她冲宋砚做了个苦瓜脸。

宋砚一看温荔那副样子就知道她抽了个难的剧本，但他也爱莫能助，冲她投去一个"既来之则安之"的眼神。

轮到宋砚抽的时候，他可能天生就跟感情戏无缘，不仅在自己的作品里没女人缘，这次抽到的也是别的男嘉宾的警匪类作品。

八个嘉宾分别抽完，按照节目流程，就要从新人演员中找搭档共同完成了。

宋砚的是两个男性角色的对峙戏，他看了一眼新人演员那边高高举起手的男孩子，直接点名："就我那个'校草'师弟吧。"

其他人立刻羡慕地看向宁俊轩。

"戏剧学院两届'校草'之间的对决！"

"我连咱们这期节目播出以后的话题都想好了。"

几个男孩子围着宁俊轩跟他说恭喜。能跟宋砚搭戏，宁俊轩高兴之余，又隐隐觉得宋砚师兄好像是在针对自己。

后来轮到温荔挑对手戏搭档时，刚刚那群举手的男孩子又把手举得高高的。

"温荔老师看我！"

"我是你的粉丝！我是'荔枝'啊温荔老师！"

"选我选我，我演技超棒！"

温荔看了一眼那排高高举手的新人演员，突然有了种皇帝选妃的错觉。不过，皇帝选妃会选那些或者漂亮的，或者身材好的，或者气质好的，而这里举手的每个新人演员都是经过专业学院千挑万选的全国艺考生中的佼佼者，无论是长相、身材还是气质，都没的说。

她本来想选宁俊轩的，但是宁俊轩已经被宋砚挑走了。

多情的温姓女艺人又不想伤害任何一个帅气的后辈，正摸着下巴在纠结，旁边的宋砚突然说："要不你选我？"

他这话一说出口，台上的几个嘉宾和主持人以及旁边那群把手举得老高的新人演员都愣住了。

温荔也愣住了。

坐在评委席上的于伟光好笑地说:"宋砚你一人演两个剧本,脑子转得过来吗?"

"主要是我挺喜欢于导你这部电影的,当时因为档期问题没接成,至今还有点儿后悔。"

于伟光眨眨眼,心想《明廷十二监》这个本子他确实找过宋砚,是宋砚自己说感情戏不行,怕驾驭不住,所以给推了的啊。

当着镜头,于伟光不好把这些圈内比较私密的事往外说,而且说出来对后来出演《明廷十二监》的男演员也不太礼貌,就憋住了疑惑没说出口。

仇平却一点儿也不惊讶。他觉得以于伟光和宋砚的关系,宋砚完全不需要在节目上这么恭维自己的老师。

至于宋砚为什么这么做……

一场戏里,演员的状态不但和演员本身息息相关,更和自己的搭档分不开,如果搭档是个半桶水,那么这场戏大概率也精彩不到哪儿去。

温荔想借这场戏从他这儿争取到绾绾的角色,仇平当然知道。

就是宋砚这小子啊,说得冠冕堂皇,其实心早就偏到老婆身上去了。

"导演,可以吗?可以找助演嘉宾助演吗?"

主持人问导演。他的话弯弯绕绕的,导演琢磨了几秒,比了个"OK(没问题)"的手势。

主持人点头,又问:"那温荔老师呢?你同意吗?"

温荔赶紧点头:"同意同意。"

没被选到的男孩子们有些失望,却又没话可说。

从头到尾看戏的女孩子们却彼此交换了个默契的眼神:又能看温荔和宋砚搭戏了。这回两个人还不是潦草地搭戏,而是正经穿上戏服进棚子里拍戏,虽然景是临时搭的,肯定不如电影片场里的那么精致,但有总比没有好。

抽到温荔那部玄幻作品的是个专演正剧的青年男演员,他拿过两次电视剧最佳男主角,虽然在年轻观众眼中知名度不高,但演正剧的,演技一般都不错。

自从抽到这个剧本后,他就一直板着张脸,在镜头前连笑都不笑一下。主持人为了缓和气氛,特意跟他搭话:"段洪老师抽到温荔老师的这部玄幻剧,心里紧张吗?据我所知,段洪老师好像从来没接过这类种型的作品吧?"

段洪淡淡地笑了笑:"是啊,这种剧本一般都过不了我经纪人那关,挑战挺大的。"

他这话一说,不懂的人只听懂了最后一句,以为他在抬举温荔。

但在座的很多人都不傻,听出段洪的重点是前一句。

主持人张了张嘴,最后只好笑着说:"那正好今天有机会挑战一下了。"

"我对跟我搭档的女演员有信心。"段洪说,"她是我师妹,我们俩都是正经科班出身，对起戏来沟通应该不会太难。"

"……"

被点名的新人女演员立刻胆战心惊地瞅了一眼温荔。

温荔面色如常，好像根本没听见段洪的话。

八个助演嘉宾，只有温荔是非科班出身，也不是青衣，人气却是最高的，不算其他电影演员，剩下的几个电视剧演员，各自出演的电视剧的最高收视率加起来甚至不如温荔一部三台同播的偶像剧的单卫星电视台的收视率高。

有的正剧演员看不起温荔的实力，却又羡慕她的成绩，羡慕她漂漂亮亮、轻轻松松地从第一集演到最后一集，一点儿苦都不用吃，就赚得盆满钵满。

也就段洪脾气硬，看不惯她，说出来了。

温荔知道自己的优势在哪里，也知道自己的劣势在哪里，她不争辩，也不想跟人耍嘴皮子。

一天半的排练时间，她就是不睡觉也要演好。

节目前场录完，助演嘉宾各自回到自己的排练室。

温荔叫住宋砚："宋老师，你要是不急，能不能先陪我对个台词？"

她低着头，知道自己的要求有些过分，而且宋砚也要排练。因为不占理，所以她态度很好，一点儿也没有平常的傲慢，语气也是乖乖的。

宋砚哪里还有心思想别的？哪怕她现在还在嘴硬，用高傲的语气对他提出要求，他也会答应，更何况现在她这么乖巧。

"走吧，去你的排练室。"

温荔一下子就高兴了，抿着嘴笑了笑。

宋砚揉揉她的头。

对台词的时候，温荔出乎意料地认真，说到情绪激动的地方，差点儿喷麦。

她明显是把怒气发泄到了排练里。

对完一遍台词，温荔虚心请教道："我刚刚情绪是不是太激动了？"

"没有，刚好。"宋砚说，"就把我当段洪吧，凶得刚刚好。"

温荔愣了愣，关了麦，小声提醒他："别这么说。我一个人生气就好了，你是电影圈的最佳男主角，他还是电视圈的最佳男主角呢，到时候节目播出了，你因为我跟他交恶，对你没好处。"

这真是天下红雨。

从来都是以自我为中心的公主殿下竟然会替别人着想了。

宋砚也掐了麦，说："我怎么可能不生气？"

温荔"哦"了声，故意问道："那你刚刚为什么不帮我出气？"

"我以为陪你演好这场戏，让他无话可说就是帮你出气了。"宋砚歪头看她，叹气说，"你当时要是给我个眼神暗示，我就直接上去给他一拳了。"

温荔目瞪口呆："除了拍戏，你居然也会打架吗？"

"会啊。"宋砚点头。

他从前年纪小，不懂怎么为她出气，就只会用蛮力；现在长大了，人也成熟了，知道她最需要哪种维护，就不用蛮力了。

温荔被他哄好了，心情也没那么糟了，努嘴说："都是男人，宋老师你怎么就那么好呢？"

宋砚笑了起来，轻声问道："我这么好，那你能不能喜欢我？"

温荔心想，完了完了，之前是宋砚小鹿乱撞，返老还童变成了十几岁的纯情少男；现在是她小鹿乱撞，返老还童变成了十几岁的纯情少女。

两个人掐了麦坐在排练室的角落里说悄悄话，让监控器前的工作人员都很无语。

《最高演技大赏》的总导演目光幽幽地叹了口气："录节目之前严正奎跟我发微信，说宋砚和温荔是他那个节目里最不配合镜头的嘉宾，干什么都是悄悄的，我还笑他，我说'小两口儿有时候想亲热了，难道还得在镜头前故意给你看吗'。"他顿了顿，语气激动起来，"我又不是严正奎，这里又不是《人间有你》！对个台词你说有必要掐麦吗？！又不是什么限制级台词！有必要吗？！啊？！"

工作人员："……"

温荔的性格是典型的遇强则强，遇柔则柔。

你对她凶，她更凶；你对她好，虽然不情愿，她也会学着回应。

宋砚读高中的时候对她冷冰冰的，她也懒得凑上去，一副"谁稀罕跟你搞好关系"的态度，其实心里还是挺疑惑的。她长得又不丑，别说跟他们学校的女生比，就是放眼她就读的艺术高中，那也是数得上号的美女，就算她脾气不好，可从来没对宋砚撒过气，为什么他那么讨厌她？

但她也仅限于心里想想，绝不会抛下面子真去问他，每次看到他，都是一脸"你不搭理我我还懒得搭理你呢"的表情。

现在不同了。

宋砚已经不是那个冰块脸学长了，每次都好声好气地和她说话，她当然不能再端着架子了。

他还问她能不能。

喊。

不能！

多喝热水少做梦吧你。

这都是她平时的口头禅，这时她趾高气扬地在心里说了一遍。

宋砚看她的表情就知道她心里在想什么，虽然是在意料之中，但他还是有些失望。

他拍拍她的头，问道："我们再过一遍台词？"

见他已经将上个暧昧的话题揭过，要进入工作状态，温荔没忍住，连忙抓上他翻动剧本的手，一点儿都不带犹豫地说："能！所以你也快点儿喜欢我！"

声音清脆，字字铿锵，下意识的直白回答让温荔意识到自己的不矜持，但话已经说出口，没办法再掩饰，她只好又赶紧松开手，目光闪烁，牙齿咬紧下唇，眼睫毛不断地呼扇，神色懊恼。

宋砚怔怔地看着她，等从她的话里品尝出滋味来，配上她这副表情一起食用，就更觉得这姑娘真是好可爱，一言一行都像是在故意挠他的心。

他看了一眼训练室里的摄像头，气馁地说："又犯规了你。"

本来不看他的温荔听到这句话，侧过头："啊？"

她刚"啊"完，训练室的门被打开，"呼啦啦"走进来好几个手里架着机器的工作人员。

"两位老师好。"领头的工作人员语气很恭敬，"没打扰二位排练吧？"

宋砚早有准备，对工作人员的到来并不意外，摇头失笑道："没有。"

温荔差点儿忘了这是在训练室里，这时才意识到自己还在工作。

"没有。"

原来私底下训练也不是两个人单独训练，还是有工作人员在旁边盯着的。

"老师们的麦还好吗？"

"是好的，稍微关了一下。"

温荔赶紧摸到开关把麦给打开。

有人在旁边盯着，温荔没办法走神想那些儿女情长，只好整理了一下情绪，打算有什么话等录完节目后再单独和宋砚说，反正也不差这一时半会儿，现在的主要任务就是赶紧把戏排好。

但是刚刚的气氛明显让两个人都试探出了点儿什么。

女追男，隔层纱。

哈，男人就是这么好追。

以前对她爱搭不理，现在还不是被她的魅力搞得步步沦陷。

温荔心情颇好，跑到墙角去背台词了。

她和宋砚之前因为参加综艺节目对过几次戏，不过都是综艺效果大过表演效果的，所以没什么难度，这个不同，她必须认真对待。

宋砚说温荔可以把他当段洪吼，但温荔才舍不得在词背下来之前一遍遍地吼他，还是打算先把词背熟再说。

这边温荔明显进入了状态，倒是宋砚有些走神。工作人员以为他是一个人要准备两个剧本，思维有些转不过来，关心地问他要不要把其中一个剧本给挪到最后拍摄。

宋砚温和地回应道："不是剧本的事。"

他看向正对着墙角背台词的温荔。

温荔这段戏除了大段台词，对演员的情绪张力也有很高的要求，所以她正在吼墙角。

这一行为看着是让人有点儿迷惑，所以才说演技好的演员都是戏疯子。

等温荔走过来说她的台词已经全背下来了，问宋砚背好了没有，宋砚第一次对自己的专业能力产生了怀疑。

"你还没背完？"温荔一脸难以置信，"是你退步了还是我进步了？"

宋砚懒得辩解，低头继续看剧本。

突然在宋砚面前有了优势，温荔当然不愿意放过这个卖弄自己的机会，故意在他的旁边坐下，紧紧地挨着他，在博得乐于助人的好名声的同时又能借指导之名贴着他，太爽了。

"卡在哪句了？我帮你顺一遍？"

"……"

大部分演员戏好，是因为人生经历丰富，所以能够和角色共情，与其说是演戏，不如说是借用自己的身体给观众讲故事，像温荔这样本身粗线条，没心没肺，对感情迟钝，演技出彩全靠天赋撑的演员是凤毛麟角。

她很快就能从刚才的事情中抽离出来，一心只想着戏，宋砚做不到。

他现在就像是被温荔吊在钢丝上，整个人上不去也下不来，时不时被她挠几下，心神不宁却又无可奈何。

温荔大概天生就克他，年少时是这样，长大了也是这样。

惹不起，他还躲不起吗？

宋砚起身："我先去隔壁看看师弟。"

温荔有些失落，但又不能霸着宋砚不放，毕竟宁俊轩还在隔壁等着他的师兄呢。

而且她作为出道多年的前辈，总不能跟一个新人抢搭档吧。

"哦，你去吧。"温荔顿了顿，想起自己昨天和宁俊轩对了好几个小时的戏，大概了解这个后辈的表演方式，想着先让宋砚熟悉下，于是说，"宁俊轩天赋是可以的，但可能是因为外在条件太好了，所以有的时候他表情和动作都比较端着，不太放得开，你到时候可以就这个方面提点他一下，语气记得好点儿……"

温荔还没说完，宋砚淡淡地说："严师出高徒。"

"嗯？"温荔点点头，"话是没错，但是……"

宋砚又打断她的话，笑了笑说："我会看着办的，别老顾着关心别人，专心准备自己的表演吧。"

温荔也觉得自己有些多管闲事，她自己还不一定能演好呢，操心别人干什么？

"好吧。"她抿抿唇，尽量大方地说，"我一个人也能行的，你别操心我，专心教你师弟。"

宋砚"嗯"了声，平静地说道："我会的。"

宋砚走了以后，偌大的训练室里就只有温荔和一群工作人员，尴尬了几秒后，温荔整理好心情，继续去墙角背台词了。

宋砚在这儿，她就特别有干劲儿，老长的台词没多久就背下来了，甚至比他还背得快；现在宋砚去找他师弟了，她对着墙角，却怎么都提不起劲儿来。

温荔不禁想，真是奇怪了，以前演戏的时候，旁边也没宋砚啊，她是怎么坚持下来的？

到了宁俊轩这边，宋砚状态明显好了不少。

他们这场是肉搏戏。宁俊轩的镜头经验不多，新人演员常会犯的错误他同样会犯，就是演戏的时候只能处理好剧本上的台词，剧本上没有标明的动作和微表情之类的，他就不知该如何处理，打起来的时候手脚都不知道该往哪儿摆。

好在宋砚这方面经验丰富，给了他不少指导。

宋砚的打戏是在于伟光等几个大导演的手底下实实在在地练出来的，无论是现代背景下的赤手搏斗，还是古代背景下的刀光剑影，他抬手劈腿的动作都是力度和美感兼备。

一遍戏过完，宁俊轩学到了好多在学校里学不到的东西。

休息期间，工作人员分别给两个人送了瓶水。

因为刚刚的打斗，宁俊轩觉得宋砚此刻连仰头喝水的样子都是如此有男人味。

宋砚感受到来自师弟的眼神，侧头问道："怎么？"

"没什么，就是突然理解为什么师兄你演动作戏比较多了。"宁俊轩偷看被发现，也不尴尬，大大方方地笑了，"太帅了那动作，刚差点儿给我看呆了。"

宋砚挑了挑眉，也笑了："那昨天跟温老师对的是文戏，怎么也看呆了？"

"啊？"宁俊轩老老实实地说，"那是因为昨天温荔老师跟我对戏的时候，看我的那个眼神实在……"

他猛地意识到什么，赶忙摇手解释道："没有没有，我那不是看呆，我那是被温荔老师的演技给征服了！"

宋砚笑着点头："这样……"然后他放下水瓶，"温老师那边是一个人，我们快点儿排练好吗？"

胳膊还酸的宁俊轩当即站了起来，响亮地答道："好的！"

温荔过来串门的时候，宋砚和宁俊轩正在地上厮打。

她愣了一下，先是自恋地想"该不是为我打起来的吧"，然后看到周围一帮也不拉架都在看热闹的工作人员，才意识到这是在对戏。

自己这自恋的毛病确实该改改了。

宁俊轩一看温荔来了，立刻从戏中的情绪里出来，躺在地上和她打招呼："温老师你来了？"

自己总不能说是想宋砚了吧，温荔点头："嗯，过来看看你们排得怎么样。"

"那我们从头来一遍。"宁俊轩侧头问宋砚，"师兄，可以吗？"

宋砚："可以。"

温荔说得不错，宁俊轩是个有天赋的新人，只要有人提点他，他对戏理解得很快。

看着两个人对戏，温荔先是看向宁俊轩。他是宋砚的师弟，长相跟宋砚是一个类型的，但比宋砚年轻，活力满满，浑身充满了朝气。

温荔不知怎么就想到了以前的宋砚。

宋砚那时候虽然是个冰块脸，但总体来说还是个少年感十足的正常高中生。

有次温荔去他们学校找柏森，正好碰上柏森的班和隔壁班打篮球友谊赛，温荔也凑热闹去看了。

打篮球的那几个人里，就柏森和宋砚最出挑。

宋砚是个乖乖学生，一心学习，很少参加户外活动，所以皮肤比其他男生的皮肤都要白一些。

他进了个三分球，和队友们互相击掌，温荔看到他在阳光下笑了。

原来这人也是会笑的啊。

温荔心想，宋砚老是板着张脸看她，她还以为他真是面瘫呢。

原来他只是差别对待，不对她笑而已。

篮球场上，很多女生拿着矿泉水等在旁边。柏森的几个朋友看到她过来，让她有点儿危机感，别被其他女生抢走了给柏森送水的机会，撺掇她去给柏森买水，她被烦得不行，不情不愿去了小超市给柏森买水。

要付钱的时候她突然想，就只给柏森一个人买水，万一让柏森那个自恋狂以为她喜欢他，那他不就更来劲更喜欢拿"未婚妻"这个称呼逗自己了吗？

她一口气买了好几瓶水，柏森和他的队友们人人有份儿。

果然，当温荔给其他男生递水时，大家脸上都是受宠若惊的表情，还嬉皮笑脸地对柏森说："森哥别吃醋，你未婚妻给我们的只是人情水。"

柏森翻白眼，压根儿没在意这事，吊儿郎当地对温荔说："你这丫头还挺博爱啊。"

温荔懒得理他,把最后一瓶水递给宋砚。

宋砚没有像其他人那样嬉皮笑脸。接水瓶的时候不小心碰到了她的手,宋砚指尖一颤,那瓶水就这么掉在了地上。

温荔被吓了一跳,他却很快捡起了水瓶,低声对她说了声"谢谢"。

一整场比赛打下来,宋砚满头是汗,热得双颊通红,薄薄的唇瓣变得苍白,还起了皮,可他始终没有动过她给他买的水。

她那时候觉得是宋砚有洁癖,水瓶掉在地上就不愿意喝了,还在内心吐槽他:一个男的,却跟她班上的某些女生一样麻烦。

可是柏森告诉她,宋砚没有洁癖。

找不到宋砚不喝水的原因,温荔更气了,越发肯定宋砚就是讨厌她,宁愿渴死也不愿意喝她给他买的水。

十八岁的宋砚,少年感十足,高挑俊朗,但是讨厌温荔。

温荔收回心思,骄傲的她突然一点儿也不想回忆少年时期的宋砚了。

还是现在的宋砚好,成熟绅士,最主要的是他不讨厌她了。

宁俊轩和宋砚这时已经在地上厮打起来,男人之间接触没那么多避讳,手碰手脚碰脚的,宋砚把宁俊轩摁在地上恶狠狠地说台词的时候,两个人的鼻尖都快碰上了。

为了防止宁俊轩挣扎,宋砚用膝盖抵在宁俊轩的大腿上,手捏着他的下巴,因为用了力,宋砚白皙的手背上青筋凸起。温荔看着这场面,看着宋砚拧着眉,用低沉威严的声音对宁俊轩说话,莫名其妙就往歪处想了——

宋砚也这样将她摁在身下,捏着她的下巴,用低沉但不怎么威严的声音对她说话。

"……"

这段时间行程太满,白天她累他也累,即使每天晚上睡在一张床上,也都是倒头就睡,压根儿没心思想别的,更不要说做什么。

在这段戏里,她看着宁俊轩,把自己代入进去,突然就有点儿忌妒他。

心里这样一想,温荔整个人都燥了起来,连忙站起身,"呼哧呼哧"地大口呼吸。

正好戏演完了,宁俊轩站起来,虚心请教温荔:"温荔老师,我刚刚的表现怎么样?"

全程都在神游,压根儿没认真看戏的温荔目光躲闪,胡乱点头:"挺好的。我先回去了,我回去再复习下台词。"

说完她转身就走。

宁俊轩看着温荔近乎逃跑的动作,不解地道:"温荔老师这是怎么了?"

刚刚从头到尾,温荔一直直勾勾地盯着宁俊轩,结果宁俊轩一问她,她连看都不敢看宁俊轩，转身就逃了。

宋砚绷着下颌，闷声说："不知道。"

宁俊轩又察觉到宋砚的不对劲，心想：难道是自己刚刚演得太烂了吗？所以这两口子都不满意？

他一下子就泄了气，忧郁地想：自己是不是真不适合吃这碗饭？要不要转行去当网红？

后来又跟宋砚对了几场戏，宁俊轩发现，不光自己，就连师兄也好像在想什么，不在状态。

一直排练到晚上收工，嘉宾们才准备回酒店休息。

回酒店的路上，同坐一辆车的温荔和宋砚显然各怀心事，全程没交流，不知道在想什么。

他们没坐《人间有你》节目组安排的车，意思就是今晚不想录节目，只想好好在私人空间里休息。《人间有你》节目组没坚持，知道他们排了一天的戏也累了，所以这辆保姆车上没别人，也没有摄像头，只有他们各自的助理文文和阿康。

两个助理都知道自家艺人的情况，按理说，他们如果想说什么，在助理面前是不用避嫌的。

坐在副驾驶座位上的文文冲阿康使了个眼色：

你哥这是怎么了？

趁着等红灯的间隙，阿康摇头，又对文文使了个眼色：

你姐这是怎么了？

两个小助理面面相觑。

这时候宋砚的手机响了，打破了车里的寂静。

宋砚睁开眼，单手撑着下巴掏出手机，是宁俊轩发来的语音。

他点开语音，直接外放。

"师兄，有段台词的情绪我觉得自己理解得不太对，你休息了吗？能不能帮我看看？"

温荔也睁开眼，勾着唇角问道："你师弟还在排戏，你怎么不待在那里陪他？宋老师就是这么当师兄的？"

宋砚反问道："你就这么替师弟操心？"

温荔撇嘴："没有，我就是觉得你跟他排戏的时候状态不错，比跟我排戏的时候自然多了，跟我排戏的时候你明明连台词都背不下来。"

他还把人摁在地上，两个人的鼻子都快贴在一起了。

"不是操心他？"宋砚笑了笑，"那今天我们排戏的时候温老师一直盯着他干什么？"

温荔跟着笑了:"那宋老师手把手教他演戏跟他靠那么近,结果连跟我对台词都走神,是什么意思?"

宋砚语气平静:"我走神,温老师你要负很大责任。"

温荔觉得莫名其妙:"我跟你说你师弟的事,你东拉西扯转移重点干什么?"

"我也在跟你说师弟的事,东拉西扯转移重点的是你。"

"好,你说我转移重点,我就跟你说重点。"温荔深吸一口气,也不管什么面子不面子了,口齿清晰"噼里啪啦"地扯了一大堆,字字都透着控诉的意味,"重点就是你对你师弟比对我好,你差别对待!"

"我差别对待?"宋砚睨着她,轻描淡写地反控诉回来,"差别对待我和师弟的到底是谁?"

温荔:"你诡辩!"

宋砚:"诡辩的是你。"

开车的阿康突然按了下车喇叭,温荔和宋砚同时安静下来,文文小心翼翼地转过头,谄媚地说道:"姐、宋老师,我有句话不知道当讲不当讲。"

温荔没好气地道:"你要讲就讲,不讲就别说话。"

"那我还是讲吧。"文文深吸一口气,"噼里啪啦"中间不带一丝停顿地说,"大家都是成年人了,吃醋就直接说'我吃醋了'不行吗?而且你们好像还是为同一个人吃醋。天哪!我快笑死了!你们不觉得你们真的很幼稚吗?"

说完了,文文害怕地转回头,咽了咽口水,小声说:"我说完了,你们继续吵。"

"……"

"……"

透过后视镜看到温荔和宋砚那两张色彩缤纷的脸,文文悲伤地想,她的职业生涯大概率是走到尽头了。

车里的气氛顿时凝重起来,再没有一个人开口说话。

阿康为了缓和气氛,特意打开音乐播放器,结果没放半分钟就被温荔淡淡地打断了:"关了,吵死了。"

"啊?好。"

阿康看了一眼文文,文文面如死灰,垂着头不知道在想什么。

所以说,有些话哪怕烂在肚子里了都不能说出口啊。

文文这个小姑娘还是经验太少,没被现实毒打过。

说了一大堆得罪温荔和宋砚的话,文文心里是真的害怕自己被炒鱿鱼。

她不想失去这份工作。

文文承认,虽然温荔龟毛又难伺候,导致她的工作强度相比其他艺人助理的工作强度要大很多,但她还是不想失去这份工作。

姐这个人其实很不坦诚，每次从品牌方那儿收到了礼物，都会问她有没有想要的，然后大盒小盒地送给她；每次去国外参加活动，回国前也一定会给她买礼物，但姐从来没承认过那是礼物，每次都说是顺便买的，反正也没多少钱，一副暴发户的嚣张样子。

文文之前也是这样认为的，那些东西对她来说是昂贵的礼物，但是对姐来说，只不过是随手就能送人的小玩意儿。

后来有一次她在乡下的父母找了过来，说她弟弟现在考上大学了，他们想给儿子在市区买套房，文文这个做姐姐的已经大学毕业，应该出一半儿的钱。

文文那时候刚大学毕业，助理的工资也不高，自己都还在租房子住，根本拿不出钱来。

结果父母说："你现在不是跟着那个女演员工作吗？她们都很有钱，你问她借个几十万元，打个借条，用你以后的工资慢慢还就行了。"

一向乖巧听话的文文当场拒绝。

父母并没有放弃，在文文工作期间不断地打电话来骚扰，文文不胜其烦，却因为他们是父母不知道该怎么处理。

那段时间她工作常常出错，丹姐骂了她好多回，甚至说要换助理。

温荔没安慰她，也没骂她，只是淡淡地说："你最近皮肤好差，我送你那些护肤品不是让你摆在家里当装饰品的。"

文文不知道为什么，莫名其妙地被这句话弄得鼻子一酸，大声哭了起来。

温荔问她："你最近到底怎么了？我只问这一次，你把握好机会。"

文文结结巴巴地说出了自己这些日子常常心不在焉的原因。

温荔面无表情地问她："那么你要向我借钱吗？"

文文摇头，说她现在的工资够用，她没有义务给弟弟买房，也绝不会向父母妥协。

泪眼婆娑间，文文听到了温荔的笑声。

"看来你还不算太懦弱。如果你真的向我借钱，我非但不会借给你，还会炒了你。"

"炒"这个字听起来太可怕了，文文立刻睁大眼，可怜兮兮地望着温荔。

温荔勾了勾唇角，一脸烦躁地说："别哭了，我听着耳朵都要起茧了。我帮你解决这件事，你答应我以后好好工作，再出错的话，你就卷铺盖走人，知道吗？"

文文不知道温荔是怎么帮她摆平父母的，后来父母在电话里怯怯地对她道了歉，再也没有因为弟弟的事来骚扰过她。

那之后，工资正常发放，她却还是收到了温荔给的银行卡。温荔说卡上的钱不是借给她的，是预支了她的工资，让她在燕城买个小产权的单身公寓，租的房子肯定比不上真正属于自己的房子。

文文不知道该怎么感谢温荔，温荔却还是那副暴发户的样子，一脸的满不在乎。

"我只是为了防止你以后被别人收买把我的黑料抖出来，所以先收买你，帮你只是顺便而已。"

文文想，以后无论姐怎么嘴硬，在她的心里，姐就是最善良、最可爱、最讨人喜欢的人。

车子安全地开到酒店后，温荔因为被文文说的话揭穿了内心的想法，非常没面子，连声招呼都没跟文文打，戴上墨镜，冷哼一声，直接下车。

文文手里拎着温荔的包，可怜巴巴地跟上去。

温荔谁也没等，一个人仰着头挺着腰，以大姐大的姿态往前走，把助理和宋砚都甩在了身后。

文文只好把希望寄托在宋砚身上，想要为自己的职业前途争取一下。

"宋老师。"

宋砚停下脚步，侧头看着她。

"你待会儿能不能帮我向温荔姐求求情啊？别让她真把我炒了。"文文抓了抓头发，一脸苦恼，"我真的很想继续为她工作。"

宋砚显然没有温荔那么记仇，反倒觉得好笑："怕被她炒刚刚还那么说？"

"我跟着姐这么久了，不说第一了解她吧，起码也是最了解她的前五名，姐她真的……很嘴硬，她刚刚就是在吃醋，我实在忍不住，就戳穿了她。"

文文说完，又悄悄地看了一眼宋砚，委婉地说道："宋老师，你刚刚其实也挺……那什么的。"

宋砚叹了口气。

文文以为宋砚这声叹气是对温荔失望的意思，立刻表示："宋老师，我姐她就是平时说话不太中听，但只要你肯耐心解读，就会发现她完全不是那个意思，她真的是那种很可爱的女孩子，你如果愿意了解她，肯定会被她迷倒的！"

宋砚听助理为温荔说了这么多好话，惊讶之余笑了起来。

"我比你更了解她。"宋砚安慰文文，"以我对她的了解，她不会炒你的鱿鱼，或许还会感谢你。"

文文："啊？"

"很晚了，明天你还要陪着她早起去录节目，把她的包给我，你和阿康都回自己的房间休息吧。"

"哦，好的。"

文文神情呆滞地将包递给宋砚，又神情呆滞地往回走，正好碰上停好车走过来的阿康。阿康伸手拦住她："电梯在那边。你想什么呢？"

文文抬头看着阿康，阿康被盯得毛骨悚然，同情地看着她："不是吧？你真被炒鱿鱼了？唉，你还是太年轻了，哥早就跟你说了，有的实话不能乱说……"

"啊！"文文突然叫了一声。

地下停车场内立刻响起恐怖悠长的回声。

阿康吓得浑身一颤："你突然叫什么？吓死我了！"

文文突然用很复杂的语气"喃喃"道："我好像嗑到了。"

"你磕到哪里了？"阿康立刻将她的头扫视了一圈，语气中充满了同情和怜悯，特别男人地说，"小姑娘也太可怜了，工作丢了不说，还受伤了。哥现在就送你去医院啊，你放心，医药费哥帮你出。"

"……"

两个助理在地下停车场里，一个解释不清"嗑到了"到底是什么意思；另一个完全是直男思维，坚定地认为小姑娘此时需要关爱。

阿康还特意发了条微信给宋砚，拜托他帮文文求情，让温荔看在文文这么可怜的份儿上，别炒了她。

宋砚此时已经跟在温荔身后坐电梯上了楼。

温荔发现自己又犯了同样的错误，那就是没拿包，而房卡在包里。

知道宋砚就走在自己后面，她冷着脸冲他伸手："包给我。"

宋砚的回答却是风牛马不相及："你助理好像受伤了。"

"啊？哪里受伤了啊？"

"阿康说她磕到了。"

"磕到哪儿了？"

"不知道。"

温荔"啧"了声，一脸烦躁："就算想求我原谅也不至于用苦肉计这么老土的招数吧。"然后她又叹气，"麻烦死了。她现在在哪儿？去医院了没有？算了，我下去看看。"

说完她也不回房间了，又往电梯那边走，准备下楼。

这时阿康又发来一条微信。

阿康："哥，大乌龙。"

阿康："文文说的'嗑到了'是嗑到你和温荔姐了。"

阿康："哥你刚刚跟她说了什么啊？我看她真的像撞到脑子了，一直在'嘿嘿'傻笑。"

宋砚啼笑皆非。

这小助理跟某人简直没两样，反射弧能绕地球两圈，也难怪两个人这么合得来。

电梯来了，温荔刚要进去，被宋砚一把拉住。

"不用下去了，你助理没受伤。"

温荔被搞蒙了，皱眉问道："一会儿说她受伤了，一会儿又说没有，你要我？"

宋砚："误会。"

"浪费感情。"温荔不想浪费时间搞清楚到底是什么误会，甩开他，又抢过他手里的包，"洗澡睡觉。"

温荔刷卡进房间，宋砚走在后面，顺手将门关上，还上了锁。

晚上在酒店里住当然要锁门，但今天温荔在听到清脆的落锁声后，居然有些慌。

刚刚在车上，还有他们各自的助理在，两个人算不上独处，现在在酒店房间里，半夜三更，孤男寡女，她今天想了一天的独处时间终于到来了。

可是因为文文那个臭丫头戳穿了她，害她丢了个大脸，她现在一点儿也不想跟他独处。

郁文文这个臭丫头！

我一定扣她工资！

温荔心里正想着该怎么教训文文，突然听到宋砚问："你去洗澡吗？"

男人的声音在独处的空间里显得格外低沉。心跳停了一瞬，温荔背对着他回答道："去，现在就去洗。"

宋砚："去吧，我等你。"

心跳又停了一瞬，温荔咬唇说："你还是先睡吧，明天大清早就要赶过去排练。"

宋砚微愣，下意识地问道："我等你和明天排练有什么关系？"

温荔转过身看他，见他不是平常逗她时那副似笑非笑的表情，立刻知道自己想岔了。

她沉默不语。

但是男人在这方面的思维天生就比女人更通透，感觉到让人窒息的气氛，宋砚明白过来，低"喀"一声，笑了。

温荔此刻比刚刚在车上被文文戳穿内心的想法还要尴尬。

"我洗澡去了。"

温荔有气无力地说，准备去浴室里洗个澡好好冷静一下。

宋砚还嫌气氛不够尴尬，问了句："要一起吗？"顿了顿，他又补了句，"抓紧时间。"

温荔炸了，色厉内荏地反驳道："一起你个头啊！抓紧你个头啊！"

然后她拿上衣服，气呼呼地往浴室里快步走去，进去后还警惕地把门给反锁了。

宋砚走到浴室门口，敲了敲门，里面传来她不耐烦的声音："干什么？我是不会开门的！"

"害羞够了就出来，别在浴室里过夜。"他语气淡定，不疾不徐地提醒道。

"你好烦啊！快滚，别跟个变态似的站在浴室门口！"

被老婆吼了，宋砚非但没生气，还笑出了声。

温荔听到他笑的声音，皱着脸嘟囔道："什么人啊……吼他他还笑。"

有了宋砚的提醒，温荔就算今天晚上想在浴室里过夜也不成了。

温荔洗好澡后，宋砚就进去洗了，她这才后知后觉地意识到，宋砚说的等她，是等她用完浴室后自己进去洗澡。

"我没救了。"

温荔瘫倒在床上。

浴室里传来"哗哗"的水声。平时这会儿，温荔早睡了，但今天她的大脑好像不想让她这么快就睡过去，想让她等宋砚洗好澡出来。

闲着没事，她顺便在微信上问候了一下文文。

她刚发过去一个"睡了没"，文文那边立刻回"姐你要是跟我说炒鱿鱼的事那我就睡了"。

温荔："我炒你鱿鱼干什么？"

温荔："你有被害妄想症？"

文文："姐你真好！我说了那么过分的话，你还不炒我鱿鱼！我爱你！最爱你！亲一个！"

温荔的"我不炒你鱿鱼，我扣你工资"还没发出去，文文的一长串表白就发了过来。

她手指一顿，哼了声："喊，肉麻死了。"

然后她删掉了没发出去的话。

温荔："对了，你到底有没有受伤？"

文文："受伤了，我的心受伤了。"

温荔："啊？"

文文："我这颗单身人士的心，被你和宋老师伤到了。"

温荔："你伤到脑子了吗？"

文文："嘻嘻。"

文文："我刚刚已经关注了'盐粒'的超话，我现在是'签字笔'大军之一。"

文文："世界第一甜，'盐粒'一万年！"

这是超话口号，温荔经常用小号偷偷上超话，自然是一听就懂。

她赶紧扔开手机，不想再理会这个被撞到脑子的助理了。

· 270 ·

听她和宋砚在车上吵了一架，还骂他们俩幼稚，结果转头成了他们俩的粉丝，这不是撞到脑子了是什么？

温荔想了半天，又捡起手机上了微博。

她想看看超话是不是又出了新的剪辑视频，文文看了，才成了"签字笔"。

结果没有，超话置顶的加精帖还是那个千层套路，不过最新的微博倒是在谈论他们来《最高演技大赏》当助演嘉宾的事。

盐粒盐粒你好甜："啊啊啊，谁抢到了《最高演技大赏》的收官期表演门票啊？"

"门票难抢应该是因为'荔枝'和'月光石'买得多吧？"

"'荔枝'和'月光石'怎么回事？双人行程的门票不一直是我们这边占大头吗？"

她再往后翻。

"不求别的，他们俩只要别都抽到感情戏片段就行了。"

"楼上姐妹大可不必，三力和美人都是演员，和其他人演感情戏很正常。"

"求他们俩都抽到古装，演完来个同框，剩下的部分交给剪辑大师@美人草三力。"

美人草三力回复："来了！姐妹们放心！"

看完帖子，温荔心里暗爽，退出超话，又从床上爬起来，去包里拿了剧本过来，翻开看起了里面的内容。

他们俩有合演没错，也有感情戏份。

先帝驾崩，母家势力雄厚却无子嗣的年轻宠妃和生母不详无人在意的皇子一朝达成联盟，在通往皇位的路上杀出了一条血路，最后宠妃送皇子登上了皇位，皇子让宠妃坐上了太后的宝座。

皇位到手前，二人是好盟友；皇位到手后，联盟自然没有了存在的意义。

年轻的太后不肯放权，想让自己的母家再登顶峰，进一步牢牢地把控朝堂，皇帝却不甘做一个傀儡，想要挣脱太后的控制，想削了太后母家的权力，罢了她父亲兄弟的职位。

年岁相差无几的弱冠皇帝和妙龄太后，因为权力而达成联盟，也因为权力而势成水火，却又在这寂寥深宫中发现对方是唯一鲜活的存在——和自己同样心狠手辣，同样爱慕权势，然后不可避免地被对方吸引。

节目组选的这段戏就是皇帝和太后都不再虚与委蛇，把话彻底摊开了说，在寝宫中大吵一架的片段，除了大段台词，情感冲突也是非常有张力的，所以并不好演。

正好宋砚洗好澡出来，温荔盯着剧本，躺在床上冲宋砚招了招手："儿啊，过来。"

宋砚脚步一顿，问道："你叫我什么？"

温荔扬了扬手中的剧本："母后叫你呢。"

宋砚意识到她在干什么，但还是觉得她是在故意占便宜。

等他坐到床边，温荔笑眯眯地说对他说："儿啊，困吗？不困的话跟母后对个台词？"

宋砚"嗯"了声："我去拿剧本。"

温荔："儿子真乖。"

"……"

宋砚走到一半儿，又转身，再次坐下，一把捏住她的脸，勾着唇角威胁道："再叫一声？"

温荔被捏着一边脸，还在嘴硬："我这叫入戏，你是不是演员啊？"

宋砚睨她："你这叫占我便宜。"

"叫你一声'儿子'就是占你便宜？"温荔理直气壮地狡辩，感觉捏在脸上的力度又重了几分，她"嗤"了一声，丢开剧本也去捏他的脸，"你是从哪个朝代穿越过来的封建余孽？"

宋砚往后一仰，躲过了她的手："我比你大几岁？你生得出我这么大的儿子吗？"

今天宋砚和宁俊轩对戏的时候，她脑子里就已经在想乱七八糟的东西了，这时她"哼哼"一笑，扑过去，霸道总裁般一把抱住他的脖子，侧头在他的嘴巴上大大地、响亮地亲了一口。

宋砚真的以为她没胆子，所以这会儿怔住了。

温荔得逞，又响亮地亲了一下他的鼻子。

她洗了澡，唇上没擦口红，但宋砚的鼻子还是红了。

温荔冲他笑："怕不怕？"

宋砚下颌紧绷，声音沙哑地说："怕了。"

看吧，他先忍不住了。

得到满意的回答，温荔放手。下一秒，她的腰却被掐住，随即整个人被他揽过去，紧紧地贴着他。

"我怕了，所以你还要跟我玩多久？"

温荔不解："什么？"

"吊着我很有成就感是不是？"宋砚深吸一口气，目光牢牢地锁定她，浑厚喑哑的嗓音里有指责也有控诉，"利用师弟让我吃醋，你很开心？"

既然他又说起吃醋这个话题，那温荔就有的说了。

她想：干脆今天来个彻夜长谈，把所有的话说清楚好了。

"我什么时候利用你师弟了？明明是你对你师弟比对我好，你陪他排戏的时候演得多好，跟我就心不在焉。"

宋砚被她气笑了，用力地捏了下她的腰，声音低沉，语气中有些恶狠狠的味道："你以为谁都跟你一样没心没肺，迟钝到无可救药？你吊着我，我还不能心不在焉？"

　　被捏的地方很痒，温荔咬唇，挣扎了两下，没挣脱，她索性放弃了。她是女人，宋砚是男人，跟他比力气，她一点儿优势都没有。

　　力气上没有优势，那她就要在嘴皮功夫上占领高地。

　　"我这是追男人的招数，你懂个屁。"

　　宋砚"啧"了声，轻声反驳道："你会追个屁。"

　　温荔怎么可能轻易认输，仰头冲他露出个欠揍的笑："我不会追，那你现在是在干什么？"

　　宋砚没说话。

　　温荔嚣张一笑："手下败将。"

　　"温老师。"

　　"干什么？"

　　"你知道在床上故意惹男人生气会有什么下场吗？"

　　直觉告诉温荔不是什么好下场，但她知道自己不能说知道，也不能说不知道，不管是哪种，他的嘴里肯定都吐不出什么好话，于是她保持沉默，只是警惕地看着他。

　　"宋老师，你嘴上说不过我，就试图用身体威胁我，作为男人，难道你不觉得可耻吗？"

　　温荔手脚并用地往后缩，但两米长的床并没有藏身之地，等缩到床角，退无可退时，她只好死皮赖脸地把责任都推到他的身上。

　　宋砚笑了笑，将她重新抱过来。

　　将人抱了个满怀，闻着她颈间的香味，美色当前，他也就懒得计较她刚刚的那些话了。

　　"这个时候就别嘴硬了好不好？"

　　"谁嘴硬了？不是你先起的头吗？"

　　宋砚像是妥协了，柔声跟她商量道："你如果不愿意承认，我不逼你，你觉得怎样跟我相处舒服，我们明天就继续怎样相处。"

　　温荔心想：还有这种好事？把主动权全交给自己？

　　她正犹豫，宋砚果然还有前置条件。

　　"但你得给我些回应，我跟你不同，不喜欢吊着人玩。"

　　温荔立刻反驳道："谁吊着你了？别把我说成那种花心女好吗？我都说了这是招数。"

　　虽然这些招数都是她自己无师自通发明的，效果高明还是稀烂她也不知道，不过看宋砚这抗拒的语气，大概率是稀烂，所以才会惹他烦。

温荔内心充满了挫败感，之前她还信心满满，现在又打蔫儿了。

宋砚不知道此刻她心里的九曲十八弯，闷笑几声，语气里没什么歉意，淡淡地说："那抱歉了，你这几招儿都太厉害了，我每天不上不下的，实在不想再陪你玩了。"

温荔实在太好哄了，一听，垂着的脑袋又立刻仰起来："我真的很厉害吗？"

宋砚把她的话还给了她："你不厉害，那我现在在干什么？"

也不等她说什么，宋砚侧头，像是要报复她这些日子给自己的折磨，咬了咬她的耳垂。

温荔下意识地就要挣脱。

"这是回应。"宋砚收紧手臂，"还想吊着人玩？"

温荔小声解释道："不是，我痒啊——"

宋砚不再咬，改成吻。

后来，他放过了她的耳朵，去吻她的唇。

到这一步的回应，温荔还是给得起的。

但后面就不行了。

她抓住他的手，想说"不要"，被他反抓回来桎梏住，他还直接一口黑锅扣到她头上："拒绝就是不喜欢我。"

"……"

哪有这样的啊？

温荔平时在床上是个很高傲的人，很多累人的动作她觉得不好看，觉得自己非但享受不了还要出力，所以常常不愿意配合，那时候她想的是反正是解决生理需求，目的达到了就好了，宋砚满不满意不是她关心的范畴。

但是今天宋砚抓住了她的小辫子。

她说不要，他就失落地说"这就是你的回应吗"。她想辩解，他就再加一句"原来你吊着我玩"。她不辩解了，一脸"你爱怎么想就怎么想"的表情，他又说"原来你不喜欢我"。

温荔心想：还说什么"我不逼你"，这不是逼这是什么？

男人在某些情境下就像是变了一个人。

她红着眼睛，手攥着床单，虚弱地吐气。

时间太长，他的动作又狠，平时享受惯了的温荔实在没忍住，几滴眼泪从眼角飙出来，她吸了吸鼻子，喉间发出和低吟不同的打嗝儿声。

"宋砚你浑蛋，我都哭了你还弄……"

宋砚扳过她的身体，让她面对自己，探出手指摸了摸她的眼角，有些惊讶，竟然笑了起来:"还真哭了?"

温荔被他的笑点燃了怒火,伸手推他:"滚!回应个屁!就该吊着你,吊死你算了!"

温荔背对着宋砚,枕在他的胳膊上徐徐喘气。

虽然满足,但是她也觉得遭受了屈辱。

宋砚吻了吻她的后脑勺儿。

他声音还哑着,可说的话很清晰,字字敲在温荔的心上:"你喜欢我。"

温荔心口微麻,下意识地反驳道:"谁喜欢你?"

他收紧手臂,从背后抱住她,整个身体贴着她的后背,头低下,埋在她的蝴蝶骨里,只觉得一颗心被填得满满当当的。他餍足地低笑两声,又说了一遍:"学妹,你喜欢我。"

温荔没好气地说:"学长,你是复读机吗?"

"嗯,学长是复读机。"他还在笑,"学妹,你喜欢我。"

温荔没话说了。大概宋砚天生就克她,知道她嘴硬,所以就聪明又无赖地从别的地方找答案。

温荔能察觉他的开心,却又不太明白他为什么这么开心,跟小孩子求了家长老半天,终于吃着了糖似的,完全没有成年人的从容和成熟。

床上的意外状况直接导致第二天排练时两个人迟到了一会儿。

不过嘉宾迟到和新人演员迟到还是不同的,新人演员迟到可能会被说态度不行,但嘉宾都是已经成名的艺人,节目组直接表示没什么,不耽误他们自己排练就行。

迟到这事说大也大,说小也小,当事人如果觉得这没什么,一副满不在乎的样子,等节目播出后难免被人抓住这个痛点抨击,所以温荔和宋砚还是给工作人员道了歉。

宋砚第二天的状态明显和前一天的不同。他进入了状态,温荔自然也很快入戏,连带着宁俊轩的进度都快了起来。

见戏排得差不多了,嘉宾们下午换上戏服后直接去了片场彩排。

宋砚和宁俊轩的是现代戏,妆造比较容易,宋砚在片场那边彩排完这段戏才到温荔这边来换古装。

古装的妆造比较费时间。《最高演技大赏》是卫视台今年重点推广的综艺项目,很受投资方看好,因此经费充足,将能请来的影视剧的原班化妆团队和造景团队都请了过来,之前几期就因为场景和妆造还原度高上过好几次话题榜。

坐了几个小时后,妆造完成,温荔提着十二幅裙摆走出化妆间。

她身上的戏服太重,文文在后面帮她拎着大衫尾端,替她减轻一些重量。

宋砚虽然妆化得比她晚，但他是男人，戴发套、化妆都比她快，这时已经在门口等着了，打算跟她一起走去片场。

两个人在化妆间门口撞了个满怀，都愣了一下。

这场戏不是朝堂戏，宋砚没穿皇帝朝服，一身紫色圆领常服，温荔里头的鞠衣也是紫色的，说是太后和皇帝，两个人的衣服竟然同色，这不就是变相穿情侣装？利用服饰营造这种隐秘的禁忌感，电影造型团队真是会玩。

温荔盯着宋砚，撇嘴说："还是我穿紫色比较好看。"

她跟谁都喜欢比，宋砚以前对她这种幼稚的行为向来采取不理会措施，今天竟然难得跟她比了起来。

"你身上这件颜色太老气，我的比较好看。"

"哪里老气了？明明比你的还浅。"

两个人一路往片场走，路上遇到了不少新人演员。有的新人演员在节目中排的不是温荔和宋砚的剧，所以没怎么接触过两位老师，当着他们的面比较内向，不敢多说什么，打了声招呼后目送他们离开，然后在背后激动地和同伴交流感想。

"绝了绝了绝了！太绝了！"

"我总算知道我的经纪人为什么让我别轻易接古装剧，老老实实演现代戏了。"

正好汪妙穿着温荔那部剧的小狐仙戏服路过，立刻双眼放光地看着他们："宋老师、温老师，你们穿这身好好看啊！"

温荔挑眉，问道："谁更好看？"

"啊？"汪妙想了想，决定谁都不得罪，"一样好看。"

谁知温荔压根儿不吃这套："别跟我玩这套，谁更好看？"

"呃……"

看着认真的温荔，汪妙犹豫地看向宋砚，宋砚冲她温和地笑了笑，垂在身侧的手轻轻抬起来指了指旁边的温荔。

得到提示的汪妙立刻心领神会，大声说："温老师你更好看！"

温荔满意了，也夸她："你还挺适合这种俏皮的狐仙打扮的，好看。"

汪妙舒了口气，朝宋砚递去一个感激的眼神。

化妆间和拍摄棚离得不远，到了片场，两个人都是成熟的演员，没有手把手指导的必要，现场导演直接说："两位老师先就这么来一遍吧，先熟悉一下现场镜头。"

两个人进入那个古色古香的场景后，现场导演盯着监视器，如果不是两个人手里拿着剧本，还有造型师在旁边帮他们整理发型和衣服，他们俩肯定会被当成生活在这个背景下的两个古人。

虽然是临时景，但导演相信，只要两个人发挥好，这段戏绝对不亚于一般的古偶电视剧。

经验丰富的演员很节省时间，都不用教，找到镜头跟合适的角度就能开始。

剧本上没有动作指导，说台词的时候手脚应该往哪儿放全靠演员自己把握，两个人没有百分之百还原电影，而是结合自己的经验给人物设置了符合心理状态的神态、动作。

很快，一遍戏就过完了。现场导演指导新人演员指导惯了，这一遍看下来，还真没找到什么值得挑错的地方。

"那就再来一遍吧，麻烦导演了。"温荔转头问宋砚，"你刚刚伸手过来的时候我接得不太好，迟疑了一下，你看我是躲开比较好还是给你别的反应比较好？"

导演没意见，倒是温荔对自己要求严格了起来，在觉得不完美的地方反反复复拉着宋砚排练。

在场的人都知道这是综艺节目，排练时间本来就短，不可能跟在片场里拍戏相提并论，在片场里，演员有的是时间慢慢打磨，一遍不过还有很多遍，碰上个要求严格的导演，一个镜头拍个百八十遍也是有可能的。

温老师和宋老师这是把这段戏当成电影在精雕细琢啊。

工作人员不知道，温荔这样严格要求，正是为了电影角色。

宋砚明显也是打算陪着她精雕细琢的。

现场导演跟着认真了起来，演员自己都不怕麻烦，他一个导演当然不能认输。

彩排现场，三个人俨然把这段戏当成了春节联欢晚会来彩排，大到动作，小到微表情，认真地打磨了起来。

等到第二天录制时，负责这段戏的现场导演自信心爆棚，甚至觉得自己已经站在了电影节的领奖台上。

录制时间是在下午。中午，观众们陆续入场，所有的嘉宾和演员都在后台准备。

汪妙和宁俊轩的玄幻剧片段按抽签顺序是第一个，两个人都很紧张，上台前特意去温荔的化妆间里要鼓励。

造型师还在往温荔的头上插发簪，她微微侧了侧头，对两个人比了个加油的手势。

"加油，别给我丢脸。"

"嗯！"

"我们会的！"

收到鼓励后，两个新人演员互相击了个掌，准备上台了。

录制进入倒计时，等"3、2、1"说完，前台聚光灯下，主持人从后方走到了舞台中央。

"这里是由'源自草原，给你的身体加 buff（增益，在游戏中指用魔法或药剂来强化某一个角色）'的特典有机奶独家冠名播出的培养下一代新生代演员的竞演类真人秀节目《最高演技大赏》的收官之战。大家好，我是主持人王克成，欢迎大家的到来。"

台下响起观众们的掌声。

"首先让我们来介绍一下，除了从第一期到收官之战的三位评委，还有我们的特邀评委，都是热爱影视剧的观众们耳熟能详的几位导演和制片人！"

后台化妆间内的电视正实时转播着舞台画面。

主持人介绍到仇平时，他站起身对后面的观众点头示意，脸上是大导演特有的傲然笑容。

比起仇平，于伟光脸上的笑容就显得平和很多。

"除了特邀评委，我们还特别邀请了八位助演嘉宾。但由于嘉宾们有任务在身，所以都还在后台准备，请各位看向我们的大屏幕，先了解一下八位助演嘉宾都有谁。"

当屏幕上出现宋砚时，在化妆间里的温荔似乎都能听到观众的呼喊。

后来当屏幕上出现温荔时，温荔仔细一听：可以可以，呼喊声也从前台传到化妆间了。

"本次我们的表演大致分为两部分。第一部分是晋级的新生代演员按照抽签顺序进行竞演，这部分一共有八个小剧目，剧目片段来源于我们八位助演嘉宾的优秀影视作品。第二部分是八位助演嘉宾随机抽签互演致敬片段，这段并不是竞演，而是八位嘉宾对自身的挑战，也是对其他嘉宾和经典影视剧目的致敬，敬请期待。"

主持人说完大段台词后，镜头直接切到第一个剧目的舞台所在的摄影棚里。

仙气飘飘的瑶池中央，汪妙和宁俊轩都已就位。

有了温荔的指导，在原剧的支撑下，这场告白戏青涩而浪漫，摄影棚内的干冰和灯光效果将场景塑造得缥缈虚幻，小狐仙和少年帝君的初恋故事，配合新生代演员鲜活的面孔，可谓相得益彰，戏的内涵并不深奥，但意境绝伦。

他们撑住了。

等导演喊完"卡"，舞台现场响起肯定的掌声。

评委和大众评审都对表演给了了肯定，化妆间里的温荔也松了口气。

之后的剧目她看得就很轻松了。

节目录制的时间很长，后台的工作人员和演员都需要等待很长时间，好在入了这一行，温荔已经习惯了光芒万丈的舞台后那烦琐枯燥的后台工作。八个小剧目结束后，温荔从椅子上站起来，扭了扭腰。

文文很会给自己找乐子，拿出手机悄悄拍她。

"姐，等节目预告出来后，我把你这段发短视频，取名为'太后牌健康操'，怎么样？"

"不许蹭我的热度给自己吸引人气。"

文文撇嘴："工作室的账号，又不是我自己的号。"

终于到了嘉宾的换演环节，第一个出场的就是段洪和他挑选的女搭档。

节目效果不如汪妙和宁俊轩那段效果好，而且段洪是典型的硬汉长相，五官线条硬朗，并不适合少年仙君的扮相。

但他演技精湛，虽然扮相不合适，倒也不出戏。

换演环节中，嘉宾从侧方出来后没有了投票环节，采访环节就多了几分钟。

段洪承认自己的扮相并不适合这个角色，直接说："我觉得演员找准自己的定位很重要，什么角色撑得起来，什么角色撑不起来，心里要有数，没有金刚钻非揽下这个瓷器活儿，就容易贻笑大方。我不适合这种剧，这种剧还是比较适合温荔来演，可惜她运气也不好，抽到了于导的戏，希望她后面加油吧。"

温荔皱眉，总感觉段洪意有所指。

镜头前，主持人当然不可能细究这段话，于是接着问段洪对搭档的表现有什么看法。

"很好，科班出身的孩子一点就通。我个人认为她和之前的汪妙演得都不错，说句可能得罪温荔的话，我甚至觉得汪妙那段要胜过几年前的原版，某些小细节方面的设计，比原版的女主角更加灵动，可能这就是科班出身的演员的优势吧。"

台下的观众窃窃私语起来，尤其是温荔的粉丝。

"我应该没理解错吧？这男演员是在暗讽我们三力不是科班出身，说她的演技还不如新人的演技吧？"

"他就是这意思啊。"

"在他的眼里，演偶像剧的就是没演技，演正剧的就都是演技派呗。"

"我已经开始替三力生气了。"

后台，正和一帮演出完毕的新人演员坐在一起观看嘉宾换演环节的汪妙惊恐地睁大眼。

那些新的设计都是温荔老师教她的，怎么被拿出来踩温荔老师了？

之前对汪妙的指导，也让温荔意识到自己几年前演这部剧的时候，某些方面还可以处理得更好，只是剧已经演完了，想要复盘也没机会，正好趁着这个机会，温荔把自己这几年在演技上的长进和对这段戏更深层次的理解教给了汪妙，希望她能替自己改进当时相对现在来说还是有些青涩的表现。

段洪说完这段话后，在场的评委和大众评审的脸色都有些微妙。

直到一个女制片人拿起话筒，赞同了段洪的话。

"我想说我同意段洪老师的话，演员的脸和气质其实决定了他们适合哪种角色，是适合偶像剧还是正剧。这里没有贬低任何一个偶像剧演员的意思，但正剧相对偶像剧来说，确实难驾驭得多。段洪老师虽然扮相不合适，但演技足够说服我们在场的每一个评审，但如果是换作偶像剧演员来演正剧呢？即使扮相合适，没演技，没接受过系统的指导，让人无法共情，又有什么用呢？"

她说没有贬低偶像剧演员的意思，却又借用段洪对温荔的暗讽，字字都在暗讽现在的偶像剧演员没演技，撑不起正剧。

所有人都知道，目前，绝大多数偶像剧演员的市场份额是远远大于某些知名度不高的正剧演员的，有人对这种现状很不满，所以说出来了，还直接给所有的偶像剧演员都打上了"没演技"的标签。

另一个专投资偶像剧的制片人也拿起话筒，跟这个女制片人争辩了起来。

后期节目播出时，也不知道这段会不会被剪掉。

温荔不由得觉得压力更大了。

要是等会儿她哪里出了错怎么办？这是现场拍摄，和片场不一样，没有重拍的机会。

"温荔老师，快到你了。"负责节目流程的工作人员过来提醒道。

"好。"

走到拍摄棚外候场时，表演经验丰富的温荔头一次觉得自己此时需要安慰。

宋砚晚她几分钟进入拍摄棚里——他演完和她的剧目后，和宁俊轩还有一场现代戏要拍，时间比较赶，没办法和她一起坐在化妆间里候场看转播。

虽然看到宋砚走过来，但温荔不想跟他转述前台段洪和那个女制片人的话，那样显得自己太脆弱。

她用藏在大衫衣袖下的手悄悄拽了拽宋砚。

宋砚低头看她："怎么了？"

"我有点儿紧张。"她小声说，"宋老师你鼓励我一下。"

穿着大衫霞帔的年轻太后，华丽的珠翠和织锦加身，面色略带忧愁，一点儿也没有太后的架势，倒像个受了委屈的宠妃。

她高傲又骄矜，却也有不自信的时候。

现场的工作人员都在给机器和布景做最后的调试，两个人站在布景中央，宋砚掐掉麦克风说："放心，有我在。"

温荔的心情好多了，她也掐了麦，得寸进尺地问道："万一我拖了你的后腿呢？你不怪我吗？"

宋砚笑了笑："我怪你干什么？"

温荔"哼"了声："那别人呢？要是现在我是别人，你还会不会这么大度好说话？"

"嗯？别人就算了。"

"你这是不公平对待。"

"我做人从来没公平过，很偏心的。"宋砚用手指轻轻地挑了挑她头上珠翠步摇缀着的流苏，眼底有笑意，悄声在她耳边说，"谁让我只喜欢你。"

年轻俊美的皇帝一身矜贵威严的装束，翼善冠上盘绕的金色双龙眼神犀利，与之相反的是，他笑盈盈又轻言软语，说的话轻佻又风流。

"学妹，你还在读高中的时候，有一次在你们学校的校庆晚会上跳独舞，当时你一个人站在台上，除了伴奏的，身边没有任何人，所有的灯光都打在你的身上，你一丝错都没有出。现在你长大了，这次也不是一个人上台，还有我在旁边陪着你，哪怕你出了错，也有我这个做老公的给你兜着，所以别紧张，正常发挥就好。"

此时台前，主持人已经在为他们接下来的出场念词。

"接下来的剧目，出演嘉宾是我们的温荔老师和她的助演搭档——宋砚老师！"

舞台侧面的拍摄棚里，所有待场的工作人员和演员都听到了来自舞台观众席上的欢呼声。

"没抢门票的姐妹们你们亏大发了啊啊啊！！"

…………

主持人背后的巨幕屏上显示出剧目的电影名、场景片段名以及表演者的名字和预告照。

预告照是参赛学员和嘉宾最新拍摄的，就在节目录制的前一天。

嘉宾的古装扮相充分还原了电影中的扮相，熟悉这部电影的人对这个造型并不陌生，但这身装束的主人换成了两张新的面孔。

现场粉丝的尖叫声还未停止，舞台灯光渐暗，巨幕屏上画面一转，开始实况转播拍摄棚内的布景。

"开机！"

这是部正儿八经的权谋电影，讲述的是二百余年的明史长河中，那刚烈的朝代风骨背后，巍巍宫墙下，高高庙堂内，效忠皇帝的宦官十二监与内阁之间云谲波诡的政治斗争。

皇帝是都人（明代对宫女的称呼）之子，生母卑微，先帝在位时并不受宠爱，而先皇后早逝，先帝独宠皇贵妃，皇贵妃貌美年轻，却子孙缘淡薄，腹中一直没有动静。

先帝在盛年驾崩，宾天前并无遗诏。皇位空置，宫内顿时腥风血雨，兄弟阋墙，骨肉相残。

皇贵妃选中了现在的皇帝，二人结盟，皇贵妃母家父兄扶持，送他坐上了皇位，皇贵妃也一跃成为太后。

皇贵妃本以为母家能就此把控朝堂，皇帝却一改之前懦弱温和的模样，露出獠牙狼爪，联合十二监那群阳衰阴盛的阉人，开始对抗内阁和太后母家。

几乎还原了电影仁寿宫内景的影棚布景跃然于屏幕上，温荔所饰演的太后正斜倚在珠帘后的榻上小憩。

直到内侍从殿前小跑而来，弓腰附在她耳边小声说："太后，万岁来了。"

太后睁开眼，脚步声越来越近，年轻的皇帝大步掀帘而入。

继位初期，皇帝对太后的态度还算恭敬，但随着朝堂势力的变化，十二监和内阁的势力纷争，"母子"间的虚与委蛇再难维持。

宋砚饰演的皇帝俊美逼人，眉眼如画，五官深邃，脸部线条棱角分明，一身常服和帝冠衬托得他更矜贵威严。

"张学士已认罪，今儿午时在牢中自缢了。"皇帝微微一笑，"儿子知道张学士是先太子与母后的启蒙老师，于是特意赶来宽慰母后，望母后节哀，切勿忧思太重，以免损伤凤体。"

太后坐起打量皇帝，细语暗讽道："我本不知道，也不忧思，皇上却特意来告知我，真难为你一片孝心。"

镜头给了温荔一个特写，她的脸上是笑着的，眼里却夹杂着恨意，即便自己的老师被自己亲手扶持的皇帝给迫害致死，她伤心又愤怒，高傲的语气和作态仍是不减丝毫。

特写镜头很考验演员对五官和情绪的控制，微表情稍微不对就有可能被专业人士揪出来。

评委席和大众评审席的所有人都在细细观摩。

比起那些还不成熟的新生代演员，成熟的演员经验更丰富，表演也更娴熟，像这样近距离地观看他们的表演并进行内心评估是非常难得的机会。

这段戏才开场两分钟，现场的观众已经鸦雀无声，完全被演员带进了剧情中，感受到皇帝小胜后的得意和阴狠以及太后失利后的悲戚与震怒。

皇帝和太后的对话交锋有来有回。

在皇帝的眼中，太后和他岁数相差甚微，换作寻常人家的姑娘，青春妙龄，想的都是书画诗词、郎君小意，学的都是女红刺绣，天真烂漫，娇俏动人；而她呢，一身太后常服，披着沉重的大衫霞帔，戴着贵重的金银珠宝，那双纤纤素手，不拿工笔，不握绣针，偏偏要抓紧那无上权力不放，她不爱郎情妾意，在这个男权为尊的时代，偏偏踩在了全天下最尊贵的男人头上，不断践踏皇帝的尊严和真心。

在今天的博弈中，皇帝终于看到了她高傲外表下的那丝柔弱和女儿家心性。

他恨她嚣张跋扈，从不把他当男人看待，却又忍不住爱她的明艳骄矜，做了她手底下的傀儡，如今傀儡想要挣脱提线，身体在拼死抵抗，一颗心却怎么也挣不脱。

皇帝动了动喉结，一改之前的语气，柔声劝解太后，暗示她，只要对内阁撒手，她就永远是这仁寿宫的主人，他的母后，大明的太后。

太后还陷在对老师的悼念中，选择以无比讽刺和居高临下的口吻对皇帝说："借那些阉人的手对付忠臣，这样的皇上说的话在我看来就连那三岁小儿都不如。"

皇帝被激怒，拧着眉握上太后的手腕，弯腰，将人狠狠地按在榻上。

本来安静的前方舞台，从观众席那边传来激动的低呼声。

评委席上的几位就淡定多了，还有人特意扭头对于伟光说："当初看的时候没觉得有这么刺激啊。于导你很敢拍啊。"

于伟光表情复杂，干笑两声。

谁能想到，这段原本充满讽刺的感情今天被宋砚这两口子拍出来，变成绝美爱情了？

对右边的同行是解释不清了，于伟光转头看向左边的仇平。

结果仇平认真地盯着屏幕，于伟光小声叫了几声，仇平却是置若罔闻。

"……"

大家都被宋砚这两口子给吸进剧情里了？

此时的拍摄棚内，这段戏已经来到了高潮。皇帝和太后齐齐撕开伪装，剑拔弩张，内侍、宫人无一敢入殿，偌大的寝宫中，就只有皇帝和太后唇枪舌剑，从前朝吵到后宫，最后四目相对，恨不得吃了对方。

皇帝的身体越伏越低，手上的力道也越来越大，太后和他靠得极近，终于从他阴狠的眼神中察觉了异样的渴望。

太后气恼得连皇帝的尊称也不叫了，直呼他的名讳，提醒他对她的不敬。

"你叫了朕的名字。"

"叫了又如何？！你还要杀了我不成！"

气氛从刚刚的一触即发急转直下，瞬间变得旖旎暧昧起来。

皇帝周身的气焰全消，目光柔软，试探般问道："太后可愿再叫一声？这次叫朕的小字，可好？"

宋砚的眼神霎时间变得柔软异常，仿佛渴求多时的爱慕之人终于肯回眸望向他。温荔神色一滞，大脑短暂地宕了机。这段戏中，太后的情绪从低迷到震怒再到诧异，有张有弛，她一直将心理状态把控得很好，整个人都很入戏，被宋砚这一个眼神闹的，她居然又从太后变回了温荔。

就像那天晚上，被冲撞得意识昏沉时，她被逼叫了声"学长"，然后他的动作从

283

疾风骤雨到细雨微风，也只用了很短的时间。

他真的将情绪把控得好好。

那个递进简直又快又顺。

温荔想，这方面她还有的练，以后得多让宋砚教教她。

"皇上你……"

"叫名字，太后再叫一声我的小字，张学士的儿女亲眷，我可以放他们一条生路。"

皇帝这回连尊贵的自称也不用了，太后叫一声皇帝的小字就能换回张学士家几十口人的命，他这个皇帝当得简直任性又疯魔。

两个人对视，太后的眼中满是不解，还有几分不可思议；而皇帝的眼中满是缱绻，还有几分期待。

"卡！"

现场导演一声喊，把拍摄棚内和舞台上的所有人都喊回了神。

这时候所有人才后知后觉地意识到，他们这是在录综艺节目，不是在看电影。

主持人一直坐在位子上，直到旁边的工作人员提醒了一句，他才拿起话筒问道："演完了吗？到我出场了？"

"啊，那接下来让我们有请温荔、宋砚来到我们的舞台现场！"

白色聚光灯落在拍摄棚通往舞台的入口处。在去往舞台录制现场的路上，温荔担忧地说道："我真的好紧张，我明明是嘉宾啊，怎么搞得跟自己在参加比赛似的？"

宋砚什么话都没说，手从袖中伸出，钻进了她的广袖，宽大的袖口相连，他在戏服下抓住了她的手，轻轻拍了拍，无声地抚慰她。

等聚光灯落在身上时，宋砚才收回手。

温荔努嘴。

他们俩怎么搞得跟偷情似的？光明正大地牵手有什么？

刚刚还在拍摄棚里，仿佛真的身处紫禁城中的太后和皇帝就这样出现在舞台上，第一次看这种现场表演的观众此时才真切地意识到，他们刚刚真的不是在看电影，那段戏就是演员们在后面的拍摄棚里，在临时的布景下现场演出来的。

掌声雷动，现场的观众终于不用隔着屏幕看演员了。

主持人把话筒递给温荔和宋砚，让他们跟现场的观众打招呼。

古偶一直是温荔用来提升人气的有力武器，各类古装造型中，她最适合的就是这种华丽的打扮。古装发型大多要露出全脸，所以对演员的轮廓和五官要求极高，她的头部和面部线条都很流畅，造型越是华丽，她浓艳昳丽却不失协调的五官越能够与造型相互成就。

宋砚更不用说了，公认的古装扮相天花板。只可惜电影剧本大多是现代戏，所以大家见一次他的古装着实不容易。

温荔和宋砚打过招呼后，现场的讨论声不绝于耳，主持人将话筒给大众评审。

嘉宾不是参赛学员，大众评审都不是傻子，这种环节明摆着就是夸夸环节。

前几个评委、大众评审都是直接夸演技，直到话筒被交到一个做自媒体的年轻女生手中，那个女生站起来，张嘴"啊"了半天，挺不好意思地说："就……我的注意力全在他们的脸上了，真没怎么仔细看表演，不好意思。"

她这话一说出口，不光是其他人在笑，台上的两个嘉宾也有些哭笑不得。

"真的太好看了，太绝了！每个画面都像是画一样，布景、妆造，还有两位嘉宾的颜值！"女生顿了顿，用非常认真的语气说，"在这里，我斗胆代表所有爱看古偶剧的观众对所有导演和制片人提出建议，以后所有的古偶剧，不求演员都是两位嘉宾这种标准的，但至少要找撑得起古装妆造的演员，既然是偶像剧，观众肯定都是冲着帅哥美女去看的，谢谢。"

话虽然主观，但很犀利，确实反映了如今偶像剧市场上观众的心态。

之后，话筒被给到另一个人，是个男生。

"演技是银幕演技，颜值是偶像剧顶级配置的颜值，无论哪项都是满分。"

这评价极高，虽然早知道这段是夸夸环节，但温荔还是被这高度的赞美给夸得飘飘然了。

大众评审说完，轮到评委了。

这段戏的原作是于伟光导演的，所以于伟光要第一个说。

"说实话，这段感情戏，它不是我电影里的主线，甚至在导这段戏的时候，我内心对这段感情是持批判和讽刺态度的，所以你们把它演成绝美爱情，我，可能包括现场的所有人，是真的没想到。"于伟光说到这里笑了起来，"夫妻搭档确实不一样。"

好搭档是互相成就的，他们有那个默契，再加上节目水准足够，即使是临时布景也百分百还原了电影，整个戏张力十足，两位演员有来有回，情绪层层递进，就连温荔后面那段稍稍恍惚，又很快回过神来的表演，在于伟光看来都是意外之喜，因为在对方那样浓烈又反常的情感攻势下，她无意识的恍惚是完全符合人物心理的。

台下属于"签字笔"的那一小块地方发出赞同的声音。

另一个制片人举起手："我能说一句话吗？"

主持人："您说。"

制片人拿着话筒，酝酿半天，最终真的只挤出一句话来："合作吧，我说真的，你们想演什么类型的我去买剧本来，只要你们愿意接。"

台下的观众立刻参差不齐地反复喊着"合作"两个字。

于伟光双手抱胸，笑得挺开心，顺带瞅了一眼旁边的仇平。

仇平的目光一直在温荔身上，到现在也没挪开过。

到这里，他们这个剧目已经告一段落，主持人请嘉宾们下台休息，温荔却重新拿起话筒，微笑着说："我有些话想对段老师说。

"段老师，您觉得我刚刚的表现怎么样？"

正在后台看转播的段洪脸色一直不太好，突然这样被温荔提问，一时间居然不知道该做出什么反应。

"您是科班出身的演员，我相信您内心真正的判断一定没错。"温荔语气平和地说道，"有很多非科班出身的演员，他们没有接受过系统的训练，为了演好一部剧，往往要走不少弯路，比科班出身的演员付出更多的努力，在这里我想用自己的例子告诉那些非科班出身却热爱表演的演员，笨鸟先飞，学习从来不怕晚，只怕你自己不够刻苦，对一个演员来说，是不是科班出身不是衡量你是不是一个好演员的标准，你贴不贴角色，演得好不好，能不能让观众共情，才是最重要的标准。

"还有，很多和我合作过的偶像剧演员都很优秀。如果我演的偶像剧能够给爱看偶像剧的观众带来快乐，那么它的价值就是正向的。"

她说这段话的时候，看着的是刚刚附和段洪说话的那个制片人。

阳春白雪和下里巴人，高雅和通俗之间没有高低贵贱之分，只要是观众喜闻乐见的，就有它存在的意义。

现在温荔需要转型，但她绝不会否认自己参演的那些偶像剧的价值，因为正是那些作品，她才能有今天的位置。

在后台的段洪没有说话，评委席上的那个制片人也没有说话。

如果说今天温荔的表现不好，哪怕是差强人意，他们也有理由用她之前所演的偶像剧作品来抨击她德不配位。

但显然温荔没有给他们这个机会。

她这两天拉着宋砚一遍遍地磨细节，就是为了今天这样的效果。

他们不得不承认，温荔是一个很有天赋的演员。

在影视圈如此严苛又现实的环境下，她的长相和灵气远远优于她的演技，而且她知道自己的优势在哪里、缺点在哪里，没有把科班出身的演员优于她的地方当作抱怨的借口，当成她在转型这条路上承受偏见和质疑的原因，而是努力地去填补这块空缺，争取赶上他们。

"三力帅！！"

台下有粉丝的声音响起。

回击完，温荔心情大好，最后总结陈词。

"当然，我还有很长的路要走，我会努力向所有科班出身的演员看齐。"温荔转头看向宋砚，冲他笑了笑，"比如宋老师这种，为了陪我演好这个片段，两天来一直在陪我一遍遍地排戏的科班出身的演员。"

宋砚听了温荔刚刚那段话，大概猜到之前录制的时候发生了什么。

他笑了笑："应该的。"

"哇哦！！！"

粉丝们发出欢呼。

几个很少参加综艺节目的导演和制片人纷纷往后看去。

主持人很懂，摆摆手说："这是喜欢真夫妻的快乐。"他"喀"了一声，又对观众说，"我再给大家透露个小细节。大家知道为什么其他嘉宾的助演搭档都是我们的新人学员，只有温荔老师的不是吗？不是没有人愿意跟温荔老师搭档啊，当时很多学员都举了手的，但是宋砚老师不顾节目规则，毛遂自荐哟。唉，我们导演不敢得罪宋老师，只能答应了。"

内情就这么猝不及防地被爆了出来，温荔尴尬地笑了两声，企图替宋砚解释："不是，主要是宋老师他能教我……"

台下的观众哪管她的解释？

"哇！！！"

"好甜！！！"

然后又是一道熟悉的、洪亮的男声，甚至盖过了现场温荔的麦克风的声音。

"宋砚你承认吧，你就是小心眼儿不想看你老婆跟别人演感情戏！"

宋砚："……"

怎么又是这个铁肺老哥？

铁肺老哥一声吼，在场懂的都笑了，没懂的蒙了半天，也懂了，然后笑了。

评委们都是影视行业中赫赫有名的大导演和制片人，都得给宋砚面子，不好笑得太嚣张，唯独于伟光仗着自己是宋砚的老师，和宋砚关系不一般，抱胸笑得像只打鸣的老鹅。

鹅笑声听着很好笑，有的人没因为铁肺老哥的话而笑，倒是被于伟光的笑戳中了笑穴。

"于导，于导，您冷静点儿。"主持人依靠自己强大的专业素质拼命控制着表情，"等这期节目播了，观众都看不到您的脸了，屏幕上全是鹅。"

现场的人集体大笑，台上两位嘉宾的脸色变得十分微妙。

温荔呆呆地问道："这段你们不剪吗？"

回答她的是台下的观众们。

"不能剪！"

"不可以！！！"

"播出去让宋砚丢脸！！"

宋砚满头问号。

这是他的粉丝？

没办法了，她本来想帮宋砚挽回点儿尊严，无奈一个人的力量太弱小，杠不过这么多现场观众。

温荔侧头看向宋砚，本来想安慰他两句，谁知他用余光瞥到她的眼神，抿唇，别过脸，直接躲开了。

她在心里叹了口气。

宋砚这忍耐力算好的了，要换作她，可能当场就开始挖地道了。

主持人立刻说："温荔老师你看看，这是群众的呼声啊。"

群众们一听自己的呼声受到主持人的重视了，立刻大声发出他们的真实呼声。

其中以铁肺老哥所在的"签字笔"阵营最为嚣张。

"亲一个！"

"亲一个亲一个！"

"群众的呼声就是亲一个！！"

有观众在的现场常常会发生各种状况，很多夫妻档和情侣档都被这样起哄过，大方的就顺着观众的意思亲一个，脸皮比较薄的就捂嘴笑当作没听见，由主持人负责打圆场给台阶下。这么喊的大多是粉丝，都比较活泼，图个现场气氛，真亲了就当是福利，没亲也不会觉得多失望。

现场的工作人员和嘉宾们把这当成一次普通的演员和粉丝互动，并没有出声阻拦，都在看戏，主持人还故意问道："群众的呼声都这么高了，要不两位老师就现场给我们……嗯？来一个？"

"亲一个吧求你们了！！"

"从来没看你们亲过！！"

对于主持人的煽风点火，直觉告诉温荔不能答应，否则以后每次双人行程都甭想清净了。

温荔的表情明显很尴尬，毕竟是女孩子，脸皮薄不好意思主动是很正常的，主持人转而去看宋砚。

"宋砚老师？"

还没从刚刚的尴尬中回过神来的男人举起话筒，嘴唇动了动，喉结上下滑动，低声说："回家再说。"

"嘘——"

"不行！！"

"回家我们就看不到了！"

于伟光再次笑出鹅叫声，笑够之后终于想起宋砚是自己的学生，自己应该帮着说话，转头对这帮起哄的观众说："看得到那还得了，这节目还能播出吗？你们不要太过分了。"

这段节目效果爆炸，但是不能耽误下个嘉宾的表演，主持人不再纠结这个，又说了两句话给两位嘉宾台阶下，接着请他们俩下去稍作休息。

下了台，温荔总算能舒舒服服地坐下来休息了，可宋砚后面还有一个剧目要表演，是和宁俊轩搭档，所以身上的发套和戏服要赶紧换下来。

宋砚第二次上场，短短时间内连着饰演两个角色，而且角色跨度极大，上一场是深沉帝王，台词都是文绉绉的；这一场就是人狠话不多的正义刑警，台词简单粗暴，动作戏干脆直接。

温荔目不转睛地看完他的整场表演，当"卡"的一声响起，自豪感油然而生。

自己挑男人的眼光可真是绝了！

表演环节完毕，温荔又上台给获奖的学员颁奖。汪妙和宁俊轩没有夺冠，分别拿了个"最受观众喜爱奖"和"最受媒体欢迎奖"，汪妙最后在领奖的时候还特意感谢了温荔。

"感谢温荔老师这两天对我的指导，是温荔老师总结了自己的经验，又结合了自己的新想法，教给我，希望我能代替她演得更好，才有了今天的小狐仙。"

汪妙的话说得非常漂亮，谁也没有得罪，并实在地把温荔的功劳说了出来。

给她颁奖的嘉宾正巧是段洪。

"段老师，"汪妙接过奖杯，抬起头，郑重地说道，"温荔老师真的是一个非常值得我学习的好演员。"

段洪微哂，点头"嗯"了声："我知道。"

汪妙笑了起来，冲正在给其他学员颁奖，并没有注意到这边的温荔投去向往的眼神。

《最高演技大赏》的最后一期在所有学员和嘉宾的精彩表演中圆满收官，现场都是庆祝的礼炮和飞舞的彩带，从此，一群眼神澄澈的新生代演员将正式以演员的身份开始自己的职业生涯。

温荔也在节目录制结束后收到了来自仇平的试镜邀约。

"剧本我知道老周已经拿给你看了，回燕城后定个时间来试镜。"仇平坐车离开前说，"到时候我请你和阿砚一起吃个饭。"

陆丹约了他那么多次，他每次都是借口推辞，没想到如今竟然主动开口请温荔吃饭。

这种用实力征服人的感觉真棒。

温荔坐上回酒店的车，一路上都在重温于伟光的那部电影。

之前排练，时间太紧，来不及对原片仔细地琢磨，现在节目也录完了，她想看看自己和电影中饰演太后的女演员还有哪些差距。

她想知道自己跟真正的银幕演员还有多大差距。

电影中，太后掣肘皇帝，皇帝软禁太后，彼此都知道这个死局的唯一解决办法就是让对方死，却又宁愿日复一日地折磨自己，也不舍得痛下杀手。

相爱相杀，是仇人也是盟友，却又彼此倾心，人物情感极其复杂，对演员的要求很高，演一段还好，要真是演整个剧本，温荔未必能撑住。

她庆幸地道："还好我只是演其中的一小段。"

"不一定，电影是有足够的拍摄周期的，在片场里，导演会精益求精，一遍遍地带演员找最好的状态，所以这两个半小时都是精华，如果给你充足的时间，你也可以。"

宋砚的话很客观，温荔点点头，又问他："欸，话说当时到底有什么重要工作，让你连于导的电影都狠下心推掉了啊？"

宋砚说："忘了。"

温荔明显不信："忘了？能让你推掉于导的电影，这你也能忘？"

觉得宋砚一定是在隐瞒，她拍了拍主驾驶座的椅背，问道："阿康，当初你哥到底是因为什么工作才推掉于导的电影的？"

"啊？"阿康仔细地想了想，不确定地说，"我记得当时哥明明在休……"

"阿康。"宋砚打断他的话，淡淡地说，"不确定的事别乱说。"

阿康也确实不太记得了，点头："好吧。抱歉啊温荔姐，我也不太记得了。"

"没事。"

温荔也只是随便问问，没想真的知道。

她一个人看电影也没意思，于是把手中的平板电脑递过去一点儿，问宋砚要不要一起看。

宋砚坐在车上反正也没事干，干脆跟她一起看了起来。

电影里，十二监和内阁的斗争已经进入高潮，整个气氛极其压抑，配乐也是沉重悲怆。

冰冷的政治情节过后，是电影里唯一一段亲密戏。

温荔意识到不对劲，赶紧戴上耳机，还分了一只耳机给宋砚。

这段床戏拍得实在太有张力。

温荔咽了咽口水。

还好他们致敬的不是这段。

这牺牲未免也太大了，与之相比，她演的那些偶像剧里的搂搂抱抱就是小打小闹。

"姐、宋老师，到酒店了。"

文文刚刚提醒了一遍，后面的人没反应，于是她又提高音量喊，后面的人还是没反应。

　　她转过头，看到温荔和宋砚还在低头看平板电脑，一人戴着一只耳机，按理来说应该听得见她说话。

　　他们俩是看入迷了？

　　她抻着脖子，想看看温荔和宋砚在看什么。

　　扫了一眼画面，连恋爱都没谈过的黄花大闺女郁文文小姐立刻缩回头，双目圆瞪，耳朵滚烫。

　　她的动作太大，终于吵到了正专心看电影的温荔。

　　"已经到酒店了？"

　　温荔收起平板电脑，对宋砚说："我们回房间继续看吧，都看了一半儿了，看完它算了。"

　　宋砚没意见："好。"

　　目送温荔和宋砚离开后，文文坐在副驾驶座上，心里不断地回荡着"我的'盐粒'要回酒店房间一起看床戏"这句话。原来宋老师在录节目的时候说的"回家再说"是这个意思，好刺激，好……甜哟。

　　但是无人和她分享这种喜悦，阿康这个大男人屁都不懂，她也没法儿跟自己的小姐妹说，这属于温荔和宋砚的隐私，她有职业操守，嘴巴很紧，绝不会跟外人乱说。

　　心里实在痒痒，急需找到同好来跟她一起"啊啊啊"尖叫，回到自己的酒店房间后，文文澡也不洗了，直接登微博进超话去找同好。

　　超话现在很热闹——节目刚录制完，爆料就出来了。不过因为《最高演技大赏》规定观众不能带手机入场，所以都是文字爆料，并没有照片和视频流传出来。

　　因为节目台本提前曝光，泄露了这次节目表面是双人行程，其实是个人通告，助演和换演环节都是嘉宾与学员搭档，嘉宾之间不会合作，所以公开售票的时候，抢票的大多是"荔枝"和"月光石"。

　　前几年各种年初、年中、年底的媒体活动就是典型的欺骗"签字笔"感情的案例，主办方就是把座位给温荔和宋砚安排在一起了，连个互动环节都没有给他们俩安排，还是上台领奖的时候主持人硬提到另一方，两个人才说了一句感谢对方的话。

　　"签字笔"对此看得很开——

　　同框即拥抱，对视即接吻，说两句话约等于亲热。

　　所以这次哪怕没有合作环节，以铁肺老哥为首的"签字笔"大军还是来了。

　　然后从天而降一个巨大的惊喜。

　　当主持人宣布温荔的助演搭档不是任何一个新人学员，而是宋砚时，大屏上不仅显示了二人同框的预告照，还专门说明是古装加感情戏。

那些年，超话里的剪辑大手们从两个人的作品中搜罗了多少古装素材，耗死了多少脑细胞，剪废了多少双手，熬出了多少个黑眼圈，动用了多少剪辑黑科技，才有了加精视频帖里的各种精彩的作品。

美人草三力："梦想成真，古装合作！虽然只是一个小剧目，但是赏心悦目到极点，再也不用借助黑科技同框了，等节目正片出来看我发挥啊［得意］。"

"是合演？？？"

"跟没去现场的姐妹们说一声，是合演，古装合演。"

"哈哈哈，在现场的表示现场超级欢乐，铁肺老哥永远的神，三力拿麦克风说话的声音都盖不过他的。"

"全场喊'亲一个'的时候笑死我了。"

"'盐粒'今天发糖了吗？"回复："姐妹别走。后来亲了没？？"

层主回复："没啊，哈哈哈，怎么可能亲啊？就他们俩那德行。但是美人说'回家再说'，剩下的自行想象吧［坏笑］。"

"谢谢姐妹，已经开始想象亲密的画面了。"

盐粒＝甜粒："最近要考试，所以没去看，哭了。节目播出要等到下个星期，有去的姐妹透露一下'盐粒'演的是哪部影视剧里的片段吗？孩子想先去找原片看看解解馋。"

评论区很快有人告知电影名、具体片段和在电影中的起止时间。

"竟然是这部吗？"

"'签字笔'终于要站起来了吗？"

文文看超话里这些没去现场的粉丝疯狂地发挥想象力，怕她们期望太大导致节目播出后失望，于是好心在评论区指出："没有，他们演的片段就一个抓手腕的接触。"

"谢谢姐妹，整个人已经萎靡了。"

"姐妹你好残忍。"

"宋砚、温荔，你们没有心！"

文文真的很想爆料说"虽然他们没演但是他们一起看了这段床戏！他们肯定会私底下偷偷地还原这段床戏！"，但她不能说，她是一个有职业操守的艺人助理。

她只能被迫独享，她对不起"签字笔"们。

然而文文想多了。

温荔将工作和私事分得很开，哪怕现在和她一起工作的是宋砚。

这部电影的权谋剧情线晦涩难懂，注定了它在国内通俗电影市场中的票房不会太亮眼，但优秀的剧本和精美绝伦的服化道，让它在上映当年，在国内国外都拿下了很有分量的奖项。

想要拍一部品位十足，视觉上也令观众赏心悦目的古装电影，势必要投入比现代电影多得多的精力和资金。这部电影的最佳美术奖和最佳造型奖不是白拿的，不仅电影场景对大明极尽还原，而且里面的每一处绿瓦红墙都是厚重的历史，透过电影画面就能感受到那个时代的风骨，就连演员身上的戏服，都是尽可能还原那个时代的华丽之美。

没有演员能够拒绝这样的剧本和幕后团队，但凡是对这份职业有所追求的人，都渴望出现在这样的电影里，成为这部电影中或轻或重的一分子。

看过于伟光的电影，温荔更加期待仇平的《冰城》了。

两部电影都是大导演执导，都采用了顶级的团队，如果能在这部电影的演员表里留下自己的名字，无论她能否转型成功，都将是她职业生涯里一次难忘的经历。

以雏鸟的形态进入这个行业，渐渐长成羽翼渐丰的成鸟，温荔对天空更高处的风景有渴望，也有野心，而仇平的新电影就是她向更高处的风景迈出的第一步。

虽然这个步子有点儿大，且还没彻底迈出去，因为仇平只答应给她试镜的机会，这个机会还得靠她自己抓住，抓不抓得住还不一定。

得到了宝贵的试镜机会，能和那些电影成绩耀眼的青衣竞争同一个角色，充满挑战，又令人兴奋。

电影结束，开始滚动播放演职人员表，酒店套房内没有开灯，唯一的光源变暗，导致室内一下子变得阴森起来。

每看完一部值得回味的好电影，温荔心里总有一股说不清道不明的淡淡失落之感。温荔没有急着去开灯，盯着屏幕，幽幽地叹了口气。

"还是当现代人好。"最后她总结道。

宋砚也在认真地看电影，起先听她叹气，还以为她要像那些专业影评人一样长篇大论一番，没想到她最后得出来的结论这么接地气。

他笑着附和道："是啊。"

电影片尾曲是一首哀怨的国风曲，温荔听得心情都低落起来，又叹了口气，瘫在沙发上说："宋老师，你当初错过这部电影真的太可惜了。"

温荔当然不能说宋砚演得比原片演员还要好，因为这个男演员演得也很好，但论长相和气质，她觉得宋砚是最好的。

"如果是你演，这部电影就完美了。"

她自言自语，脑海里在幻想皇帝扮相的宋砚。

想着想着，她就想起了这部电影里的亲密戏。

她突然觉得他没接这部戏也不那么可惜了。

"不一定。"宋砚不知道她已经从电影想到了某些方面，还在认真地回应她的感叹，"每个演员擅长的戏都不同，当初我是考量过才做出取舍的。"

"你又想拿你不擅长感情戏这个借口出来说是不是？"温荔直起身，用手指着他的脸，认真地说道，"你别说你不擅长，你可太擅长了，你要是去演偶像剧，还有那些男演员什么事啊？"

宋砚挑眉："比和你合作过的那些男演员都好？"

"嗯？"温荔不解，"当然啊，这有什么可比性吗？"

宋砚笑了笑，单手托着下巴，缓缓地说："都是男人，当然有可比性。"

"哦，原来你们男人的攀比心也这么重。"温荔拍拍他的肩，肯定地说道，"那你可以放心了，在我的心里，他们跟你都不是一个级别的。"

宋砚突然抓住她的手，拿到唇边，亲了亲她的指尖，垂下眼，柔声道谢。

"谢谢。"

温荔被亲得手指有些酥麻，心里满足，却又不太满足。

她凑近了些，咽了咽口水，又说："真的，你在我心里是最帅的，全国第一帅。"

"嗯？"宋砚弯唇，"我知道的。"

温荔"嗯"了一声，问道："你怎么不说'谢谢'了？"

宋砚一直是个挺好说话的男人，闻言顺从地道："谢谢。"

结果温荔非但没有罢休，漂亮的眼睛里反而迸射出更不满的情绪来："除了谢谢呢？"

宋砚歪头："什么？"

"算了。"温荔也觉得自己这样拐弯抹角地暗示没什么意思，站起身，"电影也看完了，洗洗睡吧。"

"你怎么一点儿耐心都没有？"

宋砚哑然失笑，也站起来，把温荔拽回来，捧起她的脸亲了亲她。

脸颊热热的，温荔心里高兴，嘴上却在责怪："你知道我在暗示什么还跟我装傻？什么人哪你！"

"抱歉。"宋砚嘴上道歉，表情没什么忏悔的意思，"因为你闹别扭的样子真的挺可爱的。"

温荔知道自己有不坦诚的毛病，她姥爷、她舅、她爸、她弟都说过她这个毛病不好，有时候他们想和她好好说话，结果她的态度不行，搞得他们再有耐心也没耐心了，她要是个小子，早挨揍了。

宋砚可真是个特例，他好像还乐在其中。

温荔"喊"了一声："我可爱这个事实还用你说？"

洗澡的时候，她难得童心未泯唱起了《泡澡歌》。她对可爱的肤浅认知就是，可爱是用来形容小朋友的，所以她唱儿歌，就是可爱的一种表现。

洗完澡出来时，温荔又恢复了高傲的样子。

上一项工作圆满落幕，紧绷的神经松懈下来，温荔总算不用连睡觉都在想台词了。

宋砚洗完澡上床，把温荔从床边拽到自己的怀里，手掌轻轻摸她的头发，低声问了句："今天晚上还用我陪你对台词吗？"

温荔说："都演完了，不用了。"

宋砚刚扬唇，紧接着她就开始跟他讨论下一份工作了。

"仇导说等回燕城后让我找个时间去他那儿试个镜，他还说到时候请我们一起吃个饭。"

宋砚的回答言简意赅："嗯。"

"我觉得吃饭不是重点，重点还是试镜。"温荔又开始叨叨，"我经纪人跟我说了，有好几个女演员都在接触这个角色，如果不是编剧周先生觉得我长得像绾绾，我的优势其实一点儿都不大。"

"但是你像绾绾，这已经是很大的优势了。"

温荔赞同道："那也是，感谢爹妈。"

"好好准备吧。"

"嗯。"

温荔满怀雄心壮志，被子里的手悄悄握成拳。

十几秒的沉默后，宋砚碰了碰她的腰："工作说完了吗？"

"嗯？"温荔又想了想，继续说道，"哦，对了，那个试镜，我以前没跟仇导接触过，你和他合作过，给我传授点儿经验嘛，试镜的时候我也更有把握一点儿。"

"好，等明天睡醒再说。"宋砚问道，"说完了吗？"

"你怎么老问我说完了没有啊？你不耐烦了是不是？"温荔很不满。

宋砚居然承认了："是不耐烦了。"

温荔瞪眼，就要从他的怀里挣出来。

"暗示你很久了。"宋砚将脸埋在她的脖颈处，叹了口气，"咱们做完再聊工作行吗？"

"……"

她本来满脑子想的都是工作，结果他一句话打了她个措手不及。

在如此诱惑下，温荔拼命控制自己，才勉强拒绝："不行，等做完我就没力气跟你聊工作了，你先给我传授试镜经验。"

宋砚妥协道："好，我现在给你传授。"

温荔立刻摆出一副好学生认真听讲的架势，拿过床头柜上的手机："你等等，我记个备忘录。"

宋砚抽走手机，扔在一边。

"不用，这个经验不靠言传，只靠意会。"

"哦——"

温荔恍然大悟地点点头。是的，演戏就是这样的，很多经验都是只可意会不可言传的，演戏本来就是个很抽象的东西，和课本里那些理论知识不一样。

但很快，她发现情况不对劲。

"仇导试镜都是挑这种戏让演员试的吗？"

温荔缩了缩身子，避开宋砚游移到她锁骨上的唇。

现在的导演都这么狂野了吗？她就是试个镜，需要牺牲这么大吗？

"不是。"宋砚诚实地道，温荔刚要发火，他又一本正经地说，"万一呢，做好万全准备才不怕他突然提要求。"

"但是《冰城》里有床戏吗？"

她看过剧本，里面明明没有，难道仇导还喜欢突然现场编一段剧本里没有的情节让她演？

"没有。"

"……"

温荔真的不懂他为什么能把"没有"两个字说出"有"的气势来。

"宋老师！"她推开他，拢紧自己松松垮垮的衣服，"请你不要仗着自己帅就为所欲为。"

宋砚眨眨眼，笑了："我明明是仗着你喜欢我为所欲为。"

他为什么又说"喜欢"？

他为什么这么喜欢把"喜欢"两个字挂在嘴边？

他是小学生吗？

温荔终于知道为什么宋砚今天演的皇帝会让她出神了，因为他跟皇帝一样在床上都有常人难以理解的爱好。

温荔的身体被搭成一座桥，细细的腰肢不盈一握，还不足一人通行，宋砚欺上，她越是脆弱，摇摇欲坠，他这个行人越是蛮横，最后她塌了，他才心满意足地喘着气，为她清理身体上两个人留下的痕迹。

温荔很清楚自己的实力，果然没心情再找他谈论工作了。

"你为什么喜欢听我叫你'学长'？"她只有力气问出这么一句。

宋砚收拾好床上的东西，缩进被子里，把她抱过来，边摸她的头发边说："因为那样会让我有一种梦想成真的满足感。"

温荔没听懂，又困得很，敷衍地"哦"了声，睡了过去。

宋砚能够理解皇帝——他百般逼迫太后叫自己的小字，绝不是为了羞辱太后，也不是为了羞辱自己，而是他内心里非常渴望，他和她之间没有身份和世俗的隔阂，以完全平等和正常的身份两情相悦。

温荔说还是做现代人好，宋砚很赞同她的观点。

起码，作为现代人的他，是能够等到这一天的。

录制完《最高演技大赏》的后采环节，在余城的工作告一段落，温荔和宋砚坐上返回燕城的航班。

温荔觉得这次《人间有你》节目组派了整个 A 组过来陪她和宋砚录节目完全就是浪费人力、物力，因为制作这两档综艺节目的卫视的投资方不对付，所以素材不共享，相当于这次《人间有你》节目组过来出差，完全没录到能放在自己节目里播出的素材。

严导显然也意识到了这一点。

因为《最高演技大赏》的导演和他是同一个学校毕业的，是大他两届的师兄，两个人虽然各自为不同的企业做事，但私底下关系其实还不错，之前温荔和宋砚过去录《最高演技大赏》，他还特意打电话给师兄提过醒，说这两个人不太配合镜头，是两个麻烦嘉宾。

结果《最高演技大赏》下个星期要播出收官期，现在要剪预告片，严导的导演师兄打电话过来了——打电话来感谢他。

思索两秒后，严导说："师兄，你把预告片素材给我看看。"

"那怎么行？万一你把它用在了你的节目里了怎么办？"

"我是你师弟，你居然怀疑我会盗你的素材？！"严导忍不住动气，"我都听说了，你临时改台本，让宋砚跟温荔搭戏，你敢说你不是吃宋砚和温荔夫妻的红利？！你敢说你不是在蹭我们《人间有你》的热度？！"

师兄的语气也痛心起来，仿佛遭受了天大的委屈："正奎，你怎么能这么想我？我这也是为了工作，绝对不是针对你。"

所以说，人啊，当初在学校里有多单纯，入了职场就有多狡诈。

严导冷笑道："那你有本事预告片别用宋砚和温荔的素材。"

"那不行，我还特意让后期制作人员剪了个两分半钟的专属预告片出来。"

"什么？两分半钟？？？"

这对上正经夫妻综艺节目，剪辑小哥绞尽脑汁，每期就能剪出三十秒的预告片来；结果这对一上别的节目就开始疯狂地互动，以至于剪辑师能剪出足足两分半钟的预告片来？

《最高演技大赏》收官期正片时长有两个半小时，远超往期，毕竟出品的卫视和投资方都铆足了劲儿往里砸钱，光是最后一期就请了那么多艺人和大导演过来，对它的重视可想而知。

《最高演技大赏》收官期光是预告片就有好几版，一天放一个。

最高演技大赏：

"#最高演技大赏#预告片第三弹！特邀助演嘉宾'盐粒'夫妇@宋砚 @温荔Litchi 的预告片来了！两位老师不但为我们的学员传授了宝贵的演戏经验，还一起合作致敬了@导演于伟光的经典影片《明廷十二监》，锁定本周六 20:00，好戏上场！"

［#最高演技大赏#微博视频］

巧合的是，《人间有你》第五期的正片也是在周六的黄金档 20:00 播出。

这两部本来就是两家卫视拿来比拼收视率的重点综艺节目。《人间有你》有第一季的热度打底，原班制作团队和一线艺人加盟，开局就爆，一期期下来，收视率稳如泰山，尤其是许鸣出轨的新闻爆出来之后，话题度直升，无论是全国网还是 52 城，哪怕是野榜，脱水后的收视率数据都是一骑绝尘，话题指数把《最高演技大赏》死死地压在综艺榜第二。现在《最高演技大赏》已经到了最后一期，所有的面子就靠这最后一期争回来，当然要力争靠最后一期勇夺当周全国收视率第一。

于是第三弹的预告片刚发布，节目组立刻给安排上话题榜。

整整两分半钟时长的预告片是宋砚和温荔的专属预告片，刚发布，粉丝大军立刻闻讯赶来。

"好家伙，隔壁《人间有你》雷打不动三十秒，到这儿直接两分半钟。"

"你看看别人家的预告片！@人间有你。"

"麻烦有点儿竞争意识好吗？@人间有你。"

"下期五分钟预告片安排起来，咱不能输，谢谢！@人间有你。"

没从师兄那儿要到素材的严导心有不甘，在预告片发布当天悄悄登上微博去看了一眼，一看弹幕，顿时被这群粉丝的明嘲暗讽给气得哭笑不得，心想当年在学校同在一个食堂窗口打饭的所谓师兄弟的情谊也不过如此。

预告片有一分钟都是宋砚和温荔两个人的合演片段，赏心悦目的古装扮相，加上入戏状态下两个人之间的互动，明显比他们各自生活状态下的相处要吸引人得多。

这个预告片发布没多久就登上了综艺区的日榜第一，话题下全是网友最新发的微博。

最热的一条微博是个素人网友发的。

"周六晚朕到底是翻《人间有你》妃的绿头牌还是《最高演技大赏》妃的绿头牌呢？"

下面的评论都很有意思。

"这边建议皇上同时临幸呢。"

博主回复："狗奴才校园网带不动。"

"《人间有你》妃已是明日黄花，仗着皇上宠爱，三番五次敷衍皇上；而《最高演技大赏》妃年轻貌美，还为皇上准备了时长高达两分半钟的甜点，她对皇上的心天地可鉴，臣斗胆建议皇上翻《最高演技大赏》妃的牌子。"

博主回复："唉，可朕也是真心宠爱过《人间有你》妃的，罢了罢了，就翻《最高演技大赏》妃的牌子吧，朕真是个花心的女人。"

严导："……"

该死！为什么他有一种被这帮年轻小姑娘甩了的感觉？

果然，这帮年轻小姑娘的心都是变形金刚做的，说变就变。

周六当晚，话题榜前几名差不多都被《最高演技大赏》给霸占了——他们节目请的嘉宾多，随随便便带一个嘉宾的名字就能上话题，而且时间长，哏多笑点多，话题还不用担心重复。

其中，光是带宋砚和温荔名字的话题就上了好几个。

宋砚温荔版明廷十二监

明廷十二监原来这么刺激

古装扮相天花板

宋砚温荔合作

宋砚：回家再说

除了这些和谐欢乐的话题，还有明显挑事的话题，譬如 # 段洪温荔 #。

之前录节目的时候，段洪先针对所有非科班出身的演员，后来温荔巧妙地还击了，节目组两边都不想得罪，将这两段删得干干净净，可在场有不少观众，所以料还是被爆了出去。

段洪和温荔各自代表"科班"和"非科班"、"正剧"和"偶像剧"说的那些话，被人在娱乐论坛里用文字复述了出来，还附上了画质不高糊成马赛克的偷拍视频。《最高演技大赏》收官期的热度很高，这个爆料很快发酵。

就在网友们都以为双方会掐得不可开交时，温荔和她的粉丝们却默然无声，连个眼神都没给这个话题。

到晚上快十一点，从头到尾没发声的当事人之一段洪登上了他已经长草的微博。

段洪："［大拇指］@温荔Litchi。"

温荔当天晚上有工作，一整晚都没上网，还是下工后经纪人提醒她上微博回复一下段洪的微博，她这才后知后觉地想起这件事。自己和段洪的那点儿小恩怨在她看来已经完全结束，但部分网友显然不肯就此罢休。

温荔给段洪点了个关注，在他的微博评论下留了一个"害羞"的表情。

被迫安静了一个晚上的粉丝终于爽了。

"顶三力！！"

"感谢段老师对三力的认可，祝段老师工作顺利，生活愉快。"

两个当事人隐晦聪明的表态，让那条不怀好意的话题很快从话题榜上沉了下去。

温荔觉得段洪这个大拇指应该不是公关人员替他发的，如果是公关人员，应该会发些夸她的话，段洪这个人有点儿大男子主义，虽然意识到自己的偏见不对，但又不肯放下身段，于是送了她一个大拇指。

和段洪的恩怨彻底告一段落，温荔又去搜了宋砚的微博，想看看他作为她的男人，有没有发微博表扬她。

结果并没有，宋砚没登微博。

他的评论区再次被攻陷了——最新宣传《最高演技大赏》的那条广告微博下，最新评论都是今天看了节目的粉丝和路人们留的。

"在吗，美人哥？听说你小心眼儿到连看你老婆和别的男演员搭戏都会吃醋？"

"其他嘉宾都只演一个剧目，唯独某位宋姓男艺人因为小心眼儿被迫加班演两轮。"

"男人，你小心眼儿的样子真是令人着迷。"

"回家再说，说什么？"

"恭喜美人自纯情小学生后又斩获醋缸老婆奴新形象！"

温荔心中顿时有个很作死的想法——

如果她把这些评论截图发给宋砚，会不会被宋砚拉黑啊？

经过两秒钟的天人交战后，温荔表示，拉黑就拉黑，嘲笑是一定要嘲笑的。

她很果断地把这些评论截了图发给了宋砚，并附带了一句"虽然你的形象都崩完了，但我是不会嫌弃你的"。

好消息是，宋砚没拉黑她。他跟温荔不同，不要那所谓的公主脾气。

坏消息是，宋砚发了一句平时只有在床上才会对她说的骚话。

宋砚："欠收拾？"

温荔："你信不信我现在就把你这句话截图发微博？"

宋砚："你是想让所有人都知道你今天晚上的下场吗？"

她不过就是顺手发了个截图嘲笑他，他至于吗？

心里虽然不屑，但以防万一，温荔决定今晚不回家，随便去哪儿凑合一夜算了。

《最高演技大赏》收官期播出的当晚，温荔有工作，忙到很晚才回家。

还好回来得晚，回家时宋砚已经躺在床上休息了，温荔才勉强躲过宋砚说的"下场"。

温荔心想：以后不能再随便嘲笑宋砚了，这个"卑鄙"的男人嘴上说不过自己，就喜欢用一些别的方式来变相地报复自己。

第二天，在节目组半硬性的要求下，她和宋砚空出了晚上的时间，在节目组摄像头的监视之下，并排坐在客厅的沙发上，一边用投屏看昨天的节目一边讨论。

温荔离宋砚远远的，生怕他想起昨天的事来，当着摄像头的面报复自己。

有摄像头在，宋砚就是个无比正常且绅士的男人，有一搭没一搭地和她说话，顺便替她复盘在节目里的表演。

演的时候温荔看不见自己的表现，后来演完就直接去了舞台录制现场，也来不及看片复盘，正好趁着节目播出，完整地看一次自己的表现，有哪些地方表情不太好看，或者动作不自然，总结一下，下次注意。

楼下，监视器前的严导捂着额头，绝望地说道："我上辈子是得罪这俩人了吧？在家里还要开工作大会呢？"

就在昨天晚上，从开播以来收视率一骑绝尘的《人间有你》不敌隔壁《最高演技大赏》。众多大牌艺人和导演加盟，八个经典影视剧目致敬，场景布置和演员妆造无可挑剔，种种优势之下，《最高演技大赏》收视率扶摇直上，《人间有你》被反超，屈辱地拿下了第二名。

因为上周"盐粒"夫妇去录《最高演技大赏》，所以《人间有你》的第五期，"盐粒"夫妇的镜头时长被无限缩短，整期的话题度基本是靠其他三对嘉宾的热度维持住的，否则就连收视第二都悬。

几个工作人员不敢说话，心想：都录了五期了，严导居然还没接受这个事实吗？

越是在没有互动的状态下被挖掘出来的甜蜜瞬间，越是真实自然。

在家里的温荔不知道严导又在为他们头疼。等节目播到别的嘉宾时，因为有摄像头，她也不好评价什么，干脆什么都不说，电视上又没有弹幕显示，看得没啥意思，她索性掏出手机，边刷微博边看节目。

"盐粒"超话正热闹着，温荔发现置顶的加精视频换了新的，终于从千层套路换成了昨天播出的剧目的剪辑。

"［盐粒夫妇］偏执疯狂帝王 × 狡黠薄情太后

视频制作者：美人草三力

视频简介：通宵一晚加今天上班开小差差点儿被领导抓包的成果出炉！！！几年前去电影院支持过《明廷十二监》，当时完全当权谋电影看的，没想到里面的感情戏竟然如此刺激！美人和三力都演得太棒了，将皇帝爱而不得的疯狂和太后迟钝到近乎无情的薄情演得淋漓尽致！弄权之下滋生的禁忌爱情，相爱相杀，是仇人又是真爱，除了没有吻戏、床戏略显遗憾外，其余的一切完美圆梦！"

经过精心剪辑的视频铺了层更显厚重的深色滤镜，背景音乐用的是原片中哀怨的琵琶插曲，有了滤镜和背景音乐的加持，这段小剧目显得更有电影质感了。

"表白美人！表白三力！表白老师！"

"你永远可以相信老师的剪辑！"

"盐粒"不少传播度极高的剪辑视频都是出自这位美人草三力之手，温荔早先就给她的视频点过赞。节目昨天才播出，她只用了一天时间就剪出了这么高质量的视频，实在是真爱中的真爱。

评论区的内容五花八门，因为电影剧本非常出色，评论大部分很正经。

"这段太绝！！我个人认为八个剧目中最佳！"

"这服化道真的太绝了！"

"因为美人和三力去看了电影原片。明朝是我觉得非常精彩的一个朝代，十几代帝王在马背上打出的天下和风骨。可惜他们只演了一小段，如果能合作一部完整的作品就好了。"

"我好想看美人和三力真正合作一部充满家国情怀的作品啊，坚毅大爱下的儿女情长真的动人。"

"合作吧，真的！[捂脸哭]我们三力值得，她向所有人证明了她配得上大银幕。"

温荔得意地把这些评论给宋砚看，本想借此再和宋砚聊聊《冰城》的剧本，宋砚却指了指摄像头。剧本选角完全是秘密进行的，就连他出演《冰城》的消息都还没官宣，不适合在节目的摄像头下面聊这个。

温荔心领神会，小声说："那我们去卧室里说？"

"走吧。"

宋砚关掉电视。

不出意外，他们进卧室后，就把卧室的摄像头给关了。

摄像头被关多了，严导也就习惯了。《人间有你》这节目火就火在无台本，给予嘉宾充分的自由；输也输在太自由，嘉宾想干什么就干什么。

"我得想个办法。"严导语气严肃，"不能再这样任由他们搞了。"

编导挠头说："可是我们要尊重嘉宾的隐私，他们关摄像头我们也没办法啊。"

严导冷笑两声："直播啊，我在直播里插台本，直播总不能关摄像头了吧。"

"那万一宋老师和温老师都不配合呢？"

"第六期是公益带货，他们要敢不配合，那就是不热爱公益！"

好家伙，这一顶道德的大帽子扣下来，谁还敢不配合？

编导觉得，等第二季《人间有你》录完，严导应该就彻底疯了。

《最高演技大赏》收官期的收视率破了这个季度的综艺节目收视纪录，风光了好一阵子，但最后一期就是最后一期，时间过了，观众们的目光还是放到了还未收官的几档大热的综艺节目上。

严导满怀雄心壮志，又开始在第六期"兴风作浪"。

《人间有你》在新一期又设置了外景录制，将公益直播和节目台本放在了一块儿。

因为是嘉宾合体录制，所以需要调配四对嘉宾八个艺人的行程，温荔和另一对实习夫妇严准和齐思涵，直到录制完《为你发光》的第四期节目，才急急忙忙和其他艺人会合。

和普通上班族不同，艺人们的时间都是从这满满当当的行程中挤出来的。

四对嘉宾都不是专业带货的，没专业主播能说会道，所以跟《人间有你》合作的直播平台特意找了个大主播过来，带着几对嘉宾一块儿带货做慈善。

布置好的直播会场明亮温馨，背景货架上摆满了今天的直播商品。

温荔是和严准、齐思涵一起从大厂匆忙赶过来的，她到会场的时候宋砚已经到了。

宋砚以往从来不考虑这种直播带货的通告，如果不是《人间有你》节目组安排，在这个行业工作的人很少有机会见到他，所以不少工作人员围着他要签名要合照。

做好准备后，镜头外的工作人员朝主播比了个"OK"的手势，本来面无表情的主播立刻满脸堆笑。

"宝宝们，晚上好！今天的直播又开始啦！

"大家有发现今天我们的直播间经过了精心的布置吧？因为今天的公益直播是我们和品牌方以及最近大热的综艺节目——《人间有你》合作的！每一份商品都是一份爱心，宝宝们今天在我们直播间里每下单一份商品，品牌方都会向公益组织捐出一元钱，希望大家多多支持公益。当然，适度消费、理性消费是前提。"

宋砚是第一次参与这种直播带货，看主播坐在镜头前舌灿莲花，说了一长串话都不带停的，他觉得，这位主播普通话要是再好点儿，都能直接去应聘脱口秀主持人了。

"好，废话不多说，来，我们欢迎《人间有你》的嘉宾们！欢迎你们！"

直播间的弹幕瞬间热闹起来。

"好，那我们今天的直播呢，不是单纯的带货，要先请嘉宾们配合我们玩一个小游戏。这个小游戏不但能够宣传我们商品的特性，还可以用来增进夫妻感情。"主播按照事先定好的内容说，"几位嘉宾准备好了吗？来，我们把道具抬上来！"

几位嘉宾不但没有准备好，反而一脸蒙。

什么情况？

什么小游戏？

增进什么夫妻感情？

此时，镜头外正在围观的严导，唇角突然露出一抹神秘的笑容。